JOHANNA LINDSEY ha sido aclamada como una de las autoras más populares de novelas románticas gracias a la venta de más de sesenta millones de ejemplares de sus novelas. Ha publicado cincuenta novelas, muchas de las cuales alcanzaron el primer puesto en las listas de superventas del *New York Times*. Lindsey vive en New Hampshire junto con su familia.

Título original: *Captive of My Desires*
Traducción: Ana Isabel Domínguez, Concepción Rodríguez González
y María del Mar Rodríguez Barrena
1.ª edición: mayo, 2015

© Johanna Lindsey, 2006
 Publicado originalmente por Pocket Books,
 una división de Simon & Schuster, Inc.
© Ediciones B, S. A., 2015
 para el sello B de Bolsillo
 Consell de Cent, 425-427 - 08009 Barcelona (España)
 www.edicionesb.com

Printed in Spain
ISBN: 978-84-9070-071-6
DL B 6531-2015

Impreso por NOVOPRINT
 Energía, 53
 08740 Sant Andreu de la Barca - Barcelona

Cautivo de mis deseos

JOHANNA LINDSEY

En recuerdo a Birdena Doyon

1

Le habían ordenado que se escondiera y que no abandonara su escondite. Eso fue también lo primero que se le ocurrió hacer a Gabrielle Brooks cuando, llevada por el ruido, subió a cubierta y descubrió el motivo de tanto alboroto. Sin embargo, no fue el capitán quien le dio la orden. El hombre tenía una fe ciega en su habilidad para dejar atrás al barco que se acercaba a ellos. Incluso se rió a carcajadas y blandió el puño contra la bandera pirata que ondeaba en el mástil del barco que intentaba abordarlos y que en aquel momento podía divisarse a simple vista. Su entusiasmo (¿o debería decir deleite?) había supuesto todo un alivio para Gabrielle. Hasta que el primero de a bordo la hizo a un lado y le ordenó que se escondiera.

A diferencia del capitán, Avery Dobs no parecía esperar con ansia el inminente enfrentamiento. Con el rostro tan blanco como las velas adicionales que la tripulación izaba a toda prisa, no se anduvo con muchos miramientos cuando la empujó hacia las escaleras.

—Utilice uno de los barriles vacíos de comida que hay en la bodega. Hay muchos. Con un poco de suerte, los piratas abrirán un par de ellos y se olvidarán del resto al ver que están vacíos. Le diré a su doncella que se esconda también. ¡Váyase! Y, oiga lo que oiga, no salga de la bodega hasta que alguien cuya voz reconozca vaya a por usted.

No había dicho «hasta que yo vaya en su busca». Su pánico resultó contagioso y su rudeza, sorprendente. Era probable que le hubiera dejado un moratón en el brazo allí donde la había agarrado. Un cambio significativo, ya que se había comportado con ella del modo más solícito desde que comenzara la travesía. Daba la impresión de estar cortejándola, aunque era improbable. Avery tenía más de treinta años y ella acababa de salir del colegio. Habían sido sus modales solícitos, su agradable tono de voz y la inusitada atención que le había prestado durante las tres semanas transcurridas desde que abandonaran Londres lo que la había llevado a pensar que le gustaba más de la cuenta.

Avery había conseguido contagiarle el pánico y Gabrielle bajó a la carrera las escaleras, en dirección a las entrañas del barco. Fue fácil encontrar los barriles de comida que había mencionado; casi todos se encontraban vacíos, puesto que estaban a punto de llegar a su destino en el Caribe. Unos cuantos días más y habrían llegado al puerto de Saint George, en Granada, el último paradero conocido de su padre, desde donde podría haber comenzado con la búsqueda.

No conocía muy bien a Nathan Brooks, si bien sólo guardaba recuerdos agradables de él; sin embargo, era lo único que le quedaba tras la muerte de su madre. Aunque nunca había dudado del cariño que le profesaba su progenitor, éste jamás había convivido con ella durante largos períodos de tiempo. Un mes o tal vez dos, e incluso un verano entero en una ocasión; pero, después, pasaban años enteros hasta la siguiente visita. Nathan era el capitán de su propio barco mercante y recorría rutas comerciales muy lucrativas en las Indias Occidentales. Les enviaba dinero y regalos extravagantes, pero en raras ocasiones los llevaba en persona.

Había intentado que su familia se trasladara a una residencia más cercana a su lugar de trabajo, pero Carla, la madre de Gabrielle, no había querido ni oír hablar del tema. Inglaterra había sido su único hogar. No le quedaba familia en el país, pero sus amistades y todo aquello que apreciaba seguían allí y, de todos modos, jamás había aprobado la ocupación de su marido. ¡El comercio! Siempre había pronunciado la palabra con repulsión. Aunque no poseía título nobiliario alguno, su árbol genealógico contaba con la suficiente sangre aristocrática como para mirar por encima del hombro a todo aquel que se dedicara al comercio, incluyendo a su propio esposo.

Era un milagro que se hubieran casado. A decir verdad, no parecían profesarse mucho afecto cuando estaban juntos. Y Gabrielle nunca, jamás, le mencionaría a su padre que sus largas ausencias habían hecho que Carla tomara un... bueno, ni siquiera era capaz de pensar la palabra, mucho menos de decirla en voz alta. Le avergonzaban demasiado sus propias conclusiones. Pero, en el transcurso de los últimos años, Albert Swift se había convertido en un visitante asiduo de la residencia familiar de dos plantas ubicada en las afueras de Brighton, y Carla se comportaba como una jovencita recién salida del colegio cada vez que el caballero estaba en la ciudad.

Cuando sus visitas cesaron y llegaron a sus oídos los rumores de que estaba cortejando a una heredera en Londres, el carácter de Carla sufrió un cambio radical. De la noche a la mañana, se transformó en una mujer amargada que odiaba al mundo en general y lloraba por un hombre que ni siquiera le pertenecía.

Nadie sabía si Albert le había hecho alguna promesa o si ella había tenido la intención de divorciarse de su esposo, pero las noticias de que el caballero dispensaba sus atenciones a otra mujer parecían haberle partido el corazón. Mostraba todos los síntomas de una mujer traicionada; y cuando cayó enferma a principios de primavera, cosa que empeoró su trastorno anímico, no hizo intento alguno por recuperarse. Las indicaciones del doctor cayeron en saco roto y dejó de comer.

El declive de su madre le rompió el corazón. Por supuesto que no aprobaba la obsesión de Carla por Albert ni su renuencia a poner más empeño en salvar su matrimonio, pero la quería mucho e hizo todo lo que se le ocurrió para animarla. Inundó su habitación con flores que cortaba por todo el vecindario, le leyó en voz alta e incluso insistió en que el ama de llaves, Margery, pasara una buena parte del día velando a la enferma, puesto que era una mujer muy habladora y solía hacer comentarios muy divertidos. Margery ya llevaba varios años con ellas. Pelirroja y de mediana edad, con ojos de un azul intenso y una infinidad de pecas, era obstinada, franca y no se dejaba acobardar por la aristocracia. También era una mujer muy cariñosa y consideraba a las Brooks como si fueran de la familia.

Gabrielle creyó que sus esfuerzos estaban dando frutos y que su madre había recuperado las ganas de vivir. Carla había vuelto a comer y ya no mencionaba a Albert. Por eso fue un golpe devastador que muriera durante la noche. Aunque jamás se lo diría a su padre, su conclusión personal era que había «languidecido de pena», ya que se estaba recuperando de la enfermedad. De todos modos, la muerte de Carla la había dejado completamente sola.

Si bien disponía de una enorme cantidad de dinero procedente del patrimonio familiar heredado por su madre, no recibiría ni un solo chelín hasta que alcanzara la mayoría de edad a los veintiún años, y para eso aún quedaba mucho. Su padre enviaba fondos con regularidad, y el dinero destinado a los gastos domésticos le duraría bastante tiempo, pero acababa de cumplir los dieciocho.

Y, además, la dejarían en manos de un tutor. El abogado de su madre, William Bates, se lo había mencionado el día de la lectura del testamento. Abrumada por el dolor, no le había prestado mucha atención, pero cuando descubrió el nombre se quedó horrorizada. El tipo era un donjuán y todo el mundo lo sabía. Según se rumoreaba, perseguía a las criadas por toda la casa e incluso a ella misma llegó a pellizcarle el trasero durante una recepción al aire libre cuando tenía sólo quince años...

No quería ni oír hablar de un tutor, y mucho menos de ése. Su padre seguía vivo. Lo único que tenía que hacer era encontrarlo; así pues, decidió ponerse manos a la obra. Aunque primero tuvo que superar unos cuantos temores, como el de atravesar en barco medio mundo o el de dejar atrás todo lo que le resultaba conocido. A punto estuvo de cambiar de opinión en dos ocasiones; pero, a la postre, decidió que no le quedaba otra alternativa. Y al menos Margery había accedido a acompañarla...

La travesía había ido muy bien, mucho mejor de lo que había anticipado. Nadie había cuestionado los motivos por los que viajaba sin más compañía que su doncella. Después de todo, gozaba de la protección del capitán, al menos mientras durara el viaje, y había insinuado que su padre estaría esperándola cuando atracaran; una pequeña mentira para evitar preocupaciones innecesarias.

En esos momentos, el hecho de pensar en Nathan y en su búsqueda la ayudó a mantener el pánico a raya durante un ratito. Se le habían quedado dormidas las piernas, agazapada como estaba dentro del barril. No le había resultado difícil meterse dentro. Era delgada y no muy alta, con su poco más de metro sesenta. El único problema era que se le había clavado una astilla en la espalda al agacharse, justo antes de colocar la tapa del barril en su sitio, y ni aun contando con el espacio suficiente podría habérsela sacado.

Además, estaba consternada por el hecho de que un barco pudiera izar una bandera pirata en los tiempos que corrían. Se suponía que los piratas habían desaparecido de la faz de la tierra en el siglo XVIII, bien ahorcados o bien indultados. Se suponía que navegar por las cálidas aguas del Caribe era tan seguro como dar un paseo por la campiña inglesa. De no haber estado convencida de ello, jamás habría reservado un pasaje rumbo a esa parte del mundo. Con todo, había visto la calavera y las tibias con sus propios ojos.

Tenía el estómago encogido por el miedo y, además, vacío, cosa que incrementaba su malestar. Se había saltado el desayuno y tenía la intención de remediarlo a la hora del almuerzo, pero el barco pirata había llegado antes de que se sirviera. Y de eso habían pasado ya horas. Al menos, eso le parecía allí agazapada dentro del barril, sin pista alguna de lo que ocurría en la cubierta.

Suponía que les llevaban bastante delantera a los piratas; pero si los hubieran dejado atrás, ¿no habría bajado Avery a decírselo? De repente, un cañonazo sacudió el barco, seguido de otro y de otro más, todos ellos ensordecedores. También percibió otras señales del comienzo de la batalla: el olor de la pólvora de los cañones que se filtraba hasta la bodega, gritos roncos y algún que otro alarido. Después, mucho después, llegó el horrible silencio.

Era imposible saber quién había ganado la batalla. La situación resultaba de lo más enervante. Su miedo aumentó con el paso del tiempo. Estaba segura de que pronto empezaría a chillar. De hecho, no acababa de entender cómo había sido capaz de contenerse hasta ese momento. Si hubieran resultado vencedores, ¿no habría ido Avery a buscarla a esas alturas? A menos que estuviera herido y que no le hubiera dicho a nadie dónde se encontraba. A menos que estuviera muerto. ¿Sería capaz de salir de su escondite para averiguarlo?

Pero ¿y si habían ganado los piratas? ¿Qué hacían con los barcos capturados? ¿Los hundían? ¿Se los llevaban para venderlos o se los entregaban a sus hombres? En ese caso, ¿qué hacían con la tripulación original y con los pasajeros? ¿Los mataban? Un chillido estaba a punto de brotar de su garganta cuando alguien arrancó de cuajo la tapa del barril.

2

¡Piratas! Gabrielle obtuvo pruebas irrefutables de que los piratas no habían desaparecido de la faz de la tierra cuando uno de ellos la sacó por el pelo del barril en el que se había escondido, la llevó a cubierta sin muchos miramientos entre las carcajadas y vítores de sus compañeros y la arrojó a los pies del pirata más feo de todo el grupo, su capitán.

Estaba tan aterrada a esas alturas que ni se imaginaba lo que iba a sucederle a continuación. Aunque sí estaba segura de que sería horrible. La única escapatoria que se le ocurrió fue tirarse por la borda a la menor oportunidad.

El hombre que la miraba tenía una melena castaña, rala y muy sucia que le llegaba hasta los hombros, cubierta por un ajado tricornio adornado con una lacia pluma teñida de rosa y rota por dos lugares distintos. Por si eso no fuera lo bastante extraño, también llevaba un chaleco de satén de color naranja chillón y un largo pañuelo de encaje al cuello, pasado de moda un siglo atrás. Las prendas estaban en unas condiciones tan lamentables que sin duda alguna procedían de esa época.

Antes de que pudiera ponerse en pie para tirarse por la borda, el hombre dijo:

—El capitán Brillaird, a su servicio, señorita. —Hizo una pausa para echarse a reír—. Al menos, ése es el nombre que uso durante este mes.

Puestos a inventar nombres, bien podría utilizar «Lunar», pensó ella. Jamás había visto tantos en el rostro de nadie.

Presa de los temblores, no replicó al comentario, pero sus ojos se desviaron hacia la barandilla del barco.

—Puede olvidarse de sus miedos —añadió—. Es demasiado valiosa para sufrir daño alguno.

—Valiosa ¿en qué sentido? —consiguió preguntar Gabrielle, que se puso en pie muy despacio.

—Como rehén, claro está. Los pasajeros son un negocio mucho más lucrativo que los cargamentos, que pueden pudrirse antes de encontrar un lugar donde venderlos.

Comenzaba a sentir una pizca de alivio, suficiente para dejar de mirar la barandilla.

—¿Qué pasa con los hombres?

El pirata se encogió de hombros.

—También suelen obtenerse buenos rescates por el capitán y los oficiales de un navío capturado.

No sabía muy bien si el hombre estaba intentando calmarla de forma deliberada o si sólo le gustaba hablar, porque, acto seguido, procedió a darle una charla sobre los rehenes y sus rescates.

Gabrielle descubrió así que tanto a su familia como a la de Margery se les pediría un rescate por sus personas. El capitán no le preguntó en ningún momento si tenía familia, se limitó a asumir que así era. Lo único que tenía que decirle era con quién contactar para la cuestión del pago, y el pirata no parecía estar ansioso por conseguir dicha información. Tanto él como sus camaradas tenían que encargarse primero de otros menesteres... que incluían al resto de los prisioneros.

Echó un vistazo a la cubierta. Si alguno de los miembros de la tripulación había muerto durante la lucha, se habían deshecho de las pruebas antes de que la subieran a rastras. Avery yacía en la cubierta con una brecha en la cabeza y estaba maniatado como el resto de los pasajeros y oficiales, a la espera de que lo trasladaran al otro barco. El suyo había sufrido daños graves y comenzaba a hacer agua.

Margery también se encontraba allí, maniatada como el

resto, si bien era la única prisionera que estaba amordazada. Seguramente había sido demasiado elocuente en su desagrado hacia los piratas y les habría echado un buen sermón por su audacia. Cuando sentía la necesidad de quejarse le daba igual a quién ofendía.

En cuanto a los marineros, se les dio a elegir: unirse a los piratas y hacer su juramento o darse una vuelta por el fondo del mar, lo que quería decir que los arrojarían por la borda para que se ahogaran.

Como era de esperar, la mayoría aceptó la primera propuesta con relativa celeridad. Uno de ellos, un corpulento yanqui, se negó con bastante vehemencia.

Gabrielle se vio obligada a contemplar, espantada, cómo dos piratas se acercaban al marinero en cuestión y lo cogían de los brazos para arrastrarlo hasta la barandilla. Supo sin ningún género de dudas que lo iban a tirar por la borda. Aun así, el hombre no cambió de opinión, sino que continuó maldiciéndolos hasta que le golpearon la cabeza contra la barandilla, dejándolo inconsciente. Los piratas prorrumpieron en carcajadas. Ella no acababa de entender qué tenía de gracioso hacerle creer al hombre que iba a morir cuando no tenían pensado matarlo, pero al parecer los piratas lo encontraban muy divertido.

Al marinero acabaron arrojándolo por la borda, pero no fue hasta el día siguiente, cuando avistaron tierra. Se trataba de una isla desierta, pero tierra al fin y al cabo. Probablemente acabaría por morir, pero al menos tenía una oportunidad. Tal vez incluso consiguiera llamar la atención de algún barco que pasara cerca para que lo rescatasen. Era un destino mucho mejor del que Gabrielle había esperado cuando el hombre desafió a los piratas.

Horas después, llegaron a otra isla que también parecía desierta. Se internaron en las cristalinas aguas de una amplia ensenada. Prácticamente en el centro de dicha ensenada se encontraba un pequeño islote. Sin embargo, Gabrielle se dio cuenta, a medida que se iban aproximando, de que no se trataba de un islote, sino de un manglar artificial, compuesto por un gran número de árboles muertos y plantas frondosas que se alimentaban en su mayoría del mantillo acumulado sobre los tablones, que no sobre tierra firme. Se parecía mucho a un desordenado embarcadero, aunque en realidad era una densa jungla artificial, ideada para ocultar a los ojos de cualquier navío que pasara por mar abierto los barcos fondeados al otro lado.

La bandera de cuarentena ondeaba en los dos navíos que se encontraban allí, lo que quería decir que habían padecido alguna enfermedad a bordo, de ahí que tuvieran ese aspecto tan abandonado.

Los piratas no tardaron mucho en conseguir que su navío presentara el mismo aspecto, tras lo cual bajaron los botes al agua y llevaron a los prisioneros a tierra. No sin antes izar también la bandera de cuarentena. Fue entonces cuando Gabrielle comprendió que los barcos no eran más que una estratagema para impedir que cualquier otro navío se adentrara en la ensenada con intención de investigar los motivos de su presencia en la isla.

—¿Adónde vamos? —le preguntó al pirata que las había ayudado a Margery y a ella a bajar del bote.

Sin embargo, el aludido no pareció sentirse obligado a responder. Se limitó a empujarla para que se pusiera en marcha.

Tomaron un sendero que conducía al interior de la isla. No esperaron a que todos abandonaran el barco, aunque, gracias a Dios, Avery se encontraba en el primer grupo que llegó a la orilla. Era la primera vez que tenía la oportunidad de hablar con él desde que los capturaran.

—¿Está bien? —le preguntó él cuando se puso a su lado.

—Sí, estoy bien —le aseguró.

—¿Nadie la ha... tocado?

—De verdad, Avery, no he sufrido el menor daño.

—Gracias a Dios. No se puede ni imaginar lo preocupado que estaba.

Le sonrió para tranquilizarlo.

—Van a pedir un rescate por mí. El capitán Brillaird dejó muy claro que soy demasiado valiosa como para hacerme sufrir daño alguno. —Señaló la enorme brecha que el primero de a bordo tenía en la frente—. ¿Qué tal la cabeza? Lo vi inconsciente ayer.

El hombre se tocó la herida.

—No es más que un arañazo.

Aunque por el respingo que dio, Gabrielle supo que debía de dolerle.

—Según he sacado en claro, el capitán también planea pedir rescate por usted.

—Yo no estoy tan seguro —replicó él con un suspiro—. No provengo de una familia rica.

—Pues entonces hablaré con mi padre cuando venga a buscarme —le dijo ella—. Estoy segura de que podrá hacer algo para conseguir que lo liberen.

De lo que no estaba tan segura era de si podrían localizar a Nathan. ¿Qué pasaría con Avery y con ella si los piratas no daban con su padre?

—Es muy amable de su parte —le agradeció antes de añadir con premura—: Pero escúcheme bien, Gabrielle, por muchas garantías que le hayan dado, los he oído decir que habrá más gente de su calaña en el lugar al que nos dirigimos. La mejor manera de que salga ilesa de esta aventura es pasando desapercibida. Sé que será difícil, porque es muy hermosa, pero...

—Por favor, no diga nada más —lo interrumpió al tiempo que se sonrojaba—, sé muy bien que no estaremos a salvo hasta que perdamos de vista al último de estos malhechores. Haré todo lo posible por pasar desapercibida.

Se separaron cuando uno de los piratas empujó a Avery para que acelerara el paso.

El primer indicio de vida en la isla fue la torre de vigilancia que dejaron atrás mientras continuaban por el transitado sendero. Estaba construida con troncos y era lo bastante alta como para tener una buena panorámica del mar en tres direcciones. Ellos prosiguieron el camino de ascenso a las colinas que había tras ella. La torre estaba ocupada, si bien el centinela que había en su diminuta choza estaba dormido. Un guardián nada diligente, pensó Gabrielle cuando uno de los piratas asestó una patada a la base de la torre para despertarlo mientras otro lo maldecía en un francés muy fluido.

Margery también expresó la opinión que le merecían cuando llegó a su lado.

—Vagos inútiles, todos ellos. Esperemos que cuando llegue la ayuda, el centinela tampoco se despierte.

A Gabrielle le habría encantado compartir su optimismo, pero las probabilidades de que alguien acudiera en su ayuda antes de que pagaran el rescate eran ínfimas.

—En cuanto encuentren a mi padre...

—Si es que lo hacen —la interrumpió Margery—. ¿Qué probabilidades hay de que lo consigan cuando ni nosotras mismas estábamos seguras de lograrlo? Vamos, dímelo. Jamás debimos emprender este viaje. ¿No te advertí que sería peligroso?

—Podrías haberte quedado en casa —le recordó—. Aunque se suponía que no debía ser peligroso. ¿Te habrías creído que seguía habiendo piratas a estas alturas si alguien te lo hubiera dicho? No, te habrías reído de quien fuera en la cara.

—Eso no viene al caso —replicó la mujer—. Ahora, escúchame antes de que volvamos a separarnos. Busca un arma, cualquier cosa, aunque sea un tenedor si encuentras alguno, y no te separes de ella en ningún momento. Si uno de estos malnacidos intenta algo contigo, se lo clavas en la barriga, ¿entendido? No lo dudes.

—Lo tendré en mente.

—Será mejor que lo hagas, muchacha. No sé qué sería de mí si llegara a ocurrirte algo.

Daba la sensación de que Margery estaba al borde de las lágrimas. Su preocupación era mayor de lo que dejaba entrever. Y su desasosiego era contagioso. A Gabrielle le habría encantado echarse a llorar contra el hombro de su amiga, pero consiguió controlarse y reunir algo de coraje en beneficio de ambas.

—Te preocupas demasiado. No nos pasará nada. El capitán Brillaird me lo ha asegurado.

Eso no era totalmente cierto, aunque sí era lo que Margery necesitaba oír y consiguió arrancarle una débil sonrisa.

Poco después, llegaron a una especie de asentamiento rodeado de árboles, situado en la cima de la colina. En el centro se emplazaba un edificio enorme construido con planchas de madera, que, según supo después, habían sacado de uno de los barcos abordados en alta mar. El resto de los edificios estaban desperdigados por los alrededores y eran simples cabañas con tejado de caña. Puesto que tenían las puertas abiertas, Gabrielle comprobó que muchas de ellas estaban llenas de cofres y cajas, y servían como almacenes para los botines que los piratas obtenían en sus correrías. A empujones, metieron a Avery y al resto de los rehenes en una cabaña, y también la separaron de Margery, a quien se llevaron a otra mientras le decía a voz en grito:

—¡Que no se te olvide, muchacha! ¡En la barriga!

—¿Adónde la lleváis? —inquirió Gabrielle.

El pirata que la empujaba hacia el enorme edificio central soltó una risotada burlona.

—No se paga rescate por las criadas, pero la liberarán contigo en cuanto se cumplan las exigencias del capitán. Tú eres valiosa, así que vas a quedarte aquí, donde será más fácil vigilarte. No queremos que ninguno de los otros te manosee y eche a perder el cuantioso rescate que pagarán por ti. —Le guiñó un ojo de forma obscena y ella fue incapaz de reprimir un estremecimiento.

Una vez en el interior, el pirata la condujo a una larga mesa que había en la enorme estancia, la sentó en una silla y después se alejó. Una mujer le puso un cuenco de comida por delante y le dijo con voz amable:

—Espero que tengas a alguien que pague el rescate, tesoro. Yo retrasé cuanto pude el momento de decirles que no me quedaba familia alguna, y por eso sigo aquí.

La mujer de mediana edad, que se presentó como Dora, se sentó y mantuvo una breve charla con ella. Le habían permitido quedarse en la isla para pagar su rescate con su trabajo. Cocinaba para los piratas y les ofrecía otros servicios si así lo estimaban conveniente, cosa que mencionó con total despreocupación.

Llevaba dos años en aquel lugar y había llegado a considerarse una de ellas, así que trabajaba allí por voluntad propia.

—No están ahí para hacerse un nombre, como los piratas del siglo pasado de los que seguro has oído hablar. De hecho, se cambian de nombre con bastante frecuencia, cambian el nombre de sus barcos o incluso consiguen embarcaciones nuevas, y se disfrazan. Están en esto para hacer dinero, no para que los cuelguen. Han pasado a operar en secreto e incluso cambian de base cada pocos años.

—¿Eso es este lugar, su base? —preguntó Gabrielle con curiosidad.

Dora asintió.

—Esta isla es tan remota que jamás ha recibido nombre. Es un lugar muy agradable, demasiado en realidad. En un par de ocasiones se vieron obligados a ahuyentar a algunos colonos que eran de la misma opinión.

—¿Quién los lidera?

—Nadie. Todos los capitanes tienen voz y voto, pero su autoridad se limita a sus propias tripulaciones. Cuando hay que decidir algo que les afecta a todos, votan.

—¿Cuántos capitanes usan esta base? —preguntó Gabrielle.

—Cinco en la actualidad. El año pasado había seis, pero uno murió por causas naturales y su tripulación se repartió entre los cinco barcos restantes.

Gabrielle se mostró sorprendida por el hecho de que un número tan reducido ocupara lo que parecía ser un asentamiento bastante grande y así se lo dijo a la mujer.

—No desean que haya demasiados hombres aquí. Creen que cuanta más gente haya, mayores serán las probabilidades de que salga una manzana podrida que revele la ubicación de la base.

La mujer se marchó en cuanto el capitán Brillaird entró en el edificio. A Gabrielle aún no le habían dicho su nombre real y jamás iba a saberlo. Cambiaba tanto de nombre que sus tripulantes se limitaban a llamarlo «capitán», y lo mismo hacía ella cuando le era necesario dirigirse a él. Sin embargo, en ese momento el hombre se limitó a tomar nota del sitio en el que estaba sentada para después hacer caso omiso de su presencia durante el resto del día... Y durante los días siguientes.

Cinco días más tarde, aún no le había preguntado a quién debía dirigirse para pedir un rescate. De modo que acabó consumida por la preocupación de cómo explicar que, si bien sabía que su padre podía hacer frente al rescate, no tenía ni idea de dónde encontrarlo. No tenía esperanzas de que el capitán la creyera, ni podía imaginarse lo que sucedería cuando llegara el momento. Dora le explicó que no le habían pedido la información porque al capitán no le hacía falta hasta que estuviera dispuesto para levar ancla de nuevo, y eso era algo que nadie sabía. La esposa del capitán vivía en la isla y llevaba dos meses sin verla.

Los piratas comían, dormían, bebían, jugaban, peleaban, bromeaban y contaban historias. Gabrielle dormía en una pequeña habitación situada en la parte posterior del edificio principal y le permitían estar en el salón durante el día, de manera que no podía quejarse de que su estancia fuera aburrida. Desquiciante, sí, pero no aburrida. Le llevaban a Margery durante un par de horas cada día para que charlaran, y se quedó más tranquila al saber que su antigua ama de llaves estaba soportando bien el cautiverio, por más que se quejara sin cesar del delgado jergón de paja en el que se veía obligada a dormir y de la mísera calidad de las comidas.

Al sexto día de cautiverio, atracaron dos barcos más y el salón principal se llenó a rebosar con los nuevos tripulantes. Los recién llegados no eran muy amistosos. De hecho, algunos de ellos la dejaron paralizada de miedo con una sola mirada. Y uno de los capitanes la contempló durante tanto rato y con tanta intensidad que no le quedó la menor duda de que quería hacerle daño.

Alto y musculoso, parecía rondar los cuarenta años, aunque costaba trabajo asegurarlo con esa espesa barba negra, tan enredada que dudaba mucho que supiera lo que era un peine. La gente lo llamaba Pierre Lacross, aunque seguramente no fuera francés de verdad. Había demasiados piratas que fingían ser lo que no eran y ninguno utilizaba su auténtico nombre. No obstante, descubrió que ése en particular era la excepción a la regla. Realmente era francés. Tenía un fuerte acento que no era capaz de ocultar a voluntad como el resto. No era feo, aunque el brillo cruel de sus ojos azules arruinaba lo que podría haber sido un rostro apuesto.

Ese hombre tenía un halo perverso, y no era la única que se percataba de ello. Los demás hombres se apartaban de su camino y evitaban mirarlo a los ojos. El problema era que esos gélidos ojos azules no dejaban de posarse una y otra vez sobre ella, hasta que casi se echó a temblar por el miedo que el pirata le inspiraba.

Había dejado Inglaterra con una inocencia absoluta en lo que a los deseos masculinos se refería. Su madre jamás le había explicado lo que debía esperar del lecho conyugal. Sin duda lo habría hecho antes de su primera temporada en Londres, pero, para entonces, Carla estaba inmersa en su romance con Albert y, más tarde, la traición de su amante la dejó sumida en la tristeza. Sin embargo, había aprendido muchísimas cosas sobre los hombres gracias a los piratas.

No se mordían la lengua cuando ella andaba cerca, y les encantaba explayarse con sus conquistas sexuales. De manera que no tuvo el menor problema para comprender cuáles eran las pretensiones del malvado capitán Pierre Lacross cuando se inclinó sobre ella el día posterior a su llegada y le dijo:

—Voy a comprarte. Y después seré yo, y no mi amigo, quien decida qué hacer contigo.

Deseó no comprender lo que sus palabras implicaban, pero lo hizo. ¿Le importaría al capitán Brillaird la procedencia del dinero de su rescate siempre que le pagaran? ¿Se atrevería a prometerle más dinero del que Pierre podría pagar? Ésa era la única manera que se le ocurría para evitar que la «poseyeran».

No tenía lugar al que huir aunque consiguiera escabullirse del edificio, no tenía forma de escapar de la isla salvo con los piratas. El capitán Brillaird seguía siendo su única alternativa, por más que supiera que no la ayudaría guiado por la bondad de su corazón. ¿Qué bondad? ¡Era un pirata! El dinero era su única preocupación.

No obstante, sabía de forma instintiva que acabaría muy mal parada si Pierre le ponía las manos encima, razón por la que la aterraba tanto. Además, tuvo la desgracia de presenciar la crueldad del francés cuando aplicó un castigo a un miembro de su tripulación. Azotó al hombre en el salón, y no con un látigo cualquiera, sino con uno de nueve colas cuyas puntas metálicas arrancaban la piel como si de un cuchillo se tratara. La expresión de los ojos de Pierre mientras empuñaba el látigo dejaba bien claro lo mucho que estaba disfrutando.

El francés comenzó a impacientarse mientras esperaba a que el capitán Brillaird apareciera, para así poder comprarla. Se sentaba a la mesa junto a ella y la atormentaba diciéndole todo lo que pensaba hacerle.

—¿Por qué no me miras, *chérie*? Las damas como tú sois demasiado orgullosas. No te quedará orgullo después de que haya acabado contigo. ¡Mírame!

Ella se negó. Había evitado su mirada desde aquel primer día.

—Váyase, por favor.

El pirata se echó a reír.

—Pero qué refinada eres. Qué educada. Me pregunto cuánto te durará la educación después de que te convierta en mi mascota. ¿Serás una mascota obediente, *chérie*, o tendré que castigarte a menudo? —El pirata escuchó el jadeo que se le escapó y añadió—: Ya has visto de lo que soy capaz, pero no te preocupes por tu preciosa y aristocrática piel. Jamás estropearía tu belleza. Hay otras maneras de adiestrar a una mascota...

La atormentaba, pero nunca la tocaba. Ponía mucho cuidado en no hacerlo con tantos testigos en el salón. Aunque era evidente que eso era lo que deseaba. Dora le dijo que semejante autocontrol le ocasionaba tal frustración que se emborrachaba todas las noches hasta caer inconsciente en cualquier sitio y que no regresaba hasta la tarde siguiente.

Fue todo un golpe de suerte para Gabrielle que la esposa del capitán Brillaird mantuviera ocupado a su marido hasta que el último de los cinco capitanes fondeó en la ensenada. El quinto capitán por fin había arribado a la isla. El hombre entró en el edificio una mañana, acompañado del capitán Brillaird, ambos desternillados de la risa por algo que uno de ellos había dicho. El recién llegado vio a Gabrielle de inmediato. Se detuvo y la observó detenidamente antes de rodear los hombros de su camarada con un brazo y ofrecerse a comprarla. Pierre no andaba por allí para quejarse de juego sucio, aduciendo que él había pensado hacerlo primero. Estaba convencida de que lo habría hecho y que incluso se habría desatado una pelea.

Sin embargo, seguía durmiendo la mona de la noche anterior. Y al capitán Brillaird parecía darle igual quién pagara, tal y como ella había sospechado. Lo vio encogerse de hombros antes de sellar el pacto con un apretón de manos y de que el quinto capitán le arrojara una bolsa repleta de monedas.

Gabrielle estaba anonadada. Todo había sucedido demasiado deprisa. Más tarde descubrió que el quinto capitán era un intermediario. No era la primera vez que compraba a los rehenes que había en la isla y los devolvía a sus familias a cambio de una buena suma. Era un método con el que todos los involucrados quedaban satisfechos y que permitía al resto de los capitanes regresar al mar para capturar más barcos en lugar de tener que ocuparse de ese aspecto de su negocio. A él se le daba bien ese tipo de negociación, así como los disfraces. Casi no lo reconoció...

—¿Qué demonios haces aquí, Gabby, y dónde está tu madre?

La sacó del asentamiento de inmediato y tiró de ella colina abajo por el sendero que llevaba a la ensenada. La mayor parte de su tripulación seguía a bordo, pero se cruzaron con dos de sus marineros, a los que ordenó regresar al navío sin mediar explicaciones. Cuando Gabrielle lo obligó a detenerse y le explicó que tenían que liberar también a su ama de llaves, el capitán envió a uno de los hombres en busca de Margery.

Gabrielle tenía miles de preguntas que hacerle, pero todas quedaron olvidadas al recordar la pérdida de su madre.

—Ha muerto, papá. Por eso me marché de Inglaterra. He venido a buscarte, para vivir contigo —dijo entre sollozos—. Pero no en esta isla, si no te importa —añadió de forma remilgada.

3

El padre de Gabrielle se sintió en extremo avergonzado el día que la rescató. Su madre y ella no se habían enterado, ni siquiera habían llegado a sospechar, que había llevado una vida cuajada de aventuras durante todos esos años. Nathan Brooks, el pirata. Costaba un poco acostumbrarse a eso.

En esos momentos parecía muy diferente. Le había resultado muy difícil reconocerlo. Siempre que iba a Inglaterra a visitarla, se aseaba, se afeitaba la barba y se cortaba la larga melena que lucía en esos instantes. Ése era el único aspecto que había conocido en toda su vida de aquel hombre, y creía parecerse a él, al menos en lo que al cabello y los ojos se refería. Ambos tenían el cabello negro y los ojos de un azul claro. Sin embargo, no había heredado su altura, algo de agradecer si se tenía en cuenta que era un hombre alto, de algo más de metro ochenta; Gabrielle tenía la estatura de su madre, un metro y sesenta y dos centímetros. Pero ese hombre no se parecía en nada al padre que ella conocía y amaba. A decir verdad, su aspecto y su atuendo eran tan extravagantes como los del resto de los piratas que había conocido. ¡Incluso llevaba un pequeño arete de oro en la oreja!

Se quitó a toda prisa el pendiente. Un buen indicio de lo avergonzado que estaba después de que su vida secreta hubiera quedado al descubierto ante ella.

Un par de horas después de que zarparan del puerto, Gabrielle se dio cuenta de que el barco de su padre había aminorado la marcha. Subió a la cubierta para enterarse de lo que ocurría ¡y se dio de bruces con Pierre Lacross! Su barco los había alcanzado. ¡Pierre los había seguido desde la base pirata!

Aún no le había mencionado su nombre a Nathan. No habían dispuesto de mucho tiempo para hablar todavía y, además, seguía tratando de asimilar el impactante descubrimiento de que su padre era un miembro de la confederación pirata. Aunque al menos se había sentido a salvo una vez que su padre la rescató y había albergado la certeza de que jamás volvería a saber nada de tipejos como Pierre.

Sin embargo, allí estaba, en la cubierta de *La joya quebradiza*, de pie junto a Nathan y hablando con él como si fueran viejos amigos. Se le ocurrió de repente que debían de conocerse desde hacía años, ya que eran dos de los cinco capitanes que compartían la base.

La mirada ávida y fría de Pierre se clavó en ella de inmediato y la dejó paralizada sobre los tablones de la cubierta templada por el sol. El pánico volvió a apoderarse de ella. Debía de haberse puesto pálida, porque su padre se acercó a ella y le pasó un brazo por los hombros en un gesto protector.

—Te la llevaste demasiado pronto, *mon ami* —dijo Pierre, sin molestarse en ocultar la razón por la que se encontraba allí—. Quería comprarla para mí.

—No está en venta —aseguró Nathan.

—Por supuesto que sí. Tú pagaste por ella, y yo te pagaré más. Obtendrás buenos beneficios y ambos nos daremos por satisfechos.

—No lo entiendes. Es mi hija —aclaró Nathan con frialdad.

Pierre pareció sorprendido. Se produjo un silencio tenso mientras asimilaba la situación y su mirada recorría una y otra vez a padre e hija. Debió de darse cuenta de que no podría llevársela sin luchar y cejó en su empeño; soltó una carcajada y maldijo su mala suerte con el tono más amistoso que podría esperarse de alguien como él. Dicho tono pareció convencer a Nathan de que Lacross sabía que Gabrielle estaba fuera de su alcance, pero a ella no la engañó. Tenía el presentimiento de que el pirata consideraba la conversación con Nathan una simple demora. Se alejó en su barco, pero mucho se temía que no sería ésa la última vez que iba a verlo.

Margery no se anduvo con miramientos a la hora de expresar lo mucho que desaprobaba la ocupación de su padre. Con todas esas miradas reprobatorias que se dedicó a lanzarle durante los primeros días, Gabrielle pronto se encontró defendiéndolo. Después de todo, era su padre. Que fuese un pirata no significaba que tuviera que dejar de quererlo.

Su padre y ella no tuvieron oportunidad de charlar hasta que llegaron al puerto de Saint Kitts, una isla de vital importancia para sus rutas marítimas. Tenía una pequeña casa en la playa, lo bastante lejos de la ciudad como para poder anclar el barco a poca distancia de la costa y llegar a él en bote en caso necesario. Aunque jamás había tenido que hacerlo. Saint Kitts era un puerto inglés, y él era un caballero inglés que jamás había abierto fuego contra los barcos ingleses. Los franceses, los alemanes y los españoles eran otro cantar.

Su casa era bastante peculiar; parecía una elegante casa de campo inglesa que hubiera sido adaptada al clima cálido, con habitaciones grandes y luminosas en las que las ventanas siempre estaban abiertas para dejar pasar la brisa, sin importar la dirección de la que procediera. Los brillantes suelos de madera pulida, las enormes palmeras plantadas en macetas y las delicadas y vaporosas cortinas añadían un toque exótico al edificio, pero los muebles eran elegantes y de un evidente diseño inglés; además, todo se mantenía inmaculado gracias al pequeño grupo de sirvientes que cuidaba de la casa cuando él no estaba allí. Los cuadros que adornaban las paredes eran de buen gusto y le recordaban tanto a los de su madre que se sintió de inmediato como en casa.

El dormitorio que le asignaron era mucho más grande que el que tenía en Inglaterra. El viejo armario era una antigüedad fabricada con madera de cerezo y con incrustaciones de marfil en las puertas; la cama con dosel tenía postes tallados y estaba rodeada por una diáfana mosquitera blanca. Y el balcón tenía unas magníficas vistas al océano y, en la lejanía, al puerto.

El comedor también ofrecía vistas al océano, y esa nche cenaron un sabroso plato local, que consistía en cangrejos rellenos con una salsa picante de plátano y tomate, todo acompañado de vino francés. A través de las ventanas abiertas penetraba una fragante brisa, así como el relajante sonido de las olas del mar. Gabrielle tuvo la impresión de que le iba a encantar vivir allí. Sin embargo, Margery no parecía compartir su opinión. Se pasó toda la cena fulminando a los sirvientes con la mirada e insistiendo en que embarcaría en el primer buque que la llevara a casa.

Tan pronto como Margery se llevó su mal humor a la cama, Nathan acompañó a Gabrielle a dar un paseo por la playa para que pudiera hacerle todas las preguntas que le habían estado rondando la mente. No pidió disculpas por el trabajo que había elegido, pero sí le explicó los motivos que le habían llevado a ello.

—No era más que un joven marinero de un barco mercante cuando nos fuimos a pique en una tormenta —le dijo—. Sobrevivimos muy pocos. Llevábamos días flotando a la deriva cuando los piratas nos encontraron.

Gabrielle creyó comprender.

—Y te sentiste en deuda con ellos por haberte rescatado, ¿no?

—Yo no lo llamaría exactamente «rescate», Gabby. En realidad, andaban cortos de personal.

—¿Quieres decir que de no haber sido así habrían pasado de largo? —inquirió.

—Exacto. Y nos hicieron la oferta de costumbre: unirnos a ellos o volver al agua. Así que me uní a ellos.

—Pero no había necesidad de que siguieras con ellos, ¿verdad? Podrías haber seguido tu propio camino al llegar a puerto, ¿no es así?

—No llegamos a puerto alguno, al menos a ninguno que no perteneciera a los piratas, durante mucho tiempo. Y para cuando lo hicimos... Bueno, debo admitir que, a esas alturas, estaba disfrutando de lo lindo. Encontraba esa vida emocionante. Así pues, no puse muchos reparos en quedarme y conseguí ir ascendiendo en la jerarquía hasta conseguir mi propio barco.

—¿Eso fue antes o después de que conocieras a mamá?

—Antes.

—¿Y ella nunca sospechó nada?

—Ni lo más mínimo.

—¿Qué hacías en Inglaterra cuando la conociste?

Él esbozó una sonrisa al recordarlo.

—Buscaba un tesoro. El capitán de ese primer barco me convirtió en un adicto.

—¿Buscabas un tesoro en Inglaterra? —preguntó Gabrielle, atónita.

—No, fue el trozo que faltaba de uno de mis mapas lo que me llevó hasta allí. Tardé años en descubrir que su familia, según los rumores, estaba en posesión de ese último trozo. Me casé con ella para facilitar la búsqueda.

—¿No la amabas ni un poquito?

Su padre se sonrojó un poco.

—Era una mujer atractiva; pero no, mi único amor es el mar, muchacha. Y a ella le bastaba con tener marido. Había comenzado a inquietarse a ese respecto, porque seguía soltera después de varias temporadas sociales. Yo no estaba a la altura de sus ideales, por supuesto, y no poseía un linaje tan distinguido como el suyo, pero en aquel entonces era bastante apuesto, si se me permite decirlo. No obstante, creo que a ambos nos pilló de sorpresa que aceptara mi proposición. El encanto se disipó rápidamente. Y se alegró de verme partir.

Eso explicaba muchas cosas. Siempre se había preguntado qué había unido a sus padres, ya que se comportaban como dos extraños durante sus visitas. Y en la práctica casi lo eran. Tuvo el presentimiento de que así como Nathan había utilizado el matrimonio como un medio para lograr sus propósitos, también lo había hecho Carla. Quería un hijo y necesitaba un marido para conseguirlo. Sin embargo, ni una sola vez a lo largo de los años había dudado del amor de su madre.

Ni siquiera al final, cuando se convirtió en una mujer amargada a causa de su amor perdido, la hizo objeto de esa amargura.

—¿Encontraste alguna vez el trozo que te faltaba del mapa? —preguntó con curiosidad.

—No —musitó su padre—. Pero me demoré demasiado buscándolo. Fuiste concebida poco tiempo antes de que me marchara y eras la única razón por la que regresaba con el pasar de los años. Jamás me he arrepentido. Has sido la alegría de mi vida, Gabby, mi única y verdadera fuente de orgullo. Siento lo de tu madre y también siento que hayas tenido que pasar este trago sola. Y que hayas tenido que arriesgarte a venir aquí para encontrarme... ha sido un gesto muy valiente por tu parte.

—Me pareció que no tenía otra alternativa.

Guardaron silencio para contemplar el océano iluminado por la luna mientras las olas les acariciaban los pies. Una brisa cálida hacía ondear su vestido. Su padre le rodeó los hombros con un brazo y la estrechó contra él.

—También lamento que te capturaran, pero no siento en absoluto que estés aquí conmigo, hija. Esto es lo que siempre he deseado.

Las lágrimas se agolparon en los ojos de Gabrielle mientras lo rodeaba con los brazos para devolverle el abrazo. Por fin estaba en casa, en su verdadero hogar.

Gabrielle encontró la vida en Saint Kitts maravillosa. Se levantaba cada mañana para disfrutar de todo un día de sol y aventuras. Aprendió a nadar ante la insistencia de su padre, y eso hacía casi todos los días en las cálidas y azules aguas del Caribe. También recorría la playa a lomos del caballo que Nathan le había regalado, y algún que otro día llegaba a casa ya de noche, después de haber disfrutado de la magnífica puesta de sol.

Le encantaba ese lugar, aunque el calor resultara agobiante en ocasiones. El motivo era muy simple: todo le resultaba nuevo, y a su edad, eso lo hacía fascinante. La comida era diferente; el clima era desde luego muy distinto; los lugareños eran pintorescos y amistosos; los entretenimientos, incluso los bailes en las calles, no se parecían a nada que hubiera podido imaginar en Inglaterra.

Incluso descubrió que le gustaba navegar y, con el tiempo, adquirió bastante destreza, dado que viajaba con su padre mientras buscaba pistas sobre uno de sus numerosos mapas de tesoros. Al final comprendió por qué había escogido la vida que llevaba. ¡Había más diversión y aventura en una sola semana que en toda una vida de un hombre normal! Tal vez no aprobara su afición a la piratería, pero comenzó a verla desde un punto de vista diferente, sobre todo después de averiguar que algunos de los rehenes de los que se encargaba Nathan jamás habrían regresado junto a sus familias de no ser por su intervención, ya que actuaba como intermediario. Y ya no capturaba barcos. Pasaba la mayor parte del tiempo buscando tesoros.

Estaba con él incluso cuando localizó las señales de uno de sus mapas y por fin pudo establecer la ubicación de la brillante marca roja que indicaba dónde estaba escondido el tesoro. Fue muy emocionante ver cómo su padre y sus hombres cavaban en ese lugar de la pequeña isla y encontraban el enorme cofre enterrado allí. Aunque fue toda una decepción abrirlo y encontrarlo vacío.

Claro que era de esperar. Los mapas que había ido recopilando a lo largo de los años habían pasado por muchas manos antes de caer en las suyas. La mayor parte de ellos eran difíciles de descifrar, ya que el dueño del tesoro que lo había dibujado utilizaba pocas marcas, las justas y necesarias para poder localizar su botín, pero no las suficientes para que cualquier otra persona que se hiciera con los mapas pudiera dar con él. Además, algunos mapas habían sido divididos para dificultar la labor de descifrarlos y los fragmentos se habían escondido en distintos lugares o habían sido entregados a distintos miembros de una familia y su significado se había perdido con el paso del tiempo, de forma que algunas personas ni siquiera sabían que los tenían. Nathan tenía dos mapas aún incompletos.

Margery nunca cogió ese barco de vuelta a Inglaterra, como había jurado hacer en cuanto llegó a Saint Kitts. Aunque jamás se acostumbró del todo al caluroso clima de las islas, se quedó porque no quería dejar a Gabrielle sola entre tanto «pirata». Sin embargo, llegó a conocer bastante bien a alguno de esos piratas; al menos a los miembros de la tripulación de Nathan. Ambas lo hicieron. Gabrielle incluso consideraba buenos amigos a unos cuantos. En realidad, y por extraño que pareciera, casi todos los miembros de la tripulación de Nathan eran bastante decentes y honorables, aunque quizá demasiado independientes y aventureros como para encajar en la sociedad respetable.

Nathan realizó un buen trabajo a la hora de protegerla de los hombres desagradables, como Pierre Lacross, aunque ella jamás dejó de temer a aquel hombre, ni siquiera después de enterarse de que mantenía una relación amorosa con una pirata llamada Red. Y lo vio una vez más en alta mar, cuando su padre y ella navegaban en busca de un tesoro. Pierre acababa de capturar un barco. Fue en aquel instante cuando descubrió que si Nathan no le hubiera quitado a Pierre los rehenes de las manos, el pirata los habría matado. Antes de que se alejara en su barco, consiguió acorralarla durante un momento para susurrarle bajito, lejos de los oídos de su padre:

—No creas que me he olvidado de ti, cariñín. Ya llegará nuestra hora.

Ése fue probablemente el único borrón en el inmaculado tapiz que conformaban las maravillosas experiencias de las que disfrutaba viviendo con su padre en las islas. Sabía que eso no duraría para siempre. Algún día se casaría, e incluso se sentía impaciente por hacerlo. Deseaba de corazón aquello que se había perdido de niña: una familia estable y cariñosa que permaneciera unida. Coqueteó con algunos marineros apuestos, pero todos acabaron marchándose; cosa que no le importó demasiado ya que, durante aquellos dos primeros años en Saint Kitts, lo único que de verdad deseaba era pasar tiempo con su padre y recuperar los años que habían estado separados.

Así siguió durante casi tres años, hasta que Charles Millford regresó de sus estudios en el extranjero. Charles, el apuesto hijo de una distinguida familia inglesa que poseía una plantación de azúcar en la isla, pareció sentirse bastante atraído por ella también, pero sólo hasta que descubrió quién era su padre y le aclaró con bastante grosería por qué daba por terminada su amistad. ¡No porque Nathan fuese un pirata! Nadie en Saint Kitts sabía que lo era. La verdadera causa era que los Millford lo consideraban un plebeyo. La familia era tan arrogante como para dar por sentado que ella no era lo bastante buena para su único hijo por esa razón.

Gabrielle se quedó destrozada cuando Charles le dio la espalda después de eso, aunque lo ocultó muy bien. No estaba dispuesta a permitir que su padre supiera que el único hombre que le había hecho pensar seriamente en el matrimonio no se casaría con ella por su culpa.

Sin embargo, era una isla pequeña. Nathan lo averiguó de algún modo. Gabrielle tendría que haberlo adivinado por su repentino estado de ensimismamiento, tan extraño en él, pero puesto que no le dijo nada, ella no quiso sacar el tema a colación. Fue entonces cuando mencionó que pronto alcanzaría la mayoría de edad y Ohr, uno de los leales miembros de la tripulación de Nathan, escuchó el comentario y señaló:

—¿Y todavía no se ha casado?

Nathan se quedó lívido al escucharlo y esa misma noche fue convocada a su despacho.

Después de ver la reacción que había tenido al escuchar el comentario de Ohr, Gabrielle supuso que iba a hablarle de sus perspectivas de matrimonio en la isla. Jamás habría adivinado que ya había tomado una decisión.

Tan pronto como se sentó frente a él al otro lado del escritorio, Nathan dijo:

—Voy a enviarte de vuelta a Inglaterra.

La reacción de Gabrielle fue inmediata. Ni siquiera tuvo que pensárselo.

—No.

Su padre sonrió al escucharla. Y fue una sonrisa triste. Ni siquiera trató de discutir con ella. Dado que deseaba hacerla feliz, Gabrielle siempre solía salirse con la suya en todas las discusiones que mantenían.

Nathan explicó sin más:

—Sabes que tu madre y yo no hacíamos buena pareja. Ella pertenecía a la aristocracia, mientras que yo formaba parte de la otra cara de la moneda. Aunque me gustaría que supieras que no tengo nada de lo que avergonzarme en lo concerniente a mi educación. Crecí en Dover. Mis padres eran buenas personas, gente trabajadora. Pero tu madre nunca lo vio de esa forma e inventó bonitas historias para sus amigos acerca de mi pasado y la razón por la que nunca estaba en casa. Ni siquiera quería que sus amigos supieran que me dedicaba al comercio, que no era el caso, pero así era como pensaba.

—Eso ya lo sé, papá.

—Sí, sé que lo sabes, pero, verás, tienes sangre noble en las venas procedente del linaje de tu madre. Sin embargo, nadie lo creerá en esta parte del mundo. Y, además, hoy me he dado cuenta de las cosas de las que te he privado al mantenerte a mi lado, como una temporada en Londres y todos los grandes bailes y fiestas que cualquier jovencita de la flor y nata de la aristocracia daría por sentado... todo lo que tu madre habría deseado para ti, incluido un caballero elegante como marido.

Ella agachó la cabeza al escucharlo.

—Te has enterado de lo de Charles Millford, ¿verdad?

—Sí —respondió él en voz baja—. Incluso he barajado la idea de retar a duelo al viejo Millford.

Gabrielle alzó la cabeza de golpe.

—¡No!

Su padre sonrió.

—En realidad sí, pero creí que sería mejor preguntarte primero si amas de verdad al muchacho.

Ella lo meditó durante un instante antes de admitir:

—No. Estoy segura de que lo habría amado con el tiempo; pero si te soy sincera, creo que tenía ganas de enamorarme y Charles es el primer hombre de los que he conocido aquí que me pareció que podría llegar a ser un buen marido.

—Tanto si lo hubiera sido como si no, Gabby, piensa en lo que acabas de decir. En todo el tiempo que llevas aquí, es el único hombre al que has tomado en consideración como posible marido. Un número irrisorio, querida, cuando deberías tener docenas de jóvenes entre los que elegir, y eso es lo que sucederá en Inglaterra. No, tienes que regresar para reclamar tu herencia y disfrutar de la temporada que tu madre siempre planeó para ti y, de paso, para encontrar un marido adecuado.

Gabrielle sabía que tenía razón, que probablemente no le quedara más remedio que hacerlo. Pero casarse con un inglés significaría volver a vivir en Inglaterra, y detestaba la idea de renunciar a su maravillosa vida allí. No obstante, si tenía un poco de suerte, acabaría por encontrar a un inglés con el suficiente espíritu aventurero como para trasladarse al Caribe por amor. Eso sí que sería perfecto y logró que se entusiasmara por el viaje.

—Tienes razón —dijo—. Me gustaría conocer a alguien de quien pueda enamorarme y con quien pueda casarme, pero ¿cómo voy a hacerlo sin alguien que me presente en sociedad?

—No te preocupes, querida. Tal vez no tenga el mismo linaje que tu madre, pero conozco a un hombre que me debe un favor y que forma parte de la flor y nata de la nobleza inglesa. Se llama Malory... James Malory.

4

—¿Crees que a Drew le importará? —le preguntó Georgina Malory a su esposo mientras se arreglaba para asistir a la cena.

—¿Tienes intención de preguntárselo? —inquirió él a su vez.

—Bueno, por supuesto.

—A mí no me has preguntado nada —le recordó su esposo.

Georgina resopló.

—Como si me hubieras dejado ir sola...

—Es evidente que no, pero existía la posibilidad de que te hubiera ordenado que te quedaras en casa.

Georgina parpadeó, sorprendida.

—¿En serio?

James Malory gruñó para sus adentros. Su esposa había sufrido un aborto durante el último embarazo. No hablaban del tema, pero era tan reciente como para que accediera a todos sus deseos, aun cuando apenas soportaba la presencia de sus hermanos y cuando, en circunstancias normales, jamás se habría planteado siquiera la idea de navegar con uno de ellos sin tener el control del barco.

De hecho, estaba considerando la posibilidad de comprar uno para no verse obligado a hacerlo, aunque no estaba seguro de poder conseguirlo en el corto espacio de tiempo que su esposa había dispuesto para emprender el viaje. Pero claro, si era él quien la llevaba a Bridgeport, la privaría de la compañía de su hermano, y George estaba deseando tenerlo cerca. ¡Por todos los demonios!

—Ya he accedido, George, así que es hablar por hablar. Se trata de tu hermano. ¿Tú qué crees?

Georgina se mordió el labio, aunque no parecía muy preocupada.

—La ocasión es perfecta, ¿verdad? —le preguntó en busca de un poco de apoyo—. Drew ya había decidido partir dentro de un par de semanas con rumbo a Bridgeport en lugar de seguir una de sus rutas caribeñas, así que dispondrá de camarotes libres y no tendrá que cambiar sus planes para complacerme. Y estoy segura de que no le importará zarpar una semana antes. Iba a quedarse más tiempo en Londres sólo para estar conmigo.

James enarcó una de sus cejas doradas al escucharla. Era un gesto que solía irritar mucho a su esposa antes de que se casaran, pero a esas alturas lo encontraba de lo más encantador.

—Y si las circunstancias fueran distintas, ¿se lo habrías preguntado? —quiso saber.

—Bueno, claro que sí. Es la mejor época para realizar la travesía, después de todo. Estamos a finales del verano, así que llegaremos antes del invierno. Incluso la fecha para la boda de Jeremy, dentro de unos días, nos viene de perlas. Volveremos a Londres de la boda con tiempo de sobra para hacer el equipaje si decidimos partir la próxima semana. Me habría resultado un poco incómodo pedirle a Drew que se apartara de su ruta para llevarme a Bridgeport, pero ya que va...

—Te olvidas de que adora a Jack. Haría cualquier cosa por ella en caso de que fuera capaz de negarte algo a ti. Y, al igual que tú, está encantado con la idea de llevarla a Connecticut para que vea con sus propios ojos de dónde procede la rama barbárica de su árbol genealógico. Tus hermanos llevan años insistiendo en que Jack debía hacer ese viaje. De haberse salido con la suya, la niña se habría criado allí, no aquí.

Georgina pasó por alto el comentario sobre la «rama barbárica» para señalar:

—De todos modos, no creo que tuvieran la intención de que viajara siendo tan pequeña. Si quieres que te diga la verdad, están deseando que se case con un norteamericano, por eso querían que hiciera esa visita en particular cuando tuviera edad suficiente para conseguir marido.

—Muérdete la lengua, George. Se casará con un inglés... y eso siempre que les permita acercarse lo suficiente como para que puedan conocerla.

El último comentario fue apenas un murmullo entre dientes que arrancó una sonrisa a Georgina.

—Bueno, la idea era que si se enamoraba de un norteamericano, no prohibirías el matrimonio. Pondrías objeciones, eso por descontado, pero puesto que la niña te tiene en el bolsillo, al final acabarías cediendo.

—Te agradezco la advertencia.

Al ver que no decía nada más, Georgina frunció el ceño.

—¿Me estás diciendo que no piensas permitir que se acerque a Connecticut cuando esté en edad casadera?

—Exacto.

La expresión ceñuda desapareció. Incluso soltó una risilla.

—Detesto ser yo quien te informe de esto, pero cada vez hay más norteamericanos que vienen de visita a Inglaterra. Y puedes estar seguro de que, cuando llegue el momento, mis hermanos van a estar muy ocupados enviando a nuestra puerta a cuanto hombre adecuado encuentren para que conozca a su adorada sobrina.

—Yo no apostaría por ello, querida.

Georgina suspiró al imaginar lo desagradable que podría volverse la situación si su esposo y sus hermanos pusieran fin a la tregua. A decir verdad, la habían pactado a regañadientes. Después de todo, no existía el menor aprecio entre ellos y habían intentado matarse en alguna que otra ocasión. En realidad, sus hermanos le habían dado una buena paliza a James, los cinco a la vez. Por supuesto que no habrían tenido éxito si se hubieran enfrentado con él de uno en uno, pero el hecho de que James les anunciara que había comprometido a su única hermana los había enfurecido tanto que se habían mostrado más que dispuestos a hacer que lo ahorcaran por piratería si no accedía a casarse con ella. Un comienzo poco prometedor para el maravilloso matrimonio del que disfrutaban en esos momentos, pero desde luego no podía negar que el proceso de conocer a James Malory, ex libertino y ex caballero pirata, había sido increíblemente emocionante.

Chasqueó la lengua.

—No sé cómo hemos acabado hablando del futuro matrimonio de Jacqueline con la cantidad de años que faltan hasta entonces —se quejó—. Deberíamos estar hablando de la boda de Jeremy, que se celebrará dentro de unos días. Sabes que viene esta noche a cenar, ¿verdad? Y también sabrás que necesita que lo animen, ¿no? He invitado también a Percy y a Tony, que vendrá con toda su familia.

James se acercó a ella y la abrazó desde atrás.

—Ya me lo dijiste durante el desayuno. Lo que no sabía era que estuvieras nerviosa, y no lo niegues. De no ser así, no te repetirías. Reconócelo, George.

—No estoy nerviosa en absoluto. Espero que Drew esté encantado de llevarnos como pasajeros cuando se lo pida, y pienso hacerlo esta noche.

—Entonces, ¿qué te pasa?

Georgina suspiró de nuevo.

—Me ha dado por pensar que nos estamos haciendo viejos, James.

—Y un cuerno.

Georgina se giró entre los brazos de su esposo para devolverle el abrazo, cosa no muy fácil dada la complexión corpulenta y musculosa de James Malory.

—Es cierto —insistió—. Estoy segura de que Jeremy nos convertirá en abuelos poco después de casarse, ¡y eso hará que me sienta como una anciana!

James estalló en carcajadas.

—Pero qué tonta eres, y yo que pensaba que sólo te ponías así cuando... cuando estás... embarazada. ¡Santo Dios, George! No estarás embarazada de nuevo, ¿verdad?

Su esposa contestó con evidente malhumor:

—No que yo sepa. No creo.

—En ese caso, déjate de tonterías o tendré que recordarte que Jeremy es tu hijastro y que, además, sólo es unos cuantos años más joven que tú. En todo caso, serías una simple abuelastra. Y ni se te ocurra volver a llamarme viejo o ¿acaso estás pensando servir algún anillo como cena?

Se alejó de él entre carcajadas al recordar aquella persecución alrededor de su escritorio a bordo del *Maiden Anne*, después de que le dijera que la situación le venía «como anillo al dedo» y lo tachara así de viejo chocho. James le había replicado que iba a hacer que se comiera ese anillo, y era muy probable que la hubiera obligado a hacerlo. Después de todo, había herido su vanidad y con total deliberación. Los anillos y el hecho de comérselos eran una broma íntima desde entonces.

—No me extraña que ese bribón necesite que lo animen —convino James—. Su futura suegra prácticamente lo ha echado a patadas de su casa y se niega a permitir que vea a la novia antes de la boda. Que me cuelguen si yo habría permitido que tu familia me mantuviera alejado de ti después de fijar la fecha.

—Muy gracioso, James. Ni siquiera fechamos nuestra boda y lo sabes muy bien. Nos llevaron al altar a empujones el mismo día que mi familia te conoció.

—Un detalle estupendo, pero es que los bárbaros son tan, pero tan predecibles...

Georgina rompió a reír de nuevo.

—Será mejor que no les digamos que fuiste tú quien forzó la situación aquel día, porque están convencidos de que fue al contrario.

—De todos modos no lo creerían y, gracias a Dios, sólo hay uno de tus hermanos presentes; uno ya es demasiado, pero se puede tolerar...

—Jamás admitirás que mis hermanos no son tan malos como creías, ¿verdad? Drew incluso salvó a Jeremy hace poco tiempo del matrimonio forzado en el que se vio involucrado sin comerlo ni beberlo, y sin que nadie se lo pidiera, además.

—Y no creas que no se lo agradezco. Detesto admitirlo, pero le debo una desde entonces. Pero no se lo recuerdes. Espero que lo olvide, maldita sea.

—¡Bah! No espera retribución alguna. Los Anderson no son así y tú lo sabes.

—Siento discrepar, George. Todo el mundo es así cuando la necesidad aprieta. Por fortuna, tiene otros cuatro hermanos a los que pedir ayuda antes de pensar en un cuñado. Y ese estruendo significa que Tony ha llegado —añadió con una mueca al escuchar el ruido procedente de la planta baja—. Deberías decirle a nuestra hija que los chillidos son propios de los cerdos, no de las señoritas.

Georgina esbozó una sonrisa por la reacción de su esposo ante el escándalo que su hija y la de Tony estaban montando.

—No serviría de nada. Sabes muy bien que Jack y Judy son inseparables. En cuanto pasan unos cuantos días sin verse, no pueden evitar entusiasmarse cuando se encuentran.

—Ni armar todo ese alboroto infernal.

—Acabo de darme cuenta de una cosa. Jacqueline está deseando emprender el viaje, pero creo que no ha caído en la cuenta de que no verá a Judith durante los meses que estemos fuera.

James gruñó para sus adentros, a sabiendas del rumbo que habían tomado los pensamientos de su esposa.

—¿Vas a dejarle los gemelos a Regan y ahora quieres añadir otro pasajero a la lista? Mi hermano nunca accederá. Puedes estar segura.

—Por supuesto que sí. Hay que tener presente que la visita será educativa para las niñas. Ninguna de las dos ha salido nunca de Inglaterra.

—¿Y qué tiene eso que ver con que Tony eche de menos a su única hija?

—Sólo habrá que recordarle que así podrá estar un tiempo a solas con Roslynn...

James la encerró de nuevo entre sus brazos.

—Y ¿cuándo voy a conseguir yo un poco de tiempo a solas contigo?

—¿Eso quieres? —preguntó a su vez en un ronroneo al tiempo que le echaba los brazos al cuello y se apoyaba contra él.

—Siempre.

—En ese caso, puedes estar seguro de que se me ocurrirá algo.

5

—Dos semanas no son nada; además, sólo te quedan dos días para la boda. Tiempo suficiente para pensártelo mejor, ¿no? Su madre es un genio, si quieres saber mi opinión. Tal vez acabes dándole las gracias.

Los cuatro hombres se quedaron mirando a Percival Alden como si fuera tonto. Algo que no era infrecuente. De hecho, sucedía bastante a menudo. Estaba garantizado que Percy, como lo llamaban sus amigos, dijera los mayores disparates o, peor aún, dijera lo que no debía a las personas equivocadas, circunstancia que solía dejar a sus amigos con el agua al cuello. Por extraño que pareciera, nunca lo hacía a propósito. Percy era así.

En ese instante, sólo Jeremy Malory lo miraba echando chispas por los ojos a causa del comentario que acababa de hacer. Los demás se lo estaban pasando en grande, por más que trataran de disimular a toda costa. Sin embargo, Jeremy sufría uno de sus arranques de melancolía, provocados por el hecho de que no podía ver a Danny, la mujer que le había robado el corazón, mientras la madre de ésta organizaba la boda.

El verdadero motivo por el que Evelyn Hillary le había pedido a Jeremy dos semanas antes que se marchara a su casa hasta el día de la boda, no era otro que su deseo de pasar un tiempo a solas con su hija. No podía reprochárselo, le había dicho la mujer y, en realidad, así era. Después de todo, madre e hija habían pasado separadas demasiado tiempo, ya que Danny se había criado en los bajos fondos de Londres desconociendo su propia identidad, así como el hecho de que uno de sus progenitores seguía con vida, a pesar de que ella los creía muertos a ambos. Y acababan de reencontrarse.

Ser consciente de ese hecho no hacía que la separación resultara más fácil para Jeremy. Acababa de darse cuenta de que lo que sentía por Danny era real, y los Malory no sucumbían al amor así como así. Su familia contaba con algunos de los libertinos más afamados de todo Londres, entre los que se encontraba el propio Jeremy, y ninguno de ellos se tomaba ese sentimiento a la ligera cuando lo experimentaba.

Drew Anderson era el único ocupante del salón, lugar donde los hombres se habían reunido después de la cena, que no hacía nada por disimular lo gracioso que encontraba el comentario de Percy. De todos los Malory, era Jeremy quien sin duda le caía mejor, dado que tenían muchas cosas en común, o así había sido hasta que su amigo decidió renunciar a su soltería. Jeremy también era su sobrino, o más bien sobrino político, pero familia al fin y al cabo.

Lo más gracioso de todo era que Jeremy, cuya tolerancia al alcohol era tal que jamás se había emborrachado de verdad, ni siquiera cuando el resto llevaba un buen rato bajo la mesa, parecía estar a punto de batir esa sorprendente marca esa noche. Había llegado con una botella de brandi en la mano, se había bebido otra durante la cena y estaba dando cuenta a pasos agigantados de una tercera. Resultaba increíble que a esas alturas no se hubiera desplomado en el suelo, pero sus ojos tenían un brillo delator que indicaba que estaba borracho y, según los rumores, por primera vez en su vida.

Su padre, James, aún no se había dado cuenta. Su tío Anthony estaba demasiado ocupado evitando reírse como para percatarse. Percy sólo se daba cuenta de cosas que no debería, por lo que tampoco se había percatado. Pero Drew, al ser un Anderson en territorio enemigo, por así decirlo, no tenía el menor problema en percatarse de la melancolía de Jeremy y de sus esfuerzos por sobrellevarla.

Penas ahogadas en alcohol. Era muy gracioso. Aunque Drew casi sentía lástima. La novia era increíblemente hermosa y él mismo había barajado la idea de perseguirla cuando aún la tomaba por una de las criadas de Jeremy. Si bien éste se había apresurado a dejarle claro que la reclamaba para sí. Y él era de la opinión de que no merecía la pena luchar por ninguna mujer. Si no podía tener a una en particular, otra ocuparía su lugar. No era quisquilloso, y tampoco estaba ansioso por quedar atrapado por un sentimiento que le era del todo desconocido.

En todos los puertos en los que había atracado había una mujer esperándolo con los brazos abiertos. No se trataba de que se hubiera esforzado a conciencia por tener un «amor» en cada puerto, tal y como le gustaba decir a su hermana. Simplemente era un hombre que amaba a las mujeres, a todas las mujeres, y aquellas a las que otorgaba sus favores albergaban la esperanza de que hiciera de su puerto una escala permanente. Aunque él jamás las alentaba a creer que llegaría a sentar cabeza. No les mentía, ni les hacía promesas y, cuando estaba en el mar, no les exigía más fidelidad de la que ellas debían esperar de él.

Georgina y la esposa de Anthony entraron en el salón antes de que Jeremy tuviera tiempo de darle un puñetazo a su amigo. «He aquí otra mujer deslumbrante, Roslynn Malory», pensó Drew. Conocía la historia de cómo Anthony se hizo con la dama. Por aquel entonces, ella necesitaba un marido que la protegiera de un primo sin escrúpulos que pretendía arrebatarle su fortuna y Anthony se ofreció voluntario, para el más absoluto asombro de su familia. Era otro libertino del que creían que jamás se casaría.

Drew al menos tenía que concederles un mérito a los Malory: tenían un gusto exquisito en cuestión de mujeres. Y James Malory se había llevado la mejor pieza, en su opinión, ya que había conseguido que la única fémina de los Anderson se enamorara de él. Aunque por supuesto que no se la merecía. Era una opinión unánime entre los hermanos. Pero no se podía negar que la hacía feliz.

No le apetecía en lo más mínimo verse confinado en un

barco con su formidable cuñado, pero no negaba que le encantaba la idea de pasar más tiempo con su hermana y su sobrina, dado que no iba a Londres demasiado a menudo. Lástima que no pudiera dejar a James en tierra... Debería haberlo sugerido. Él podía hacerse cargo de la familia de James sin el menor problema, puesto que también era la suya. Y tenía la certeza de que su cuñado en realidad no quería ir; debía de albergar muy malos recuerdos de su última visita a Bridgeport.

No perdía nada con sugerir que se quedara, pensó. Aún faltaba una semana para zarpar, tiempo de sobra para que, al menos, James considerara la idea de quedarse en casa. También había tiempo de sobra para ver cómo le echaban el lazo a Jeremy y para lamentar el hecho de que otro soltero empedernido engrosara las filas de los casados. Si alguna vez llegaba a cometer semejante necedad, esperaba que alguien tuviera a bien pegarle un tiro.

6

Drew tenía prisa. Acababan de decirle que el barco de su hermano Boyd, el *Océano*, estaba anclado a la espera de poder atracar en el puerto. Pasarían días antes de que le concedieran un sitio de atraque, ya que había un buen número de barcos esperando su turno para tal efecto. Sin embargo, eso no significaba que Boyd no se hubiera acercado ya hasta la orilla en bote; y, en caso de que no lo hubiera hecho, ya encontraría él uno para hacerle una visita.

No sabía que Boyd tuviera previsto detenerse en Inglaterra, pero el momento no podría haber sido más oportuno. La familia había vuelto a Londres el día anterior después de asistir a la boda de Jeremy y zarparía hacia Connecticut en menos de una semana. Había ido a los muelles ese día para informar a su primero de a bordo de que partirían antes de lo planeado.

En realidad, esperaba haber encontrado el *Océano* en Bridgeport, ya que por lo general transportaba azúcar y tabaco desde las Indias Occidentales hasta los estados del norte. Había estado impaciente por reunirse con su hermano pequeño, de ahí que hubiera previsto navegar hasta su puerto de origen en Bridgeport.

Si Boyd había ido a Inglaterra sólo para visitar a Georgina, tal vez quisiera regresar a Bridgeport con él. Ésa sí que era una idea agradable, sobre todo porque su cuñado, James, no había captado las indirectas y estaba empeñado en acompañar a su mujer y a su hija. No le vendrían mal algunos refuerzos con ese Malory en particular a bordo.

Georgina y Boyd eran los únicos Anderson que no capitaneaban sus propios barcos. Nunca se había esperado que su hermana lo hiciera y probablemente tendría que habérselas visto con sus cinco hermanos de haberlo sugerido alguna vez. Boyd no quería y punto. Le encantaba navegar, pero no le apetecía estar al mando.

Siempre habían supuesto que se trataba de simple nerviosismo y que con el tiempo lo superaría, que se convertiría en el capitán del *Océano* cuando estuviera preparado. Aunque a la postre había admitido que le encantaba viajar sin la responsabilidad de estar al mando y, puesto que pagaba a sus capitanes de su propio bolsillo, sus hermanos no tenían motivos de queja. Dado que su tripulación no necesitaba a Boyd para partir de nuevo, tal vez se mostrara de acuerdo en viajar con él, con Georgina y el resto de su familia en el *Tritón*.

Mientras se abría paso a través del atestado muelle en dirección a la oficina de la Skylark, donde esperaba encontrar a Boyd en caso de que su hermano hubiera desembarcado, no prestó más atención a los transeúntes que la necesaria para esquivarlos. No obstante, le resultó difícil pasar por alto a la mujer que estaba a punto de desplomarse delante de él.

La cogió del brazo por puro reflejo para evitar que cayera. En realidad, no le prestó mucha atención, porque tenía puestos los ojos en los dos tipos que caminaban tras ella y que se abalanzaron hacia delante en cuanto la soltó.

—Suélteme —le gruñó ella, y así lo hizo.

Drew no tenía claro si los dos hombres iban de verdad con ella, porque en cuanto la muchacha recuperó el equilibrio, volvieron a quedarse atrás y trataron de aparentar que no la vigilaban. Volvió a echar un vistazo a la mujer con la intención de descubrir por qué se había mostrado tan reacia a agradecer su ayuda, y se olvidó por completo de su escolta.

Los ojos azules más claros que había visto en su vida, rodeados de pestañas negras, lo miraban echando chispas. Su belleza le resultó tan sorprendente que le llevó un momento fijarse en el resto de su persona.

Drew no solía sorprenderse con facilidad. Que una mujer despertase su curiosidad era normal, pero que lo dejara sin habla era algo inaudito para un hombre que estaba acostumbrado a perseguir a las más hermosas damas a lo largo y ancho del mundo. La que tenía delante era bonita, eso sin duda, pero había otras muchas que podían hacerle sombra. Su nariz era pequeña y delicada, y sus cejas apenas se arqueaban, probablemente debido a su expresión ceñuda. Sin embargo, poseía unos carnosos labios rojos como la sangre, aunque no los llevaba pintados. Supuso que se debía a que se los había estado mordiendo.

Llevaba el cabello negro recogido en un artístico peinado. El vestido y el sombrero eran del mismo azul que sus ojos. Vestía como una dama a la última moda, pero el intenso bronceado que lucía su piel era impensable en una dama inglesa. Habría apostado cualquier cosa a que la muchacha había estado en climas más cálidos no hacía mucho.

¿Sería esa piel bronceada lo que le había llamado la atención? ¿O esos pecaminosos labios? O quizá sólo fuera la mirada iracunda con la que lo contemplaba a pesar de que acababa de acudir en su ayuda, por el amor de Dios.

—¿Debería haber permitido que se cayera a mis pies, encanto? —inquirió.

—¿Cómo dice?

—Ha estado a punto de caerse —le recordó—. ¿O acaso lo ha olvidado? Sé que tengo ese efecto en las mujeres. Se olvidan de todo en cuanto me ven —añadió con una sonrisa pícara.

En lugar de hacerle olvidar el enfado, como era su intención, su comentario le arrancó un jadeo de indignación, tras el cual replicó:

—Me ha hecho daño en el brazo, patán.

—¿En serio? Déjeme ver.

Ella apartó el brazo a toda prisa.

—Creo que no. Si de verdad pretendía servir de ayuda, se lo agradezco. Pero la próxima vez no sea tan bruto.

La sonrisa de Drew se desvaneció.

—No habrá una próxima vez, porque si se tropieza de nuevo, me lo pensaré dos veces antes de sujetarla —replicó—. De hecho, estoy seguro de que dejaré que se caiga. Que tenga un buen día, señorita.

Escuchó su jadeo ofendido mientras se alejaba. Fue un sonido agradable a sus oídos, pero no le devolvió la sonrisa. «Muchacha desagradecida...», pensó. Estaba tan molesto que no sintió el impulso de volver a mirarla, cosa extraña en él cuando se cruzaba con una mujer hermosa. Se abrió paso a codazos entre sus escoltas, si de verdad lo eran. Una lástima que ninguno de ellos se sintiera ofendido.

7

El puerto de Londres seguía siendo el mismo hervidero de actividad que contemplara la primera vez que estuvo allí, cuando partió de Inglaterra con rumbo al Caribe, convencida de que iba a encontrar a su padre. Las embarcaciones recién llegadas eran las culpables de la gran cantidad de carretas que transportaban mercancías desde el puerto a los almacenes o directamente al mercado, pese a lo tardío de la hora. Los sonidos y los olores le resultaban casi familiares y la habían distraído hasta el punto de no ver la carreta que estuvo en un tris de atropellarla, ni al hombre que impidió que acabara en el suelo. Si lo hubiera visto antes, tal vez no le habría sorprendido tanto la súbita atracción que sintió por él y habría podido evitar comportarse como una redomada estúpida. ¡Por el amor de Dios! Jamás se había comportado de un modo tan escandaloso ¡y eso que el pobre hombre sólo había querido ayudarla!

Su barco había remontado el Támesis a primeras horas de la mañana, pero se había necesitado la mayor parte del día para trasladar a los pasajeros hasta el muelle en los botes. Le alegraba que fuera tan tarde. De ese modo podría pasar la noche en una posada y así retrasar la entrega de la carta que llevaba en el bolsillo.

Dos de los miembros de la tripulación de su padre la seguían a una distancia discreta: Richard y Ohr, los dos hombres en los que más confiaba Nathan. Habían viajado con ella para protegerla y para asegurarse de que el lord al que iba a entregarle la carta accedía a cumplir el favor que su padre le pedía. Eran las carabinas más incongruentes que se pudiera imaginar, pero de no ser por su presencia, dudaba mucho que hubiera seguido adelante con todo aquello.

Iba a la caza de un marido con toda la pompa y el boato que caracterizaba a la alta sociedad londinense. Por esa razón la habían enviado un poco antes con sus dos carabinas: para hacerse un flamante guardarropa y para disfrutar de los últimos coletazos de la temporada veraniega. Su padre estaba negociando el rescate de dos rehenes y no podía acompañarla, pero había prometido reunirse con ella en un par de meses a lo sumo. Gabrielle había aducido que podía esperarlo. Él había argumentado que la situación no podía esperar más. Y había ganado.

Margery también iba con ella. No era sorprendente que una mujer de mediana edad se hubiera negado en redondo a dejarla marchar a Inglaterra sin la compañía de una «auténtica» carabina (tal y como ella misma había dicho); pero claro, a diferencia de Gabrielle, su doncella había añorado muchísimo su país natal. Había pasado toda la travesía emocionada con la idea de volver por fin a casa y, tan pronto como pusieron un pie en el muelle, se marchó a la carrera en busca de un coche de alquiler. Una tarea harto difícil con tantas llegadas como había ese día; pero, según afirmó, no pensaba admitir una negativa como respuesta y sólo tardó una hora en demostrarlo, motivo por el que Richard se estuvo burlando de ella durante todo el camino hasta la posada.

Gabrielle intentó no pensar en la causa de su repentina aprensión. Decidió en cambio recordar los años pasados con su padre en el Caribe. Hasta hacía poco, ninguno de los dos se había parado a pensar en las desventajas que la vida en aquella parte del mundo conllevaba para ella y no habían caído en la cuenta de que se perdería todas las cosas que una joven inglesa en edad casadera debía hacer una vez cumplidos los dieciocho años. Aunque no se arrepentía en absoluto. Por nada del mundo se habría perdido los maravillosos años compartidos con su padre.

Los dos hombres se reunieron con ellas para la cena y después se quedaron un rato para hacerles compañía. Ohr estaba jugando a las cartas con Margery, que estaba exhausta por la emoción del regreso a casa y no prestaba mucha atención ni a la partida ni a la conversación.

Ohr era el miembro más antiguo de la tripulación de su padre. Como todos los demás, también utilizaba un buen puñado de nombres falsos, pero daba la casualidad de que «Ohr» era el verdadero. Si estaba acompañado de algún apellido, no se molestaba en mencionarlo. Cuando se presentaba, la mayoría de la gente suponía que era un apodo náutico. Gabrielle así lo había creído. Razón por la cual el hombre siempre añadía, sin que nadie se lo preguntara, que su nombre se escribía con hache intercalada. El hecho de que pareciera tener ascendencia oriental y de que llevara el pelo negro recogido en una larguísima trenza a la espalda evitaba que nadie le preguntara abiertamente sobre sus orígenes. Se limitaban a asumir, a falta de algo mejor, que «Ohr» era un nombre oriental. Sobrepasaba el metro ochenta y su rostro no mostraba señal alguna de envejecimiento. En una ocasión, mencionó que su padre había sido un norteamericano que solía navegar al Lejano Oriente. Ohr se unió a la tripulación de un barco yanqui que regresaba a Occidente con la idea de encontrar a su padre, pero ni siquiera llegó a intentarlo, ya que se convirtió en un pirata.

El segundo hombre que Nathan había enviado para protegerla atendía al nombre de Jean Paul, entre muchos otros. Sin embargo, cuando Gabrielle y él se hicieron amigos, le confesó en secreto que su verdadero nombre era Richard Allen. Eso era lo único que le había dicho, no había mencionado nada acerca de su pasado ni de su lugar de origen, y ella no había insistido. No era mucho mayor que ella y destacaba entre los piratas no por ser alto y guapo, sino por su meticulosa limpieza, tanto corporal como en su vestimenta.

Su cabello era negro y lo llevaba muy largo, recogido en una cola a la espalda. Siempre iba afeitado, salvo por un cuidado bigote. Sus ropas eran tan llamativas como las del resto, pero impecables, y sus botas altas siempre relucían. Sin embargo, no llevaba joyas vistosas, sólo un arete de plata en la oreja con una especie de blasón grabado en él. Era un hombre ancho de hombros, pero de constitución delgada, y sus ojos verdes jamás perdían el brillo jovial. Siempre parecía estar mostrando sus blanquísimos dientes con una sonrisa o una carcajada. Gabrielle lo encontraba muy atractivo y alegre en su despreocupación. Richard practicaba su acento francés continuamente, aunque seguía siendo tan atroz como el día que se conocieron. Al menos, había conseguido que no se le escaparan los «¡Por todos los demonios del infierno!» cuando se emocionaba, detalle que delataba su verdadera nacionalidad.

En una ocasión, le había preguntado por qué se molestaba en fingir que era francés cuando el uso de los nombres falsos era suficiente para la mayoría de los piratas. Richard se había limitado a encogerse de hombros mientras afirmaba que no quería ser como el resto y que estaba decidido a perfeccionar su caracterización antes de abandonarla. También le había confesado en una ocasión que, a pesar de que en cierto momento había deseado acercarse a ella con intenciones amorosas, le aterraba que Nathan lo matara si lo hacía, por lo que había conseguido resistir el impulso. Gabrielle se había reído. Era un joven encantador, gracioso y cordial, pero jamás había considerado otra relación con él que no fuese de amistad.

Sin embargo, el hecho de que hubiera mantenido una relación platónica con un hombre tan guapo como Richard Allen no significaba que no hubiera sucumbido a unas cuantas atracciones románticas durante los años pasados en el Caribe. Menos mal que, salvo Charles, la mayoría de ellos habían sido marineros, porque ése era el tipo de hombre que jamás desearía como marido después de haber conocido de primera mano el poco tiempo que pasaban en casa.

Cuando se casara, su marido debería compartir la vida con ella. Ésa era la visión que tenía del matrimonio. Si su marido estuviera ausente durante meses como solían hacer los marineros y ella se pasara sola la mayor parte del tiempo, ¿qué sentido tenía el matrimonio?

Su madre había sido de la misma opinión. Por eso le había repetido en incontables ocasiones a lo largo de los años que era inútil amar a un hombre que amara el mar. La competencia era feroz.

—¿Por qué has permitido que te molestara, *chérie*? —le preguntó Richard mientras ella caminaba de un lado a otro de la habitación.

Sabía exactamente a lo que se refería: al tipo apuesto del muelle. Llevaba toda la noche intentando sacárselo de la cabeza. Sin embargo, al carecer de una respuesta apropiada, contestó:

—No me molestó.

—Estuviste a punto de arrancarle la cabeza.

—Tonterías. Sólo estaba aturdida —le aseguró—. Si no me hubiera agarrado, la carreta me habría tirado al suelo. Pero es que me agarró del brazo con tanta fuerza que creo que me habría hecho menos daño de haber caído al suelo, así que en realidad no me fue de mucha ayuda.

Una flagrante mentira. Richard enarcó una ceja para hacerle saber que no la creía, lo que hizo que ella se sonrojara e intentara ofrecer una razón diferente, una que fuera cierta.

—He estado muy nerviosa desde que zarpamos —dijo.

—¡Izad las velas! —chilló *Miss Carla*.

Cuatro pares de ojos se clavaron en el loro de brillante plumaje verde que estaba encerrado en la pequeña jaula de madera donde en ocasiones «residía». El pájaro había sido de Nathan. Era un encanto de animal cuando iba sobre su hombro, pero consideraba que todos los demás eran sus enemigos. Durante el primer año que Gabrielle pasó en el Caribe, cada vez que intentaba acariciarlo o darle de comer acababa con los dedos ensangrentados. Sin embargo, había sido persistente y, a la postre, el pájaro había acabado por cambiar de bando, literalmente, y su padre se lo había regalado el segundo año de su estancia en las islas.

El vocabulario del loro había consistido hasta entonces en términos náuticos... y en comentarios denigrantes sobre su madre. Hasta el nombre que Nathan le había dado era un insulto deliberado hacia su esposa. Le había resultado divertido enseñarle frases como: «Carla es tonta de remate», «Soy una vieja chismosa» o, el peor de todos, «Si me das un chelín, me bajo los pololos».

Nathan se había avergonzado tanto la primera vez que *Miss Carla* chilló «Carla es tonta de remate» delante de Gabrielle que agarró al pájaro en ese mismo momento y se lo llevó a la playa para ahogarlo. Ella se vio obligada a correr detrás de él para detenerlo, aunque estaba segura de que no tenía intención de matar al animal, y después ambos acabaron riéndose del asunto.

Ohr lanzó la servilleta contra la jaula, haciendo que el animal agitara las alas con fuerza unas cuantas veces mientras chillaba:

—¡Carla mala, Carla mala!

Richard soltó una risilla ahogada antes de retomar el tema que tenían entre manos y preguntarle a Gabrielle:

—¿Te pone nerviosa tu futuro matrimonio?

La pregunta la devolvió al presente de inmediato.

—¿Mi matrimonio? No. En realidad estoy deseando conocer a todos esos apuestos jóvenes que estarán en Londres para la temporada. Espero enamorarme de uno de ellos —añadió con una sonrisa.

Y era cierto, pero no estaba segura de querer vivir de nuevo en Inglaterra, ya que adoraba las islas. Y no le agradaba en absoluto la idea de vivir tan lejos de su padre. Sin embargo, seguía albergando la esperanza de poder convencer a su futuro marido para residir en el Caribe o, al menos, para pasar allí parte del año.

—Lo que pasa es que pedirle a un completo desconocido que me haga este favor cuando mi padre tampoco lo conoce demasiado me resulta... Bueno, no me gusta en lo más mínimo —explicó—. Es posible que nos dé con la puerta en las narices. —O eso esperaba ella.

—Estamos aquí para asegurarnos de que no lo hace —dijo Ohr en voz baja.

—¡Ni hablar! —exclamó Gabrielle—. En ese caso, estaríamos obligándolo y no se tiene por costumbre obligar a un lord inglés. ¿Alguno de vosotros lo conoce o sabe de qué modo lo ayudó mi padre para que le pida un favor semejante?

—Yo no —contestó Richard.

—Yo sí, aunque no sabía que fuese un aristócrata —respondió Ohr—. Mi experiencia con los lores, si bien reducida, me dice que suelen ser petimetres que se vienen abajo a la menor amenaza de peligro.

Gabrielle no sabía si Ohr estaba bromeando o no, pero la expresión desabrida de Richard resultó de lo más reveladora. «¡Por el amor de Dios! —pensó—, ¿acaso Richard era un lord inglés que ocultaba su verdadera identidad?». Lo observó con detenimiento, pero él se limitó a alzar una ceja ante su escrutinio. Era probable que ignorara que su reacción al comentario que había hecho Ohr hubiera despertado su curiosidad.

Desechó la cuestión. De todas formas, era absurda. Los ingleses podían convertirse en piratas, pero los lores ingleses, jamás. Y tal vez el lord al que harían una visita al día siguiente fuera el mayor petimetre de Londres, pero eso no aliviaba su aprensión. La idea de pedir un favor a alguien que no le debía nada le resultaba mortificante. A la postre, sería ella quien quedara en deuda con ese desconocido, y eso no le hacía ni pizca de gracia.

Había madurado y había cambiado mucho durante los tres últimos años. Había descubierto que era una persona ingeniosa, capaz de adaptarse a aquello que exigieran las circunstancias. Había sobrevivido a un huracán que asoló la isla durante una de las ausencias de su padre y tanto ella como Margery habían colaborado en las tareas de reconstrucción de la ciudad. Había pasado largas temporadas sola con Margery cuando su padre zarpaba sin ella y le había gustado mucho poder tomar sus propias decisiones.

Le encantaba recorrer el mundo buscando tesoros con su padre y echaría mucho de menos esas aventuras cuando estuviera casada. Pero lo que más aborrecía era volver a depender de otros para conseguir lo que quería. Así pues, verse obligada a pedir la ayuda de ese lord inglés atentaba contra todos sus principios.

—Podríamos secuestrarlo hasta que te encuentre un marido adecuado —sugirió Richard con una sonrisa.

Gabrielle comprendió que estaba bromeando y le devolvió el gesto. Si Richard tenía una cualidad que destacara sobre las demás, era su facilidad para alejar de la mente de cualquiera los temas desagradables. Y ella necesitaba dejar de pensar en ese tipo alto y guapo del muelle.

¡Por todos los santos, pero qué guapo era! En aquel momento iba escorada, como habría dicho su padre, después de bajar del barco. No era de extrañar que se hubiera puesto en ridículo de ese modo. Sin embargo, la situación habría sido mucho más embarazosa si la hubiera pillado comiéndoselo con los ojos, tal y como se había descubierto haciendo antes de que él la mirara.

Recordaba su enorme estatura y sus alborotados rizos casi rubios. Y habría jurado que esos ojos tan oscuros eran negros. Tenía un cuerpo estupendo, pero también era guapo.

No había tenido intención de ser tan brusca con él, pero en aquellos momentos tenía el corazón en la boca por culpa de la carreta que la había rozado y le había hecho perder el equilibrio. Además, la fuerza con la que la había agarrado del brazo le había resultado molesta. Y, por si fuera poco, había temido que Ohr y Richard, al ser tan sobreprotectores con ella, causaran una escena cuando se percataran de que le ponía la mano encima.

Temor en absoluto infundado. Ya habían salido en su defensa un rato antes, cuando un marinero le propinó un empellón. Habían estado a punto de tirar al hombre al agua. Después de aquello, les había pedido que fueran más discretos y que caminaran tras ella, tal y como se suponía que hacían los sirvientes en Inglaterra.

Cuando el apuesto gigante la miró con esos ojos oscuros y una expresión sensual perdió la compostura. Y por si no bastara con eso, el tipo esbozó una sonrisa cautivadora que despertó algo en su interior. Tan aturdida estaba ya a esas alturas que tardó un momento en entender lo que el desconocido le estaba diciendo y su respuesta salió con un tono mucho más seco del que habría utilizado normalmente; tan seco que lo puso a la defensiva.

Suspiró para sus adentros. Era muy improbable que volviera a verlo de nuevo. Había conocido a bastantes yanquis en el Caribe como para reconocer su acento. Solían visitar Inglaterra, pero no quedarse en el país, y la mayoría de ellos odiaba todo lo que fuese inglés. ¡No hacía mucho que los dos países habían estado en guerra! Así pues, sería sorprendente volver a encontrarse con ése en particular. La vergüenza que había sentido a causa de su comportamiento se duplicaría si volvía a verlo, y acabaría haciendo el ridículo de nuevo.

8

Gabrielle tenía los nervios casi destrozados cuando llamaron a la puerta en Berkeley Street. La casa estaba en la mejor zona de la ciudad. Les había llevado prácticamente toda la mañana averiguar dónde vivía el hombre. Su padre no les había podido dar la dirección, ya que no lo había visto en quince años. Lo único que sabía de él era que había regresado a Inglaterra varios años atrás acompañado de su hijo.

Había intentado lucir su mejor aspecto para el encuentro, y Margery la había ayudado planchándole el vestido, pero el nerviosismo le hacía pensar que no estaba a la altura de las circunstancias. Y tenía frío. Por el amor de Dios. ¡Todavía era verano en Inglaterra! Pero se había acostumbrado al clima cálido del Caribe y, por desgracia, su guardarropa reflejaba ese hecho.

Tenía muy pocos vestidos elegantes e incluso ésos eran de tejidos muy ligeros. Hacía mucho que se había desecho de todas las prendas con las que abandonara Inglaterra porque abrigaban demasiado para el Caribe. En esos momentos, sus baúles estaban repletos de faldas y blusas informales de brillantes colores, y ni una sola enagua.

Tenía un monedero lleno de dinero para comprarse un nuevo guardarropa, pero eso no iba a ayudarla a causar una buena impresión ese primer día. Esperaba que nadie estuviese en casa, que ese hombre ni siquiera se encontrase en el país. Si Richard y Ohr no estuvieran con ella, a buen seguro que no estaría allí mordiéndose el labio. Estaría a bordo del primer barco que zarpara rumbo a Saint Kitts.

La puerta se abrió. Apareció un criado al otro lado. Aunque tal vez no fuera un criado. Con una barba canosa y desarreglada, pantalones cortados a media pierna y descalzo, parecía un isleño en toda regla.

—¿Quiénes sois y qué queréis? Y rapidito —dijo de malos modos.

Ohr, con el semblante inexpresivo, replicó:

—Una carta para tu señor, para entregar en mano. Esperaremos dentro.

No le estaba dando oportunidad para que se negara. Cogió a Gabrielle del brazo y pasó al lado del criado.

—Espera un minuto, maldita sea —protestó el hombre—. ¿Dónde está vuestra tarjeta de visita?

—La carta es nuestra...

—¿Hay algún problema, Artie?

Todas las miradas se posaron sobre la mujer que apareció por una de las puertas del amplio recibidor donde se encontraban. Era de la misma estatura que Gabrielle, tal vez un par de centímetros más baja, con el cabello y los ojos castaño oscuro. Parecía rondar los treinta años, y su rostro poseía la cualidad de seguir siendo excepcionalmente bello a cualquier edad.

Los tres visitantes quedaron tan sorprendidos y prendados de su belleza que, por unos instantes, no pudieron articular palabra, lo que le dio al criado llamado Artie la oportunidad de decir:

—Se han colado, George, pero les daré largas ahora mismo.

La mujer, George, chasqueó la lengua y replicó:

—No hay ninguna necesidad. —Sonrió a Gabrielle y añadió con amabilidad—: Soy Georgina Malory. ¿En qué puedo ayudarles?

La vergüenza impidió que Gabrielle contestara. Se sentía como una maldita mendiga. No le importaba lo que su padre hubiera hecho para ayudar a lord Malory, no podía ser suficiente como para esperar que esa dama la acogiera y la amadrinara esa temporada. ¡Tal vez tardara dos temporadas en encontrar un marido!

La presentación en sociedad de una debutante era una empresa titánica. Requería acudir a una fiesta tras otra, hacer planes, comprar ropa nueva, encontrar acompañantes adecuados y carabinas. Su madre y ella lo habían hablado a menudo, antes de que Carla conociera a Albert. Y Carla conocía a las personas adecuadas. Había aguardado con impaciencia la presentación de su hija en sociedad. Por aquel entonces, Gabrielle también lo deseaba, ilusión que no había perdido durante el viaje de vuelta a Inglaterra. Pero llegado el momento de pedir favores, sólo quería regresar al Caribe.

Richard respondió con una encantadora sonrisa, e incluso se quitó su vistoso sombrero en señal de respeto.

—Tenemos una carta para lord Malory, señora. ¿Me permite el atrevimiento de soñar que no es su marido?

—Pues lo soy —dijo una voz profunda con bastante aspereza desde lo alto de las escaleras—. Así que ya puedes apartar la vista de mi esposa o tendré que despedazarte miembro a miembro.

Gabrielle levantó la vista y dio un paso atrás, hacia la puerta. ¡Por el amor de Dios! Jamás había visto a un hombre de complexión tan fuerte, ni tan amenazador. Y no se trataba sólo de la aspereza de su voz. En absoluto. Y tampoco era la inexpresividad de su rostro. Era el aura que lo rodeaba lo que advertía que era peligroso, incluso letal... y que deberían buscar la salida más cercana.

La imperturbabilidad de su rostro daba a entender que no estaba celoso, si bien su voz desmentía su expresión. Era lamentable que Richard hubiera formulado la pregunta como si tuviera interés por la dama, y mucho más lamentable que el marido la hubiera escuchado.

Gabrielle meneó la cabeza. No, ése no podía ser el hombre a quien debía pedirle el favor. Su padre debía de haberse equivocado de algún modo. ¡Por supuesto! Debía de haber más de un lord Malory en Londres. Habían acudido a la casa equivocada.

Esa idea le provocó un inmenso alivio; estaba a punto de expresarla en voz alta cuando Ohr dijo:

—Volvemos a vernos, capitán Hawke. Han pasado muchos años, tal vez no se acuerde de...

—Jamás olvido una cara.

Sorprendida, Gabrielle se giró para mirar a Ohr. Diantres, así que estaban en la casa correcta. Ya podría haberle dicho Ohr cómo era el hombre en lugar de hablar de petimetres para despistarla. Y no le cabía la menor duda de que lord Malory no había cambiado ni un ápice desde que Ohr lo conociera años atrás. Ese halo de peligro no desaparecía sin más.

—Ya no usamos ese nombre —continuó él con voz gélida—. Así que bórralo de tu cabeza si no quieres que te lo borre yo.

Era una amenaza incuestionable, la segunda en pocos minutos. Si la primera no había provocado reacción alguna en sus acompañantes, ésa desde luego que lo hizo. La tensión era palpable en los tres hombres.

El modo en que se estaba desarrollando el encuentro no tenía nada que ver con lo que había imaginado Gabrielle, y eso que le había echado mucha imaginación. Claro que su visión sobre los aristócratas ingleses era muy distinta. Había conocido a varios de ellos durante su infancia y ninguno había resultado intimidante en lo más mínimo. Ese hombre era mucho más que intimidante. Alto, rubio y con esa complexión musculosa, estaba claro que no le costaría mucho descuartizar a alguien miembro a miembro.

Lord Malory bajó las escaleras. Gabrielle estaba dispuesta a marcharse antes de que se pronunciaran más amenazas. No así Ohr. No mencionó la carta, sino que se la dio al hombre sin muchos miramientos en cuanto estuvo lo bastante cerca.

Gabrielle gimió para sus adentros. Sabía que debería haberse guardado la carta en vez de dejar que Ohr la llevara. Estaba lacrada. Ninguno la había abierto. Ni siquiera sabía en qué términos había expresado su padre la petición... ¿Habría sido como un favor o como una exigencia? ¡Por el amor de Dios! No se habría atrevido a exigirle algo a un hombre como ése, ¿verdad?

Contuvo el aliento mientras lord Malory abría la carta y la leía por encima.

—Por todos los demonios del infierno —musitó al terminar la lectura.

Gabrielle estaba mortificada.

—¿De qué se trata, James? —preguntó su esposa, frunciendo el ceño con curiosidad.

El aludido no dijo nada, se limitó a tenderle la carta para que pudiera leerla por sí misma. La mujer no pronunció juramento alguno. De hecho, sorprendió a Gabrielle al sonreír.

—Vaya, parece divertido —declaró con lo que parecía un tono sincero. Después miró a su marido—. ¿No la has leído entera?

—Sí, pero parece que tú todavía no has captado todas las implicaciones —replicó él.

—¿Te refieres a las numerosas fiestas a las que tendremos que asistir? —preguntó.

—No.

—¿Al hecho de que vamos a estar un poco apretados aquí con mis dos hermanos de visita?

—No.

—Entonces, ¿qué es lo que te ha molestado tanto? Aparte del comentario que ha provocado tu encantador arrebato de celos.

Gabrielle se hacía una idea. Aunque no había pronunciado palabra alguna, a buen seguro que lord Malory había llegado a la conclusión de que la hija de un pirata no podía ser presentada en sociedad.

A pesar de todo, el hombre dijo:

—Muérdete la lengua, George. No soy, ni seré jamás, encantador.

Sin embargo, no negó la parte de los celos, lo que provocó que las mejillas de Richard se sonrojaran. Y tampoco respondió a la pregunta, lo que hizo que su esposa añadiera otra suposición.

—Entonces debes de sentirte culpable por haber proferido tantas amenazas innecesarias.

Era un comentario de lo más provocador. ¿Cómo se atrevía a hablarle de esa manera? Y, por cierto, ¿cómo era posible que una mujer tan menuda y pizpireta se hubiera casado con un matón tan amenazador y gigantesco? No cabía duda de que era apuesto con ese largo cabello rubio que le llegaba hasta los hombros y esos penetrantes ojos verdes, pero también era letal. Gabrielle estaba totalmente segura de eso.

Sin embargo, el hombre se limitó a resoplar ante el comentario de su esposa y a replicar:

—Y un cuerno.

—Me alegro de oírlo —dijo ella con tono jovial antes de añadir a modo de explicación para el resto de los presentes—: Es imposible vivir con él cuando se siente culpable.

—Maldita sea, George, ya te he dicho que no me siento nada culpable.

Fue su tono de voz, más que sus palabras, lo que le dio veracidad a la afirmación; aun así, su esposa dijo:

—Que sí, que sí, y también estás deseando añadir que puedo estar segura, aunque los dos sabemos que no es del todo cierto.

—George...

La palabra contenía una clara advertencia, pero ella siguió sin hacerle caso y se dirigió con desenvoltura a los acompañantes de Gabrielle:

—Ya pueden quedarse tranquilos, caballeros. Mi marido no va a descuartizar a nadie hoy.

—Pero tú tal vez sí, querida, cuando comprendas que tendrás que cancelar tu viaje para cumplir con el encargo.

Georgina frunció el ceño.

—Ay, Dios, no me había dado cuenta.

—Eso pensaba —replicó lord Malory.

—Vaya, ¿por eso estás molesto? ¿Porque crees que va a ser una desilusión para mí?

El hombre no lo negó y, de hecho, lo confirmó al preguntar:

—¿No es así?

—En absoluto. Aunque tal vez sí lo sea para Jack. Ya sabes lo impacientes que pueden ser los niños. Pero podemos hacer el viaje el año que viene sin problemas.

Gabrielle se había quedado lívida al darse cuenta de que el favor iba a interferir en los planes de la pareja. Por fin habló.

—Por favor, no cambien sus planes por mi causa. No cabe duda de que mi padre no tuvo en cuenta que tal vez no estuvieran disponibles para ayudarme. Tomó la decisión de enviarme aquí en un arrebato. Podemos buscar otro alojamiento y esperar a que llegue y se le ocurra otra cosa.

—¿Cuándo sería eso? —preguntó lady Malory.

—No, no podemos. Sigue en el Caribe y tardará bastante en venir a Inglaterra —dijo Ohr al mismo tiempo.

—Bueno, entonces esa opción queda descartada —replicó la dama con un tono que no admitía réplica.

Aunque fue lord Malory quien dejó zanjada la cuestión al decir:

—Usted se queda. —Y no había más que hablar, por más que él no hubiera terminado todavía. Con una mirada y un tono que no dejaban lugar a dudas, les dijo a sus acompañantes—: Vosotros dos, no. Habéis cumplido con vuestro deber. Ahora está a mi cuidado. Ahí tenéis la puerta.

Ohr y Richard no habían tenido intención alguna de quedarse en aquella parte de la ciudad. Gabrielle se apresuró a darles un abrazo de despedida. Se sintió mal porque James Malory prácticamente los había echado, pero también estaba convencida de que la forma en la que Richard había despertado los celos de lord Malory había sido la causante de que tuvieran que marcharse antes de lo que a ella le habría gustado.

A solas con el matrimonio, su nerviosismo se acrecentó sobremanera. Si bien lady Malory la tranquilizó al preguntarle:

—¿Vamos al comedor? El bufet sigue caliente, en el caso de que no haya comido. Tenemos un horario de desayuno poco común, así que hay comida preparada a cualquier hora de la mañana. De cualquier forma, nos vendrá bien una taza de té mientras nos vamos conociendo.

Gabrielle siguió a la mujer y, por desgracia, James Malory la siguió a ella. Estaba segura de que sería incapaz de relajarse en presencia de ese hombre. Era demasiado intimidante y, además, seguía estando tan avergonzada por irrumpir en sus vidas que apenas si consiguió dar voz a la disculpa que les debía.

—Siento mucho que mi llegada haya desbaratado sus planes de esta forma.

—Ni una palabra más, querida —replicó lord Malory con un tono de voz mucho más agradable—. A riesgo de que George frunza el ceño, debo admitir que su sentido de la oportunidad no podría haber sido más perfecto.

—¿No le agradaban sus planes?

Al ver que no contestaba, su esposa se echó a reír y le explicó la situación.

—Aún le preocupa el ceño fruncido que ha mencionado antes. Verá, a pesar de que removería cielo y tierra para complacerme, el viaje que yo quería hacer se dispuso con bastantes prisas, aprovechando que el barco de mi hermano Drew estaba atracado en Londres. Pero mi marido no se lleva demasiado bien con mis hermanos...

—No hace falta que te andes con eufemismos, George —interrumpió él—. Detesto a sus hermanos al igual que ellos me detestan a mí. Es un sentimiento agradablemente mutuo.

Gabrielle parpadeó, si bien lady Malory se limitó a poner los ojos en blanco.

—Lo ha simplificado, pero en realidad intentan llevarse bien.

—Lo que quiere decir es que dejamos de intentar matarnos hace años —puntualizó él.

Parecía decirlo en serio, aunque Gabrielle se negaba a creer que así fuera. Y asumir que estaba bromeando consiguió tranquilizarla un tanto.

—De cualquier forma —continuó la dama—, a James no le hacía gracia navegar en el barco de mi hermano, de manera que sí, sin duda está encantado de que nuestro viaje se haya pospuesto.

Por increíble que pareciera, entre los dos habían logrado calmar gran parte de la culpa que Gabrielle sentía por imponer su presencia. No lo lograron del todo, aunque sí se sentía mucho mejor.

—Mi doncella tendrá que quedarse aquí conmigo —les informó.

—Por supuesto —replicó lady Malory—. De no haberla traído, yo misma habría contratado a una que la atendiera.

—Gracias. Sólo abusaré de su hospitalidad durante unas semanas, hasta que llegue mi padre y busque otro alojamiento. No saben cuánto les agradezco que me apadrinen durante el resto de la temporada. Por cierto y si no le importa que se lo pregunte, ¿cómo se conocieron usted y mi padre? —le preguntó a lord Malory.

—¿No se lo ha dicho? —inquirió a su vez el aludido.

—No, tomó la decisión de enviarme aquí de improviso. Y después me enfadé bastante con él al enterarme de que no podía acompañarme porque tenía que encargarse de un negocio urgente. Yo quise esperarlo, pero como la temporada social ya había comenzado, él se empeñó en que viniera aquí lo antes posible. El caso es que no llegué a preguntárselo.

—Yo también tengo bastante curiosidad al respecto —admitió lady Malory, con la vista clavada en su marido—. ¿En qué consiste esa deuda tuya? En la carta no lo decía.

—¿Cuál es el precio de una vida? Brooks salvó la mía. Yo no le pedí que lo hiciera.

—¿Cuándo sucedió eso? —preguntó su esposa.

—Mucho antes de que tú y yo nos conociéramos. Me metí en una pelea en el lugar equivocado y en el momento menos oportuno, con unos veinte marineros borrachos dispuestos a hacerme trizas.

—¿Sólo veinte? —se burló su esposa—. ¿Y eso te parece una situación arriesgada? ¿A ti?

Lord Malory rió por lo bajo.

—Aprecio el voto de confianza, querida. Pero ya me habían apuñalado, disparado y declarado muerto.

Eso hizo que al rostro de su esposa asomara una expresión preocupada de inmediato.

—¿De verdad estabas al borde de la muerte?

—No, pero uno de los marineros me había abierto la cabeza, de manera que ya no les prestaba demasiada atención y ellos estaban demasiado borrachos como para darse cuenta de que seguía respirando.

—¿Estabas inconsciente?

—Pues sí. Pero dado su convencimiento de que estaba muerto, también estaban empeñados en deshacerse de la prueba del delito. Me tiraron por el muelle de Saint Kitts. Era una zona bastante profunda. Y el agua no me reanimó. Al parecer, no tuve el menor problema en hundirme hasta el fondo.

—¿Y Nathan Brooks te rescató?

—Según su versión de la historia, estuvo a punto de ahogarse en el proceso —respondió.

—Pero es evidente que lo consiguió.

—Fue cuestión de suerte, querida. Su barco estaba atracado en el puerto. Y dio la casualidad de que me tiraron junto a él. Pero estaba bien entrada la noche, no había nadie por allí y él no habría estado por el lugar para escuchar el jaleo de no ser porque había regresado al barco para coger un mapa que había olvidado. Tampoco se habría molestado en sacar un cadáver del agua, pero escuchó de pasada que uno de los marineros preguntaba si estaban seguros de que yo había muerto. Así que se zambulló para comprobarlo. Me desperté calado hasta los huesos, justo debajo del muelle donde me había dejado.

—Entonces, ¿cómo sabes que...?

—Déjame terminar. No pudo llevarme más allá. Es un hombre bastante alto, pero en mi estado de inconsciencia yo era un peso muerto. Fue en busca de uno de sus hombres para que lo ayudara. El oriental que has conocido hace un momento. Me llevó a su casa para que me repusiera. Y ésa es toda la historia.

—Un favor insignificante el que pide a cambio —comentó lady Malory con una sonrisa—. De haberlo pedido, le habría pagado una fortuna por salvarte la vida.

James Malory miró a su esposa con ternura, algo que a Gabrielle le pareció fuera de lugar en el rostro de un hombre tan intimidatorio.

—Eso es porque me amas, George, y estoy la mar de agradecido de que no reclamara esa fortuna.

9

Una vez que hubo dejado a su inesperada huésped en manos del ama de llaves para que se encargara de mostrarle su habitación, Georgina arrastró a su marido hasta la salita para descubrir lo que pensaba sobre ese giro de los acontecimientos. Pero había olvidado que Boyd seguía dormido en el sofá. Y que Judith, la hija de Anthony, se había quedado a pasar la noche. Tanto ella como Jacqueline se habían escabullido hasta la salita y estaban jugando en un rincón de la estancia.

Las niñas habían sido lo bastante silenciosas como para no molestar a Boyd, aunque él no se había despertado ni siquiera con el escándalo que se había producido en el vestíbulo. Había entrado tambaleándose esa misma mañana, justo después de que James y ella bajaran a desayunar, la había saludado con un torpe beso y un abrazo y se había desplomado en el sofá. No se había molestado en despertarlo para decirle que buscara una cama. Todavía estaba bastante borracho después de toda una noche de juerga.

Dos años mayor que ella, Boyd era el más pequeño de sus cinco hermanos. También era el bromista de la familia. Había llevado a cabo un buen número de travesuras a lo largo de los años; algunas realmente divertidas, otras un poco embarazosas y unas cuantas peligrosas, al menos para ella, si bien sus hermanos no estaban de acuerdo. No obstante, se preguntó por un fugaz instante si Gabrielle Brooks sería una de esas travesuras que le habían salido mal, ya que ni siquiera estaba despierto para ponerle fin antes de que se le fuera de las manos. A menos que estuviera tan borracho cuando ideó el plan que no pensara en una posible forma de salir del atolladero en caso de que la cosa llegara demasiado lejos. No, no creía que la llegada de la joven fuera cosa suya. A Boyd le gustaban las bromas, pero no era tan estúpido como para irritar a su marido con una de ellas.

Sin embargo, Boyd era el miembro más impulsivo de la familia en esos momentos. Su hermano Warren solía disfrutar de semejante distinción hasta que se casó con Amy Malory. Desde entonces, era difícil que algo lo molestara, inmerso como estaba en la felicidad conyugal.

Georgina se giró para buscar otra habitación en la que James y ella pudieran hablar, pero su marido no se movió de donde estaba. Se puso en medio para impedirle el paso y dijo:

—Puedes soltarlo ya, George. Has puesto buena cara, pero los dos sabemos que estabas deseando hacer ese viaje a Connecticut.

—Sí, es cierto, y todavía lo estoy. Pero podemos ir sin problemas el año que viene.

—Este año nos venía muy bien, aun cuando fuera una decisión impulsiva por tu parte, porque uno de tus hermanos estaba aquí para llevarte. Puede que el año que viene no sea así.

—Cierto, así que tendré que asegurarme de que mi barco, el *Anfítrite*, esté anclado en el puerto para llevarnos el año que viene. Dispongo de un montón de tiempo para arreglarlo. Estoy segura de que lo preferirás, ya que de ese modo tú estarás al mando del barco.

—Desde luego —convino él.

—Debería despertar a Boyd, ¿no crees? —Se colocó los brazos de su marido alrededor de la cintura, desmintiendo así sus intenciones de despertar a su hermano.

—Déjalo. Todavía no ha tenido tiempo de dormir la mona, sea lo que sea lo que bebiera. Y aparte de servirme como saco de boxeo, no valdrá para mucho más.

No había reparado en ese detalle, pero el hecho de que

James y Boyd estuvieran bajo el mismo techo cuando su marido estaba tan enfadado sería como estar sentada sobre un barril de pólvora a punto de estallar. Y sólo James podría evitarlo, ya que Boyd era demasiado impulsivo y asestaba el puñetazo antes de pensar.

Fulminó a su esposo con la mirada.

—Eso no ha tenido ninguna gracia. Intenta controlar tu genio de ahora en adelante.

Era una orden, por más que él no pensara obedecerla; de todos modos, creía que James debía conocer su opinión al respecto.

—Te preocupas demasiado, George —dijo de forma lacónica.

—Ese comentario podría haberte funcionado en cualquier otra circunstancia, pero sabes muy bien...

—Baja el tono de voz antes de que las niñas te oigan.

Ella reprimió un resoplido y se limitó a poner los ojos en blanco.

—Cuando esas dos están cuchicheando, el resto del mundo deja de existir.

James echó un vistazo a las dos niñas, sentadas en el suelo con las piernas cruzadas al otro lado de la habitación, los hombros juntos y las cabezas, una rubia y la otra cobriza con mechones dorados, la una al lado de la otra. Jack le susurraba algo a su prima con una sonrisa. Judy asintió y se echó a reír antes de llevarse a toda prisa una mano a la boca para silenciar las carcajadas. Ambas lo miraron de inmediato y se sonrojaron un poco, como si les preocupara la posibilidad de que las hubiera escuchado. Lo cual era imposible. Nadie podía oír lo que cuchicheaban esas dos. Habían perfeccionado los susurros hasta convertirlos en todo un arte.

—Cosa que no tiene nada que ver con el tema que nos ocupa... —dijo James, lo que estuvo a punto de arrancarle una sonrisa a Georgina. Pero la estrechó con fuerza un instante antes de soltarla y añadir—: Y deberías intentar convencer a uno de tus hermanos de que prolongue su visita durante algún tiempo. O lo haré yo.

Georgina parpadeó, perpleja.

—¿Tú? ¿Por qué? ¡Por lo general los echas a patadas!

—Porque vas a necesitar un acompañante para todas esas fiestas que estarán pronto en tu agenda, y que me cuelguen si voy a ser yo.

Ella se echó a reír.

—Ya veo. La deuda es tuya, pero tendré que pagarla yo, ¿no es cierto?

—Tienes que admitir que esto es lo tuyo, no lo mío. ¿Crees que no me percaté del brillo que apareció en tus ojos cuando dijiste que parecía divertido?

—No trates de buscar pelea. —Le sonrió—. Estoy bastante de acuerdo. Y puesto que nunca habías mencionado nada de esto con anterioridad, supongo que adquiriste esta deuda durante tus salvajes y temerarios años en el mar, ¿no es así?

—Yo nunca he sido temerario, George.

—A juzgar por la ocupación que elegiste, por supuesto que lo eras —discrepó ella—. Y ésa es la parte que no comprendo. ¿Cómo demonios sabía ese hombre que estarías aquí si te conoció en el Caribe? No tenías por costumbre utilizar tu verdadero nombre por aquel entonces, ¿verdad?

—Por supuesto que no. Hawke era el único nombre que utilizaba en aquellos días. Pero, al parecer, hablaba en sueños debido a los medicamentos que me administraban para curarme las heridas, y dije algo referente a mi familia. El hombre descubrió mi verdadera identidad y acabó contándome la historia de su vida. En realidad, nos hicimos amigos después de eso.

—Y ¿quién es, entonces? ¿Un inglés? ¿Es ése el motivo de que te haya enviado a su hija para que la presentes en sociedad?

—¿De verdad necesitas saberlo?

Georgina frunció el ceño al escuchar semejante pregunta.

—Si voy a amadrinarla y a encontrarle un marido aquí, sí, necesito conocer su pasado. Sabes muy bien lo especiales que sois los malditos aristócratas con todo lo que esté relacionado con el linaje —añadió con cierto desagrado.

—No me incluyas en el paquete sólo porque a vosotros los yanquis no os gusten los aristócratas. Tú te casaste con uno, no yo. No hay más que decir.

Ella se echó a reír y le asestó un ligero puñetazo en el pecho.

—Limítate a responder mi pregunta.

—No te gustará la respuesta. De hecho, tal vez me mandes al infierno después.

—Venga... no puede ser tan malo.

—Siento discrepar, querida. Es la hija de un pirata. No de uno que se dedicaba a ello para entretenerse como yo, sino de uno que hizo de ello su carrera.

—¿Quién es hija de un pirata? —preguntó Drew, que acababa de entrar en el salón.

10

¿Una fiesta ya, tan pronto? Gabrielle ni siquiera había tenido tiempo de relajarse desde que llegó a la casa de los Malory. Tal vez su nerviosismo se hubiera aplacado un poco durante la charla con James y Georgina Malory, pero no había desaparecido del todo. ¿Y esperaban que acudiera a una fiesta esa misma noche?

Después de que le mostraran la habitación que ocuparía en el piso superior, se había dedicado a pasearse de un lado a otro hasta que Margery llegó unas horas más tarde. La criada había decidido quedarse en la posada al ver que no encontraban un carruaje lo bastante grande para llevarlos a todos esa mañana y trasladarse más tarde con el equipaje y *Miss Carla*.

Gabrielle ya echaba de menos a Ohr y a Richard. No habían tenido intención de alojarse en la misma casa que ella, sólo la habían acompañado para asegurarse de que era bien recibida. Sin embargo, lord Malory había dejado claro que no eran bienvenidos. Aunque, de todos modos, sus amigos no la abandonarían por completo, sólo se mantendrían alejados del vecindario. El plan original incluía la estancia de los dos hombres en Inglaterra hasta la llegada de Nathan, dada la posibilidad de que ya estuviera de camino antes de que ellos emprendieran el viaje de vuelta al Caribe, así que alquilarían una habitación cerca de los muelles, desde donde podrían vigilar la llegada de *La joya quebradiza*. Según sospechaba ella, tenían órdenes de quedarse allí para vigilarla.

Su padre se hacía cargo de ese tipo de gastos sin decírselo siquiera, aunque por lo general acababa averiguándolo. Había sido toda una sorpresa descubrir su naturaleza sobreprotectora, que llegó a incluir la elaboración de informes periódicos sobre sus progresos y actividades mientras crecía. El jardinero de su madre era uno de los hombres de Nathan. ¡No era de extrañar que el hombre siempre le hiciera tantas preguntas acerca de lo que hacía!

Cuando Nathan le confesó lo del jardinero, Gabrielle se dio cuenta de que también debían de haberle informado sobre la aventura de su madre con Albert. Su padre no lo mencionó, y ella no pensaba hacerlo, pero se sintió mal durante meses al pensar en ello, y le dio la impresión de que le había enseñado al loro todos esos comentarios despectivos sobre Carla después de descubrir su infidelidad.

Margery llegó acompañada de Georgina Malory, que subió para decirle que acudirían a la velada que celebraba esa noche su sobrina política.

—No tenía intención de ir —admitió la dama—. Regina organiza tantas fiestas cuando está en Londres que me basta con acudir a unas cuantas. Pero da la casualidad de que dos de mis hermanos, Drew y Boyd, están de visita en la ciudad y serán unos acompañantes más que apropiados. Así pues, se me ha ocurrido que ésta sería la ocasión perfecta para que se zambulla de lleno en la temporada social. De modo que asistiremos.

Gabrielle habría preferido no zambullirse en absoluto, pero no era tan grosera como para decirlo. Tenía unas cuantas excusas perfectas para declinar la oferta, tales como no disponer de un guardarropa apropiado todavía y el cansancio del viaje, pero no las utilizó. Su presencia ya le había causado bastantes molestias a la amable dama, puesto que la había obligado a cancelar sus propios planes. Estaba decidida a no estropear ninguno más.

—¿Sus hermanos no viven en Londres? —quiso saber.

—¿Aquí? No, por el amor de Dios; pues ni siquiera viven en Inglaterra. De hecho, aunque la residencia familiar está en Connecticut, podría decirse que mis cinco hermanos donde viven es en el mar. Verá, mi familia es dueña de la naviera Skylark, y cada uno de ellos capitanea su propio navío.

«Marineros», pensó Gabrielle con sorna. No podía alejarse de ellos ni siquiera en Inglaterra. Aunque al menos los dos hermanos de lady Malory estaban sólo de visita. Y tal vez le cayeran bien. Nunca se casaría con uno, pero tenía mucho en común con la gente de mar, después de todo.

—Con respecto a la fiesta de esta noche —comenzó Gabrielle—, tengo un vestido que podría ser apropiado, pero tendré que ir a la modista mañana. Traigo suficiente dinero como para encargar un guardarropa completo para la temporada, así que debería ponerme manos a la obra cuanto antes.

—Estoy de acuerdo, y no hace falta esperar a mañana. Mandaré buscar a la mía hoy mismo. Es muy buena haciendo milagros a corto plazo.

—Eso sería maravilloso —admitió Gabrielle—. Sólo necesito saber el número de vestidos de fiesta que debería encargar. ¿Tiene alguna idea?

—Media docena, al menos.

Gabrielle parpadeó con incredulidad y soltó un jadeo.

—¿Tantos a estas alturas de la temporada?

—Desde luego que sí —le aseguró lady Malory al tiempo que ponía los ojos en blanco—. Es por culpa de la competición que se establece entre las damas que organizan estos acontecimientos. Si una de ellas supera a otra que ya ha ofrecido su baile, esta última se siente en la obligación de organizar otro para asegurarse de que el suyo sea el mejor de la temporada. En mi opinión, es una estupidez, pero ése es el motivo de que recibamos tantas invitaciones cuando se aproxima el final del verano. Por cierto, ¿por qué ha esperado tanto para venir a Londres? Sólo restan unas cuantas semanas de eventos importantes. ¿Se da cuenta de que muchos de los mejores partidos han hecho ya su elección y se han comprometido?

Gabrielle asintió antes de añadir:

—Me habría sorprendido que fuese de otro modo. No elegí este momento a propósito; fue mi padre quien decidió de repente que este asunto ya se había demorado demasiado y me envió hacia aquí a toda prisa.

Georgina Malory rió por lo bajo.

—¿Que este asunto ya se había demorado demasiado? Es una forma bastante particular de verlo.

Gabrielle sonrió.

—Bueno, para serle sincera, no fue idea mía venir aquí. Habría preferido encontrar marido en casa, en las islas. Aunque ahora que estoy aquí, me gusta bastante la idea. Sólo espero que pueda persuadir a quienquiera que sea mi marido de que me lleve al Caribe al menos de vez en cuando. Sé que voy a echar muchísimo de menos a mi padre si me veo obligada a verlo tan poco como antes.

—¿Antes?

—No estuvo conmigo mientras crecía. Yo vivía aquí con mi madre y él trabajaba en las Indias Occidentales. Nos visitaba en muy raras ocasiones.

—Vaya, eso explica por qué su dicción es tan culta. De modo que, en realidad, se crió en Inglaterra...

—Sí, cerca de Brighton. Mi madre se habría encargado de presentarme en sociedad. Conocía a la gente adecuada. Pero murió cuando yo tenía diecisiete años, así que me fui a vivir con mi padre. ¿No le explicó eso en la carta?

—No, no mencionó en absoluto su pasado.

—¡Por el amor de Dios! ¿Me había aceptado sin saber siquiera si mi familia es intachable? Es usted demasiado amable, lady Malory.

La dama se echó a reír.

—No, soy norteamericana. No le damos mucha importancia a los títulos en mi patria, así que le ruego que no utilice el título que me endosó mi marido. Si pudiera librarme del título sin librarme de él, puede estar segura de que lo haría.

A Gabrielle no le sorprendió en absoluto. Había conocido a bastantes norteamericanos en el Caribe como para saber que preferían valorar a la gente por sus propios méritos y no por los de sus ancestros. No obstante, en Inglaterra la gente se tomaba el linaje mucho más en serio, al menos los nobles, sobre todo cuando se hablaba de matrimonio.

Antes de que pudiera replicar a la dama, Margery levantó la vista del equipaje para decir:

—Puede sacar a un par de condes de su árbol genealógico.

Gabrielle se sonrojó al escucharlo de esa manera, pero creyó prudente añadir:

—Hay varias generaciones de por medio, de modo que no poseo título alguno. Aunque, desde luego, tampoco lo estoy buscando.

—Pero no lo rechazaría llegado el caso, ¿verdad?

—No, por supuesto que no.

Georgina Malory sonrió.

—Sólo lo preguntaba porque yo sí lo habría hecho.

—Y, sin embargo, no lo hizo...

—¡Por la simple razón de que me casé antes de descubrir que James poseía un título nobiliario!

Gabrielle no sabía si compadecer a la dama o felicitarla, pero *Miss Carla* evitó que tuviera que hacer algún comentario cuando Margery apartó la jaula del baúl que estaba a punto de abrir y el pájaro chilló:

—¡Déjame salir! ¡Déjame salir!

—¿Eso es lo que creo que es? —preguntó su anfitriona con evidente sorpresa.

Gabrielle decidió destapar la jaula para que pudiera verlo por sí misma. De cualquier forma, era mejor prevenirla, porque el loro podía gritar mucho y no quería que nadie echara la puerta abajo para descubrir el motivo del alboroto. Sin embargo, lo curioso de los loros era la atracción que despertaban en las mujeres, que no podían resistirse a hablar con ellos, y Georgina Malory no fue una excepción. Se acercó a la jaula para examinar a *Miss Carla* y comenzó de inmediato a decirle «hola».

—Pájaro estúpido —replicó el loro.

Gabrielle notó que le ardían las mejillas, pero la dama estalló en carcajadas y dijo:

—Es asombroso. ¿Sabe decir algo más?

—Más de lo que debería —musitó Gabrielle—. Era de mi padre. Me la regaló cuando me encariñé con ella, pero ya le había enseñado unos cuantos comentarios escandalosos, todos demasiado bochornosos para repetirlos.

Georgina Malory enarcó una ceja.

—¿Demasiado vulgares para los oídos jóvenes?

—Yo diría que sí.

La dama soltó un suspiro.

—Vaya, qué lástima. Iba a sugerir que la llevara a la planta baja de vez en cuando para entretener a mi familia, pero mi hija mayor sólo tiene siete años y está en una edad muy impresionable. Ya escucha más de lo que debería de boca de los hombres de esta familia.

—Trataré de mantenerla callada.

Su anfitriona se echó a reír.

—Y yo trataré de evitar que Jack suba a investigar.

—¿Jack?

—Mi hija, Jacqueline.

—Ah, entiendo...

—No, no entiende, pero en realidad nadie entiende la propensión de mi marido a ponerles apodos poco usuales a las mujeres que ama.

—No son inusuales, George —dijo el aludido desde el vano de la puerta—. Sólo son nombres que no se le ocurrirían a nadie más. Vámonos ya y deja que la chica se instale. Querrá descansar antes de que la arrastres a la velada de Regan esta noche.

—¿Regan?

—Otro de esos nombres, éste para referirse a su sobrina preferida, Regina —explicó Georgina Malory antes de añadir con el ceño fruncido—: ¿Necesita descansar?

—No, estoy bien.

—Estupendo, en ese caso la modista vendrá dentro de una hora. Enviaré a alguien a buscarla ahora mismo.

11

Gabrielle bajó a la hora pertinente. Su vestido de tul azul grisáceo, muy parecido al color de sus ojos, era demasiado ligero para una noche inglesa. Por desgracia, la única capa que tenía era la de lana gruesa que utilizaba para los viajes, en absoluto apropiada para una fiesta.

Su ropa nueva comenzaría a llegar al día siguiente, según le había asegurado la modista, y los envíos seguirían durante la semana próxima, por lo que la posibilidad de pasar un poco de frío esa noche no la preocupaba demasiado. Además, su pelo estaba maravillosamente arreglado. Se daba bastante maña a la hora de hacerse recogidos artísticos, lo que era una suerte, porque en realidad Margery no era una doncella. Se limitaba a interpretar ese papel por el momento.

Fue la primera en aparecer en la planta baja, así que entró en la salita para esperar a los Malory. Creyó que estaba sola hasta que vio dos cabecitas que se asomaban por detrás del respaldo del sofá. Las dos eran rubias, pero el cabello de una de ellas estaba salpicado de brillantes mechones cobrizos. Podía afirmar con total honestidad que eran las niñas más preciosas que había visto jamás.

—Soy Jack —le dijo la niña de cabellos dorados—. Ésta es mi prima Judy. Y usted debe de ser la hija del pirata.

Gabrielle no supo si echarse a reír o sentirse mortificada ante el candor de la niña. ¡Por el amor de Dios! ¿Acaso todos los habitantes de la casa conocían la ocupación de su padre?

—Supongo que ésa soy yo, sí —contestó.

—¿También es pirata? —preguntó la otra niña.

Gabrielle se las arregló para no soltar una carcajada.

—No, pero suelo participar en la búsqueda de tesoros.

—¡Vaya! Eso parece muy divertido —dijeron al unísono, arrancándole una sonrisa.

—Sí que lo es.

—Y estoy seguro de que os lo contará todo, pero no esta noche —intervino James Malory desde la puerta—. Largo de aquí, jovencitas, la cena os espera.

Las niñas abandonaron la estancia con unos cuantos murmullos de protesta. Gabrielle estaba muy tranquila antes de que lord Malory llegara, pero en esos momentos ya estaba tensa, lo que la llevó a preguntarse si alguna vez se relajaría en presencia de ese hombre.

—George no tardará en bajar —le informó James Malory con actitud indiferente—. Está echándoles un sermón a sus hermanos para convencerlos de que os acompañen esta noche.

«Os» en lugar de «nos», lo que quería decir que él no iría. El alivio fue inmediato.

—Entonces, ¿usted no viene con nosotras?

—¡Por el amor de Dios, no! Adoro a mi sobrina y no me perdería una de sus cenas familiares por nada del mundo, pero ése no es el objetivo de esta fiesta. No me importa reconocer que aborrezco las reuniones sociales de ese tipo, así que haré todo lo posible para evitar los eventos a los que mi esposa ha planeado asistir con usted.

—Lo que significa que me habéis endosado el papel de... vuestro... —interrumpió una voz profunda y muy masculina.

El hombre que acababa de enmudecer estaba de pie junto a James Malory y la observaba con expresión incrédula. Su propio rostro debía reflejar la misma incredulidad. ¡Santo Dios! ¿¡Él!? ¿El gigante rubio del muelle con el que había sido tan maleducada? El recuerdo de su abominable comportamiento hizo que sus mejillas se sonrojaran. ¡Diantres! Sabía de antemano que se sentiría muy avergonzada si volvía a encontrarse con él alguna vez y ahí estaba, en la casa en la que iba a residir durante unas semanas. Definitivamente, estaba avergonzadísima.

—Tengo la impresión de que ya os conocéis, ¿cierto? —preguntó James Malory con sequedad mientras los observaba de forma alternativa—. ¿O acaso estoy presenciando un flechazo?

Drew fue el primero en recobrar la compostura y soltó un resoplido.

—¿Un flechazo? ¡Ja! Me limité a evitar que sufriera una desagradable caída en el puerto ayer, porque su torpeza estuvo a punto de tirarla al suelo delante de mis narices.

Por suerte, semejante comentario bastó para que toda señal de azoramiento abandonara las mejillas de Gabrielle. O quizá se debiera a la furia que la invadía por momentos.

—¿Torpeza? —repitió, airada—. No fue culpa mía que esa carreta estuviera a punto de pasarme por encima. Pero usted sí que se comportó como un bruto en su supuesto «rescate».

—¿Como un bruto? —preguntó lord Malory con interés—. Eso sí que no me sorprende. Después de todo, es un yanqui...

—No empieces con ésas, Malory —gruñó el gigante—. No es un buen momento.

—Siento discrepar, muchacho —replicó su cuñado—. Cualquier momento es bueno para sacar a la luz lo bárbaros que...

—Ni se te ocurra, James Malory —lo interrumpió su esposa mientras se interponía entre ambos—. Vamos a ver, ¿es que no puedo dejaros solos en la misma habitación durante cinco minutos?

—Por supuesto que sí, querida —respondió lord Malory—. Todavía está de pie, ¿no es cierto?

El gigante rubio y Georgina Malory emitieron un par de sonidos inarticulados la mar de groseros al escucharlo. Gabrielle no supo muy bien cómo interpretar la disputa ni la amenaza implícita en el comentario de James Malory. Parecía seria, pero ninguno de ellos había adoptado una actitud agraviada. De hecho, lady Malory se inclinó para besar a su esposo antes de decirle:

—Es probable que volvamos tarde, así que no me esperes despierto.

—Te esperaré.

A su rostro asomó una expresión sensual mientras le rodeaba la cintura con los brazos para acercarla más a él. El apuesto gigante puso los ojos en blanco ante semejante despliegue de afecto. Georgina Malory se limitó a reír entre dientes y a alejarse de su marido.

—Vamos, Gabby —dijo, aferrándola del brazo—. Estoy deseando presentarte a Regina. Es una celestina incorregible, ¿lo sabías? Estoy segura de que te encontrará marido en un abrir y cerrar de ojos. —Sin embargo, antes de marcharse se giró hacia su marido para advertirle—: Casi se me olvida. Boyd se ha negado a acompañarnos, así que intenta evitarlo. Ha dicho algo sobre que esta travesía había sido más larga de lo que esperaba y que no estará en condiciones de relacionarse de forma educada con nadie sin haber disfrutado al menos de tres noches de juerga.

—¡Pamplinas! —exclamaron casi a la vez James Malory y su cuñado.

—Sí, eso le he dicho yo, pero afirmaba que todavía le dolía la cabeza después de su primera noche de excesos, así que no quise insistir.

—Porque ya me habías liado a mí... —se quejó el gigante, aunque no parecía enfadado.

Gabrielle comprendió que el gigante debía de ser Drew, el hermano que Georgina había mencionado antes. Y, a juzgar por sus comentarios, tampoco le hacía mucha gracia tener que acompañarlas. Era probable que no se le hubiera ocurrido a tiempo una excusa plausible para librarse, como había hecho su hermano Boyd. Se habría sentido mal por ello de no ser porque el comentario sobre su torpeza seguía escociéndole.

Georgina no tardó en ponerlos en marcha. El trayecto hasta Park Lane fue muy corto, por lo que apenas conversaron en el carruaje. Una verdadera suerte. Gabrielle ya tenía suficientes dificultades para hacerse a la idea de que el hombre que tan atractivo le había resultado en el puerto y que había conseguido que hiciera el ridículo más espantoso no sólo estaba sentado a su lado en ese momento, sino que también residía en la misma casa que ella y tendría que verlo hasta en la sopa durante las semanas siguientes.

Se preguntó si debería cambiar de actitud y enmendar la rudeza con la que lo había tratado el día anterior. Sin embargo, explicar ese comportamiento tan poco característico en ella quedaba fuera de toda cuestión, porque eso implicaría que tendría que revelar lo atractivo que lo encontraba. Tal vez se las ingeniara para inventar alguna excusa convincente.

Recordó su encantadora sonrisa y el efecto que había tenido en ella. Se había comportado de forma grosera sólo después de que ella hiciera lo mismo. ¿Sería ésa la razón de que aún se mostrara hosco o acaso le fastidiaba de verdad el hecho de verse obligado a acompañarlas?

Tan pronto como entraron en la enorme residencia perteneciente a Nicholas y Regina Eden, Georgina se alejó en busca de ésta y la dejó momentáneamente a solas con el gigante. Él la condujo a un salón atestado de gente y saludó a algún conocido sin apartarse de su lado. De todos modos, no parecía estar prestándole la más mínima atención, así que Gabrielle pudo relajarse un poco. Hasta que, de repente, le preguntó:

—¿Es verdad que está usted aquí para encontrar marido, lady... pirata?

Gabrielle se quedó sin aliento. Así que también le habían hablado de su padre... ¿Estaba insultándola al tacharla de pirata o creía en serio que se dedicaba a la piratería?

A decir verdad, al ser un hombre de mar, sabría que habían existido mujeres piratas y habría oído hablar de aquellas que recorrieron el Caribe durante el apogeo de la piratería. Pierre mantenía una relación con una de ellas. Red, la llamaban, y podía luchar tan bien como cualquier hombre, o incluso con más crueldad, según se rumoreaba. Era probable que fuera eso lo que a Pierre le gustaba de ella, siendo un tipo tan infame.

El recuerdo de ese capitán en particular le provocó un escalofrío. Jamás había dejado de temerlo mientras vivía en el Caribe, aun después de enterarse de que andaba con Red. Sin embargo, tras haber vuelto a pisar suelo inglés, estaba convencida de que jamás volvería a verlo. Inglaterra estaba, después de todo, a un océano de distancia de sus rutas habituales.

—¿Tiene frío? —preguntó Drew—. ¿O es que no desea un esposo?

El hombre había notado su estremecimiento. ¿Por qué lo había achacado a la pregunta sobre la búsqueda de un marido? ¿Y a qué se debía el tono esperanzado de su voz? Su pregunta era demasiado personal como para merecer una respuesta, sobre todo después de haberla llamado «lady... pirata».

—Mire, capitán...

—Drew —la interrumpió—. Drew Anderson.

—Sí, lo sé —le dijo—. He mantenido una larga charla con su hermana hoy.

—¿Sí? Me sorprende que haya accedido a ayudarla. De hecho, me sorprende incluso que se haya dignado relacionarse con una pirata el tiempo suficiente como para «charlar». Aunque... ¡Maldita sea! Retiro lo dicho. No es la primera vez que lo hace.

Había comenzado con un insulto que la había puesto a la defensiva, pero el último comentario despertó su curiosidad. Dudaba mucho que se explicara si así se lo pedía. De todos modos, la curiosidad la impulsó a preguntar:

—¿Qué quiere decir?

—No lo hizo a propósito. No sabía que estaba tratando con un pirata. A decir verdad y para ser justos, debería decir ex pirata.

—Su marido, supongo, ¿verdad? ¿Cómo es que ha acabado casándose con semejante bruto?

Gabrielle se arrepintió de la pregunta aun antes de que Drew Anderson frunciera el ceño y le hiciera saber con el gesto que se había pasado de la raya. Era normal que sintiera curiosidad por las personas con las que vivía en esos momentos, pero puesto que él estaba incluido entre ellas, no quería que lo descubriera tan pronto. Además, no debería estar haciendo comentarios despectivos sobre su cuñado, el hombre al que había obligado a acogerla en su casa. Había sido un comentario muy grosero por su parte.

Antes de que pudiera pedir disculpas, Drew la sorprendió con una pregunta:

—¿Cree de verdad que es un bruto? Mis hermanos y yo opinamos lo mismo; pero, a título personal, me he preguntado siempre qué opinión tendría una mujer de James Malory.

—Es un bruto redomado. Pero supongo que su hermana no opina igual.

—No, ella lo adora —replicó—. Es difícil de entender, ¿verdad?

Gabrielle percibió el tono jocoso del comentario y se preguntó si estaba burlándose de ella o si en realidad compartían la misma opinión. Decidió no hacer indagaciones y apartó los ojos de él. El hombre era demasiado atractivo como para observarlo con indiferencia.

—En realidad —contestó tras una pausa—, si se pasa por alto la impresión de que lo único que desea es darte un puñetazo, debo admitir que es un hombre guapo.

—Yo no me atrevería a decir lo mismo...

—¿A decir el qué? —preguntó Georgina al reunirse de nuevo con ellos llevando a Regina a la zaga.

Las mejillas de Gabrielle se sonrojaron. Teniendo en cuenta lo desagradable que hasta ese instante había sido Drew Anderson con ella, existía la posibilidad de que estuviera a punto de confesarlo todo. Era la oportunidad perfecta para avergonzarla y parecía decidido a hacerlo. Tal vez se hubiera ablandado hasta el punto de hablar un rato con ella, pero Gabrielle no había olvidado cómo había comenzado la conversación.

Sin embargo, volvió a sorprenderla de nuevo cuando le quitó hierro al asunto al decir:

—Cree que ese bruto con el que te has casado es guapo.

—Por supuesto —replicó Georgina—. Jamás he conocido a una mujer que no lo crea. Pero me gustaría que desecharas la palabra «bruto» de tu vocabulario.

—No hasta que él deseche «bárbaro» del suyo —arguyó él con una sonrisa.

La mujer que acompañaba a George soltó una risilla.

—Me alegra que mi Nick no esté presente para escuchar esto.

Regina Eden era una mujer despampanante. Tenía el cabello negro y unos asombrosos ojos azul cobalto ligeramente rasgados que le conferían una apariencia exótica. La risilla dejó a su paso una sonrisa cálida y afectuosa. Georgina le explicó:

—Descubrirás que el marido de Reggie no siente mucho afecto por el mío. Tenían por costumbre intentar matarse el uno al otro.

El comentario sonó tan jovial que Gabrielle no se lo tomó en serio, pero entonces Regina añadió:

—Y estuvieron a punto de conseguirlo en un par de ocasiones, aunque ahora se llevan de maravilla... al menos en comparación.

—Yo no diría «de maravilla» —dijo Georgina con una sonrisa—. Pero supongo que resulta difícil dejar atrás las viejas costumbres. Aún se atacan verbalmente. Igual que sucede con mis hermanos —concluyó, al tiempo que lanzaba a Drew una mirada reprobatoria.

Su hermano no pareció avergonzado en lo más mínimo e incluso esbozó una sonrisa descarada.

—Sé cuándo estoy en minoría, la ocasión perfecta para echar un trago mientras las damas estrechan lazos.

Y se alejó sin rumbo fijo, aunque sólo una de ellas se fijó en ello. Gabrielle se descubrió contemplando su espalda y gruñó para sus adentros. Mantener los ojos apartados de ese hombre cuando estaba cerca iba a ser un problema. La había insultado de tal forma que ni siquiera debería querer mirarlo a la cara, pero no era así. Ejercía una atracción tan poderosa sobre ella que ni siquiera cuando la enojaba era capaz de controlar sus efectos.

Sin embargo, tendría que arreglárselas para encontrar el

modo de lidiar con su presencia. El tipo no era un marinero cualquiera al que se pudiera convencer con el incentivo adecuado de que renunciara al mar. ¡Era el capitán de su propio barco y su familia poseía una naviera! No podría haber encontrado a un hombre más inapropiado para mantener una relación...

12

—¿Ya se ha ido?

—¿Todavía no ha bajado?

Drew dejó el tenedor a un lado y dedicó una sonrisa a las niñas que acababan de entrar corriendo en el comedor matinal. Su nerviosismo era evidente. Y no necesitaba preguntar a quién se referían. ¡También él estaba pensando en la misma mujer y haciéndose esas mismas preguntas!

—Si te refieres a la pirata, es probable que siga en la cama. Volvimos bastante tarde de la fiesta de tu prima Regina —le dijo a su sobrina.

—¿Se divirtió en la fiesta? —preguntó Judith.

—Seguramente... —le contestó, con un sorprendente tono neutro ya que la idea le resultaba irritante—, ya que estuvo toda la noche rodeada por todos los solteros presentes.

—Dice que no es una pirata —lo corrigió Jacqueline cuando se acercó a él con el fin de quitarle una salchicha del plato.

—¡Es una cazadora de tesoros! —intervino Judith.

—Y papá dice que ella nos contará la historia —añadió Jacqueline.

Clavó la vista en su sobrina, pero la niña se limitó a esbozar una sonrisa descarada antes de terminarse la salchicha sin más. Drew meneó la cabeza y se echó a reír entre dientes. Jack era una picaruela adorable, de modales elegantes y en absoluto desgarbada, demasiado encantadora para alguien de su edad. Estaba convencido de que iba a convertirse en una joven incorregible cuando creciera.

—¿Tan tarde y todavía no habéis desayunado? —les preguntó.

—Qué va, desayunamos hace un buen rato —respondió Jacqueline.

—Sólo hemos vuelto para comprobar si estaba aquí —explicó Judith—. No queríamos que se marchara sin verla. Y yo vuelvo a casa hoy. Me llevaré una desilusión tremenda si no consigo escuchar con mis propios oídos lo de la caza de tesoros.

—Si la veo, preciosas, la enviaré directamente a buscaros.

Eso las dejó satisfechas, ya que salieron corriendo de la estancia con la misma energía con la que habían entrado. Cuando la habitación volvió a quedarse en silencio, los pensamientos de Drew siguieron centrados en el mismo tema: la huésped de su hermana.

Su llegada había cambiado los planes de Georgina y, por tanto, también los suyos. Dado que su hermana y su familia no lo acompañarían en el viaje de regreso a Connecticut, podía retomar sus planes originales y quedarse así otro par de semanas en Londres con ella, si bien ya no estaba tan seguro de querer hacerlo. Podría visitar a Georgie en otro momento. No estaría cómodo en su casa mientras tuviera bajo su techo a una invitada por la que se sentía atraído, sobre todo cuando dicha invitada estaba fuera de su alcance.

Piratas. Jamás se había encontrado con ninguno, a diferencia de su hermano Boyd. Los piratas le habían robado el cargamento. Lo mismo le había ocurrido a su hermano Thomas, que había arribado a puerto a duras penas después de que su barco quedara seriamente dañado en la lucha. Sin embargo, el encuentro no lo enojó, claro que nada conseguía hacerlo... Era el más paciente de todos los Anderson.

Era irónico que hubiera sido James Malory quien se enfrentara con sus hermanos en ambas ocasiones y saliera victorioso. En la actualidad, todos se reían del asunto, pero no había sido así en el pasado. Un caballero pirata, así se había llamado en aquella época.

Durante una década, James había campado a sus anchas por los mares, acosando indiscriminadamente cualquier navío que pudiera suponerle un desafío, incluso barcos ingleses. Para él no había sido más que un juego, una manera de poner a prueba su pericia, y según Georgina, la única salvación para un hombre que ya se había hastiado de ser uno de los libertinos más afamados de todo Londres a quien ni siquiera los duelos conseguían emocionar.

A Drew le sorprendió sobremanera que Gabrielle Brooks hubiera llegado a adivinar que James era el pirata con el que Georgina se había relacionado en el pasado. ¿Los piratas se reconocían entre sí? Lo dudaba.

Cuando la pareja le habló de su invitada, James admitió que el padre de la muchacha no había descubierto que él era un pirata, sólo que, por aquel entonces, navegaba con el nombre de capitán Hawke. Lo que reveló durante su delirio fue su verdadera identidad. Así pues, era más probable que la muchacha hubiera querido mostrarse sarcástica cuando dejó caer su suposición y llamó «bruto» a James.

Muchacha ingrata y descarada... Cada vez tenía más puntos en su contra, pero el peor de todos era su estancia en Londres para encontrar marido. Si no fuera por eso, tal vez se tomara la molestia de hacer las paces con ella. Pero no quería estar a buenas con la muchacha. Desde luego que no, ¡por todos los diablos! Necesitaba que siguiera siendo desagradable con él para no olvidar que estaba fuera de su alcance.

Aunque, a decir verdad, tampoco le hacían mucha falta muchos recordatorios cuando su simple presencia el día anterior había bastado para recordarle lo mucho que lo había enojado en el muelle. Algo de lo más extraño. No era propio de él dejar que las cosas lo afectaran tanto como para no poder desentenderse de ellas. Era demasiado despreocupado. Había soportado incluso las discusiones y las peleas con su hermano Warren, que solía ser tan arisco que habría acabado con la paciencia de un santo sin despeinarse. Sin embargo, esa muchacha lo irritaba demasiado.

Boyd apareció en la puerta e hizo ademán de apoyarse en el marco, pero estuvo a punto de acabar en el suelo. Drew había estado tan ensimismado que no había oído el ruido de la puerta principal al abrirse, si bien era evidente que su hermano acababa de llegar. Parecía no haber pegado ojo en toda la noche.

Boyd tenía su mismo color de cabello, castaño claro con mechones dorados, pero aún no se lo había cortado, y era más que probable que tampoco se hubiera peinado, a juzgar por lo enredado que estaba. Sus ojos, de un castaño más claro que los suyos, estaban en ese momento hinchados y enrojecidos. De los cinco hermanos, Boyd y Thomas eran los únicos que no habían heredado la impresionante altura de su padre.

—Todavía no te has acostado... —conjeturó Drew.

—Dormir, he dormido, pero no tengo ni idea de dónde —replicó Boyd.

—¿Eso fue lo que pasó la otra noche? ¿Me abandonaste en pos de una cama blandita?

—Muy blandita, por lo poco que recuerdo; pero estoy seguro de que encontraste el camino de vuelta sin mi ayuda.

Drew rió por lo bajo.

—Sí, y a una hora decente, además —comentó antes de menear la cabeza—. Tus celebraciones por haber llegado a puerto son un tanto excesivas. ¿Tan larga ha sido tu última travesía?

—No, pero llevaba a una pasajera que me ha tenido loco de deseo durante dos puñeteras semanas.

Drew arqueó una ceja.

—¿No pudiste hacer algo al respecto a bordo?

—Estaba casada y tenía a sus dos hijos con ella... Y se sentía tan inmensamente feliz por la inminente reunión con su marido que ni se me pasó por la cabeza hacerla partícipe de mis sentimientos.

—Bueno, ¿te la has quitado ya de la cabeza?

—Vuelve a preguntármelo cuando esté sobrio —respondió antes de añadir con una risilla—: ¿Cómo te fue a ti anoche?

—¿Por qué no me lo preguntas después de que hayas conocido a la pirata? —replicó Drew.

—No, gracias. Ya tengo toda una lista de excusas preparada para nuestra hermanita. No va a arrastrarme por todas esas fiestas llenas de núbiles doncellas. He estado tomando buena nota de los recursos de Malory para evitarlas. Además, a ti se te da mucho mejor eso del aburrimiento.

Drew prorrumpió en carcajadas.

—Eres todo corazón, hermanito. Pero... ¿qué te apuestas a que cambias de opinión en cuanto veas a la pirata?

Boyd se limitó a sonreírle.

—No pienso morder el anzuelo. Si fuera tan guapa como dices, te estarías asegurando de que mi barco zarpara mañana mismo.

—Como quieras —replicó Drew, encogiéndose de hombros.

Boyd lo miró con ojos entrecerrados.

—¿De verdad es tan guapa?

—¿Qué más da? —preguntó a su vez él, sin darle demasiada importancia al asunto—. Está aquí para cazar un marido, ¿o ya no te acuerdas? ¿Acaso estás dispuesto a sentar la cabeza?

Su hermano meditó la respuesta un instante.

—A diferencia de ti, no tengo un amor en cada puerto, así que no me importaría tener una esposa esperándome en casa. Recuerda que no soy yo quien va diciendo por ahí que jamás lo cazarán, ése eres tú. Pero cuando siente la cabeza, ten por seguro que no será con una muchacha que tiene a un pirata por padre.

—Bien dicho —convino Drew—. Teniendo en cuenta que nos dedicamos al comercio legal, me atrevería a decir que es posible que Clinton ponga unas cuantas objeciones si intentas introducir a una pirata en la familia. Después de todo, no hay razón para que tengamos que llevarle siempre la contraria.

—Vaya, ¿ahora lo conviertes en un desafío? —dijo Boyd con tono beligerante.

Drew puso los ojos en blanco.

—Acuéstate. Si lo que buscas es pelea para ponerle el colofón a tus excesos, al menos espera a estar sobrio.

—Mala idea —masculló su hermano—. Entonces me dolerá demasiado. Tal vez Malory me dé el gusto en tu lugar.

—Vale, perfecto, ¿por qué no habías dicho que querías suicidarte? —replicó Drew con sequedad.

13

Gabrielle echó un vistazo al deslumbrante salón de baile. Una velada íntima una noche y un gran baile a la siguiente. Georgina Malory no bromeaba al decir que probablemente no pasarían ni una sola noche en casa durante lo que restaba de la temporada. Pero no se quejaba. Quería tener muchos candidatos en la lista de posibles maridos que iba a elaborar y, cuanto mayor fuera el número de eventos a los que acudir, mayor sería el número de solteros a los que tendría la oportunidad de conocer.

Esa noche había conocido a dos caballeros y otros tres habían anotado sus nombres en su carnet de baile. Podría hablar con ellos más tarde, mientras bailaban. Pero, en ese momento, estaba contemplando al hombre que no podía desterrar de sus pensamientos y que se encontraba al otro lado del salón.

Para ser un capitán yanqui, estaba imponente con el traje oscuro que exigía la etiqueta. Le sorprendía mucho ver lo bien que encajaba en ese ambiente, como si fuera un aristócrata. A decir verdad, era imposible saber su nacionalidad si no se escuchaba su acento. Claro que a las presentes eso les traía sin cuidado. Era demasiado guapo. Todas las mujeres que lo rodeaban, tanto las jovencitas como las de mayor edad, intentaban llamar su atención.

En ese instante, estaba hablando con una dama encantadora con la que acababa de bailar. A ella ni siquiera le había pedido un baile... En realidad, apenas habían cruzado un par de palabras desde que llegaran.

Bien era cierto que su carnet de baile se había llenado de inmediato, pero podría haberle pedido que le reservara una pieza antes de llegar. Después de todo, habían compartido carruaje con Georgina. Había disfrutado de numerosas oportunidades para hacerlo. Y, además, habría sido lo más educado por su parte, aun cuando no deseara realmente bailar con ella. No obstante, lo único que había hecho era lanzarle una mirada desagradable cuando ella bajó las escaleras en la residencia de los Malory, a pesar de que el vestido nuevo que le habían entregado esa misma noche le sentaba de maravilla.

De satén azul pálido y con una cenefa de rosas bordada en brillante hilo rosa a lo largo de las costuras, el vestido había llegado con un par de escarpines y las cintas del pelo a juego. Ya había oído decir a varias personas que, sin duda, era la sensación de la noche. ¿Opinaría lo mismo Drew Anderson? A juzgar por la torva mirada que le había lanzado y por el comentario que había llegado a sus oídos, parecía evidente que no.

No debería haberlo escuchado. Y pensar que si le hubiera hecho caso a Margery y hubiera seguido durmiendo un poco más, no habría escuchado esa conversación entre los dos hermanos... Pero no, tenía que despertarse muerta de hambre gracias a que sólo había picoteado un par de bocados del plato de comida que Drew le había llevado la noche anterior en la velada de Regina. Cierto que en aquel entonces no tenía mucho apetito, pero él parecía habérselas arreglado para llenarle el plato con todo aquello que aborrecía...

Esa mañana había llegado a la planta baja a tiempo para escuchar a Boyd Anderson decirle a su hermano: «Además, a ti se te da mucho mejor eso del aburrimiento». En esos momentos, Drew no parecía aburrido en absoluto; parecía bastante interesado en la dama con la que hablaba, aunque estaba claro que Boyd se refería a ella y al hecho de verse obligado a acompañarla. El siguiente comentario dejó las cosas muy claras: «Teniendo en cuenta que nos dedicamos al comercio legal, me atrevería a decir que es posible que Clinton ponga unas cuantas objeciones si intentas introducir a una pirata en la familia.»

Era obvio que ambos la encontraban aborrecible. Cosa que no le hacía daño... al menos no demasiado. Pero sí que la enfurecía. No la conocían, ni tampoco a su padre. ¿¡Cómo se atrevían a juzgarlos tan a la ligera!?

«Un amor en cada puerto.» «Jamás me echarán el lazo.» Por fin comprendía esos comentarios. Drew Anderson era un sinvergüenza. ¿Y la aborrecible era ella? Por favor...

—Está asustando a todos los buenos partidos con ese ceño fruncido —escuchó decir a Drew—. Un penique por sus pensamientos.

Gabrielle levantó la vista y lo vio a su lado. No hacía más que un instante que había apartado la mirada de él. ¿Cómo se las había arreglado para cruzar el salón tan rápido? De haber visto que se acercaba, se habría ido a otro lado. No sentía el menor deseo de hablar con él.

—Mis pensamientos le costarán más que eso —replicó con desinterés antes de apartar la mirada.

—¿Cuánto más? —insistió él.

—Posiblemente más de lo que pueda permitirse.

—Una lástima. Estaba buscando algún tipo de diversión para acabar con el aburrimiento.

Gabrielle aspiró el aire entre dientes y giró la cabeza para mirarlo.

—Así que piensa que mis pensamientos podrían divertirlo, ¿no? Cree que no son más que tonterías y...

—Yo no he dicho eso —la interrumpió.

—No hacía falta. Quedaba implícito en su tono —le replicó antes de añadir con un hilo de voz—: ¿Qué podría esperarse de un bruto?

Al parecer la escuchó, porque suspiró y dijo:

—¿Acaso todos los hombres le parecen unos brutos?

—No, pero usted me agarró con tal rudeza que me dejó un moratón en el brazo.

Semejante acusación hizo que la mirara con los ojos entrecerrados.

—Enséñemelo —exigió.

Ella ni siquiera se había molestado en mirarse para ver si tenía alguna señal, y estaba a punto de confesárselo cuando él la agarró del brazo y se lo giró. Su expresión cambió de inmediato. Gabrielle descubrió al mirarse que sí había un moratón. Uno diminuto. ¡Por el amor de Dios! Era la primera vez que se alegraba de encontrarse un dichoso moratón.

—Se lo dije —replicó con indecible satisfacción.

—Sí, lo hizo —dijo él en voz baja y con una actitud contrita. No, más bien parecía estar desolado—. Gabrielle, lo siento. No era mi intención hacerle daño aquel día, sólo quise ayudarla. Siento mucho que le salgan moratones con tanta facilidad.

El último comentario la dejó con la mosca detrás de la oreja. No le salían moratones con facilidad y, de hecho, tampoco la había agarrado con tanta rudeza aquel día como para haberle dejado una marca... Jadeó al recordar que había sufrido un golpe en el carruaje de camino a la residencia de los Malory cuando el vehículo pasó sobre un enorme bache; un golpe lo bastante fuerte como para arrancarle un grito a ella y un comentario a Ohr. No le cabía la menor duda de cuál había sido la causa del moratón.

Pero no iba a confesarlo. Le gustaba mucho esa expresión conciliadora... Diantres, no podía hacerlo.

—Estaba equivocada —admitió con brusquedad—. Así que puede retirar sus disculpas.

—¿Cómo dice?

Se sonrojó a pesar de la irritación que sentía consigo misma.

—Acabo de recordar que me hice el moratón en el carruaje, después de nuestro encuentro en el muelle. Pero eso no significa que no sea un bruto —añadió con decisión.

Drew estalló en carcajadas y la situación atrajo demasiadas miradas. Un hombre tan corpulento como él tenía una risa profunda y enérgica... por no mencionar que era abiertamente sensual, maldita fuera su estampa. Apenas fue capaz de ocultar el escalofrío que le recorrió la espalda.

—Veo que al final me las he arreglado para librarlo del aburrimiento —farfulló.

—Sí, pero sólo buscaba uno de esos comentarios ingeniosos que suelta de vez en cuando. No me esperaba semejante despliegue de... estupidez.

La encantadora sonrisa que esbozaba decía a las claras que estaba tomándole el pelo. Gabrielle se sintió azorada, pero aún más sorprendente fue el deseo de devolverle la sonrisa.

Los cambios de humor de ese hombre eran impredecibles y ese despliegue de encanto le resultó más desconcertante que la actitud antagónica que había demostrado hasta entonces. Recordó aquella sonrisa genuina que le había ofrecido en el puerto y que había logrado que sintiera unas extrañas mariposas en el estómago.

Necesitaba alejarse de él. Volvía a sentir las mariposas en ese mismo momento. Miró a su alrededor en busca de su siguiente pareja de baile, que había ido a por un refresco. Peter Wills... o Willis... o algo parecido. Pero no lo vio por ningún lado. Lógico. Con intención de descansar un poco antes de que los escarpines nuevos le provocaran ampollas en los pies, envió al hombre a por una copa de champán después de percatarse de que la cola era interminable.

—¿Qué hace aquí sola? —le preguntó Drew—. Lo del ceño fruncido era una broma, ¿sabe? A mí no me habría impedido acercarme... en caso de que estuviera interesado en conocerla, claro. Así que, ¿por qué no está bailando?

—Estaba sedienta. Envié a...

—Excelente —la interrumpió mientras la llevaba a la pista de baile antes de que pudiera protestar—. Me preguntaba cómo podría conseguir bailar con usted. Y la música acabará antes de que su pareja regrese. Sería una verdadera lástima desaprovechar esta oportunidad.

La estaba tocando. Sus manos estaban unidas y la rodeaba con firmeza por la cintura. El contacto fue tan intenso que por un instante Gabrielle fue incapaz de pensar en otra cosa y apenas escuchó lo que él le estaba diciendo.

Esos ojos... sí, eran negros. El salón resplandecía gracias a la luz de un sinfín de arañas y aun a la escasa distancia que los separaba, no distinguía otro color en ellos. Eran unos ojos perturbadores. Y fueron los culpables de que comen-

zaran a revolotearle las mariposas otra vez en el estómago...
No, en realidad el culpable fue él. La atracción que ejercía
sobre ella era más intensa que cualquier otra sensación que
hubiera experimentado jamás.

Esos hombres... ¡Por el amor de Dios! Eran tan an-
chos... Era un hombre altísimo y recio, demasiado atractivo.
Las mariposas seguían revoloteando. Debería alejarse de él,
pero habría sido muy grosero por su parte dejar la pista de
baile de repente y... ¡No quería hacerlo!

Olía de maravilla, a una especie exótica. Estaban bailando demasiado cerca y aun así carecía de la fuerza de voluntad necesaria para alejarse de él o mencionarle que aquello
era de lo más impropio. ¡Santo cielo! Sus torsos estaban tan
cerca que casi se rozaban; de hecho, sus pechos lo rozaron
en una ocasión y sintió un agradable cosquilleo en respuesta.

—No ha contestado mi pregunta —le dijo en voz baja
muy cerca del oído—. ¿Es cierto que ha regresado a Inglaterra sólo para encontrar marido?

¡Su salvación! Un tema perfecto para alejar su mente de
las sensaciones que ese hombre le provocaba.

—Sí, pero no se preocupe. No pienso echarle el ojo. Soy
consciente de que es usted un crápula.

—¿En serio? ¿Dónde ha oído eso?

No estaba dispuesta a admitir que había estado escuchando a hurtadillas la conversación que había mantenido
con su hermano esa mañana y que se había alejado a toda
prisa antes de que la descubrieran.

—Su hermana ha debido de mencionarlo.

—No lo creo. Ni estando furiosa conmigo utilizaría esa
palabra para describirme.

—¿Un amor en cada puerto?

El hombre rió entre dientes.

—De acuerdo. Eso sí es algo que Georgie dice a menudo. —Sin embargo, en ese momento la miró con expresión
suspicaz y dijo—: Ya entiendo. Llegó a la conclusión de que
soy un crápula usted solita.

Gabrielle se encogió de hombros y se las arregló para
contestar con indiferencia:

—Si lo que le molesta es la palabra en sí, «donjuán» también vendría al caso, ¿no cree?

Él compuso una mueca. Gabrielle se arrepintió de inmediato. ¿Qué necesidad tenía de arruinar esos escasos minutos en su compañía? La música estaba a punto de terminar y ella volvería a sufrir la tortura de que le pisotearan los pies, porque la lista de sus futuras parejas de baile era interminable. En cambio, él retomaría la búsqueda de una dama con quien concertar una cita para más tarde. Tenía la certeza de que era precisamente eso lo que había estado haciendo con la dama con quien lo había visto conversar.

Consideró la idea de confesarle la verdad, de decirle que no había sido idea suya lo de volver a Inglaterra y mucho menos lo de pedirle ayuda a su familia. Pero no había necesidad de que lo supiera y, además, no cambiaría en absoluto la relación que existía entre ellos... la cual era nula por completo. Y no cambiaría nada porque ella deseaba casarse, a ser posible con un hombre a quien pudiera convencer de vivir parte del año en Saint Kitts a fin de ver a su padre cada cierto tiempo, pero Drew no quería casarse jamás.

—Veo que acaba de aparecer otro Malory —comentó él justo cuando la música llegaba a su fin.

—¿Cuántos son?

—Demasiados —le respondió antes de reírse por lo bajo—. Pero éste, al igual que James, aborrece que lo arrastren a este tipo de acontecimientos sociales; me pregunto qué está haciendo aquí, a menos que... ¿Los conoció cuando fueron a recoger a Judy esta tarde?

—¿Se refiere a los padres de la niña? No, estaba con la modista, probándome este vestido para poder estrenarlo hoy.

—En ese caso, es posible que hayan venido sólo para conocerla. Y, por cierto, el vestido es encantador. —Sus ojos oscuros la recorrieron de arriba abajo y se detuvieron en el escote.

Gabrielle deseó que no hubiera hecho el último comentario. Y que no la hubiera mirado de ese modo. Porque ése era el motivo del rubor que le teñía el rostro cuando Drew

Anderson la dejó con los Malory a los que acababa de referirse. Georgina ya estaba con sus cuñados y se encargó de hacer las presentaciones.

Anthony Malory era increíblemente guapo; pero, por extraño que pareciera, no se parecía ni un ápice a su hermano. Era mucho más alto y mucho más moreno, con el cabello negro y los mismos ojos azules que su sobrina Regina. Su esposa, Roslynn, era una mujer que quitaba el aliento, con el cabello cobrizo, unos encantadores ojos verdes y una figura esbelta pero voluptuosa. Era obvio a quién se parecía Judy.

—Usted debe de ser la pirata —comentó Anthony sin ambages.

—¡Anthony! —exclamó su esposa.

—No lo digas tan alto, Tony —lo increpó Georgina—. Y no se te ocurra decir esa palabra en público cuando te refieras a Gabby. No queremos arruinar sus oportunidades de conseguir un buen matrimonio.

Sin embargo, Gabrielle comprobó que, aparte de los Malory, no había nadie lo bastante cerca como para haber escuchado el comentario y que el pobre hombre comenzaba a parecer arrepentido, aunque estaba segura de que lo había dicho sólo para bromear. Así pues, sonrió y le dijo:

—Sí, soy una pirata sedienta de sangre y todo eso. Es una lástima que no haya una plancha por aquí para hacerle una demostración.

Anthony rió entre dientes.

—Bien dicho, querida.

Aunque Drew, de pie tras ella, le susurró:

—Anthony cree que está bromeando, pero a mí me encantaría que no fuera así. Las mujeres piratas no son vírgenes y las buenas costumbres les importan un pimiento, así que bien podría demostrar que es de verdad una de ellas pasando la noche conmigo.

El sonrojo fue inmediato. Sin embargo, cuando se giró para recriminarlo, estuvo a punto de jadear al ver su expresión. Había tal pasión en sus ojos que tuvo la impresión de que ya la estaba imaginando en su cama. ¡Por todos los santos! Ella ya se veía allí... No sólo sentía mariposas en el estómago, ¡de repente estaba acalorada y todo su cuerpo se estremecía! Se llevó la mano al pecho para tratar de calmar los desbocados latidos de su corazón.

Tras ella, Georgina estaba hablándoles a Roslynn y a su esposo de algunos de los eventos sociales a los que tenía intención de acompañarla durante las próximas semanas. Sin embargo, Anthony debió de notar la tensión que había entre Drew y ella, porque dijo:

—No debería ser difícil encontrarle un marido. Parece encontrar atractivos a los hombres de Londres... incluso a los yanquis.

Al escucharlo, Georgina miró a su hermano con curiosidad y sus ojos echaron chispas cuando le preguntó:

—Te habrás comportado como es debido, ¿verdad?

Drew esbozó una sonrisa inocente.

—¿Acaso no lo hago siempre?

Su hermana resopló.

—En absoluto. Pero asegúrate de hacerlo de ahora en adelante.

El hombre puso los ojos en blanco, como si Georgina estuviera haciendo una montaña de un grano de arena, pero Gabrielle fue muy consciente de la mano que se apoyaba en su espalda mientras la giraba hacia los Malory. Para cualquiera que pudiera haberlo presenciado, habría sido un contacto fortuito, pero no así para ella, que sintió el ligero apretón de sus dedos antes de que se alejaran.

Wilbur Carlisle tuvo que pronunciar su nombre dos veces para que le prestara atención. Había estado demasiado ensimismada pensando en los motivos que habían llevado a Drew a tocarla de un modo tan posesivo como para darse cuenta de que su siguiente pareja de baile había acudido a reclamar su pieza. ¿Habría visto Drew que el joven se acercaba y quiso hacer una sutil demostración de cómo estaban las cosas? Wilbur lo miraba con curiosidad. No, era una estupidez por su parte darle tanta importancia al asunto.

Obsequió al recién llegado con una sonrisa deslumbrante y le prestó toda su atención. Ése sí que era un caballero agradable. Si tuviera que hacer una elección inmediata, elegiría a Wilbur como marido. Era guapo, cordial e ingenioso. No le encontraba otro defecto salvo la falta de mariposas en el estómago que sí le provocaba Drew. Lo había conocido la noche anterior, en la velada de Regina, y había disfrutado de la breve charla que mantuvieron. La había hecho reír en un par de ocasiones, cosa que el resto de los hombres que había conocido ni siquiera había intentado. Le alegraba que estuviera presente esa noche para tener la oportunidad de conocerlo un poco mejor. Sin duda, era el caballero más atractivo de cuantos se habían apresurado a pedirle un baile nada más llegar. Por supuesto que no era tan guapo como Drew, pero... ¡Por el amor de Dios! Tenía que dejar de pensar en libertinos mujeriegos como Drew Anderson y concentrarse en los hombres que compartían su interés por el matrimonio.

14

Gabrielle durmió muy poco esa noche. No dejaba de darle vueltas en la cabeza a las palabras de Drew, cosa que le impedía dormir. Demostrar que era una auténtica pirata pasando la noche con él... Debería sentirse escandalizada. Pero no era así. Una vez que se tomó su tiempo para meditarlo al llegar a casa, se sintió demasiado complacida por el mensaje implícito: la deseaba. Y qué efecto más extraordinario tenía esa idea en ella. Tan pronto estaba tan emocionada que le daba vueltas la cabeza como se sumía en la más profunda desesperación. Porque no podía hacer nada para satisfacer el deseo que Drew sentía por ella. Y lo mismo le sucedía a él.

Margery la despertó a la mañana siguiente más temprano de lo que le habría gustado. Estuvo a punto de decirle que se marchara para disfrutar así de unas cuantas horas más de sueño, pero recordó que su amiga no había pasado mucho tiempo en casa los últimos días. Así pues, era un buen momento para hablar con ella y preguntarle su opinión acerca de sus posibles pretendientes, por si acaso tenía pensado volver a salir ese día.

—Ayúdame a hacer una lista de las cualidades que debo buscar en un marido —le pidió mientras Margery buscaba en su armario un vestido mañanero.

—Sólo tienes que utilizar el sentido común, muchacha —le replicó ella al tiempo que sacaba dos vestidos—. ¿El rosa o el azul?

—El rosa —contestó Gabrielle sin mirarlos siquiera—. Pero el sentido común no me dice qué buscar, sólo me ayuda a decidir lo que me parece agradable en un hombre después de conocerlo.

Margery chasqueó la lengua.

—Amabilidad, tolerancia, paciencia, honor, compasión...

—¡Espera! —Gabrielle levantó una mano—. Algunas de esas cualidades no son evidentes y cuesta hacerlas salir a la luz. Podría tratar a un hombre durante años sin llegar a saber si es honorable o no. ¿O es que hay una manera de averiguarlo que yo desconozco?

Margery dejó el vestido rosa sobre la cama y se acercó a la cómoda para sacar la ropa interior.

—¿Me estás preguntando si hay alguna forma de saber si un hombre carece de honor? Por el amor de Dios, muchacha, si supiera cómo hacerlo, vendería la fórmula.

Gabrielle suspiró.

—¿Qué más debo buscar?

—Lo que a ti más te agrade, por supuesto.

—¿Te refieres a un agudo sentido del humor? Me gustaría mucho eso en un marido.

—¿Y qué más?

—Un físico agradable. Tengo predilección por ese aspecto.

Margery puso los ojos en blanco.

—No, no la tienes. Junto con su apuesto rostro, el heredero de Millford tiene una barriga oronda.

—Sólo un poco de barriga, pero no hablemos de ese presuntuoso —replicó Gabrielle, indignada, antes de exclamar—: ¡La arrogancia, cómo no! Jamás la toleraría.

—¿Alguna otra cosa?

—No me gusta la tez pálida. Te juro que la mitad de los hombres que he conocido en este lugar parecen fantasmas de lo pálidos que están.

Margery soltó una risilla.

—Y ¿cómo sabes tú qué aspecto tiene un fantasma?

—Ya sabes a lo que me refiero.

—Bueno, yo no descartaría a nadie por el tono de piel, muchacha. Pon unos cuantos días al sol a un hombre y adiós al problema, ¿no te parece?

—Cierto.

—Entonces, ¿has empezado ya esa lista que pensabas hacer?

—Iba a ponerme ahora.

—Bueno, pero no conviertas este asunto de buscar marido en algo más difícil de lo que ya es con una lista interminable de nombres. Lo que buscas es tener unas cuantas alternativas, no un dolor de cabeza cuando tengas que elegir. ¿Con cuántos nombres vas a empezar?

—Sólo unos cuantos —respondió Gabrielle antes de fruncir el ceño—. Aunque creo que tienes razón. En realidad no me interesan los dos hombres que iba a añadir a la lista. Y eso me deja de momento con Wilbur Carlisle nada más.

—¿Te gusta?

—Es casi demasiado perfecto —respondió, aún ceñuda—. No hay nada en él que me desagrade.

Margery volvió a reírse.

—No puedes considerar eso una falta, Gabby, así que borra ese ceño y recuerda que sólo has asistido a dos fiestas hasta el momento.

Gabrielle sonrió.

—Lo sé. Georgina me ha asegurado que me quedan muchos caballeros por conocer. Pero espero que Wilbur me haga una visita para que puedas echarle un vistazo. Me gustaría saber tu opinión...

—Muy bien, pero mi opinión no es relevante, ni debería serlo —dijo Margery—. Porque ya has respondido tu propia pregunta, ¿no crees? Sabes perfectamente lo que buscas en un hombre. Así que, adelante con tu lista, pero deja la decisión final en manos de tu corazón.

Margery no dijo una palabra más al respecto y la ayudó a vestirse como todas las mañanas antes de marcharse en busca de una taza de té, mientras ella se sentaba frente al tocador para arreglarse el pelo con el estilo sencillo que prefería durante el día. Sin embargo, ese último comentario de

Margery se le había grabado en la mente, sobre todo la afirmación de que ya sabía lo que buscaba en un hombre. Se le antojó extraño que hubiera utilizado esa palabra, «hombre», en vez de «marido»; aunque no le pareció raro que el único nombre que acudió a su mente para dicho hombre fuera «Drew». Y con él regresaron el desasosiego y la desesperación que la mantuvieron tanto tiempo en vela la noche anterior.

En cuanto recordó lo bien que se había sentido entre sus brazos mientras bailaban, comenzó a pensar formas de sortear sus propias objeciones hacia él... y de destruir las que él tuviera. Su principal objeción, no, para ser exactos, su única objeción era la renuencia a pasarse la vida languideciendo en casa, mes tras mes, a la espera de que su marinero volviera, tal y como había hecho su madre. «Es inútil amar a un hombre que ama el mar.» Había escuchado ese consejo desde niña y se lo había aprendido de memoria. Pero ¿dónde estaba escrito que ella tuviera que quedarse en casa a esperar y dejar que su hombre partiera a la mar solo? ¿Por qué no podía salir a navegar con él?

Tan pronto como se le ocurrió esa idea, la desesperación se esfumó y sólo quedó el desasosiego. Las objeciones de Drew para rechazar una relación con ella eran insignificantes. No quería casarse... Bueno, tal vez sólo creyera que no quería hacerlo. Y tal vez se debiera a que jamás había tenido motivos para pensar seriamente en el matrimonio.

Ella podría proporcionarle ese motivo si dejaba de ahuyentarlo con cada palabra que salía de su boca. Claro que antes tendría que sortear la agenda del hombre. «Un amor en cada puerto.» La frase era tan... irritante. No dudaba ni por un instante que habría intentado convertirla en el amor del puerto inglés de no ser porque estaba a la caza de un marido. Su osado comentario sobre pasar la noche con ella lo dejaba bien claro.

Esos pensamientos la acompañaron durante el resto de la mañana y hasta bien entrada la tarde. La perspectiva de asistir al teatro esa noche tampoco consiguió distraerla. Era una obra nueva, de manera que lord Malory también asistiría. Lo que quería decir que Drew no tendría que acompañarlas. Ni siquiera estaba segura de poder verlo, pero estaba ansiosa por averiguar si sería posible superar el antagonismo que existía entre ellos.

Fue un verdadero alivio que Richard apareciera esa tarde para comprobar cómo se encontraba, no sólo porque se alegraba muchísimo de verlo, sino también porque sabía que la haría olvidarse de Drew, algo que consiguió sin más ayuda que la de su vestimenta. ¡Apenas lo reconocía!

—¡Mírate! —exclamó cuando bajó las escaleras y se lo encontró en el vestíbulo, donde le dio un fuerte abrazo.

Iba ataviado con tanta elegancia como cualquier joven petimetre. Incluso se había cortado el cabello negro, o eso creyó hasta que se quitó el sombrero y la cola le cayó por la espalda.

—Has estado de compras —prosiguió ella.

—Alguien tenía que hacerlo si vamos a venir a esta parte de la ciudad para ver cómo estás, y Ohr se negaba a comprarse algo remotamente parecido a un traje. Así que, ¿hemos encontrado ya un marido?

Ella se echó a reír.

—¿Hemos?

—Bueno, nosotros también somos parte interesada, ¿no? Si has escogido a tu marido para cuando Nathan llegue, podremos volver a casa justo después de la boda; y, sin ánimo de ofender, cuanto menos tiempo pase aquí, muchísimo mejor.

Gabrielle lo miró con una ceja arqueada, pero él cambió de tema como si no acabara de admitir que le ponía nervioso estar de vuelta en Inglaterra. Se preguntó si llegaría a averiguar qué fue lo que lo hizo huir.

—¿Has visto ya a tu abogado? —le preguntó.

—No, pero tengo una cita mañana.

Un sirviente apareció por el corredor. Gabrielle enlazó su brazo con el de Richard y lo condujo hacia el enorme jardín que había en la parte trasera de la casa, con el convencimiento de que allí nadie los molestaría, pero Richard se dio cuenta de inmediato de que ya estaba ocupado.

—Estupendo —dijo él—. Tenía la esperanza de verla mientras estaba aquí.

—¿A quién?

—A lady Malory —respondió.

Siguió su mirada hacia el lugar donde Georgina estaba sentada junto a la fuente, intentando leer y vigilar al mismo tiempo a sus dos hijos pequeños, Gilbert y Adam, que estaban con ella. Habida cuenta que los bribones no paraban ni un instante, Georgina no estaba leyendo demasiado.

Gabrielle había conocido a los gemelos y a su niñera el día anterior. No sabía por qué la niñera no estaba presente en esos momentos; tal vez Georgina quería pasar más tiempo a solas con sus hijos.

No le llevó más que un instante recordar que Richard fue el causante del ataque de celos que sufrió James Malory cuando llegaron. Miró de reojo a su amigo, preguntándose si debía echarse a reír o darle un bofetón. Al final se decantó por decir:

—Richard, es una mujer casada.

—Sí, pero mira con quién está casada —replicó él—. No puede ser feliz de verdad con semejante hombre. ¿No estás de acuerdo?

«Por completo» fue lo primero que se le vino a la cabeza, pero había sido testigo del comportamiento de la pareja cuando estaban juntos, al igual que Richard, y si bien éste no había sabido leer entre líneas, ella desde luego lo había hecho. Aparte de la más que evidente atracción física que sentían el uno por el otro, también había percibido una afinidad emocional entre los cónyuges, por no hablar de una absoluta falta de temor por parte de Georgina. Cualquier mujer que se atreviera a hablarle a su marido de la forma en la que ella lo hacía debía de estar convencida de que era amada y a todas luces correspondía ese sentimiento.

Sin embargo, tras percatarse de que su amigo parecía hablar en serio, le dijo con cautela:

—Crees que se ha dejado intimidar por un hombre que inspira miedo en los demás con tanta facilidad, ¿no es así? Pues te aseguro que a mí nunca me ha dado esa impresión;

más bien todo lo contrario. He hablado con ella varias veces en privado. Tal vez no le agrade demasiado la situación en la que la he puesto, después de todo, tenían otros planes; pero no ha insinuado nada al respecto y por lo demás parece bastante feliz. Claro que tú sólo basabas tu opinión en quién es su marido, ¿cierto?

Richard no respondió a su pregunta, sino que dijo:

—Debería hablar con ella.

De repente se dio cuenta de que Richard no le había quitado los ojos de encima desde que salieran al jardín, algo que la hizo intentar ver a Georgina tal y como la veía un hombre. Georgina Malory era hermosa. La maternidad no había afectado su figura; era delgada en los sitios adecuados y voluptuosa allí donde era necesario.

Gabrielle se alarmó.

—Sé razonable, Richard. Tú mismo lo has dicho: mira con quién está casada. ¿De verdad quieres jugarte el pellejo con un hombre así?

—Jamás se enteraría.

—¡Richard!

—Y no estaba pensando en robársela. Un revolcón me basta.

El comentario consiguió enfurecerla. Muy propio de los hombres buscar su placer sin dedicarle ni un solo pensamiento a la mujer. Richard estaba más que dispuesto a caer en la tentación.

Lo observó cruzar el jardín con paso decidido para acercarse a la dama. Debería haberlo detenido, pero estaba convencida de que ella lo rechazaría, así que creyó oportuno que lo descubriera por sí mismo y se olvidara de Georgina Malory. Estaba claro que no iba a tener tiempo para andarse por las ramas, ya que su estancia en Londres no se prolongaría más de unas semanas y él no podría visitarla todos los días sin que el marido se diera cuenta. De manera que se dejó de sutilezas y fue directo al grano.

Se sentó al lado de Georgina. Hablaron durante un rato. Gabrielle incluso vio cómo ella se reía. Bueno, Richard era bastante apuesto y podía ser muy gracioso, pero no se había equivocado. Tras un breve preludio, su amigo debió de lanzarse de lleno a la cuestión.

Aunque no lo hubiera presenciado, el bofetón que Georgina le propinó fue lo bastante fuerte como para escucharlo al otro lado del jardín. Gabrielle se encogió por conmiseración, si bien no la había tomado por sorpresa. Sin embargo, esperaba que él no se hubiera llevado una desilusión. Claro que, conociéndolo como lo conocía, supuso que volvería a intentarlo y estaba segura de que volvería a fracasar. Georgina no era una mujer casada cualquiera. Daba la casualidad de que era una mujer felizmente casada que amaba a su marido.

—Supongo que debería disculparme.

Gabrielle dio un respingo por la sorpresa. Reprimió un gemido antes de girarse para encarar a James Malory, que se había colocado a su espalda sin hacer ruido.

—¿Disculparse?

—Voy a tener que hacerle daño a su amigo —respondió.

Ya se temía ella que iba a decir algo así. Claro que no parecía demasiado molesto. El problema era que no lo conocía lo bastante bien como para saber que su expresión nunca indicaba lo que sentía de verdad.

—¿Es necesario? —preguntó ella—. Le aseguro que es inofensivo. Y Georgina ya ha echado por tierra sus ilusiones.

—Se ha pasado de la raya. Me temo que no puedo permitirlo.

Richard emprendió el camino de regreso a su lado con semblante descorazonado. Pero, en cuanto vio a James junto a ella, echó a correr en dirección contraria. La rapidez con la que saltó la alta tapia que separaba las casas fue de lo más cómica.

—Muy inteligente de su parte —comentó el agraviado—. Yo no salto tapias.

Debería sentirse aliviada, pero tenía la sensación de que lord Malory no lo dejaría estar.

—¿Serviría de algo que le diera mi palabra de que no volverá a acercarse a su esposa?

El hombre enarcó una ceja.

—Si bien no dudo de su palabra, querida, permítame señalar que una persona jamás puede controlar por completo los actos de otra.

—Cierto, pero conseguiré que me dé su palabra. Y una vez que lo hace, siempre se aviene a ella.

—Muy bien. Eso bastará para evitar que vaya tras él. Pero tal vez quiera advertir a su amigo que su palabra no será suficiente si vuelvo a verlo.

Gabrielle asintió, agradecida por la aclaración. Y si Richard hacía oídos sordos cuando lo visitara esa tarde para advertirle de cuán cerca había estado de la muerte, sería por su cuenta y riesgo.

15

Más avanzada la tarde, Gabrielle conoció al otro Anderson que estaba de visita en casa de los Malory. En realidad, se dio de bruces con él, ya que salió de pronto de su habitación justo cuando ella pasaba por delante. El encontronazo no los envió al suelo, aunque él se disculpó de inmediato y después hizo una pausa muy significativa mientras la observaba de arriba abajo.

Boyd Anderson resultó toda una sorpresa, ya que no se parecía en nada a su hermano Drew. Era más bajo y un poco más fornido, e incluso sus rasgos faciales eran diferentes. De hecho, sólo compartían el color del pelo: castaño dorado.

—Vaya, ¡por todos los diablos! —exclamó al tiempo que apoyaba una mano en la pared y le impedía de ese modo proseguir su camino—. Veo que después de todo existía una buena razón para evitarla.

Gabrielle se tensó de inmediato. ¿Iba a mostrarse tan insultante como solía ser su hermano?

—¿De veras?

—Sí —respondió—. Es usted demasiado bonita. Podría habérmelas apañado a la perfección sin saberlo.

Ella se relajó un tanto; incluso rió por lo bajo.

—Y ahora ¿qué?

—Tendré que ponerme a la cola. —Esbozó una sonrisa—. ¿Es muy larga?

—En absoluto.

El hombre la miró con expresión incrédula antes de darse una palmada en la frente.

—Es cierto, llegó hace apenas unos días.

—No es eso —dijo Gabrielle—. He despertado gran interés, pero sólo unos cuantos hombres han despertado el mío hasta el momento.

—Lo consideraré un regalo llovido del cielo. ¿Qué tiene pensado hacer esta noche?

—Ir al teatro.

—¿En serio? Pues resulta que me encanta el teatro.

Sin duda a los Malory les encantaba; incluso tenían su propio palco en el piso superior, con una vista espléndida del escenario. Poco después descubriría que a Drew también le encantaba el teatro, o al menos ésa fue la razón que le dio para unirse a ellos esa noche cuando no habría tenido por qué hacerlo. Ella albergaba la certeza de que no era más que una excusa. Resultaba evidente que se había enterado de que su hermano acudiría, si bien los motivos para que eso supusiera una diferencia eran un misterio; de todos modos, Gabrielle estaba segura de que se trataba de eso. La competición entre ellos era bastante sutil, pero era imposible obviarla. Y, en el transcurso de la velada, le dio la impresión de que Drew estaba decidido a asegurarse de que Boyd no disfrutara de un solo momento a solas con ella, y viceversa.

Cuando James y Georgina abandonaron el palco para hablar con algunos amigos durante el intermedio y la dejaron sola con un hermano Anderson a cada lado, comentó de pasada lo bien que les vendrían unos refrescos. En realidad, tenía la boca seca de tanto reír durante los primeros actos de la comedia que se representaba esa noche.

—Una idea espléndida —dijo Drew antes de dirigir una mirada elocuente a Boyd, dando a entender que deseaba que su hermano se encargara de traerlos.

No obstante, Boyd se limitó a devolverle la mirada y asintió unas cuantas veces en dirección a la puerta, imitando así su silenciosa sugerencia.

Gabrielle se dio cuenta de lo que hacían y suspiró.

—No se levanten —dijo con sequedad al tiempo que se ponía en pie—. Iré yo misma a buscarlo.

Drew se levantó al instante.

—Una idea incluso mejor. La acompañaré.

—Y yo. —Boyd se puso en pie de un salto.

Gabrielle ocultó su sonrisa y no esperó a que la siguieran. Le alegró mucho ver en la planta baja al honorable Wilbur Carlisle haciéndole un gesto con la mano y atravesó el vestíbulo para charlar con él.

—Es un placer verlo de nuevo, Wilbur.

—El placer es todo mío, señorita Gabrielle. Traté de llamar su atención antes, pero parecía fascinada con la obra... y con los caballeros que la acompañan.

Había cierta curiosidad en su tono... ¿o se trataba de censura? Gabrielle comprendió que no sabía quiénes eran Drew y Boyd. Echó un vistazo por encima del hombro y descubrió que la habían perdido momentáneamente de vista entre la multitud que atestaba el vestíbulo y que la estaban buscando. No dispondría de mucho tiempo a solas con Wilbur.

—Estoy con los Malory, Wilbur. Los dos caballeros son hermanos de lady Malory.

—Ah, sí, creo que he oído hablar de ellos. Comerciantes marítimos, ¿verdad?

—Sí, toda la familia lo es. Pero dígame una cosa —añadió mirándolo con una expresión coqueta—, ¿por qué no ha venido a visitarme?

El hombre pareció bastante incómodo de repente.

—Quise hacerlo, pero... bueno, diantres, supongo que debo admitir que la razón por la que me he mantenido alejado es James Malory.

—¿Lo conoce?

—En absoluto —replicó Wilbur—. Pero he oído muchas cosas sobre él... bueno, lo que quiero decir es que he tratado desesperadamente de reunir el coraje suficiente para adentrarme en sus dominios y lo haré. Le aseguro que lo haré. Sólo necesito unos días más para recordarme que los rumores pocas veces son ciertos y que es probable que sea un hombre inofensivo...

—En absoluto —lo contradijo el aludido a su espalda.

Gabrielle estuvo a punto de echarse a reír, ya que lord Malory parecía muy indignado por el hecho de haber descubierto a dos personas hablando de él, y no precisamente bien. Sabía que, en otras circunstancias, habría agarrado a Wilbur del pescuezo y lo habría arrojado por la ventana más próxima. Sin embargo, puesto que ella estaba presente y era obvio que se trataba de uno de sus pretendientes, James Malory decidió comportarse lo mejor posible. Así pues, el afilado acero de su lengua permaneció enfundado durante esa noche.

Gabrielle notó que Wilbur se había sonrojado profusamente. James lo notó también y dijo:

—Sólo estaba bromeando, Carlisle. Por favor, venga a visitar a Gabrielle esta semana. Mientras ella sólo tenga elogios hacia su persona será bienvenido en mi casa.

Una advertencia y una invitación en la misma frase. Era asombroso lo bien que se le daba eso a lord Malory. De todas maneras, estaba segura de que había ofrecido la invitación por ella. Y Wilbur no pareció captar la advertencia. Una vez que sus temores se aplacaron un poco, le dio las gracias y mencionó que sería un honor para él aceptar la oferta antes de alejarse a toda prisa.

—No es muy valiente, ¿verdad? —señaló James Malory tan pronto como Wilbur se hubo marchado.

—¿Lo es algún hombre en su presencia? —inquirió Gabrielle en defensa de Wilbur.

Lord Malory prorrumpió en carcajadas.

—*Touché*, querida. —Pero las carcajadas habían llamado la atención de Drew y de Boyd, que ya se encaminaban hacia allí. Al verlos, añadió—: Esos dos podrían considerarse una excepción, aunque desearía que las cosas fueran diferentes.

—La has encontrado —le dijo Boyd, que llegó primero hasta ellos.

—¿La habías perdido? —replicó su cuñado.

—No de una forma tan desastrosa como tú perdiste a Georgina aquella vez en el Caribe —respondió Drew tras colocarse al otro lado de Gabrielle.

—Yo no perdí a tu hermana, zoquete, tú te la llevaste en tu barco.

—Justo delante de tus narices, todo hay que decirlo —señaló Drew con una sonrisa burlona.

—Cuidado, yanqui. Todavía no me he vengado por eso.

La tensión se apoderó de Gabrielle. Estaba segura de que después de atisbar la expresión del rostro de James, cualquier otro hombre habría salido corriendo en dirección opuesta. Pero esos dos norteamericanos se echaron a reír al recordar ese asunto. Al parecer, era cierto que no temían a James Malory. ¿Sería porque era su cuñado? En realidad, mientras seguían bromeando, llegó a la conclusión de que el motivo era que habían peleado con él antes y habían vivido para contarlo.

—No hay duda de que utilizas de una forma soberbia esos puños letales que tienes, Malory —afirmó Boyd con genuina admiración.

—Ni se te ocurra decir eso delante de mi hermano Tony —replicó James—. Cree que es tan bueno como yo en el cuadrilátero.

—Vaya, ésa sí que sería una pelea que me gustaría ver —aseguró Boyd—. ¿No fue él quien le dio lecciones a Warren durante un tiempo?

James asintió.

—Tu hermano Warren estaba decidido a desafiarme.

—¿Lo hizo antes de darse cuenta de que estaba enamorado de tu sobrina? —preguntó Drew con cierta curiosidad.

—Desde luego. Esa gran pelea es uno de mis más preciados recuerdos.

—Warren siempre fue bastante bueno con los puños. Drew y yo lo derrotamos en muy pocas ocasiones. Y tú lo pillaste por sorpresa durante aquella pelea con los cinco en Bridgeport.

—¿Queréis llegar a alguna parte o sólo estáis hablando por hablar? —preguntó lord Malory con sequedad.

Boyd rió entre dientes.

—Sólo quería saber si le hiciste morder el polvo en esa última pelea.

—Subestimas a tu hermano. Consiguió defenderse bastante bien.

—¿Y aun así perdió?

—Por supuesto.

—¿A quién le estás echando la bronca? —quiso saber Georgina Malory cuando se unió a ellos.

Su esposo se negó a responder y se limitó a enarcar una ceja en dirección a sus hermanos. Boyd se lo explicó y ella comenzó a regañarles por hablar de temas tan violentos delante de Gabrielle.

Drew señaló:

—La hija de un pirata debe de estar acostumbrada a escuchar cosas bastante peores. ¿No es cierto, encanto? —le preguntó, si bien Gabrielle no supo si se trataba de una broma o no.

Gabrielle se las arregló como pudo para mirarlo con una sonrisa.

—Desde luego. Nosotros no molemos a puñetazos a nuestras víctimas, las abrimos en canal con la espada.

Se alejó del lugar antes de que él se diera cuenta de que la había insultado y se dio por satisfecha cuando escuchó cómo su hermana comenzaba a echarle una reprimenda por utilizar de nuevo la palabra prohibida. No obstante, la había utilizado ya un montón de veces esa noche sin que ella lo oyera. ¿Para sacarla de sus casillas o para recordarle a Boyd sus antecedentes? No habría sabido decirlo. Pero no pensaba olvidar la conversación que había escuchado pocos días antes, cuando Boyd afirmó: «Cuando siente la cabeza, ten por seguro que no será con una muchacha que tiene a un pirata por padre.»

A pesar de que Boyd no parecía compartir la aversión de Drew por el matrimonio, parecía atesorar mucho más resentimiento contra los piratas. Un detalle irrelevante para ella. Aunque lo encontraba bastante apuesto, y era evidente que él se sentía atraído por ella pese a su aversión por los piratas, su proximidad no le provocaba mariposas en el estómago como lo hacía la de su irritante hermano.

De todas formas, lo estaba pasando muy bien, a pesar de

las pequeñas molestias. Y le importaba un comino la razón por la que Drew se encontraba allí; sencillamente se alegraba de que así fuera. En realidad, también le alegraba que estuviese Boyd. Mientras se fastidiaban entre ellos en un intento por destacar ante sus ojos, los hermanos estaban revelando de forma inconsciente cosas sobre los Anderson y los Malory que nunca habría averiguado de ningún otro modo.

Descubrió que una de las antepasadas de los Malory había sido una gitana. Al parecer, no era más que un rumor que había circulado durante años, pero los hermanos le confirmaron que era cierto. Decían que James era un ex pirata, pero estaban de broma, así que Gabrielle no lo creyó. Insinuaron que el cabeza del clan Malory, Jason Malory, tercer marqués de Harveston, ¡se había casado con su ama de llaves! Tampoco se lo creyó. Hablaron también sobre los otros tres hermanos Anderson y mencionaron que se habían convertido en un grupo de rancios norteamericanos, aunque Boyd bromeó asegurando que Drew no encajaba en esa descripción ni por asomo. Gabrielle se lo creyó al pie de la letra.

También consiguió poner en marcha su campaña para acabar con la animosidad existente entre Drew y ella. Su rostro no mostró el menor signo de desagrado y consiguió controlar el malestar que le provocaban sus bromas. Incluso cuando él le mencionó a su hermano sin molestarse en bajar la voz: «Deja de disculparte por cada maldición que sale de tu boca. Los piratas se llevan la palma en lo que a groserías se refiere», Gabrielle consiguió contenerse, aunque tuvo que apretar los dientes para mantener la boca cerrada.

El resto de la obra fue tan divertido como los primeros dos actos. Era la historia de una familia inglesa que trataba de casar a su hija. Gabrielle no la relacionó con su propia situación, y habría seguido sin hacerlo de no ser porque Drew se inclinó hacia ella durante el último acto para susurrarle al oído:

—¿A quién cree que elegirá la protagonista? ¿Al inofensivo, apropiado y joven aristócrata, aunque sea un poco torpe? ¿O al sinvergüenza por quien ha perdido la cabeza?

No debería haberle contestado. En realidad, no había hecho la pregunta en serio. Sólo intentaba fastidiarla, puesto que estaba claro que relacionaba su situación con la comedia que estaban viendo.

Casi sin pensar, respondió:

—Ganará el encantador sinvergüenza, sin duda alguna.

Escuchó que Drew aspiraba el aire entre dientes antes de preguntarle:

—¿Por qué?

—Por una razón obvia: lo ama. —Acto seguido esbozó una sonrisa—. ¿Quiere apostar?

Drew pareció algo contrariado al responder:

—No, es probable que tenga razón. Después de todo, es una comedia. Retratan a esa estúpida muchacha como si fuera una descerebrada, y a decir verdad parece ser lo bastante tonta como para no darse cuenta de que nunca podría ser feliz con un sinvergüenza.

—Tonterías —le replicó ella—. Podría pasarse el resto de su vida sin darse cuenta de lo sinvergüenza que es, o tal vez lo descubriera y no le importara. La felicidad es un asunto del corazón, después de todo.

—¿De veras? ¿Cree que será feliz cuando se enamore?

Ya no se molestaba en fingir que no estaban hablando de ella. Y, a pesar de que hablaban en susurros y de que estaban inclinados el uno hacia el otro, no lo había mirado ni una sola vez y seguía con la vista clavada en el escenario. Sin embargo, en ese momento lo miró a los ojos y se quedó sin aliento al descubrir que estaba más cerca de lo que creía. Sus labios casi se rozaban y la contemplaba con una mirada tan intensa que la dejó poco menos que hipnotizada.

No obstante y con voz algo entrecortada, le respondió en voz baja:

—Sé que lo seré.

—¿Y cómo lo sabe, Gabrielle?

—Porque si el hombre que amo me ama también, no habrá nada que pueda interponerse en nuestra felicidad. Estoy segura. Y además, siempre podría pasarlo por la plancha del barco de mi padre si no me hace feliz.

Drew prorrumpió en carcajadas. Por suerte, también lo hizo el resto de la audiencia, así que nadie se dio cuenta de que sus risas nada tenían que ver con la obra.

Esa misma noche, mientras Margery la ayudaba a prepararse para dormir bastante más tarde, Gabrielle evaluó su propia actuación. Porque eso era lo que había sido. Había tenido que reprimir los continuos impulsos de reprender a Drew por sus despreocupados comentarios, tanto si los había hecho en broma como si no. Pero había perseverado en su empeño y se había limitado a sonreírle. Lograría que cambiara de opinión con respecto a ella... si no lo mataba primero.

16

Gabrielle se fue a la cama con una sonrisa en los labios, un cambio notable con respecto a la noche anterior. Tenía la impresión de que, en conjunto, la velada en el teatro había sido espléndida. Había habido algún que otro momento escabroso, al menos en lo que a su paciencia se refería; pero, a la postre, había logrado su objetivo principal: dejarle claro a Drew que ella estaba dispuesta a dar por terminada la pequeña guerra que mantenían. Le tocaba a él retirar su artillería...

Al día siguiente, Margery y ella abandonaron la habitación a media mañana, hora a la que habían quedado con Georgina para ir a la oficina del abogado. No le apetecía en absoluto encontrarse con William Bates, un hombre en extremo desagradable, ni explicarle por qué había desaparecido tres años atrás cuando quiso dejarla bajo la tutela de un depravado. Quería que Georgina la acompañara por si acaso el abogado se mostraba desagradable con ella o intentaba negarle su herencia por haber puesto pies en polvorosa, por decirlo de alguna manera.

Sin embargo, era Drew quien las esperaba en el vestíbulo principal. Al verla arquear una ceja, el hombre se explicó:

—Uno de los gemelos está enfermo. Al parecer no es más que un resfriado, pero ya sabe cómo son las madres. Georgie no piensa apartarse de su lado y me ha pedido que la acompañe en su lugar. Creyó que no le molestaría el cambio. Dijo algo sobre que yo sabría cumplir mejor el papel intimidatorio en caso de que el abogado le ocasione algún problema.

—¿Le dijo cuál podía ser ese problema?

—¿Que haya hecho oídos sordos a los consejos del tipo?

—No fue un consejo. En realidad estaba dispuesto a ponerme bajo la tutela de un calavera reconocido, aunque le aseguré que mi padre estaba vivo y que no necesitaba ningún tutor. Sin embargo, no se atuvo a razones.

—Así pues, ¿se marchó de Inglaterra sin más?

—Bueno, ¿qué habría hecho usted en semejantes circunstancias? —preguntó a su vez.

Drew sonrió.

—Probablemente, lo mismo. ¿Nos vamos?

No habrían tardado tanto en llegar a la oficina de William Bates si Margery no hubiera visto a una antigua amiga en la calle y no les hubiera pedido que se detuvieran unos minutos para hablar con ella. La esperaron, pero Margery no parecía estar dispuesta a poner fin al encuentro tan pronto.

—¿Siempre se muestra tan impaciente cuando va a ver a algún abogado? —le preguntó Drew.

Había notado que no paraba de dar golpecitos con el pie en el suelo.

—Sólo he tenido relación con éste y... —Se detuvo para suspirar—. Bates era el abogado de mi madre. De pequeña, yo la acompañaba cada vez que iba a verlo y recuerdo que siempre era muy grosero con ella. Su actitud era demasiado irreverente y la trataba como si fuera una niña.

—Mi hermano mayor, Clinton, que maneja la mayoría de los negocios de la naviera, afirma que ciertos abogados suelen ser arrogantes y groseros, pero no todos son así. ¿Por qué no contrató a otro?

Gabrielle sonrió.

—Ésa es una buena pregunta. Es posible que ni siquiera se le pasara por la cabeza. Era el abogado de la familia, así que supongo que lo toleraba por lealtad y porque no necesitaba verlo con frecuencia. Pero sólo son suposiciones mías. A ella jamás pareció importarle; de hecho, no parecía percatarse de sus groserías. Pero yo sí, y jamás me gustó. Tal vez por eso esté nerviosa.

—En ese caso, acabemos con este asunto. No necesita a su doncella para esto. No sé si sabe que, como hermano de su madrina, soy una carabina perfectamente aceptable. Dejémosla que disfrute un poco más de la compañía de su amiga.

Gabrielle ni siquiera se lo pensó dos veces. Contar con la compañía de Drew para ella sola era un regalo inesperado, aun cuando primero tuviera que atender a los negocios. Sería una oportunidad estupenda para conocerlo un poco mejor. Y, cosa extraña, se estaba comportando de un modo muy agradable. Ni un insulto, ni una broma de mal gusto... de momento. ¿Habría supuesto la velada en el teatro una diferencia también para él? ¿Estaría por fin dispuesto a acordar una tregua?

Le dijo a Margery que podía tomarse su tiempo y marcharse con su amiga, que se encontrarían en casa de los Malory más tarde. Acto seguido, ordenó al cochero que se pusiera en marcha de nuevo.

Doblaron una esquina y el sol matinal penetró en el carruaje y se reflejó en las puntas del cabello de Drew. Tenía un pelo precioso y, en ese instante, parecía estar rociado de gotitas doradas... ¡Santo Dios! Era guapísimo y sentía unos deseos irrefrenables de tocarlo. Él ni siquiera la estaba mirando, su atención estaba puesta al otro lado de la ventana. ¿Se daría cuenta si se inclinaba hacia él y lo tocaba? Por supuesto que sí. ¿Y qué excusa podría ofrecerle? Ninguna. La pillaría con las manos en la masa y acabaría avergonzada. O la rodearía con sus brazos y la besaría...

—Ya hemos llegado —dijo.

—¿Adónde? —quiso saber ella.

Drew le lanzó una mirada perspicaz y esbozó una de sus sonrisas sensuales. ¡Por el amor de Dios! No podía saber que había estado pensando en tocarlo, ¿verdad?

Le ofreció una mano para ayudarla a bajar del carruaje mientras que con la otra le rodeaba la cintura para asegurarse de que no se caía. Un gesto habitual, pero para ella el roce de sus manos fue de lo más intenso. No quería moverse, no quería romper ese contacto. Estaban tan cerca el uno del otro... Se preguntó si él habría notado sus deseos de besarlo. El impulso era tan poderoso que debía de reflejarse en su rostro. Pero, tras llegar a su lugar de destino, Drew adoptó una actitud distante y la acompañó al interior del edificio donde Bates tenía la oficina, situada en la planta alta.

Se sintió decepcionada, sobre todo después de que la hubiera mirado de ese modo y hubiera esbozado esa sonrisa. Ésa fue la razón de que su voz sonara un poco brusca cuando le dio su nombre al pasante del abogado. Y era probable que hubiera sido igual de brusca con Bates si la hubieran hecho pasar a su despacho en ese mismo momento. Sin embargo, el pasante le dijo que esperara, que tomara asiento y que el señor Bates la recibiría en breve.

No se sentó. Se dedicó a pasear de un lado a otro de la estancia. Tras observarla un instante, Drew se unió a ella. Cuando Gabrielle se dio cuenta de lo que él estaba haciendo, se detuvo y soltó una risilla ahogada. La tensión se disipó. Incluso se sentó en una de las sillas alineadas a lo largo de la pared.

No tuvo que esperar mucho tiempo, pero cuando le dijeron que pasara, el pasante añadió:

—A menos que su acompañante sea un familiar, tendrá que esperar aquí.

Drew se limitó a hacer caso omiso y entró en primer lugar en el despacho del abogado. William Bates estaba sentado tras su escritorio. No se levantó al verla entrar. Era un hombre corpulento debido a una afición desmedida por la comida, casi calvo y de mejillas rubicundas... no había cambiado en absoluto. Incluso lucía la misma expresión ceñuda que lo acompañaba la última vez que lo viera.

—¿Se da cuenta de que podría haberla declarado muerta, señorita Brooks?

Gabrielle lo miró con desconcierto, no por el hecho de que estuviera intentando intimidarla, sino porque no lo estaba logrando. ¡Por el amor de Dios! No podía creer lo formidable que le había parecido ese hombre cuando era un poco más joven. Le había supuesto toda una proeza reunir el valor para desafiarlo y abandonar el país del modo en que lo hizo. En realidad, sólo era un hombre gordo al que le gustaba darse más importancia de la que tenía.

—Tonterías —replicó ella—. Le escribí una carta en la que le informaba de que me marchaba de Inglaterra para vivir con mi padre.

—¿Y supuso sin más que la había recibido?

—Si lo hizo o no, es irrelevante. Me marché porque intentó dejarme en manos de un hombre inadecuado para asumir el papel de tutor de una jovencita.

—¡Era menor de edad!

—¡Pero no huérfana!

—¡Su padre no vivía en Inglaterra!

Gabrielle se inclinó hacia delante, apoyó las manos sobre el escritorio y esbozó una torva sonrisa.

—No hay necesidad de discutir, señor Bates. Lo importante es que he regresado a Inglaterra y que tengo la edad suficiente para recibir mi herencia, así que, si tiene algún documento que precise de mi firma, tráigalo ahora mismo. De otro modo, comience de inmediato con los trámites para poner la propiedad de mi madre a mi nombre. —Sacó una tarjeta de su ridículo y la dejó sobre el escritorio—. Éste es el nombre del banco al que puede transferir mi dinero.

—Vamos a ver...

—Haga lo que la dama le ordena y transfiera su dinero —lo interrumpió Drew.

—¿Quién es usted, señor? —exigió saber Bates.

—Drew Anderson, un familiar de los Malory —contestó—. ¿Es necesario que recite sus títulos?

El señor Bates se aclaró la garganta.

—No, no hace falta. Una familia notoria en la ciudad. Los trámites se realizarán con la mayor brevedad. Buenos días, señorita Brooks —dijo al tiempo que asentía con la cabeza; y, en esa ocasión, sí se puso en pie cuando ella se levantó para salir del despacho con Drew a la zaga.

Una vez fuera y mientras la ayudaba a subir al carruaje, le dio las gracias por su ayuda. Él rió entre dientes.

—Está bromeando, ¿verdad? —le dijo—. Tal y como Georgie lo pintó, creí que hoy tendría que aplastar unas cuantas cabezas. Sin embargo, no ha necesitado ninguna ayuda ahí dentro. Ha manejado la situación como si estuviera acostumbrada a vérselas con abogados todos los días.

Gabrielle se ruborizó por el comentario.

—En realidad, no era tan aterrador como lo recordaba.

—Tonterías. Intentó atemorizarla de nuevo, pero usted no se lo permitió. No habría intervenido, pero me encanta soltar la palabra «título». En Norteamérica no surte el menor efecto, pero aquí consigue unos resultados graciosísimos. Y, ahora, ya que hemos acabado tan temprano, ¿qué le parece si damos un paseo en carruaje por Hyde Park antes de regresar a casa? ¿O prefiere un paseo en barca? ¿Cómo se llama ese lago que diseñó uno de sus reyes en el parque?

—Fue la reina Carolina, la esposa de Jorge II, quien diseñó la Serpentina el siglo pasado. Me parece una idea excelente, pero parece que va a llover pronto. ¿Está seguro?

—Mientras no diluvie, no nos derretiremos.

El desasosiego regresaba. ¡Qué sorpresa más deliciosa! Había salido esa mañana de su habitación aterrada por la confrontación con el señor Bates y no sólo había ido fenomenal, sino que también iba a pasar el día con Drew...

Fueron en carruaje hasta el lago. No quedaban barcas disponibles para alquilar cuando llegaron, así que decidieron dar un paseo por la orilla.

—¿Debo suponer que ahora es rica? —le preguntó Drew cuando se detuvieron a echarle de comer a unos patos.

—En absoluto —contestó mientras observaba el modo en que su chaqueta se tensaba cuando se inclinaba para arrojarles la comida—. Pero la herencia de mi madre me deja en una posición acomodada, por no hablar de la casa de las afueras de Brighton, que a partir de ahora será mía.

—¿Una casa? —Pareció bastante sorprendido al darse la vuelta para mirarla—. ¿Por qué tengo la impresión entonces de que creció en una mansión?

Gabrielle soltó una carcajada.

—Tal vez porque así fue. Aquí el término «casa» no implica tamaño alguno. La casa de mi madre era bastante grande y estaba rodeada de una gran extensión de terreno.

—¿Y le gustaba vivir aquí? —le preguntó—. ¿O prefiere el Caribe?

—Prefiero el clima más cálido de las islas.

La tomó del brazo para enlazarlo con el suyo y prosiguieron el paseo con el más estricto decoro, aunque Gabrielle no podía pensar en otra cosa que no fuera la calidez que emanaba de él. Era muy difícil concentrarse en la conversación cuando sus hombros se rozaban y percibía el calor de ese cuerpo tan próximo.

—Entonces, ¿por qué ha venido a Londres en busca de marido?

—Mi padre quería que disfrutara de mi presentación en sociedad, porque eso sería lo que mi madre habría dispuesto de seguir con vida. Pero ¿por qué le parece tan insólito? Después de todo, soy inglesa.

—¿Qué tipo de hombre está buscando? Deme unas cuantas pistas, le prometo estar ojo avizor ante cualquier posible candidato.

¿Estaba dispuesto a ayudarla a buscar marido? ¡¡Él!? Estuvo a punto de echarse a reír. Con la certeza de que estaba bromeando, contestó con tono jovial:

—Supongo que lo que desean la mayoría de las mujeres de mi edad. Me gustaría un marido alto, guapo e ingenioso. ¡Ah! Y sería agradable que le gustara viajar.

Acababa de describirlo a él. Se preguntó si Drew se habría percatado. No pareció haberlo hecho cuando se echó a reír entre dientes.

—Creo que es la primera vez que escucho eso como requisito para un marido —dijo—. ¿Por qué los viajes?

—Porque me gusta viajar.

Él enarcó una ceja.

—¿En serio?

—¿Por qué le sorprende?

—Porque casi todas las mujeres que conozco odian el mar. Algunas lo encuentran aterrador y otras no desean alejarse de las comodidades del hogar.

—¡Eso es porque nunca se han puesto al timón!

Su expresión le indicó que había tomado su comentario como una broma.

—Bueno, en ese caso, tendrá que borrar a Wilbur de su lista de posibles pretendientes. No parece un hombre dispuesto a poner un pie en un barco en la vida.

—Tonterías. ¿Qué le hace pensar eso?

—Lo he visto bailar con usted —contestó—. Y es un pato mareado. No se puede mantener el equilibrio en un barco siendo un pato mareado, ¿no cree?

En esa ocasión, Gabrielle no pudo contener la carcajada. Drew esbozó una sonrisa y arrojó un guijarro al agua. Hyde Park estaba aún en toda su esplendorosa floración y el lago estaba precioso en esa época del año, pero ella apenas era consciente de ese detalle, ya que sus ojos se negaban a apartarse de él.

Cada vez que Drew se alejaba de ella, la brisa que soplaba desde el lago le parecía un poco desagradable, pero no estaba dispuesta a mencionar que tenía frío, porque de ese modo se arriesgaría a que el paseo llegara a su fin o tal vez... No, no iba a insinuar que la mantuviera calentita. Era incapaz de semejante atrevimiento. Bueno, sí podía, pero estaban en un sitio público...

—¿Y usted? —preguntó—. ¿Suele venir con frecuencia a Inglaterra?

—Mis hermanos y yo intentamos venir al menos una vez al año desde que mi hermana vive aquí. Después de que se casara, abrimos una oficina de la Skylark en la ciudad, así que Inglaterra vuelve a formar parte de nuestras rutas comerciales habituales.

—¿Adónde lo llevan esas rutas?

—Al Caribe. Regresaré allí cuando me marche de Inglaterra. Tenía pensado ir a Bridgeport directamente, porque había quedado allí con Boyd. Pero como ya lo he visto aquí, volveré al trabajo.

Gabrielle sonrió.

—Siente predilección por el Caribe, ¿no?

Él también sonrió.

—Sí, pero también influye el hecho de que no queda muy lejos de nuestro hogar en Bridgeport, Connecticut —admitió.

—¿Debo suponer que su barco está anclado en el puerto de Londres? —Al ver que asentía con la cabeza, le preguntó—: ¿Cómo se llama?

—El *Tritón*. Es una belleza, de línea estilizada y muy rápido para su tamaño —afirmó con evidente orgullo.

—¿Cuánto tiempo lleva capitaneándolo?

—La primera vez que me puse al mando tenía veinte años —contestó.

—Es un nombre griego, ¿verdad? Mitológico.

—Sí. La mayoría de nuestros barcos tiene nombres mitológicos. Nuestro padre los bautizó, así que es de suponer que adoraba la mitología griega.

—Unos nombres de prestigio, sin duda —comentó antes de reír entre dientes—. No sé si mencionar el nombre del barco de mi padre. No hay color...

—¡Vamos! Ha despertado mi curiosidad, así que tiene que confesar.

—*La joya quebradiza*.

—¿El nombre es indicativo de su estado?

—Al contrario. La búsqueda de tesoros es su pasión y según él, si encuentra... no, mejor dicho, cuando encuentre ese caldero lleno de oro del que habla la leyenda, espera que esté repleto de monedas antiguas y joyas, todas bastante frágiles después de llevar siglos enterradas.

La comprensión que reveló su sonrisa la dejó encantada. Podía haber hecho algún comentario hiriente sobre su padre, sin embargo se había comportado de un modo excepcional durante todo el día. Había bromeado, había hecho gala de su encanto y no había mencionado ni una sola vez la palabra «pirata».

Drew se percató de que una de las barcas regresaba hacia el embarcadero donde se alquilaban y volvió a sugerir un paseo por el lago, así que dieron la vuelta. Sin embargo, no bien lo hubo dicho comenzaron a caer las primeras gotas.

—Era demasiado pedir —musitó—. Démonos prisa, dentro de un minuto estará diluviando.

El diluvio llegó antes, justo después de que lo mencionara. Todos aquellos que estaban en el parque se dispersaron a la carrera en todas las direcciones para refugiarse de la lluvia. No obstante, Gabrielle fue incapaz de correr con el impedimento que suponían el vestido de paseo y las enaguas, al menos no sin alzarse las faldas. Intentó mantenerse a la altura de Drew, ya que la había tomado de la mano para guiarla, pero él no tardó en percatarse de su problema. En lugar de resignarse y aceptar el hecho de que iban a acabar calados hasta los huesos antes de llegar al carruaje, la sorprendió cogiéndola en brazos. Y, de ese modo, fue capaz de correr aún más rápido que antes, a pesar del peso que cargaba.

Con todo, llegaron empapados. Tan pronto como estuvieron en el interior del vehículo, comenzaron a reírse a carcajadas del estado tan lamentable en el que se encontraban.

—Eso ha sido muy caballeroso por su parte, ¡pero estamos empapados! —exclamó.

Drew, que se estaba quitando la chaqueta, hizo una pausa para apartarle un mechón de cabello de la mejilla y ella se percató de que se le había deshecho el recogido; los mechones húmedos le caían en desorden por la espalda y el pecho. Se llevó una mano a la cabeza.

—¡Ay, no! ¡También he perdido el sombrero! Menudo fastidio, era mi favorito...

—Espere —dijo él antes de salir de nuevo a la carrera.

Intentó detenerlo, pero no pareció escucharla. Regresó al instante y le gritó al cochero:

—¡Regresamos a Berkeley Square!

Dicho lo cual subió al vehículo y dejó a su lado el sombrero, hecho un completo desastre.

—¡Mire lo que estoy dispuesto a hacer por usted!

Un comentario de lo más inesperado.

—Gracias —dijo ella mientras contemplaba el arruinado sombrero con tristeza—. Tal vez pueda salvar las plumas cuando se sequen...

—Yo compraría uno nuevo, pero claro, es mi opinión.

Gabrielle soltó una risilla, alzó la vista y se quedó sin aliento. Drew se había quitado la chaqueta. La camisa de linón blanco se le adhería a la piel, revelando los contornos de los músculos de su torso y sus poderosos brazos. Sus ojos se encontraron y la risa murió en los labios de Gabrielle. Apenas tuvo tiempo de percibir la pasión que desbordaba la mirada del hombre antes de que sus brazos la rodearan y la besara.

¡Ay, Dios! El instinto le había dicho que un beso suyo sería mucho más excitante de lo que podría llegar a imaginar jamás, y no se había equivocado. Esos labios no dejaban de moverse sobre su boca, atrapándola en la sensual red de su hechizo. No podía pensar y tampoco quería hacerlo. Y entonces él la obligó a separar los labios utilizando las caricias de su lengua y el beso se convirtió en algo mucho más intenso e infinitamente más tentador. Era un beso tan cargado de pasión que Gabrielle sintió una punzada de temor...

—Drew, no creo que...

—No pienses —la interrumpió—. Deja que te ayude a entrar en calor. Estás helada.

¿Lo estaba? ¡Ni siquiera lo había notado! Sin embargo, esos labios se apoderaron de nuevo de los suyos y la pasión resurgió. Le rodeó el cuello con los brazos. La sostuvo delicadamente por la nuca mientras le frotaba la espalda con la otra mano y la acercaba hacia él, de modo que sus senos acabaron aplastados contra el torso masculino. De haber podido acercarse un poco más, lo habría hecho.

Cuando por fin se separaron, el aire parecía estar cargado de vapor. Y era probable que así fuera, porque habían generado un calor increíble mientras se besaban. Ni siquiera se dio cuenta de que habían llegado a la residencia de los Malory hasta que él la tomó de la mano, la ayudó a bajar del carruaje y la llevó hasta la puerta. Tan abrumada estaba por las sensaciones que ese hombre le provocaba que podría haber hecho con ella lo que se le antojase en el interior del vehículo, pero sólo la había besado... y calentado del modo más excitante y delicioso. Más tarde le estaría agradecida por todo lo que había hecho, pero en ese momento estaba decepcionada de que el trayecto hubiera acabado.

—¿Lo ve? La he devuelto a casa sana y salva —le dijo con una dulce sonrisa.

Ni siquiera tuvo la oportunidad de replicar. Alguien pronunció su nombre y cuando se dio la vuelta descubrió al honorable Wilbur Carlisle abandonando su carruaje.

Maldición, qué momento más inoportuno para que Wilbur se armara de valor y acudiera a la guarida del león.

—¡Por el amor de Dios! —exclamó mientras contemplaba su desastrada apariencia—. Necesito cambiarme primero. No quiero que me vea empapada de este modo. ¿Podría explicarle lo que ha sucedido, Drew?

—¿Lidiar con uno de sus admiradores? —preguntó a su vez—. Ni hablar, encanto... a menos que quiera que le diga que ya no está disponible en el mercado matrimonial.

—No, yo no... a menos que me esté pidiendo que me case con usted, ¿es eso?

Drew se limitó a soltar una carcajada antes de abrirle la puerta.

—Vaya a secarse. Le diré a Artie que informe a su joven pretendiente de que tendrá que esperar un poco.

17

A Wilbur no le importó lo más mínimo esperarla, o eso afirmó cuando se reunió con él más tarde. Todavía la irritaba que Drew se hubiera reído de ella cuando le mencionó la posibilidad de matrimonio, de manera que no iba a tachar ningún nombre de su lista de momento. Eso hizo que la visita de Wilbur la alegrara. La confesión que le hiciera la noche anterior acerca de sus motivos para no acudir antes a verla apestaba a cobardía, algo que la inquietaba; sin embargo, el que hubiera aparecido pese a sus miedos indicaba una gran dosis de coraje.

Esa noche Georgina la llevó a una cena... muy concurrida. Le presentaron a un joven conde que habría supuesto una magnífica adición a su lista, pero varias damas se apresuraron a advertirle que, aunque fuera un gran partido, se había comprometido a comienzos de la temporada. Una lástima. Aparecer al final de la temporada social sí que tenía sus desventajas.

Aún había bastantes solteros disponibles que se acercaron a ella como ya era habitual para reclamar su atención. En un momento dado, se percató de que Drew la fulminaba con la mirada. ¿Celoso? Le habría gustado pensar que sí, aunque no podía quitarse de la cabeza la manera en la que se había reído ante la idea del matrimonio. De todas formas, no pensaba rendirse. Tras el apasionado interludio de ese día en el carruaje, estaba más decidida que nunca a colocarlo en el primer lugar de su lista. Sólo que le costaría bastante más que un breve interludio conseguir que tomara en serio la idea del matrimonio. No obstante, ese día había sido un buen comienzo.

—¿Qué le sucedió a su padre? Me llegaron rumores de que desapareció en el mar.

Lady Dunstan, uno de los pilares de la sociedad londinense a quien había conocido a principios de esa semana, la había apartado de sus muchos admiradores y la había acompañado a la terraza para dar un breve paseo. Le estaba hablando del inminente baile que iba a organizar. La dama quería asegurarse en persona de que iba a asistir, ya que se había convertido en todo un éxito, una circunstancia totalmente inesperada dado lo avanzado de la temporada social.

Por tanto, esa pregunta la pilló desprevenida al no estar relacionada con el tema del baile.

—No, claro que no —respondió—. He estado viviendo con él en el Caribe desde la muerte de mi madre. No tenía motivo alguno para regresar a Inglaterra una vez que ella ya no estaba.

—Por supuesto. No había caído en la cuenta. Me alegro de que siga con vida. ¡Y eso que ni siquiera lo conozco! Aunque siempre quise hacerlo, ya que conocí a su madre. Pero siempre estaba de un lado para otro. ¿Qué lo retenía tanto tiempo...?

—¡Aquí estás! —interrumpió Georgina al tiempo que enlazaba un brazo con el suyo—. Volvamos dentro, querida. Acaba de llegar alguien a quien tienes que conocer. Si nos disculpa, lady Dunstan... ¡Estamos ansiosas por acudir a su fiesta!

Georgina se apresuró a alejarla de la mujer.

—A juzgar por lo que he oído, te he rescatado justo a tiempo —le susurró—. Es una cotilla redomada. Tendría que haberte advertido antes. No le contaste nada sobre tu padre que no queramos que se sepa, ¿verdad?

—No.

—Bien. Intenta evitarla si puedes. Y si no... ¡invéntate algo! Compórtate con toda la frivolidad de la que seas capaz, pero no le digas nada a lo que pueda hincarle el diente.

Gabrielle siguió el consejo y evitó a la mujer durante el resto de la velada. Más tarde, mientras Margery la ayudaba a desvestirse, le comentó la situación e intentaron inventar un oficio adecuado para su padre. Carla se había casado con él creyendo que era un comerciante, pero la mayor parte de la alta sociedad vería esa ocupación con tan malos ojos como la de pirata. Era evidente que su madre no había hablado de ese tema con sus amigos, así que supuso que ella podría seguir su ejemplo.

Cuando escuchó el golpecito en la puerta, supuso que se trataba de Georgina. Las dos noches anteriores se había pasado por su cuarto para ver si se había divertido y para averiguar si alguno de los jóvenes que había conocido le interesaba. Esa noche no le habían presentado a nadie salvo al joven conde que ya estaba prometido. Aunque Gabrielle le había mencionado a Wilbur la noche anterior. Sin duda, Georgina se habría enterado de que había ido a visitarla esa tarde y querría saber si la visita había despertado su interés.

De manera que fue toda una sorpresa descubrir que era Drew, y no su hermana, quien estaba al otro lado de la puerta. Como cabría esperar, no estaba preparada para recibirlo y tuvo que sujetarse el vestido a la altura del pecho a fin de que no se le cayera. Margery le cerró la puerta en las narices y no volvió a abrirla hasta que le hubo abrochado el vestido con rapidez y volvió a estar presentable.

Gabrielle le dijo que esperara. Él lo hizo.

—¿Le apetece una copa antes de acostarse? —le preguntó Drew cuando volvió a abrir la puerta.

Eso la hizo enarcar una ceja. Después de cómo la había fulminado con la mirada esa noche y de que no le hubiera dirigido la palabra en el camino de vuelta a casa, la propuesta era del todo inesperada. Aunque era una oportunidad de oro que no podía desperdiciar. Seguía deseando explorar la posibilidad de entablar una relación más... «amistosa» con él; deseaba descubrir si era posible, tras la reacción que había mostrado ante la mención del matrimonio.

—¡Caramba! Sí, gracias —replicó antes de añadir con

una sonrisa—: He echado mucho de menos mi ración diaria de ron.

Él se echó a reír y extendió una mano, indicando que lo precediera por el pasillo. Lo del ron había sido una broma, pero tenía la sensación de que se lo había tomado en serio. De hecho, y a juzgar por lo que parecía pensar de ella, sin duda creería que estaba acostumbrada a ingerir licores. Bueno, daba igual, tenía mucho que aprender sobre ella, y ansiaba darle una oportunidad, porque no cabía la menor duda de que Drew Anderson había pasado del último puesto de su lista de posibles maridos al primer lugar.

Estaba tan absorta en el hombre que caminaba tras ella que ni siquiera se percató de que Margery los había seguido escaleras abajo hasta que llegaron a la salita y escuchó cómo la doncella bostezaba. La casa estaba en silencio a esa hora de la noche. La mayoría de los criados se había retirado a dormir. Sabía que si le sugería lo mismo a Margery, obtendría una rotunda negativa. La mujer se tomaba sus deberes de carabina muy en serio.

En la chimenea quedaban los rescoldos del fuego que encendieran con anterioridad para calentar la estancia. También había una lámpara encendida, aunque con la llama baja. Seguía haciendo demasiado frío para ella, de manera que se acercó a la chimenea e incluso consideró la idea de echar otro leño al fuego; sin embargo, Drew la distrajo cuando comenzó a examinar los licores que tenían a su disposición en un rincón de la estancia.

—Tal como pensaba, no hay ron en la casa. Puede elegir entre coñac, brandi y oporto.

—El oporto suena interesante —replicó ella—. No recuerdo haberlo probado.

—Eso es porque se trata de una bebida de hombres —intervino Margery mientras se aposentaba en una de las sillas situadas junto a la ventana—. Yo también tomaré uno, ya que habéis impedido que me vaya a la cama.

Drew miró a la mujer. Daba la sensación de que estaba a punto de echarse a reír, y sus ojos oscuros resplandecieron a la luz de la lámpara cuando se acercó para ofrecerle la primera copa que había llenado. ¡Ni siquiera la estaba mirando a ella y Gabrielle ya sentía las mariposas revoloteando en el estómago!

Regresó a la licorera y se tomó su tiempo para llenar otras dos copas sin apartar los ojos de Margery. Gabrielle tenía la sospecha de que esperaba que su carabina se quedase dormida, algo más que probable dada la hora.

A la postre, se reunió con ella delante del fuego, le tendió la copa de oporto y luego hizo entrechocar las copas.

—Un brindis, encanto —dijo en voz baja y sugerente, mientras su sonrisa se tornaba un tanto perversa—. Por aquellos que se comportan como piratas.

El apelativo cariñoso le llegó directamente al corazón y le provocó una oleada de calidez que se extendió por sus venas... o tal vez fuera el efecto del primer sorbo de oporto. Aunque no duró. No tardó en recordar que le había dicho lo mismo en el muelle cuando evitó que se cayera, además de en otras ocasiones cuando estaba siendo sarcástico; así que resultó evidente que no tenía un significado especial para él, sólo era la forma en la que se dirigía a todas las mujeres. Lo mismo podría haberle dicho «señorita» o haberla llamado por su nombre. Hasta ese punto carecía la palabra de connotaciones románticas para él...

Y entonces lo comprendió. ¿Acababa de brindar por aquellos que se comportaban como piratas? ¿Había dicho eso de verdad? Recordó el comentario que le hiciera la otra noche. Quería que le demostrase que era una pirata pasando la noche con él. ¿Era ésa la razón por la que se había presentado ante su puerta con la invitación? ¿Le haría otra propuesta? ¿Llegaría a besarla de nuevo?

El corazón se le desbocó. Apenas si se dio cuenta de que la conducía al sofá, la sentaba y le quitaba la copa de la mano para dejarla en la mesita que había delante. Se estremeció y él se dio cuenta.

—¿Tiene frío?

Estaba tan aturdida que tuvo que meditar la respuesta. Se habían alejado del fuego, así que tenía frío, pero, al mismo tiempo, no lo tenía. Y él era el culpable. Se había sentado tan cerca de ella que sus piernas casi se tocaban y sentía el calor que emanaba de su cuerpo. Esbozó una sonrisa. Era más que suficiente para mantenerla caliente.

—No, no tengo frío —respondió.

—¿De verdad?

Su respuesta pareció sorprenderlo de forma genuina, algo que la llevó a darse cuenta de que Drew asociaría el temblor del que había sido testigo con el efecto que provocaba en ella. Y puesto que ya era demasiado tarde para retirar sus palabras, se ruborizó.

Gabrielle buscó ayuda en Margery o, al menos, una distracción, pero ya fuera lo avanzado de la hora o la bebida demostró ser demasiado para la mujer, que estaba profundamente dormida. Así que intentó aliviar la vergüenza que sentía con un trago de oporto y acabó apurando la copa. Cosa que la ayudó muchísimo. Ya no sentía rubor alguno; de hecho, se le antojaba una tontería haberse sonrojado.

Su risilla le indicó a Drew lo mismo... ¡Por el amor de Dios! ¡Acababa de echarse a reír como una niña tonta! Ella nunca, jamás, hacía eso. Le pareció gracioso y lo hizo de nuevo.

—No estás acostumbrada al oporto... —dedujo él.

—No, prefiero el ron.

—Te refieres a que eres abstemia, ¿no? —se burló él con una cálida sonrisa.

—Sí... Quiero decir, no. —Suspiró al tiempo que meneaba la cabeza—. No intente confundirme. De verdad que estoy acostumbrada a los licores fuertes. Lo que ocurre es que bebo con moderación.

Drew le recorrió la mejilla con un dedo.

—Te has ablandado, Gabby. Me di cuenta de inmediato anoche. Pero hoy... Dios, ha sido agradable, ¿verdad? ¿Es posible que hayas considerado mi sugerencia?

—¿Y qué sugerencia es ésa?

Él se inclinó para replicar en voz muy baja, casi en un susurro:

—¿Es necesario que la repita?

Como si hubiera podido olvidar el comentario que había rondado su mente desde que él lo pronunciara... Aunque era una tentación que debía resistir. Dentro de unos instantes recordaría por qué debía resistirse. El oporto la estaba atontando... ¡Ah, sí! Quería que Drew pensara en el matrimonio, no sólo en acostarse con ella.

—En el fondo, sabes que no soy una pira...

Se había girado hacia él para explicarse, pero no fue el momento más adecuado. Estaban demasiado cerca. Y acabó dando la sensación de que le había rozado la boca con los labios a propósito, cuando no había sido así en absoluto. Claro que él no perdió un instante en aprovechar la oportunidad y unió sus bocas con más firmeza. Y de igual manera, ella no perdió un instante en dejarse llevar por el momento.

¿De verdad había pensado que la pasión que había surgido entre ellos en el carruaje se había debido a un cúmulo de circunstancias? Desde luego que no. Esos sentimientos apasionados habían vuelto a hacer acto de presencia con una rapidez asombrosa. Se trataba de ellos dos. Había vuelto a suceder en cuanto sus labios se encontraron.

Drew le pasó el brazo por detrás del cuello, acunándole la cabeza contra su hombro mientras sus labios la devoraban de forma posesiva. Ella levantó la mano hasta su mejilla. Y cuando sintió la invasión de su lengua enterró los dedos en ese cabello castaño dorado y se aferró a él como si temiera que se detuviese.

Cosa que Drew hizo, aunque sólo para cambiar la posición de sus labios, que deslizó por la mejilla hasta llegar al cuello. Ella jadeó. La delicada succión de su boca le provocó un escalofrío que la recorrió de arriba abajo. Sintió una presión en los pechos en ese mismo instante y se percató de que él le estaba tocando allí...

No debería hacerlo. Tenía que decírselo. Empezó a hacerlo, pero no bien abrió la boca, otro jadeo escapó de entre sus labios y sus pezones se endurecieron bajo el roce de su palma. El calor que emanaba de él la abrasaba, ¿o era el suyo propio? Y el hormigueo que le recorría los senos pareció trasladarse de súbito a ese lugar entre sus piernas.

—Sabía que eras una pirata —dijo él justo antes de recorrerle la oreja con la lengua, logrando que le rodeara el cuello con los brazos en clara invitación—. ¡Dios, Gabby! ¿Por qué quieres ocultar tu naturaleza apasionada bajo esa fachada tan remilgada? ¡La adoro! Me deseas tanto como yo a ti, ¿verdad?

Estaba a un paso de comenzar a gemir. No podía pensar. Las sensaciones que la recorrían abrumaban todos sus sentidos. Veía el deseo brillar en esos ojos oscuros, escuchaba los sonidos de satisfacción que brotaban de su garganta e inhalaba su embriagador aroma masculino. Lo saboreaba en cada beso y sus caricias la hacían sentir tan bien que deseaba que no se detuviera jamás. Cuando ya no pudo reprimir durante más tiempo el gemido de placer, Drew volvió a buscar su boca para darle el beso más intenso de todos. ¡Ay, Dios! ¿Cómo podía estar sintiendo tantas cosas a la vez?

Todas sus buenas intenciones y todas sus esperanzas habían salido volando por la ventana, así de hechizada estaba por la hábil seducción de ese hombre. Carecía de la fuerza de voluntad necesaria para detenerlo, aunque tampoco quería hacerlo y ni siquiera era capaz de pronunciar la menor protesta.

De manera que fue toda una bendición escuchar la interrupción de Boyd.

—Vamos, nada de eso. O ¿es que tus intenciones son honorables, hermanito?

Drew se apartó un poco, lo justo para romper el contacto, pero después, como si fuera superior a sus fuerzas, le dio otro beso y sus labios se demoraron de la forma más exquisita sobre su boca antes de girarse para gruñirle a su hermano:

—¿No deberías meterte en tus propios asuntos, maldita sea?

—¿No deberías dejar las manos quietecitas? —contraatacó Boyd con el mismo tono de voz—. Y es asunto mío. La muchacha está aquí para buscar marido. ¿Esto quiere decir que de repente estás disponible en el mercado matrimonial?

El bochorno que sentía Gabrielle después de haber sido

descubierta en tan tórrido abrazo era insoportable. Por no mencionar que la dejó sobria de golpe. Le habría encantado escuchar la respuesta a la pregunta de Boyd, pero, tras pensárselo de nuevo, decidió que era mejor no saberla. Una respuesta negativa por parte de Drew tras lo sucedido la obligaría a tacharlo de su lista, mientras que si desconocía la respuesta, al menos podría proseguir con su campaña para llegar a conocerlo.

Así pues, se puso en pie de repente, antes de que él pudiera responder. Margery, desorientada, ya había hecho lo mismo, puesto que los gritos de Boyd la habían despertado.

—¿Es que los jóvenes nunca dormís? —les preguntó con tono desagradable; acto seguido, fue en busca de Gabrielle entre bostezos.

—Eso es, Margery y yo ya deberíamos estar en la cama —convino ella—. No debería tener ningún problema para dormir tras esa copa de oporto. Buenas noches, caballeros.

Dejó que Margery se adelantara un poco y aún no había llegado a las escaleras cuando escuchó la acusadora voz de Boyd.

—¿Emborrachándola para seducirla? Vaya truco más sucio...

—Estás de guasa, ¿no? Es el mismo que tú sueles utilizar, así que no me seas hipócrita.

—Con mujeres que ya tienen cierta experiencia, no con vírgenes en busca de marido.

—¿Es que esa cara bonita te ha hecho olvidar quién es? La hija de un pirata es tan virgen como tú y como yo.

18

—¿Puedo serle sincero, señorita Brooks?

Gabrielle no estaba prestando la menor atención a Wilbur Carlisle, con quien danzaba en el enorme salón de baile de lady Dunstan. Ése era el tercer baile al que asistía desde su llegada a Londres, y el vestido que llevaba había estado a punto de no llegar a tiempo.

Era de color lila claro. Margery incluso había sacado una antigua gargantilla de Gabrielle que su madre le regaló años atrás con la esperanza de animarla. Era una miniatura de la costa inglesa que retrataba un pequeño pueblo pesquero muy parecido al que había cerca de su lugar de nacimiento, de modo que siempre había supuesto que la miniatura representaba ese pueblo en concreto. Colgada de una cadena de perlas, la pequeña pintura ovalada estaba rodeada por unas diminutas rosas de un color casi idéntico a la seda lila del vestido. Si hubiera estado de mejor humor, se habría sentido complacida al ver lo bien que quedaba la gargantilla con el vestido.

Estuvo a punto de negarse a salir esa noche, tal y como había hecho las dos anteriores. Había fingido sentirse mal, lo bastante como para no tener que salir de su habitación. Era mentira, pero Georgina no le había hecho muchas preguntas al respecto después de que dejara caer que su malestar estaba relacionado con las molestias menstruales. Y, además, tal vez no estuviera enferma de verdad, pero sin duda tenía el corazón destrozado.

Se había quedado en la habitación para evitar a Drew. Descubrir lo que realmente pensaba de ella la semana anterior había supuesto un golpe terrible. Podría intentar corregir la opinión que tenía de ella, pero tenía la impresión de que no la creería. La aversión que esa familia sentía por los piratas estaba demasiado arraigada. Y no había nada que pudiera hacer para solucionarlo. Eran marineros dedicados al comercio legítimo. No era de extrañar que odiaran a los hombres que les robaban sus cargamentos.

No obstante, ¿tenía que meterla en el mismo saco y asumir que era una mujer ligera de cascos debido a su origen? Aunque bien pensado, ¿qué había hecho ella para demostrar lo contrario? ¿Beber con él? ¿Dejar que la besara y la acariciara? Hizo una mueca al recordar el comportamiento desvergonzado del que había hecho gala. En su intento por conocerlo mejor, había reforzado la mala opinión que tenía de ella, así que era culpa suya.

Señor, ojalá no hubiera estado tan aturdida como para apurar de un trago la copa de oporto aquella noche en la salita. Se le había subido directamente a la cabeza. Nunca le habría permitido semejantes libertades de haber estado sobria; bueno, al menos quería pensar que habría sido así, pero ¡por Dios!, todo lo que Drew le había hecho, las caricias, los besos, habían sido tan agradables que deseó que no terminaran nunca. Sin embargo, no habían significado nada para él. Si algo había aprendido esa noche, fue que había sido una estúpida al considerar siquiera a un canalla como él como posible esposo.

Sus sentimientos fueron adquiriendo un tinte cada vez más sombrío a medida que avanzaba la semana, de manera que acabaron tan maltrechos que le costó un enorme esfuerzo ocultárselo a los demás, por lo que se quedó en su habitación. Drew no había hecho ningún nuevo avance, ni siquiera en broma. De hecho, parecía que aquella noche le había recordado su linaje paterno y que se arrepentía profundamente de todo. Siguió acompañándolas a su hermana y a ella a todas las fiestas, pero, de igual forma, las abandonaba tan pronto llegaban.

Incluso lo vio persiguiendo a otras jóvenes; y no sólo una vez, sino dos, en dos de las fiestas a las que habían asistido. Ni siquiera trató de hacerlo con disimulo. ¡Era como si quisiera que ella se diera cuenta!

Su hermana también lo notó. Por desgracia, Georgina también se percató del efecto que eso tenía en ella y se la llevó a un lado para decirle:

—He sido bastante desconsiderada al no advertirte antes sobre Drew. Algunas veces olvido lo apuesto que es y lo fácil que le resulta romper corazones sin proponérselo siquiera.

—No pasa nada. No ha roto el mío —le aseguró Gabrielle, obligándose a esbozar una sonrisa.

—Bien, entonces la advertencia no llega tarde. Estoy segura de que le gustas, pero no quiero que te lleves una impresión errónea y creas que esa atracción podría convertirse en algo más. Porque no lo hará. Aunque a nuestra familia le encantaría que ocurriera algo así, ha dejado claro que no tiene intenciones de sentar la cabeza.

Estaba claro que Georgina lo hacía con la mejor intención, pero no le dijo nada que ella no supiera ya. Su plan había sido el de cambiar el férreo empeño de Drew en seguir soltero, pero no parecía estar funcionando en absoluto. De alguna forma se había hecho una idea equivocada sobre ella, y durante las idas y venidas en carruaje nunca había estado a solas con él para desmentir sus falsas impresiones.

Sin embargo, estaba harta de ocultarse y harta de lamentar el hecho de que el único hombre por el que sentía una genuina atracción era también el único a quien no podría conseguir. Que así fuera. Había ido a Londres para encontrar marido y eso era justo lo que iba a hacer. ¡Y Drew Anderson podía irse al infierno!

Drew no las acompañó al baile de esa noche. Boyd ocupó su lugar, pero al parecer el más pequeño de los Anderson había perdido todo interés en ella. ¿Porque la había visto besando a su hermano? Lo mismo daba. De cualquier forma, nunca había formado parte de su lista.

Le alegraba haber tomado la decisión de acudir al baile en el último momento. Con Drew fuera de su lista, tenía la oportunidad de conocer mejor al honorable Wilbur Carlisle. Así pues, supuso que debía prestarle atención cuando menos.

El caballero no había esperado a que le diera su permiso para ser sincero, porque había seguido hablando.

—Quiero informarle de cuáles son mis intenciones. No quiero que crea que, al igual que algunos de los individuos aquí presentes, estoy en Londres sólo para disfrutar de la temporada. A decir verdad, y espero que esto quede entre nosotros dos, es el tercer año que acudo aquí en busca de esposa.

—¿Debo suponer que no ha tenido suerte hasta ahora? —le preguntó con cortesía.

—En efecto, ninguna suerte. Y no porque no le haya puesto todo mi empeño. Por una u otra razón... bueno, o siempre llego tarde o no me siento lo bastante interesado como para parecer convincente.

«¿Tres años?», pensó Gabrielle. Qué deprimente. O tal vez no quisiera casarse de verdad.

Decidió ser tan sincera como él.

—¿De verdad quiere una esposa, Wilbur?

El hombre suspiró.

—Pues sí, la verdad. Pero he sufrido una presión tremenda, y ahora es incluso peor. Verá, mi padre me ha dicho que si no vuelvo a casa con una esposa este mismo año, no me moleste en regresar nunca.

—¡Santo Dios! ¿Es eso cierto?

—No goza de muy buena salud —explicó—. Quiere verme asentado antes de... bueno, digamos que entiendo su posición. Soy su único hijo, después de todo.

Comenzó a sentirse un poco incómoda con los derroteros que la sinceridad de Wilbur estaba tomando. Todavía no estaba preparada para tomar una decisión, a pesar de que la temporada estaba a punto de llegar a su fin. Si le proponía matrimonio antes de que estuviese preparada, no tenía la más mínima idea de cuál sería su respuesta.

—Wilbur, ¿por qué me cuenta todo esto?

—Sólo quiero que me tenga presente, querida, y asegurarle que mis intenciones son las más honorables. Confieso que me sentía desesperado antes de que usted llegara. La temporada está a punto de acabar y mis únicas perspectivas eran... bueno, no eran de mi agrado. Y, entonces, apareció usted, como un soplo de aire fresco. ¿Puedo decirle que me sentí bastante atraído?

Ya iba siendo hora de que su disertación tomara un tinte romántico. No, un momento, ¿por qué lo estaba criticando? Era un pretendiente de lo más apropiado y el único al que aún no había descartado. Los demás eran demasiado correctos o demasiado arrogantes o demasiado petimetres para su gusto. Y Wilbur parecía ser un buen hombre, además.

También era bastante ingenioso cuando no estaba ocupado en hacer confesiones, como esa noche, o pensando en el hombre bajo cuyo auspicio se encontraba en la ciudad. Cuando se conocieron, antes de que se mencionara el apellido Malory, solía comportarse de forma relajada y se había mostrado encantador y muy romántico. Debería sentirse contenta de que todavía estuviera disponible, fuera por la razón que fuese, y limitarse a considerarse afortunada de que así fuera. Era un buen partido, después de todo, y muy apuesto pese a su palidez. Bueno, a decir verdad, su piel era tan blanca que le resultaba extraña.

Suspiró para sus adentros. No era la primera vez que pensaba eso desde su llegada a Londres. Además de todos los defectos que había descubierto en los hombres que había conocido, muchos de ellos tenían la piel demasiado pálida, ¡y eso que estaban a finales de verano! Sin embargo, no era culpa suya que le resultaran extraños, y como Margery se había encargado de señalar, un poco de sol lo solucionaría en un abrir y cerrar de ojos. Lo que ocurría era que estaba demasiado acostumbrada a hombres muy bronceados porque pasaban mucho tiempo a pleno sol. Pero no a todo el mundo le gustaba tanto como a ella estar al aire libre. Y no todo el mundo podía lucir un bronceado tan perfecto como el de un capitán de barco...

Su mirada se vio arrastrada hacia Drew en cuanto éste entró en el salón. ¡Por el amor de Dios!, incluso después de haberlo tachado de su lista, donde nunca debería haberlo incluido en primer lugar, seguía hipnotizándola con su simple presencia. Y seguía sintiendo las mariposas en el estómago. ¿Qué demonios tenía para provocarle ese efecto? ¿De verdad estaba dispuesta a renunciar a él sólo porque había hecho suposiciones equivocadas con respecto a ella, cuando con una pequeña charla podría aclarar las cosas y demostrar que la había juzgado mal?

¿Cómo podía siquiera tenerle en cuenta semejantes conclusiones? Su padre era realmente un pirata. Y su relación con los piratas le había enseñado cosas que ninguna señorita de buena cuna sabría antes de casarse. De modo que la única cosa en la que Drew se equivocaba era en el estado de su virginidad. Un error lógico.

Por Dios, ya estaba tratando de convencerse para volver a incluirlo en su lista. ¿Se atrevería a hacerlo? Prefería que no volviera a decepcionarla. Eso le había dolido. Pero ¿y si no volvía a herir sus sentimientos? ¿Y si se disculpaba y admitía haber sido un estúpido por pensar lo peor de ella?

La pieza de baile acabó y Wilbur la llevó de vuelta junto a Georgina.

—Parece que nunca se me permite pasar el tiempo suficiente con usted —dijo con un encantador brillo en los ojos—. Espero que me acompañe a dar un paseo por el jardín más tarde, para que podamos continuar la conversación.

Distraída tras haber visto a Drew, Gabrielle se limitó a asentir. Puesto que ya había atisbado a su hermana entre la multitud, Drew también se dirigía hacia ella. Sin embargo, aún no se había percatado de su presencia, si bien en un momento dado sus miradas se encontraron y él se chocó con unas cuantas personas que tenía delante.

Gabrielle frunció el ceño al verlo. ¿No era extraña esa torpeza? ¿En un capitán de barco? Tal vez se comportaran con torpeza cuando pisaban tierra firme después de un largo viaje, pero por lo general los marineros tenían un gran sentido del equilibrio. Y así debía ser, ya que se veían obligados a moverse continuamente sobre las inestables cubiertas de sus barcos.

Mientras se acercaba a Georgina, Gabrielle notó que su madrina estaba hablando con lady Dunstan, la anfitriona, quien, como Georgina le había recordado antes de que llegaran, era una de las peores chismosas de la alta sociedad. La presencia de la dama consiguió que dejara de pensar en Drew. Tenía que poner mucho cuidado con todo lo que decía para asegurarse de no mencionar nada inapropiado. Según Georgina, una mujer como lady Dunstan podía dar alas o arruinar a una debutante sin proponérselo siquiera.

—Vaya, aquí está —le dijo lady Dunstan con una sonrisa antes de fruncir el ceño al ver quién la acompañaba—. Y usted, querido muchacho, debe dejar de monopolizar a la señorita Brooks... ¿o tiene por fin en mente un posible matrimonio que satisfaga a su padre?

Gabrielle sintió lástima por Wilbur. Así que su sincera confesión no era tan secreta, después de todo. Al parecer, era del dominio público. No obstante, estaba claro que su anfitriona lo había puesto en un aprieto. Era la primera vez que escuchaba a alguien hacer una pregunta tan descarada. Cualquiera que fuera la respuesta de Wilbur, la dama tendría un jugoso chisme del que disfrutar.

Sin embargo, una nueva voz se unió a la conversación y aunque no muy clara, fue evidentemente despectiva al comentar:

—Yo no contaría con ello, milady, a menos que a su padre no le importe que haya piratas en la familia.

Lady Dunstan se quedó boquiabierta al escucharlo. El rostro de Wilbur perdió el color. Georgina se quedó sin poder pronunciar palabra durante un instante. Puesto que había reprendido a su hermano en más de una ocasión por utilizar esa palabra en público para referirse a ella, en esos momentos lo miraba con incredulidad al ver que lo había hecho de nuevo.

Gabrielle estaba simplemente furiosa y la mirada que

clavó en Drew no dejó ninguna duda al respecto. Estaba borracho, pero incluso borracho era un hombre increíblemente apuesto. Sin embargo, más que lo que acababa de decir, le sorprendió el ardiente deseo que brillaba en sus ojos oscuros cuando la miró.

19

Gabrielle se apresuró a bajar en cuanto le dijeron el nombre de la persona que la esperaba en el salón. No habría bajado por nadie más. Aún seguía aturdida por lo ocurrido la noche anterior. No daba crédito a lo que Drew le había hecho, a su deliberado intento de arruinar cualquier posibilidad de contraer un buen matrimonio.

Por suerte, no lo había conseguido. Incluso se empeñó en afirmar que no había hablado en serio cuando Georgina, tan sorprendida como ella misma, comenzó a reprenderlo. Por supuesto, ¿qué otra cosa podría haber dicho en ese momento?

Sin embargo, ella no se tragaba su inocencia. No dudaba ni por un instante de que había dejado caer el comentario con total deliberación para sabotear su búsqueda de marido. Aunque sí era cierto que estaba borracho como una cuba. El hecho de que su estado fuera tan evidente fue lo único que convenció a lady Dunstan de que estaba bromeando, de manera que ésta se limitó a pedirle que se marchara, cosa que él hizo.

Wilbur también se marchó. Aprovechó la oportunidad para escabullirse sin responder a la peliaguda pregunta de lady Dunstan. O eso había supuesto Gabrielle más tarde. Ella también había deseado marcharse de allí en aquel momento.

—No dejes que esto te inquiete —le dijo Georgina, dándole unos golpecitos en la mano—. A mi hermano se le suelta bastante la lengua cuando se emborracha, cosa que suele ocurrir durante sus últimos días en tierra firme. Aunque lady Dunstan conoce a mi marido. Y no se atreverá a enemistarse con uno de los Malory repitiendo lo que ha tomado por una broma de mal gusto. Sabe muy bien que para cuando el comentario esté en boca de toda la ciudad, ya no se considerará una broma. De manera que no dirá nada.

Gabrielle dejó de prestar atención tras escuchar la referencia a los «últimos días en tierra firme». Drew se marchaba. Y ella ni siquiera se habría enterado si no se lo hubiera dicho su hermana. Estaba segura de que él no se lo habría dicho. ¿Por qué habría de hacerlo? No significaba nada para él.

De todos modos, estaba destrozada. Primero, intentaba arruinar su porvenir y, después, pretendía marcharse antes de que se desatara el escándalo. Debería estar furiosa con él. Deseaba estarlo. Eso sería preferible a sentirse dolida y decepcionada.

—Aquí estás, querida.

Gabrielle se giró y vio a James Malory salir de su despacho. Ya no se ponía tan nerviosa en su presencia como al principio. La noche del teatro, cuando vio con sus propios ojos que podía intercambiar pullas y comentarios provocadores con sus cuñados sin que éstos sufrieran consecuencia alguna, perdió gran parte del temor que le inspiraba. Y, por una vez, su rostro no era una máscara impasible. Parecía estar preocupado de verdad.

—¿Cómo te sientes esta mañana? —le preguntó, rodeándole los hombros con el brazo en un gesto paternal.

Gabrielle supuso que se refería a los dos días que había pasado encerrada en su habitación tras declarar que se encontraba enferma, de manera que respondió:

—Ya me encuentro bien.

—¿Ningún impulso irresistible de dispararle a alguien?

Su modo de decirlo le arrancó una risilla ahogada y comprendió al punto a lo que se había referido con su pregunta.

—Debo suponer que ha escuchado todo lo que sucedió anoche.

—Así es. Claro que no esperaría menos de los bárbaros a los que me veo obligado a llamar «familia», aunque George está muy enfadada. Ella espera que sus hermanos se comporten como auténticos caballeros. De todas maneras, puedes estar segura de que me encargaré de que la necedad de Drew no tenga repercusión alguna. Voy a armarme de valor, como quien dice, y a acompañaros a George y a ti durante lo que resta de temporada.

Le sorprendió, y conmovió, el hecho de que estuviera dispuesto a hacer algo así. Sabía cuánto detestaba el hombre las reuniones sociales.

—No tiene por qué hacerlo.

—Pero es que quiero hacerlo. Míralo de esta forma: si no fuera por tu padre, yo no estaría aquí, mis hijos no estarían aquí y George no sería la mujer más feliz de la tierra.

Lo dijo con una sonrisa tan radiante que no le quedó más remedio que devolvérsela. Aquellas palabras le hicieron darse cuenta de que la deuda que había contraído con su padre era mucho más importante para él de lo que había creído en un principio.

—Bueno, mirándolo de ese modo...

—Precisamente. Ahora vete. Me ha parecido escuchar que uno de tus pretendientes llegaba para hacerte una visita.

Debería haberle explicado que la visita no era un pretendiente, pero él ya iba escaleras arriba y ella ya había hecho esperar demasiado al recién llegado. James Malory había conseguido animarla, pero su visitante conseguiría borrar la noche anterior de su mente, estaba convencida de ello.

—¡Avery! ¡Qué alegría verle de nuevo!

Extendió la mano cuando se acercó a él, pero el hombre no la vio porque no podía apartarle la vista de la cara.

—¡Santo Dios! Está casi irreconocible, señorita Brooks. Sabía que tenía potencial, pero lo ha sobrepasado con creces.

Se ruborizó por el cumplido; aunque, de hecho, le avergonzó mucho más la expresión de su rostro. Parecía sinceramente incrédulo... y encantado.

—Usted también tiene muy buen aspecto, Avery. Pero ¿cómo ha dado conmigo en Londres?

El rostro del aludido se tornó escarlata.

—Me temo que soy portador de malas noticias.

Su primer pensamiento fue para su padre, pero no podían ser noticias suyas. Había puesto especial hincapié en averiguar lo que le había sucedido a Avery después de abandonar la isla pirata. Su padre le había asegurado que habían pagado el rescate y que había vuelto a Inglaterra al poco tiempo para buscar un empleo un poco menos «emocionante». De manera que era imposible que Avery tuviera noticias de Nathan. Y no había respondido a la pregunta. ¿Cómo la habría encontrado, cómo habría sabido siquiera que se encontraba en Londres, cuando no se movían en los mismos círculos?

Supuso que tal vez la habría visto por la ciudad. Había dado una vuelta en carruaje por el parque en un par de ocasiones, también había atendido a un concierto de día y había estado de compras en Bond Street varias veces en compañía de Margery. Además, había visitado la parte menos elegante de la ciudad la semana anterior para advertir a Richard de la letal promesa de lord Malory. De manera que Avery podría haberla visto y después seguirla hasta allí.

—¿Cuáles son las malas noticias?

—Su nombre está en boca de todos esta mañana. Así fue como descubrí que estaba en la ciudad, los motivos de su estancia e, incluso, con quién se alojaba. Al parecer, media ciudad está horrorizada porque una pirata intente infiltrarse en la alta sociedad a través del matrimonio mientras que la otra media lo encuentra graciosísimo, como si fuera el mejor chiste que se ha explicado esta temporada. Ay, Dios mío... ¿no lo sabía?

Estaba tan aturdida que debía de haberse quedado lívida, lo que le dio la pista a su interlocutor.

—Lady Dunstan —dijo sin inflexión alguna en la voz—. Me aseguraron que no difundiría lo que había escuchado anoche, pero es evidente que el rumor era lo bastante jugoso como para arriesgarse a desafiar la ira de James Malory al difundirlo.

—No sé de qué habla —dijo Avery—. Jamás he escuchado el nombre de esa dama. Es Wilbur Carlisle quien está contándole a todo el mundo que no es quien finge ser.

Estuvo a punto de estallar en carcajadas. Aunque habría parecido que estaba al borde de la histeria, de manera que se contuvo. ¿Wilbur? ¿Ese caballero modesto, agradable y desesperado por conseguir una esposa? ¿Por qué le habría hecho eso? ¿Por qué no habría exigido pruebas antes de involucrarla en un escándalo? ¿Tal vez porque sentía que lo había engañado?

Habría llegado a contarle la verdad acerca de su padre en el caso de que su relación hubiera prosperado. Bueno, tal vez no le habría confesado que en realidad su padre surcaba los siete mares como pirata, pero sí le habría dicho que era un comerciante. La flor y nata de la aristocracia lo habría considerado una oveja negra, pero en todas las familias había una. Y la reputación de su madre en la sociedad era intachable.

Estaba tan sumida en sus cavilaciones que no escuchó cómo llamaban a la puerta, pero la riña que se desató en el vestíbulo de entrada fue lo bastante ruidosa como para llamar su atención. Dirigió a Avery una breve mirada mientras le decía:

—Perdóneme un instante.

—Por supuesto.

No bien salió al pasillo, se quedó con la boca abierta, atónita al contemplar a Ohr que se debatía en el suelo con el mayordomo de los Malory. Claro que no había comparación posible. Ohr apenas estaba sudando. Era un hombre fornido en la flor de la vida, mientras que Artie era un viejo lobo de mar de constitución débil.

Estuvo a punto de reírse, pero se decantó por la prudencia y le comentó a Ohr:

—Ésa no es la manera adecuada de hacer una visita.

—Lo es cuando te dan con la puerta en las narices —contestó Ohr al tiempo que alzaba la vista para mirarla.

Su amigo estaba tirado en el suelo y rodeaba la cabeza del mayordomo con un brazo, mientras que su contrincante, también en el suelo, lo aferraba de la larga trenza. El atuendo de ambos era similar: botas desgastadas, pantalones a media pantorrilla y camisas anchas. Jamás se acostumbraría a que los Malory tuvieran un mayordomo que se vestía y hablaba como recién salido de un barco pirata.

Los hombres habían dejado de pelear en cuanto la escucharon. Artie aprovechó el silencio para decirle a Ohr:

—¿Crees que no escuché cómo el capitán decía que no eras bien recibido? Sé cuál es mi deber, serpiente rastrera, y es el de impedirte la entrada.

Ohr soltó un resoplido burlón.

—Me habría contentado con quedarme en la puerta a esperar, marinero de pacotilla, si hubieras accedido a decirle a Gabby que tenía que hablar con ella, en vez de decirme que me largara.

—¡Estaba ocupada! ¡Te lo dije!

—Y yo te dije que no podía esperar.

Gabrielle chasqueó la lengua.

—Deja que se levante, Ohr. ¿Qué es lo que no podía esperar?

Ohr se puso en pie y se apartó bastante de Artie, por si al mayordomo se le ocurría asestarle algún otro puñetazo cuando se levantara. Con los ojos fijos en Gabrielle, dijo:

—Tenemos que hablar en privado.

Su expresión era demasiado seria, al igual que su voz. No esperó a que ella le hiciera más preguntas. La cogió del brazo y comenzó a tirar de ella en dirección a la puerta principal, pero Artie se puso de pie de un salto y les bloqueó el paso.

—Ni se te ocurra siquiera, socio —le advirtió el mayordomo—. No te la vas a llevar a ningún sitio, y si lo intentas, llamaré al capitán y te arrepentirás de haber nacido.

—Me estás hartando... —gruñó Ohr.

No obstante, Gabrielle lo interrumpió poniéndole la mano en el brazo, y le dijo a Artie:

—No pasa nada. Es un buen amigo mío y uno de los hombres de confianza de mi padre. No me pasará nada estando con él.

Ohr no esperó a que el mayordomo diera su permiso. La

condujo hacia el carruaje que los esperaba en la calle. Gabrielle no había esperado ir más allá de la calle, donde podrían hablar con tranquilidad, si bien no intentó detenerlo.

—¿Ya te has enterado del escándalo? —preguntó ella.

—¿Qué escándalo? —quiso saber Ohr.

—No importa, puede esperar para después.

—Bien, porque tenemos que tomar algunas decisiones. Pierre tiene a tu padre y el precio que exige para el rescate... eres tú.

20

Gabrielle se sintió aturdida durante el trayecto en carruaje. Se había llevado demasiadas sorpresas en los dos últimos días.

Ohr la llevó hasta la habitación que Richard y él habían alquilado cerca de los muelles. Bixley, un irlandés pelirrojo que era el mejor amigo de Ohr, ya se encontraba allí, esperando con Richard. Gabrielle no había previsto eso, pero debería haberlo hecho. Alguien tenía que haberles llevado las noticias sobre su padre.

A Bixley le encantaba buscar tesoros y creía de todo corazón que había un caldero de oro al final del arcoiris. Y puesto que Nathan también adoraba la búsqueda de tesoros, Bixley creía haber encontrado su hogar ideal en *La joya quebradiza*.

Richard le dio un abrazo. A Gabrielle le parecía mucho más normal así, con su atuendo de pirata y su holgada camisa blanca a medio abotonar.

La observó con detenimiento antes de preguntarle a Ohr:

—¿Por qué da la sensación de que ya está de luto? ¿Qué demonios le has dicho?

Ohr ocupó una silla justamente al lado de Bixley, que estaba sentado junto a la mesa con una jarra de cerveza en la mano.

—Sólo las exigencias de Pierre —respondió.

—*Chérie*, no es tan grave como parece —le aseguró Richard—. Sólo suponemos que en realidad Pierre te quiere a ti y está utilizando los mapas como una excusa.

—¿Mapas? —preguntó Gabrielle—. ¿De qué estás hablando?

Richard miró a Ohr con el ceño fruncido.

—¿No le has contado nada? ¿De qué hablasteis de camino aquí, del puñetero clima?

Ohr pasó por alto la acritud de Richard con su habitual serenidad y respondió con calma:

—Creí que debería escucharlo primero de boca de Bixley. Además, tengo la esperanza de que mi amigo recuerde algo importante que olvidara la primera vez que nos lo contó.

—No olvidé absolutamente nada —masculló el aludido—. El viaje hasta aquí fue muy largo. Tuve tiempo más que de sobra para recordarlo todo.

—Entonces, dime lo que ha ocurrido, Bixley —dijo Gabrielle.

—Fue ese malnacido de Latice.

Gabrielle frunció el ceño.

—¿El primero de a bordo de mi padre?

—Sí —contestó Bixley—. Nos condujo directamente hasta la fortaleza del capitán Pierre mientras tu padre dormía confiado en su camarote. Ni siquiera tuvimos oportunidad de presentar resistencia. Casi todos nos despertamos esa noche encadenados.

—¿Pierre tiene su propia fortaleza? —quiso saber Gabrielle.

—Se ha convertido en un renegado, Gabby. —Ohr se tomó un momento para explicarse—. Encontró una antigua fortaleza abandonada y, según parece, se ha pasado años reconstruyéndola. En cuanto acabó de hacerlo, abandonó la confederación.

—¿Y es ahí donde tiene a mi padre?

—Sí.

—¿Sabéis dónde está?

—Yo no —contestó Ohr—. Pero Bixley sí.

—Se aseguraron de que pudiera localizarla de nuevo, ya

que se supone que tengo que llevarte hasta allí —dijo Bixley—. Está a un día o dos al este de Saint Kitts, dependiendo de la dirección en la que sople el viento.

—¿Es posible que Latice creyera que os llevaba a puerto seguro? Tal vez no se hubiera enterado de que Pierre se había convertido en un renegado, ¿no crees?

Bixley resopló.

—Lo sabía. Es un traidor, muchacha. ¿Quién habría imaginado que tendría las agallas necesarias para tomar una decisión como ésa?

Gabrielle no podía creerlo. Latice era, o había sido, el primero de a bordo de su padre. Era un hombre decidido, pero sólo en cuestiones náuticas. En el alcázar, jamás vacilaba al dar una orden. Pero en cualquier otro aspecto, parecía tardar una eternidad en tomar una decisión e incluso cuando lo había hecho, era posible hacerlo cambiar de opinión sin muchas dificultades.

—¿Por qué haría algo así? —preguntó—. ¿Por miedo?

—Por avaricia —contestó el irlandés con voz furiosa—. Pierre le prometió que podría quedarse con *La joya quebradiza*. Pero le estaba tomando el pelo. Pierre nunca cumple sus promesas. No estaba dispuesto a renunciar a un barco de primera como el de tu padre.

—Entonces ¿cuáles son las exigencias de Pierre?

—Dijo que quería los mapas de tu padre. Nathan se puso furioso, como podrás imaginar. Le dijo lo que podía hacer con ellos... bueno, dejémoslo en que estaba furioso. No estaba dispuesto a renunciar a una colección que le había llevado toda una vida reunir. No obstante, su negativa no nos sacaría de allí, así que después de que se lo llevaran, me ofrecí a llevarle los mapas a Pierre. Sé dónde están escondidos. Pero él dijo que tenías que llevárselos tú.

—Yo tengo algunos de ellos —le recordó Gabrielle. Nathan se los había dado hacía mucho tiempo, pero casi todos eran inservibles, ya que había descubierto que no conducían a ningún sitio.

—Sí, pero no hay muchos que lo sepan y te aseguro que yo no se lo dije a Pierre, y tampoco lo hizo tu padre. Puede que se lo dijera Latice, pero no creo que él lo supiera. No, estaba claro, al menos para mí, que el capitán Pierre no quería en realidad los mapas. Te quería a ti.

En esa ocasión sí reaccionó al comentario, como si lo hubiera asimilado de verdad. La repugnancia fue tal que sintió un escalofrío. El capitán Lacross, ese hombre perverso y aterrador a quien había esperado no volver a ver nunca. ¡Bixley tenía que estar equivocado! Los mapas de Nathan eran valiosos, después de todo. Y Pierre ya tenía una mujer... ¿verdad?

—¿Qué pasa con Red? ¿Ya no está con Pierre? —le preguntó a Bixley.

—Pues claro que sí. También estaba allí cuando expuso sus condiciones. Se puso echa una fiera. Incluso le arrojó una daga. Que me cuelguen si no se la sacó del canalillo. Vaya un lugar más cojonudo para ocultar...

Ohr tosió para advertir a Bixley de que se estaba pasando de la raya. El irlandés se limitó a esbozar una sonrisa desvergonzada.

—Supongo que no lo mató, porque de lo contrario no estarías aquí —comentó Gabrielle.

—No, falló. Y Pierre no hizo más que reírse, el maldito canalla.

—Aun así todo esto me parece... asombroso —dijo ella—. Eran... socios.

—Nunca lo fueron de verdad, *chérie* —se apresuró a corregirla Richard—. Nathan, al igual que los otros capitanes, se limitaba a tolerar a Pierre. Se alegraron mucho cuando se desligó de la confederación. Todos lo hicimos.

—Pero está tratando bien a mi padre, ¿verdad? En honor a su antigua relación...

Quedó claro de inmediato que Bixley no quería responder esa pregunta en particular. Dio un largo trago a la cerveza e incluso lanzó una mirada elocuente a Ohr para que cambiara de tema.

—Dímelo —exigió Gabrielle.

Bixley suspiró.

—Esa fortaleza que ha reconstruido tiene una mazmorra, muchacha. Tu padre y el resto de nuestros hombres están allí. Yo mismo pasé unos cuantos días encerrado. —Al ver que el color abandonaba su rostro, el irlandés trató de darle ánimos—: No estaba tan mal. He dormido en lugares mucho peores.

Al imaginarse a su padre encerrado en un lugar semejante desde hacía semanas y caer en la cuenta de que pasarían más semanas aún hasta que pudiera sacarlo de allí, se quedó lívida.

—¿Cuál es tu plan? —le preguntó a Ohr.

—No vamos a entregarte —le aseguró éste—. Pero es probable que no logremos acercarnos a la fortaleza de Pierre a menos que te vea con nosotros.

—Está protegida por unas altas murallas, que siempre están vigiladas —explicó Bixley.

—Me importa un comino lo que haya que hacer, pero quiero a mi padre fuera de allí —replicó ella de forma acalorada—. Partiremos de inmediato.

—Podemos comprar pasajes para Saint Kitts, pero eso no nos llevará hasta la fortaleza de Pierre —señaló Richard—. Está en una isla deshabitada, lejos de las principales rutas marítimas. Lo que necesitamos es una tripulación y un barco propios. Sin importar el plan que ideemos, si no tenemos barco, nuestras posibilidades van a ser muy limitadas.

—En ese caso, consigamos nuestro propio barco —replicó ella con decisión.

—Lo haremos —le aseguró Ohr—. Aunque tengamos que comprarlo, robarlo o tomarlo prestado, conseguiremos uno en Saint Kitts.

—Pero ¿no ha dicho Bixley que la isla de Pierre está al este de Saint Kitts? —le recordó Gabrielle—. ¿No nos ahorraríamos un día o dos de viaje si navegáramos directamente hasta allí en lugar de pasarla de largo y regresar después de conseguir un barco?

—Tiene razón —dijo Richard—. Y además los barcos de pasajeros se detienen en todos los puertos que les pillan de camino, y eso nos retrasaría aún más.

Ohr asintió.

—Supongo que tendríamos más oportunidades de encontrar un barco aquí en Londres. El puerto de Saint Kitts es diminuto comparado con éste. Aunque no he oído de ninguno que esté en venta, y eso que he recorrido los muelles de arriba abajo.

Gabrielle titubeó por un momento. Acto seguido, sus labios se curvaron en una sonrisa maliciosa.

—Yo sé de uno. No está en venta, pero zarpa mañana por la mañana.

21

Adoptar el papel de pirata era bastante desagradable, pensaba Gabrielle después de explicarles su plan a los miembros de la tripulación de su padre. Tres años atrás, la idea de robar algo jamás se le habría pasado por la cabeza, mucho menos si se trataba de un barco. Pero en esos momentos se le había ocurrido porque estaba muy preocupada por su padre y muy enfadada con Drew Anderson. Todavía le resultaba imposible creer que hubiera arruinado con tanta indiferencia no sólo su reputación, sino también cualquier posibilidad de conseguir un matrimonio ventajoso. Bueno, pues además de robar su barco y de convertirse en la pirata que la había acusado de ser, tendría a Drew Anderson a su merced.

Se lo debía. Así de simple. Y si lo dejaba marchar, no tendría oportunidad de vengarse. ¿Creía que podía enredarla en un escándalo y marcharse de rositas? No, ni hablar.

Era un plan brillante. Mataría dos pájaros de un tiro, puesto que les permitiría resolver el problema del rescate de su padre y al mismo tiempo le daría la oportunidad de saldar cuentas con el hombre que la había arruinado. Pero entonces comprendió que cuatro personas no podrían encargarse de un barco.

—Necesitamos más hombres —señaló.

—Déjame eso a mí —dijo Ohr.

—¿Dónde vas a encontrar hombres dispuestos a robar un barco en tan poco tiempo?

Él se echó a reír.

—Esta ciudad tiene otra cara que una dama de tu posición jamás llegará a conocer. Deja que yo me encargue de encontrar a los hombres que necesitamos.

Sólo Richard percibió las dudas que la embargaban.

—¿Estás segura de que quieres hacer esto? —le preguntó.

—Sí —contestó con una sonrisa—. No todos los días se convierte una en pirata...

Su amigo soltó una carcajada. No era de extrañar que lo encontrara gracioso, puesto que él ya lo era. Pero todavía no había acabado de resolver sus dudas.

—En realidad, no hace falta que nos acompañes, ya lo sabes —le dijo—. Podemos encontrar a alguien que se parezca a ti. Mientras Pierre crea que eres tú...

—No —lo interrumpió—. Si por alguna razón quiere hablar conmigo antes de permitir que nos acerquemos a su fortaleza, tendré que estar allí. Además, mi presencia os dará más oportunidades para idear un plan de rescate. No voy a correr ningún riesgo con la vida de mi padre.

—Un padre que además resulta ser nuestro capitán —dijo Richard, cuya expresión se había tornado seria—. No hay duda de que has demostrado tu lealtad hacia él al ordenarnos que robemos este barco yanqui.

—Yo no os he ordenado nada —lo corrigió Gabrielle—. Simplemente os he hecho una sugerencia.

Richard sonrió para indicarle que estaba bromeando.

—Lo sé, y es una solución perfecta. Incluso podremos devolverle el barco al tipo cuando hayamos acabado. Aunque preferiría que Malory no fuera detrás de nosotros si descubre que hemos robado el barco de su cuñado. ¿Estás segura de que no quieres pedirle ayuda en lugar de poner en marcha este plan?

Gabrielle titubeó antes de contestar. Los Malory habían sido muy amables y generosos con ella. La deuda de James Malory con su padre estaba más que saldada, en su opinión. Él no era el culpable de que su misión de encontrar marido hubiera fracasado. Eso recaía sobre los hombros de Drew.

—No. Lord Malory ya ha hecho suficiente por mí. No voy a pedirle más ayuda.

—Me refería a Anderson.

Gabrielle resopló.

—Ni hablar. Además, se negaría. No le caigo bien y yo lo aborrezco.

Lo había dicho tan deprisa que logró que Richard enarcara una ceja.

—¿Cómo es posible?

—Supongo que se debe a su aversión por los piratas. Se aseguró de airear a los cuatro vientos que mi padre es uno de ellos.

Richard aspiró entre dientes. Gabrielle se convenció en ese momento de que el hombre era inglés, lo admitiera o no, porque parecía entender a la perfección las implicaciones de lo que Drew había hecho. Ohr prefirió una explicación y preguntó:

—¿Ése es el escándalo que mencionaste? ¿El tipo ha echado por tierra tus oportunidades de concertar un buen enlace en Inglaterra?

—Exacto. Y encima quería largarse de rositas.

—Pero ¿¡por qué!? —exclamó Richard.

—Porque odia a los piratas y se le ha metido en la cabeza que yo lo soy. Ni siquiera se molestó en preguntar, simplemente lo dio por sentado y me enredó en un escándalo como resultado. Así que... ¡va a ser un placer verlo rodeado de piratas en su propio barco!

—Sabes que eso solamente conseguirá reafirmar su opinión de...

—Exacto —lo interrumpió ella—. Cuando haya acabado con él, deseará haber estado equivocado, pero jamás descubrirá que en realidad lo estaba.

Gabrielle regresó a la residencia de los Malory, pero pasó el resto del día en su habitación. Si llegaba a ver a Drew antes de robarle el barco, estaba segura de que acabaría arrancándole los ojos y así no podría zarpar de ninguna de las maneras. De modo que era mejor permanecer escondida en su habitación.

Margery no daba crédito a lo sucedido cuando Gabrielle se lo contó.

—No te preocupes por tu padre. Los hombres que eligió para que nos acompañaran son buena gente. Sabes que lo sacarán de este embrollo.

—Sí, lo sé. Tenemos toda la travesía de vuelta al Caribe para trazar un plan.

—Podéis contar con mi ayuda —se ofreció—. Es una lástima que tengas que perderte el fin de la temporada social. Todo iba de maravilla.

—En realidad... no tuve oportunidad de decírtelo anoche, pero Drew Anderson se aseguró de que me perdiera el resto de la temporada de este año y todas las demás. Apareció en el baile de anoche borracho como una cuba y dijo, delante de Wilbur y de lady Dunstan, que mi padre es un pirata.

—Pero ¿¡por qué lo ha hecho!? —exclamó.

—Supongo que en su estado de embriaguez pensó que había que proteger a los inocentes de los piratas sedientos de sangre, pero quién sabe... De todas formas, Wilbur lo escuchó y se ha dedicado a proclamar la noticia a los cuatro vientos esta mañana. Después de haber estado a un paso de proponerme matrimonio, se habrá sentido profundamente decepcionado al saber por la revelación de Drew que ya no cumplo los requisitos necesarios para ser su esposa.

—¡Dios Misericordioso! ¡Te han arruinado! —exclamó Margery.

—Ajá, estoy arruinada por completo... gracias a Drew —aseguró Gabrielle con un nudo en la garganta.

Sintió el escozor de las lágrimas en los ojos. Se dio la vuelta antes de que Margery se percatara. Quería volver a sentirse enfurecida. La ira era su única salvación en esos momentos. Sin embargo, no había modo de engañar a Margery. No necesitaba ver las lágrimas para saber que estaban ahí.

—No te preocupes, niña. Te encontraremos un marido en otro lugar —le dijo al tiempo que le rodeaba la cintura con un brazo.

Se escabulleron de la casa al caer la noche. Gabrielle le

dejó una nota a Georgina en la que le explicaba que su padre tenía problemas y que se marchaba para ayudarlo. Tal vez no se lo creyera cuando le llegaran las noticias del escándalo, pero a esas alturas ella ya no estaría allí para responder a sus preguntas. Sólo hubo un momento de tensión cuando *Miss Carla* silbó para hacerles saber que no estaba dormida bajo la tela que cubría la jaula mientras bajaban por la escalera de servicio. De todos modos, no apareció nadie para investigar.

Sólo llevaban la poca ropa con la que podían cargar en un par de bolsas de viaje. En la nota que le había dejado a Georgina le decía que podía ponerse en contacto con su abogado para que le enviaran el resto de sus pertenencias a Saint Kitts. Ohr las estaba esperando en la calle con un carruaje que los llevaría al puerto. Ya había reservado dos camarotes en el barco bajo nombres falsos, uno para Margery y ella y otro para los tres «sirvientes» que las acompañaban. Así habría tres hombres menos escalando esa noche para entrar a hurtadillas en la bodega.

El plan que iban a poner en marcha era muy arriesgado. De no estar tan furiosa con Drew, muy probablemente se habría echado atrás y habría acabado decepcionándolos a todos. Lo único que deseaba era no sentirse tan culpable por marcharse de ese modo. Después de todo lo que los Malory habían hecho por ella, actuar así era hacerles un feo. Pero sabía que James Malory insistiría en ayudarla si se enteraba, y no podía permitirlo. Ya había hecho suficiente.

Tras echar un último vistazo a la casa, Gabrielle comprendió que echaría de menos a los Malory. ¡Señor! Había esperado de todo corazón encontrar al hombre de sus sueños al llegar a Londres. Aunque, por extraño que pareciera, lo había encontrado. Era una lástima que se tratara de un rufián que había convertido sus sueños en una pesadilla.

22

Gabrielle se paseaba por los reducidos confines de uno de los camarotes del barco de Drew. Tenía los nervios de punta. No podía creer que estuviera robando un barco, y mucho menos el barco de Drew Anderson. Se lo devolvería, por supuesto. En realidad, sólo lo estaba tomando prestado, o al menos intentaba convencerse de eso para aliviar parte de la culpa que había empezado a atormentarla. Pero no servía de nada.

Había embarcado la noche anterior, después de asegurarse de que el capitán no andaba por los alrededores. No esperaba que el *Tritón* fuese un navío tan magnífico. Con sus tres enormes mástiles, era mucho más grande que el mercante de dos palos de su padre. Drew y la mayoría de su tripulación estaban disfrutando de su última noche en tierra, así que los hombres que Ohr había contratado no se habían encontrado con dificultad alguna a la hora de escabullirse en el barco y ocultarse en la bodega.

Ella no había conseguido dormir mucho y dejó de intentarlo al despuntar el alba, con lo que su nerviosismo se había incrementado de tal forma que hasta el más mínimo ruido la sobresaltaba. Se había mordido las uñas hasta dejarlas en carne viva.

Había demasiado silencio mientras el barco dejaba el puerto y se adentraba en el canal, lo que indicaba que todavía no había ocurrido nada, pero la espera resultaba enervante. La tensión era muy similar a la que había sentido tres años antes, cuando su barco se había visto amenazado por los piratas y aguzaba el oído en espera de los cañonazos que anunciarían el comienzo de la batalla. Esa mañana en concreto no habría cañonazos, pero sí esperaba gritos, incluso disparos de pistola, mientras el mando del barco cambiaba de manos.

Una brusca llamada a la puerta la dejó sin aliento y le arrancó un grito airado a *Miss Carla*. Y eso a su vez despertó a Margery, que hasta aquel momento dormía en su litera.

Era Richard quien había llamado. Asomó la cabeza para decirles:

—Es nuestro. Ya podéis salir.

—No he escuchado ningún disparo —dijo Margery, y a continuación le preguntó a Gabrielle—: ¿O acaso no me han despertado los ruidos?

Gabrielle sonrió.

—No, no ha habido disparos, pero yo también esperaba algunos. —Enarcó una ceja al mirar a Richard—. ¿Cómo habéis conseguido que la transición sea tan pacífica?

El hombre entró en el camarote con una sonrisa y cerró la puerta.

—Somos muy buenos. —Acto seguido soltó una carcajada—. En realidad, tenemos bastante práctica. Nos apoderamos de un barco una noche en el puerto, aunque no era más que una broma entre amigos. Después lo devolvimos. Sin embargo, nos demostró lo fácil que resulta hacerlo cuando se cuenta con el factor sorpresa.

—¿Y no podías haberme dicho eso ayer? —se quejó Gabrielle.

—Nunca se puede dar nada por sentado. Pero el factor sorpresa nos dio cierta ventaja... capitana.

Gabrielle resopló al escuchar el apelativo. Aunque habían acordado que sería ella quien tomara las decisiones más importantes, aceptaba el puesto de capitana sólo para cargar con la responsabilidad del robo en caso de que los atraparan. No iba a intentar capitanear el barco ni mucho menos, aunque contaba con la experiencia suficiente y había observado a su padre al timón muchas veces. Ohr estaba más capacitado para la labor.

—Entonces, ¿no ha habido ningún problema?

—No muchos. Bueno, no fue sencillo doblegar al capitán. Podrías habernos avisado de que era ese gigante con el que te diste de bruces en los muelles el día que llegamos a Londres. Hicieron falta cuatro hombres para inmovilizarlo. Es endiabladamente bueno con los puños.

—No le habréis hecho daño, ¿verdad? —preguntó de inmediato y con demasiada preocupación. Se corrigió al instante—. No es que me importe mucho, pero se suponía que nadie saldría herido.

—Está bien. Pero tuvimos que dejar sin sentido a su primero de a bordo cuando se dio cuenta de que llevábamos a parte de la tripulación a la bodega e insistió en saber lo que estaba pasando. Se abalanzó contra nosotros cuando dedujo lo que ocurría. El puñetero es casi tan grande como el capitán. Pero ya está bien atado y encerrado en su camarote.

Gabrielle asintió y esbozó una sonrisa para sus adentros mientras salía del camarote. Ya había decidido lo que iba a hacer con Drew una vez que se encontrara a su merced. Iba a hacerle creer que era una auténtica pirata.

Le gustó la idea tan pronto como se le ocurrió. En realidad, Drew ya la consideraba una pirata, pero si acaso albergaba alguna duda, sería muy fácil descartarla. Y después lograría que la deseara a pesar de los pesares. Había llegado a la conclusión de que ésa sería la venganza perfecta. Él detestaba a los piratas, hasta el punto de haber intentado arruinarla en su terreno. ¡Ni siquiera era el suyo! Así pues, iba a volverlo loco de deseo. Y después se aseguraría de que supiera que jamás podría tenerla.

Fue a preguntarle a Ohr dónde lo había encerrado. Su amigo estaba en el camarote del capitán. Y también Drew, atado a la silla que había al fondo de la estancia y amordazado. Deseó que también le hubieran vendado los ojos, pero no era así y su mirada la siguió con expresión asesina. Cómo no... No le sorprendió en absoluto. Aun cuando no hubiera rencilla alguna entre ellos, a esas alturas despreciaría a todos los que habían participado en el robo del barco.

Gabrielle se acercó a la mesa en la que Ohr estaba examinando las cartas de navegación e intentó hacer caso omiso de esos ojos negros que seguían cada uno de sus pasos.

—¿Por qué no lo han encerrado en la bodega? —preguntó en voz baja.

Su renuencia a que el capitán escuchara la pregunta era fingida. El barco estaba en silencio en esos momentos. Tendría que haber estado sordo para no escucharla.

Ohr la miró un instante antes de responder con descaro:

—Supuse que querrías una pequeña venganza después de lo grosero que ha sido contigo.

¡Perfecto! Ni habiéndolo preparado de antemano le habría dado una respuesta mejor. Unos cuantos días en la bodega formaban parte de su venganza.

Pero había más.

—Además —continuó el hombre—, la bodega está hasta los topes con los miembros de su tripulación, y lo último que nos interesa es poner al capitán con ellos.

—¿Por qué?

—Su presencia les proporcionaría el incentivo necesario para idear rápidamente un plan de fuga. Separados, ideará un plan, pero por sí solo no podrá hacer mucho.

Gabrielle asintió. Supuso que tenía razón. Y no debería hacerle ese tipo de preguntas, ya que eran cosas que tendría que saber si de verdad fuera la capitana. Y quería que Drew creyera que estaba al mando del barco.

No obstante, sentía cierta curiosidad, así que preguntó en voz alta:

—¿Era necesario amordazarlo?

—Me pareció una buena idea, ya que no cerraba el pico —contestó Ohr.

Gabrielle puso los ojos en blanco. Se imaginaba lo que el gigante tenía que decir. Y ella ya había hablado más de la cuenta. Lo comprendió al instante. Así pues, adoptó el tono brusco de un capitán de barco y le pidió a Ohr que saliera con ella para discutir el nuevo emplazamiento del capitán. Sin embargo, sus bolsas de viaje llegaron primero.

Habían decidido de antemano que ella ocuparía el camarote del capitán, ya que era el más grande y el más adecuado para reunirse a discutir y tomar las decisiones que fueran necesarias. Pero eso había sido antes de que decidieran dejar al verdadero capitán allí.

No andaban escasos de camarotes. Podrían trasladarlo al que ella acababa de dejar. Aunque resultaría un poco arriesgado, dada la corpulencia de Drew. Si decidía descargar sobre ellos la ira que lo embargaba tan pronto como se pusiera en pie, alguien podría salir herido, y no necesariamente él. Y ella no quería que nadie más saliera herido.

La mejor forma de evitarlo sería dejar al capitán en su propio camarote. Podría trasladar su equipaje al otro sin problemas. No obstante, ¿por qué habría de ir a buscarlo para llevar a cabo su venganza? Sería mucho más fácil si lo tenía al alcance de la mano.

Y así se lo dijo a Ohr.

—Creo que de momento podemos dejar al capitán donde está.

El pirata no pareció sorprenderse, aunque, a decir verdad, Gabrielle no creía haberlo visto nunca sorprendido.

—¿Estás segura? —fue su única pregunta.

—Sí. Sé que sólo bromeabas, pero tenías más razón de la que creías. Voy a saldar las cuentas con ese hombre por lo que me hizo, y eso incluye mantenerlo prisionero donde menos le gustaría estar en estos momentos: en mi camarote, donde no le cabrá la más mínima duda de que se encuentra a mi merced.

Richard habría querido saber más detalles, pero Ohr no era así. Se limitó a asentir con la cabeza y se marchó hacia el timón mientras ella regresaba al camarote del capitán.

Tuvo que componer su expresión antes de acercarse y situarse frente al gigante. Quería despertar su deseo. En eso consistía su venganza. Pero su plan no funcionaría si él se percataba de lo mucho que lo despreciaba en esos momentos. Tenía que hacerle creer que no le importaba en absoluto que hubiese arruinado su reputación. Así que una mentirijilla no le vendría nada mal para hacerle bajar la guardia y dejarlo en la inopia hasta que se percatara de que tenía más de una razón para quitarle el barco. Supuso que debería asegurarle que sólo estaba tomando prestado el *Tritón*, y que se lo devolvería a su debido tiempo... Bueno, con un poco de suerte. Claro que era un mercante de tres mástiles y haría la travesía en muy poco tiempo.

Drew no tuvo que alzar mucho la vista para encontrarse con sus ojos. Incluso sentado, su enorme estatura resultaba extraordinaria. Y seguía echando chispas por los ojos, algo que resultaba de lo más enervante.

—Si le quito esa cosa de la boca, ¿promete comportarse de forma civilizada? —le preguntó.

Él no emitió sonido alguno, ni se movió; se limitó a seguir mirándola con expresión amenazadora. Gabrielle decidió ser amable y señaló:

—Bastará con que asienta con la cabeza.

Ni el más mínimo gesto. Seguía negándose a cooperar. Y esa mirada suya la estaba poniendo demasiado nerviosa, así que le dio la espalda.

Inspiró hondo antes de decirle:

—No nos quedaremos con su barco. Me han llegado noticias de que mi padre está cautivo a la espera de un rescate en una isla situada a dos días en barco al este de Saint Kitts. El hecho de que lo hayan encerrado en una mazmorra me molesta muchísimo. Quiero sacarlo de allí. Sabía que su barco estaba preparado para zarpar. Decidí que nos vendría a las mil maravillas para llevarnos de vuelta al Caribe en el menor tiempo posible. Ni siquiera vamos a alejarlo demasiado de su ruta; nada que no pueda solucionar enseguida con un poco de viento a favor. —Se giró para preguntar de nuevo—. ¿Va a comportarse de forma civilizada ahora?

Drew seguía sin asentir y su expresión no había cambiado ni un ápice. Maldita fuera su estampa, estaba poniéndola histérica con esos enervantes ojos negros. ¡Por el amor de Dios! ¿Cuántas garantías más tenía que darle? Pero al ponerse en su lugar por un momento, comprendió que nada de lo que dijera le parecería razonable. Le habían quitado el barco, le habían quitado el control. Que fuera algo temporal no suponía diferencia alguna para él; si de verdad creía que era temporal. Tal vez ni siquiera creyera lo que le estaba diciendo. Tenía que descubrirlo y la única forma de hacerlo era quitándole la mordaza.

Una vez tomada la decisión, se colocó detrás de él para desatar el nudo que tenía en la nuca. Se percató de inmediato de que algunos mechones se habían quedado enganchados en el nudo y estaban muy tirantes. Eso debía de haberle dolido y no estaba segura de poder desatar el pañuelo sin empeorar aún más la situación. Mientras lo intentaba, uno de sus rizos le cayó sobre los dedos. Era sedoso y suave como el de un niño... cosa bastante sorprendente, ya que no había nada infantil en ese hombre.

La mordaza cayó y ella la sostuvo en la mano. Contuvo el aliento, a la espera de que comenzara a insultarla. Nada. Ni siquiera se giró un instante para mirarla. Gabrielle se guardó la mordaza en el bolsillo de la falda y se colocó frente a él.

—Deme algo de beber para quitarme el sabor a algodón de la boca —dijo Drew.

¡Qué razonable! Así que iba a portarse de manera civilizada...

Gabrielle echó un vistazo a su alrededor, pero no vio agua, ni ninguna otra cosa, de hecho.

—En el cajón de mi escritorio —le dijo.

En el cajón había un hueco especialmente diseñado para hacer las veces de licorera, de tal forma que la botella se mantuviera en pie incluso durante la peor de las tormentas. Contenía algún tipo de bebida alcohólica, sin duda, pero si era eso lo que quería, a ella le daba igual.

No pasó por alto la pistola que había en el cajón, ni vaciló en guardársela en el bolsillo antes de acercarse para llevarle la botella. Le resultó de lo más sorprendente que él le hubiera mostrado dónde guardaba la pistola. Tal vez hubiese olvidado que estaba allí.

Quitó el tapón de cristal e inclinó la botella sobre sus labios. Tenía una boca de lo más sensual, con unos labios carnosos y fascinantes.

La última vez que la había contemplado, él había estado a punto de besarla, el maldito bastardo, y había acabado haciéndolo a conciencia. Señor, ojalá desconociera el sabor de esos labios... Le dejó tomar un par de sorbos antes de apartar la mirada de su boca.

—Se lo agradezco —dijo Drew cuando ella apartó la botella—. Pero le agradecería aún más que me devolviera mi barco.

Así, sin más, con toda la calma del mundo. Gabrielle se echó a reír y le dijo:

—¿De veras? Me pregunto si le sorprendería escuchar que yo le habría agradecido que no hubiera tratado de avergonzarme durante aquel último baile en Londres dando a conocer quién es mi padre... pero bueno, yo no conseguí mi deseo. Y usted no conseguirá el suyo.

—¿Avergonzarla? ¡El hombre que la acompañaba esa noche la estaba cortejando! Si no se hubiera enterado de lo de su padre, quizá le hubiera propuesto matrimonio, ¿o acaso pensaba casarse con él sin contarle la verdad sobre sus orígenes?

—¡Malnacido! Lo hizo a propósito, ¿verdad?

Él no respondió y preguntó en cambio:

—¿De eso va todo esto? ¿La avergüenzo un poco y planea que alguien me robe el barco?

—¿¡Un poco!?

Sintió un deseo tan poderoso de asestarle un puñetazo que retrocedió un paso para no ceder a la tentación. Las cosas no estaban saliendo bien. Jamás debería haber mencionado lo que le había hecho. Era obvio que a él le importaba un comino. Pero ya le importaría. Cuando acabara con él, ¡por Dios que le importaría!

Respiró hondo y se aclaró la garganta para hablar con calma.

—Da igual. Y no es necesario que se preocupe por su barco. Ya le he asegurado que se lo devolveremos.

—No lo bastante pronto, ¿o es que no le importa que esto la tache de pirata?

Gabrielle esbozó una sonrisa.

—¿Está de guasa? Usted ya se había formado esa opinión sobre mí. ¿No se alegra de comprobar que estaba en lo cierto?

—En ese caso, ¿con cuál de estos rufianes está?

Lo preguntó con tanto desprecio que Gabrielle supo de inmediato el papel que le había adjudicado, y no era muy halagador. Su actitud autoritaria no había surtido mucho efecto.

—Se está pasando de la raya, Drew —le dijo—. Estos hombres están bajo mis órdenes. Soy su capitana.

Él tuvo la desfachatez de echarse a reír antes de replicar:

—Claro que sí... Pero ahora se pondrán bajo las mías... si quieren recuperarla.

La agarró de repente. Gabrielle no tuvo más aviso que sus palabras, y las pronunció demasiado rápido como para que pudiera reaccionar a tiempo. Le resultó tan increíble verse de pronto sentada en su regazo y encerrada entre sus brazos que se quedó sin habla.

Él no, y su carcajada expresó a la perfección la sensación de triunfo que lo embargaba.

—¿Qué se siente al estar al otro lado, muchacha? —le preguntó.

—Un poco de agobio, la verdad —respondió antes de comenzar a forcejear con todas sus fuerzas.

23

¿Por qué no lo había visto venir? ¿Porque era tan dichosamente guapo que no había sido capaz de apartar los ojos de su rostro el tiempo suficiente para darse cuenta de que se estaba aflojando las ataduras? Él tenía todas las de ganar; conseguiría liberarse, recuperar el control de su barco y entregarlos a todos a las autoridades, sin la menor duda. Acabaría conociendo el interior de una mazmorra al igual que su padre, en lugar de sacarlo a él de la suya. Había fracasado miserablemente y todo porque ese maldito yanqui era tan guapo que la había dejado hipnotizada, igual que la vez anterior.

Estaba furiosa consigo misma, pero descargó su furia con él.

—¡No funcionará, estúpido! —le gruñó mientras forcejaba para apartarse de su regazo.

—¿Quieres apostar?

El tono burlón aún no había abandonado su voz. Ni siquiera jadeaba, como si no le costara lo más mínimo retenerla, algo que sólo consiguió enfurecerla aún más. Intentó pillarlo desprevenido para desequilibrarlo, de modo que ambos cayeran al suelo.

Él volvió a reírse en su cara.

—Buen intento, pero la silla está atornillada al suelo.

Tendría que haberse dado cuenta de que lo estaría, tal y como el resto de los elementos del camarote, pero se limitó a mascullar:

—¡Justo como estarás tú si no dejas que me levante!

—Detesto tener que decirlo, muchacha, pero soy yo quien tiene las de ganar. Un momento, retiro lo dicho. ¡No lo detesto en absoluto!

—Es algo temporal y lo sabes. ¡Un grito mío y tendrás una docena de pistolas apuntándote!

—No, te apuntarán a ti —la corrigió—. Eres muy buen escudo. Pero si no dejas de retorcerte, tendrás otras cosas por las que preocuparte.

Había cierta advertencia en su voz. Gabrielle la captó, pero no entendió a qué se refería. Consiguió retorcerse hacia un lado. No sirvió de nada, ya que la sujetaba con fuerza y sus forcejeos sólo estaban consiguiendo agotarla. Y entonces, de repente, él comenzó a besarla. Gabrielle no supo cómo ni por qué. Drew le estaba mirando la boca y al instante...

La forma en que la sujetaba, aprisionándole los brazos contra los costados, varió. Para besarla la había estrechado contra su cuerpo, pero ya no la sujetaba con tanta fuerza como antes. De hecho, había conseguido liberar un brazo. Luchó contra la tentación de rodearle los hombros. Por el amor de Dios, tenía que oponer más resistencia. Su beso era demasiado sensual y tan excitante como recordaba; y descubrió que estaba disfrutando más de la cuenta y que no quería que acabara. ¡Santo Dios! Había logrado que la lujuria la consumiera en apenas unos instantes. Lo mismo que había ocurrido la vez... no, las dos veces anteriores; despreciarlo no servía de nada, ya que la pasión que despertaba en ella era sobrecogedora.

Estuvo a punto de rendirse por completo a las poderosas sensaciones que despertaba en ella. Si la vida de su padre no estuviera en peligro, lo habría hecho. Pero había jurado que haría cuanto estuviera en su mano. Y se avendría a su juramento.

Buscó a tientas la pistola que tenía en el bolsillo y la agarró con fuerza. Aún le funcionaba lo bastante la cabeza para darse cuenta de que no conseguiría soltarse apuntándolo con el arma. No podía arriesgarse a que no estuviera cargada y que él lo supiera. Eso sólo serviría para arrancarle una carcajada, cosa que ya había hecho de sobra. Además, en el caso de que sí estuviera cargada, él quizá dudara de que fuera a dispararle. Y por supuesto que no lo haría. Se hacía pasar por una pirata, no por una asesina.

De todas maneras, eso no impidió que la invadieran los remordimientos cuando sacó la pistola del bolsillo y le golpeó la cabeza con la culata. Sus brazos se alejaron de ella y cayeron a ambos lados de su cuerpo. La cabeza le cayó hacia atrás. Ella se alejó de su regazo de inmediato con el corazón desbocado. No había querido golpearlo tan fuerte como para dejarlo inconsciente o algo peor... y ese «algo peor» era lo que la aterrorizaba. Si lo había matado cuando sólo pretendía sorprenderlo lo suficiente como para que la soltara...

Aunque sólo estaba aturdido. Antes de que se le despejara la cabeza y tuviera oportunidad de volver las tornas de nuevo, salió corriendo del camarote y agarró al primer marinero que encontró. Regresó con él y le colocó la pistola en las manos.

—Voy a atarlo de nuevo. Si se mueve para impedírmelo, dispárale.

El hombre asintió. Le había dado la pistola al marinero porque estaba convencida de que Drew seguía creyendo que ella no sería capaz de hacerlo... o que estaría demasiado enfadado como para importarle. Unos instantes más y habrían estado a un paso de averiguarlo, porque Drew ya se había lanzado a por las cuerdas que le sujetaban los pies cuando ella regresó y dio esa orden. Lo único que le importó fue que se incorporaba muy despacio. Dado su estado de nervios, evitó mirarlo a la cara para averiguar lo que reflejaba su rostro, de manera que no sabía si la miraba a ella o al hombre que lo apuntaba.

—¿Has llegado a golpearme?

La voz de Drew reflejaba más sorpresa que otra cosa, pero ella no le respondió. Su prioridad era volver a atarlo; de hecho, era probable que jamás hubiera sido capaz de moverse con más rapidez que en esos momentos, mientras le llevaba las manos a la espalda y volvía a atarlo. Además, buscó otra cuerda y le rodeó el cuerpo con ella. Incluso se le pasó por la mente cubrirle la cabeza con un saco, pero consiguió resistir el impulso a duras penas, porque habría sido para su propia tranquilidad, ya que así evitaría que volviera a hipnotizarla.

Una vez que tuvo la certeza de que no se zafaría otra vez de las ataduras, se dedicó a comprobar el estado de su cabeza, con la esperanza de no haberle hecho una herida. No había tenido suerte. Le manaba un reguero de sangre del cuero cabelludo que le corría por detrás de la oreja.

Gabrielle despachó al marinero, volvió a guardarse la pistola en el bolsillo y se marchó en busca de agua y paños limpios. Estuvo a punto de enviar a otra persona para que lo atendiera. Sabía que Drew estaba furioso. Su rabia había sido casi palpable. Además, no había dejado de abrir y cerrar las manos mientras lo ataba con las cuerdas, como si estuviera deseando retorcerle el pescuezo.

—¿Vas a responderme ahora que se ha largado tu lacayo? —le preguntó.

Gabrielle no lo hizo. Enjugó la sangre con sumo cuidado antes de colocar un paño frío sobre la herida, y cuando hizo presión con él, Drew dejó escapar algo parecido a un gemido. Sin embargo, en cuanto lo soltó, él se desembarazó del paño húmedo con un movimiento de la cabeza. Gabrielle chasqueó la lengua y se colocó delante de él, enfrentándose de una vez por todas a la furia ocasionada por su fallido intento de fuga.

—Sí, zoquete, te he pegado de verdad. Era eso o dispararte. Considérate afortunado —le dijo, con los brazos cruzados por delante del pecho.

—Me cago en la puta... —gruñó entre dientes—. ¿Con qué me has pegado?

—Con tu pistola. La encontré en el cajón.

—Genial, sencillamente genial —gruñó—. Eso me pasa por besar a una víbora...

El comentario la sonrojó. Aunque sospechaba que era fruto del rencor, seguía escociendo igual. Se percató de que

Drew estaba comprobando la resistencia de sus ataduras... no, estaba intentando soltarse de nuevo. Ese hombre era imposible.

—Deja de hacer eso —lo reprendió con sequedad. La orden le valió una mirada torva que hablaba por sí sola. Gabrielle apretó los dientes antes de añadir—: ¿Quieres que traiga más cuerdas?

—Haz lo que tengas que hacer, encanto.

—¿Otro golpecito en la cabeza, por ejemplo? Está claro que el primero ha mejorado tu disposición... dejándote inconsciente.

—Muy graciosa. Aunque creo que si te acercas lo bastante a mí, estos nudos se soltarán como por arte de magia por el enorme deseo de ponerte las manos encima.

Más bien de echarle las manos al cuello. A pesar de que sabía que estaba atado y bien atado, fue lo bastante cauta como para no hacer la prueba.

—Una lástima que seas un cautivo tan poco cooperador —se quejó.

—¿Es que los hay de alguna otra clase?

Lo miró con cara de pocos amigos antes de proseguir:

—Había considerado la idea de dejarte en tu camarote, pero como tendremos que usarlo, tal vez sea mejor que te encerremos en otro sitio. A no ser que... ¿Tienes grilletes a bordo? Sí, unos grilletes servirán a las mil maravillas, ¿no te parece?

—Lo que me parece ahora mismo no te gustaría en absoluto, créeme —replicó él.

De todos modos, había dejado de retorcerse, algo de lo que ella se percató al instante. Así que, en algún lugar del barco, tenía que haber unos grilletes que pudieran utilizar. Y, de repente, se le ocurrió que una cadena, una de la que no pudiera librarse, sería la solución ideal.

Al ver que no tenía muchas opciones, Drew la miró echando chispas por los ojos de nuevo. Una mirada de lo más desconcertante, pero ciertamente preferible a la actitud de suficiencia que tendría de haberla hecho cautiva.

—Dime una cosa —exigió—, ¿por qué diantres no has

intentado siquiera convencerme de que reclamabas mi barco por asuntos oficiales?

—Y ¿cuáles serían esos asuntos?

—Perseguir criminales, un asunto de vida o muerte... algo así. Estoy seguro de que se te habría ocurrido alguna mentira convincente.

—¿Aunque sabes que no tengo cargo alguno?

—No tendrías que haber revelado tu presencia. Uno de tus hombres podría haberse encargado de todo.

Eso le arrancó una sonrisa renuente y le siguió la corriente.

—Comprendo... y ¿te lo habrías creído?

—Al pie de la letra, maldita sea. Soy norteamericano. ¿Por qué no habría de creerlo cuando los ingleses nos llevasteis a la guerra con tácticas similares?

—Tienes toda la razón; se trata de un asunto oficial.

—Muy gracioso.

—Sólo intentaba darte el gusto.

—¿Por qué? ¿Para pillarme desprevenido cuando me tires por la borda? ¿Me violarás primero al menos?

Eso la dejó sin respiración. La idea de aprovecharse de él mientras estaba atado... ¡Por el amor de Dios! Tenía que sentarse, y deprisa, o las piernas dejarían de sostenerla. Rodeó el escritorio para dejarse caer sobre la silla. Inspiró hondo varias veces y desterró de su cabeza la idea de «violarlo». Después, clavó la vista en el escritorio. Mirarlo era demasiado peligroso.

Tenía que controlar los sentimientos que ese hombre le inspiraba. ¡Se suponía que tenía que hacer que él la deseara, y no al revés!

—Empezaba a creer que lo decías en serio —comenzó ella— hasta ese último comentario. Nadie va a tirarte por la borda, Drew.

—¿Ni siquiera para salvar el pellejo?

La pregunta hizo que lo mirara de nuevo.

—Te refieres a que sabes quiénes somos, ¿no?

—Sí.

Ella negó con la cabeza.

—Lo siento, pero no hay nada que pueda justificar tu muerte. Y creo que te has hecho una opinión equivocada de nosotros. No somos la clase de piratas que crees.

—¿Cuántas clases de piratas hay? —se burló él.

Ella sonrió.

—Somos una raza aparte, claro está. De hecho, somos más cazadores de tesoros que piratas.

—Me importan un comino tus motivaciones. Lo que has hecho es un acto criminal. Y deja que te diga algo: enviaré a una flota en tu busca o te perseguiré yo mismo. ¿Entiendes ahora por qué sería una buena idea que me liberaras de inmediato?

—Lamento mucho escuchar eso —respondió con un suspiro para reforzar sus palabras—. Habría preferido pensar que te mostrarías razonable una vez que te dieras cuenta de que te estoy diciendo la verdad, de que vamos a devolverte el barco. Puesto que no tenemos pensado ocasionar daño alguno, supuse que te conformarías con seguir tu camino cuando todo hubiera acabado.

—¿Que no hay daños? —preguntó con incredulidad—. ¿Y cómo llamarías al hecho de haberme partido la cabeza?

Ella chasqueó la lengua.

—No hice tal cosa.

—Pues lo parece —replicó él en manifiesto desacuerdo—. Acércate para echarle un vistazo.

La estratagema la hizo reír entre dientes.

—Ni lo sueñes —replicó—. Además, no es más que un chichoncito de nada. Apenas si ha sangrado y ya he eliminado todas las pruebas.

Drew enarcó una ceja.

—¿Me has tocado?

—De forma impersonal. ¿No te diste cuenta?

—No, estás mintiendo. ¿Qué más me has hecho mientras estaba aturdido?

—¿Te refieres a mientras intentabas zafarte de las nuevas ataduras? ¡No he hecho nada! De verdad...

—Pero querías hacerlo, ¿no? —la interrumpió con lo que podría describirse con una mueca sagaz—. Vamos, encanto, admítelo. Sabes muy bien que querías aprovecharte de mí y te aseguraste de que yo no pudiera impedirlo, aunque tampoco es que quisiera hacerlo. Y bien, ¿qué es lo que te lo impide ahora?

—Deja de decir esas...

—Siéntate en mi regazo y disfrutarás de la cabalgada de tu vida.

Gabrielle se puso en pie de un brinco, pero ya era demasiado tarde. Pese a la crudeza de sus palabras, la imagen ya se había grabado a fuego en su cabeza. Podía tocarlo, podía hacerlo de verdad. Incluso le había dado permiso. Y su sabor había sido dulce, tan embriagador... Podría hacer lo que le sugería...

—¡Basta ya! —estalló, aunque no sabía si se refería a él o a ella misma. De manera que añadió con semblante ceñudo—: Si no te callas, volveré a darte un golpe con la pistola.

Drew le lanzó una fingida mirada ofendida.

—¿Ésas son formas de tratar a un hombre herido?

Ella se encaminó a la puerta sin contestarle. Debía mantenerse alejada de él hasta que pudiera deshacerse de esa imagen en la que se veía a horcajadas sobre su regazo.

24

—¿Qué crees que estaban haciendo esos piratas en Inglaterra? —le preguntó Georgina a su esposo.

Intentaba fingir que no estaba muy preocupada, pero no estaba teniendo mucho éxito, no después de que James hubiera visto la expresión acongojada que asomó a su rostro al escuchar el relato del marinero. El hombre se las había arreglado para escabullirse del *Tritón* sin ser visto antes de que salieran del canal y había ido directo a Berkeley Square para informarles de que el barco de Drew había sido abordado por unos piratas, a los que había escuchado decir que se dirigían a una isla diminuta al este de Saint Kitts.

—¿Acaso importa? Piratas, ladrones... sean lo que sean, tienen el barco de tu hermano. —Después, murmuró—: Algo que en la puñetera vida habría pasado en el *Maiden Anne*.

Georgina fingió que no lo había escuchado. El *Maiden Anne* era el barco de su marido en su época de caballero pirata. En aquel entonces había llegado a capturar algunos de los barcos de su familia... e incluso capturó su corazón mientras navegaba con él haciendo las veces de su grumete.

Su tono de voz revelaba que estaba enojado. Cosa que no la sorprendía. James no soportaba verla preocupada por nada y le entraban deseos de matar a cualquiera que provocara en ella ese estado de ánimo. En este caso, estaba atado de pies y manos y eso era lo que más lo enfurecía. Claro que nadie diría que estaba enfadado. No solía gritar, ni dar órdenes a diestro y siniestro ni sufrir un ataque. Ni hablar... James Malory no tenía igual a ese respecto. Si iba a aplastar a alguien, ese alguien no lo vería llegar.

—Al menos Boyd está aquí —dijo Georgina—. Estoy segura de que querrá ir tras el *Tritón*.

—Desde luego que sí, pero ¿eso va a aliviar en algo tu preocupación? —le preguntó con ironía.

La conocía demasiado bien. Por supuesto que no la aliviaría. Boyd no capitaneaba su propio barco y éste no estaba equipado para enfrentarse a unos piratas. Aunque el *Tritón* tampoco estaba armado en exceso...

—He comprado un barco —prosiguió su marido—. Pensaba darte una sorpresa la próxima vez que se te metiera en esa preciosa cabecita tuya la idea de cruzar el océano.

Georgina le sonrió. El hecho de haber estado a punto de echarse a la mar sin estar al mando del navío había sido un verdadero trauma para su marido. No le sorprendía lo más mínimo que se hubiera asegurado de que jamás volviera a suceder.

—Entonces, ¿vas a ir tras ellos?

—Por supuesto.

—Un plan excelente —convino, mucho más tranquila.

—Sabía que te gustaría.

—Y voy a ir contigo.

—En cuanto a eso, George...

—Ni se te ocurra pensar que vas a dejarme aquí, muerta de la preocupación.

James se limitó a mirarla fijamente, a la espera de que adujera otros motivos que pudiera objetar. Sin embargo, ella cambió de tema con astucia y se sacó una nota del bolsillo que procedió a entregarle. La había descubierto esa misma mañana, cuando entró en la habitación de Gabrielle para ver si se encontraba mejor. Fue toda una sorpresa descubrir que se había marchado, aunque la posterior llegada del marinero con las noticias de que el barco de Drew había sido secuestrado por unos piratas había hecho que se olvidara del asunto.

James frunció el ceño cuando acabó de leerla.

—¿Crees que Gabrielle ha podido secuestrar el barco de Drew?

Georgina parpadeó.

—¡Por todos los santos, no! Ni siquiera se me había ocurrido. Sólo me parecía extraño que no nos hubiera dicho que su padre tenía problemas y se hubiera limitado a hacer las maletas antes de marcharse sin dejar más que una nota como despedida. Lo más lógico es que te hubiera pedido ayuda, puesto que su padre y tú habéis sido amigos.

—Es probable que pensara que ya habíamos hecho más que suficiente por ella. Pero es demasiada... coincidencia, ¿no crees? ¿Cuándo se marchó?

—Esta mañana. No, espera... pudo ser anoche, mientras cenábamos en casa de Tony. Ya te dije que no se sentía bien, por eso se quedó en casa...

—Pero estaba lo bastante bien como para salir a hurtadillas, así que yo diría que eso fue una excusa.

—¡Vamos, James! No creerás de verdad que ha tomado por la fuerza el barco de Drew... Es mi hermano. Yo le brindé mi amistad. En todo caso, le habría pedido ayuda, puesto que sabía que zarpaba en breve. Ni siquiera sabemos si Drew accedió a ayudarla y viaja en el *Tritón* en calidad de pasajera; o, mejor dicho, de rehén, al igual que él. No tiene razón alguna para darle una puñalada... trapera...

James suspiró y concluyó la idea que acababa de pasar por la mente de su esposa.

—Veo que acabas de recordar lo que dijo tu hermano en el baile la otra noche y que tú misma me contaste. Justo el tipo de comentario que arruinaría todas las oportunidades de una jovencita de conseguir un buen matrimonio en Inglaterra.

—Tonterías —discrepó ella—. No se ha oído nada al respecto. Y ya han pasado dos días desde el baile. A estas alturas habríamos oído algo...

—Querida, cuando uno está envuelto en un escándalo es el último en escuchar los rumores —la interrumpió—, y puesto que tú eras su madrina, seguro que estás envuelta. Además, ayer no salimos salvo para ir a la cena de Tony.

—Lo sé —admitió con un suspiro—. Si te soy sincera, cuando leí la nota de Gabrielle por primera vez, pensé que se trataba de una artimaña y que se había escondido en algún lugar hasta que las aguas volvieran a su cauce. Iba a pedirte que la buscaras para que pudiéramos poner fin al escándalo.

James enarcó una de sus cejas doradas.

—¿Y cómo pensabas ponerle fin a un escándalo que está en boca de todos? Además, no es mentira. El comentario era cierto.

—Un enamorado despechado en busca de venganza —contestó—. Muy fácil.

—¿Quieres decir que ella desdeñó a Drew y que él pretendía ensuciar su reputación con semejante comentario?

—Bueno, fue mi hermano quien puso el rumor en circulación. Y, precisamente por eso, me siento tan culpable de que la haya arruinado.

—Ya está bien —le dijo con seriedad—. No sabes si Drew tenía sus motivos para hacerlo.

Georgina lo miró con incredulidad.

—¿Te estás poniendo del lado de Drew?

—Muérdete la lengua, George. Eso nunca. Pero ¿no has notado las chispas que saltaban entre esos dos?

—Por supuesto que las he notado. No parecían tenerse mucho aprecio en un principio, pero después la cosa cambió de repente. Hasta tal punto que comenzó a preocuparme y le advertí a Gabrielle que se mantuviera alejada de Drew.

—Pero ¿le hiciste la misma advertencia a él?

Ella parpadeó.

—Por supuesto que no. Ya lo conoces. Está mucho más decidido a no casarse nunca de lo que tú lo estabas. Así que sabía muy bien que ella estaba fuera de su alcance.

—Ése, querida, ha podido ser el problema. Gabrielle es una jovencita muy guapa. Si decidió echarle el guante a Drew, él pudo sentirse provocado o tentado hasta el punto de olvidar el buen juicio, a juzgar por el cariz que tomó el asunto.

Georgina frunció el ceño.

—Bueno, en cualquier caso, le mandaré una nota a Reggie para averiguar si ha escuchado algún rumor al respecto. Ella está al tanto de todos los cotilleos, así que supongo que lo sabrá. De todos modos, según Artie, Gabrielle sólo salió ayer un ratito en compañía de uno de los hombres con los que vino a Londres. Y además me dijo que sólo tuvo un visitante, un joven que supuso que era uno de sus admiradores. Claro que, siguiendo tu razonamiento, si el sujeto de un escándalo es el último en enterarse de los rumores, ella tampoco sabrá nada, ¿cierto?

—Yo no estaría muy seguro. La coincidencia es demasiado extraordinaria y si sabe que circulan los rumores, sería lógico que no le pidiera ayuda a Drew.

—Suponiendo que Gabrielle esté a bordo de su barco.

—Eso no importa, querida. Me da igual que forme parte de los piratas, que sea un rehén o que esté escondida como era tu primera suposición, porque voy a reunir una tripulación hoy mismo. Así que deja de preocuparte por tu hermano. Descuartizaré miembro a miembro a quienquiera que haya organizado este embrollo. Te lo garantizo.

25

Gabrielle llevaba demasiado tiempo lejos del camarote del capitán. Era posible que, puesto que nadie lo vigilaba, Drew hubiera conseguido liberarse en su ausencia, así que le pidió a Bixley que la acompañara por si acaso y lo hizo entrar en primer lugar. Aunque no se engañaba. Sabía que parte de su impaciencia por regresar no tenía nada que ver con la preocupación de que hubiera escapado.

El capitán seguía donde lo había dejado, pero de todos modos rodeó la silla a una buena distancia para asegurarse de que seguía maniatado antes de despedir a Bixley. Drew no había dicho nada aún; se limitó a seguirla con esos inquietantes ojos negros hasta que se hubo colocado detrás de él. Posiblemente estaría hirviendo de furia todavía y no le cabía la menor duda de que la entregaría a las autoridades en cuanto tuviera la oportunidad, tal y como había afirmado. Pero primero tendría que atraparla, ¿y cómo iba a hacerlo? No sabía dónde vivía en el Caribe y la posibilidad de que regresara a Inglaterra era muy remota. Por su culpa. Porque había ensuciado su nombre sin preocuparse lo más mínimo.

Claro que cabía la posibilidad de que estuviese tan furioso por haber perdido su barco que, a pesar de que le había asegurado que era algo temporal, se encargara de buscarla él mismo. Tal vez también estuviera furioso porque había creído que iban a matarlo. Quizá fuera ése el motivo de que echara chispas por los ojos. Bien pensado, había mencionado la posibilidad de que lo arrojaran por la borda justo antes de preguntar si iba a violarlo primero.

Gabrielle se ruborizó de nuevo al recordarlo, pero al menos en esa ocasión estaba detrás de él y no podía verla. Drew sabía por qué estaba allí detrás y preguntó con un suspiro:

—¿De verdad crees que lo intentaría de nuevo cuando la primera tentativa me ha dejado las muñecas en carne viva?

Ella frunció el ceño y le levantó las mangas de la chaqueta para ver de qué estaba hablando. En su mayor parte era piel enrojecida, pero había cierto número de abrasiones que sangraban un poco. ¿Por qué no lo había notado cuando lo ató por segunda vez? ¿Y por qué sentía ese impulso de desatarlo y de buscar algún bálsamo para sus heridas?

Frunció los labios, molesta por haber sentido la necesidad de aliviar su malestar, y rodeó la silla para situarse frente a él. Ya le había cedido su camarote a Margery. Su amiga se encontraba un poco mareada, algo habitual en ella durante los primeros días de travesía. Así que se había apresurado a ofrecerle su camarote; se había apresurado demasiado. Le había proporcionado la excusa que necesitaba para tener a Drew al alcance de la mano. Sólo tenía que informarle de que, a partir de ese momento, compartiría el camarote con ella. Estaba deseando ver la expresión horrorizada de su rostro cuando se lo dijera.

Pero él habló primero.

—Mi hermana y James te brindaron su amistad y ¿así es como se lo pagas?

Ella chasqueó la lengua antes de señalar:

—No me he llevado su barco, sino el tuyo.

—¿No crees que se lo tomarán como algo personal? Detesto ser yo quien te lo diga, encanto, pero James es un hombre que se toma las ofensas muy a pecho. Los Malory no son una familia a la que se pueda molestar o hacer daño, pero ese Malory en particular es el más irracional y vengativo de todos.

—Lo siento, pero fui testigo de lo poco que le gustan sus cuñados. ¿Quieres hacer otro intento?

—No lo haría por mí, sino porque ama a mi hermana y esto será un motivo de preocupación para ella. Es muy protector con Georgina, por si no lo sabías. Y no se muestra muy razonable al respecto, si quieres que te diga la verdad.

—Tu hermana ni siquiera se enterará de que me he apoderado de tu barco hasta bastante después de que te libere —replicó ella, aunque comenzaba a sentir cierta inquietud con respecto a James Malory. A pesar de que había vivido en su casa durante varias semanas, jamás había conseguido librarse del todo del nerviosismo que le provocaba ese hombre.

—Nunca se sabe qué puede ofenderlo. Y te aseguro que yo no me arriesgaría jamás a que me persiguiera, por ninguna razón.

—¿Y tú no nos perseguirías? ¿No fuiste tú quien hizo la promesa de vernos a todos entre rejas?

—Por supuesto, pero yo sería mucho más benevolente que James.

Ella se echó a reír. Prácticamente había refunfuñado durante el último comentario. Era obvio que le molestaba el hecho de que sus funestos vaticinios no la atemorizaran hasta el punto de liberarlo de inmediato.

—A propósito... —dijo con despreocupación para echar un poco más de sal sobre la herida—. Tengo cierta información desagradable que darte...

—¿Por qué no me sorprende? —replicó él con sarcasmo.

Ella hizo oídos sordos a la réplica y prosiguió:

—El camarote al que iba a trasladarte ya no está disponible.

—¿Y?

—Allí podrías haber disfrutado de cierta libertad, pero puesto que tendrás que quedarte aquí...

—No puedes mantenerme aquí atado indefinidamente —la interrumpió con el cuerpo tenso por la indignación—. ¿O acaso piensas darme de comer?

Gabrielle negó con la cabeza.

—No, no era eso lo que tenía planeado. Había pensado que tendré que encadenarte aquí... bueno, eso siempre que encontremos una cadena. Pero he ordenado que algunos hombres registren el barco.

—¿Encadenado a tu cama? ¿Y llamas a eso «información desagradable»?

Ella sabía que no lo decía en serio, pero su voz adquirió un matiz intrigado... y seductor. Estaba intentando avergonzarla, y lo estaba consiguiendo, sin duda. Desde el principio, ese hombre había conseguido que sus comentarios, agudos e impertinentes, le sonrojaran las mejillas con suma facilidad. Claro que sólo se consideraban escandalosos en los círculos educados y él siempre la había tomado por una pirata. A buen seguro que la creía acostumbrada a esa forma de hablar, y si eso era cierto, ya contaba con ventaja, porque significaba que se creía el papel que ella estaba interpretando.

La mañana llegaba a su fin. Antes de regresar al camarote había pedido que le llevaran la comida. Esperaba que las cadenas llegaran primero, para que el capitán pudiera comer solo. Aunque tenía que empezar a comportarse como una infame pirata, así que comer delante de él y dejar que pasara hambre no sería tan mala idea.

En cuanto a ese comentario sobre la cama, si de verdad no había pretendido avergonzarla, ya podía prepararse para escuchar más observaciones del estilo, si bien preferiría no tener que escuchar más cosas que la distrajeran con asuntos en los que no debería pensar. La idea era que ella despertara su deseo, no al contrario. Sin embargo, se le ocurría una forma de acabar de una vez por todas con semejantes insinuaciones... hacerlo creer que ya estaba comprometida. Eso podría ayudarla incluso a conseguir sus propósitos, puesto que estaba en la naturaleza humana desear lo que no se podía tener.

No bien se le ocurrió la idea, entró Richard con una cadena en la mano; una cadena muy larga. Llevaba la mayor parte enrollada alrededor del cuello. Y parecía tener un grillete en el extremo que colgaba cerca de su muñeca.

—¿Es esto lo que tenía en mente, capitana? Había dos en la bodega. Utilicé mis extraordinarias técnicas de persuasión para conseguir que uno de los miembros de su tripulación me las arrojara. Les dije que eran para un inglés —afirmó con sorna—. Yanquis... son tan rencorosos que ni preguntaron por su nombre.

—La guerra terminó hace años —le recordó ella.

—Da igual, sirvió para que me dieran las cadenas. Sugeriría que utilizáramos la otra con el primero de a bordo, pero, con lo grande que es, dudo que ninguno de nosotros pueda acercarse lo bastante como para ponérsela. Al menos, éste ya está atado.

Se refería a Drew, quien lo observaba con los ojos entrecerrados desde que entró por la puerta. Gabrielle comprendió de inmediato que Richard era el candidato perfecto para que Drew se tragara lo que ella quería hacerle pensar.

Se acercó a su amigo, le dio unos golpecitos cariñosos en la mejilla y dijo con voz ronca y seductora:

—Gracias por las cadenas, *chérie*. —Y le dio un beso en la boca tal y como suponía que lo haría una amante.

Pero debería haber discutido su improvisado plan con Richard primero, porque así, sin avisar, lo pilló tan desprevenido que la apartó de un empujón en respuesta. Por desgracia, lo hizo con un ímpetu inesperado para Gabrielle, que acabó cayendo de culo al suelo.

Richard estaba tan ocupado limpiándose la boca con la manga que ni siquiera se dio cuenta de su nueva posición.

—¿Qué demonios estás haciendo, Gabby? —preguntó, indignado.

—Sentándome en el suelo, ¡maldito idiota!

—Vaya —dijo al mirarla—. ¡Vaya! —repitió antes de ofrecerle la mano para ayudarla a levantarse—. Lo siento.

Ella rechazó su ayuda de un manotazo, se puso en pie y se sacudió la falda.

Drew estaba riéndose a mandíbula batiente. Era evidente que no le hacía falta preguntar por qué había besado a Richard; lo había deducido él solito al ver la falta de reciprocidad de su amigo.

—¿Quieres que lo intentemos de nuevo, *chérie*?

—No en esta vida —farfulló ella—. Y no me llames *chérie*, zoquete.

El pirata se rió por lo bajo. Y Drew estaba a punto de llorar de la risa. Le habría encantado arrojarles cualquier cosa a ambos, pero casi todo lo que había en el camarote estaba fijado con clavos. No había adornos ni trastos, pero sí unos enormes baúles que no eran suyos, así que tal vez el capitán no hubiera deshecho el equipaje todavía.

Señaló con un dedo tieso la puerta y le dijo a su amigo:

—Vete antes de que añada tu cabeza a las que ya han sufrido un chichón hoy.

Sin embargo, al ver que Richard abría la puerta y se llevaba la cadena consigo, lo llamó otra vez.

—Antes de irte, puedes redimirte encadenando al capitán y asegurándote bien de que le resulte imposible soltarse.

Richard dio un respingo.

—¿Tengo que redimirme?

La única respuesta de Gabrielle fue mirarlo con los ojos entrecerrados.

26

Ohr y Richard se reunieron con ella en el camarote para cenar. Ohr miró al capitán en un par de ocasiones antes de expresar su preocupación en voz alta.

—¿Vas a dejarlo así?

—¿Te refieres al grillete? De momento, sí. Eso evitará que vuelva a hacerse daño.

—¿Cuándo se hizo daño?

No debería haber dicho eso, pero puesto que lo había hecho, decidió que decir la verdad sería mucho mejor que cualquier excusa banal que se le ocurriera. También explicaría por qué quería retenerlo encadenado.

—Logró escapar —explicó y se apresuró a añadir—: Conseguí atarlo de nuevo. Nada más.

—Podría encadenarlo en cubierta —se ofreció Ohr.

—¡Fregad la cubierta! —chilló *Miss Carla*.

Todos se echaron a reír al escuchar al loro. Muy típico del pájaro soltar una de las frases aprendidas cuando escuchaba una palabra que estuviera incluida en alguna de ellas. Aunque debería haber cubierto la jaula dado lo tardío de la hora. Lo hizo en ese momento y después regresó a la mesa. Se dio cuenta de que Drew miraba la jaula. Sin duda, ésa era la primera vez que había escuchado hablar a *Miss Carla*.

En cuanto a la sugerencia de Ohr, daba la casualidad de que esa noche estaba lloviendo y aunque no hubiera sido el caso, habría sido incapaz de encadenar a Drew en cubierta.

—Prefiero que no se mueva de donde está —les dijo a sus amigos.

—Pues entonces, quédate con nuestro camarote —le ofreció Richard—. Nosotros dormiremos aquí.

Meditó la oferta unos instantes. Las reglas del decoro dictaban que así lo hiciera, aunque fuera un poco tarde para preocuparse de tales asuntos cuando había sido ella misma quien se había colgado el sambenito de pirata. Además, el hecho de que se hubiera instalado en ese camarote, en los dominios del capitán, era lo único que sustentaba su farsa. Los hombres la llamaban «capitana», cierto, pero Drew tenía que ver que acudían a ella para recibir órdenes, algo que ya habían conseguido las frecuentes visitas que había recibido a lo largo del día. Además, ¿de qué otra forma podría vengarse del capitán si no tenía un acceso constante a su persona?

Así que negó con la cabeza.

—Estaré bien aquí.

Fue una suerte que no discutieran su decisión, si bien estaba segura de que lo habrían hecho de no haber estado Drew escuchando.

La acompañaron un rato después de la cena, entre los continuos esfuerzos de Richard por arrancarle una carcajada. Su amigo aún se sentía culpable por haber arruinado su farsa esa misma tarde y ella todavía no había tenido la oportunidad de hablar con él para asegurarle que había sido una idea estúpida y que no importaba.

Drew se mantuvo en silencio en su rincón durante toda la velada, observándolos y a buen seguro atento a cada una de las palabras que decían. Lo único que lo inmovilizaba era el grillete que le rodeaba el tobillo, ya que le había desatado las cuerdas. El proceso había sido arriesgado y bastante enervante, porque se había visto obligada a aflojarlas lo suficiente para que él pudiera quitárselas de encima y ella tuviera tiempo de ponerse fuera de su alcance antes de que lo consiguiera.

Drew no había vuelto a sentarse en la silla desde que la dejara. Se había puesto en pie para estirar los brazos y las piernas durante un rato, cosa que la distrajo y estuvo a punto de dejarla embelesada, para su total consternación.

Después se sentó en el suelo con la espalda apoyada contra el mamparo, las piernas dobladas por delante y los pies separados. También había comido en el suelo después de que Bixley le deslizara un plato. Nadie quería acercarse, actitud de lo más sensata. No era ni por asomo tan intimidatorio como ese enorme oso que tenía por primero de a bordo, Timothy Sawyer, pero seguía siendo un hombre alto y musculoso, y cualquiera que se pusiera al alcance de sus largos brazos estaba buscando problemas.

Se había quitado las botas, seguramente para comprobar si podía deshacerse del grillete que le sujetaba el tobillo. Debía de haberle apretado demasiado con la bota debajo. Ella no le había quitado los ojos de encima durante todo el proceso y él lo sabía muy bien, de manera que no había intentado nada, aunque eso no impidió que ella se preocupara e insistiera en que se levantara la pernera del pantalón para echar un vistazo.

Sin embargo, él se limitó a mirarla sin pestañear. No iba a obedecer. Gabrielle acabó apretando los dientes. Era el rehén más irritante del mundo. Beligerante, recalcitrante e insultante. Decidió no insistir más. Era un maldito grillete, nada más, diseñado para no abrirse una vez que se cerrara; además, estaba segura de que sus piernas eran más robustas que las de la mayoría de los hombres, tan bien formadas y musculosas como el resto de su cuerpo.

Ya estaba bien entrada la noche, después de que sus amigos se marcharan, cuando cayó en la cuenta de que tendría que prescindir de las rutinas habituales mientras compartiera el camarote con su rehén. Bueno, no sería la primera vez que durmiera con la ropa puesta. No se la había quitado ni una sola vez durante su estancia en la isla pirata, cuando ella misma estuvo retenida como rehén. No le importaba dormir vestida...

De repente, se le ocurrió algo que la dejó petrificada. ¿Por qué cambiar sus hábitos por él? ¡Por el amor de Dios! Era la oportunidad perfecta para tentarlo más allá de su resistencia mostrándole un poco de piel desnuda. Sólo necesitaba armarse de valor para hacerlo, y la manera más sencilla era fingir. No quería que él pensara que lo hacía a conciencia.

A toda prisa, antes de que pudiera cambiar de opinión, dejó caer la falda a sus pies y se sacó la camisa por la cabeza. No pudo evitar sentir un ramalazo de satisfacción al escuchar el abrupto cambio que se produjo en la respiración de Drew.

—Maldita sea, mujer, ¿qué demonios estás haciendo? —preguntó casi a voz en grito.

Aún de pie delante de él, ataviada sólo con la camisola y los pololos, que se ceñían a su trasero como si de una segunda piel se tratara, lo miró por encima del hombro.

—¡Caramba! Lo siento, olvidé que estabas aquí —dijo con coquetería.

Acto seguido se giró hacia él para que pudiera apreciar la generosidad de sus pechos, cuya parte superior quedaba expuesta gracias al amplio escote de la camisola. Lo escuchó gemir mientras devoraba sus senos con la vista y tuvo que morderse la lengua para no echarse a reír mientras se metía en la cama con su exigua ropa interior. Un ataque doble: el primero contra sus sentidos, y el segundo contra su orgullo al desentenderse como si nada de su presencia en la estancia.

Aunque si había creído que podía poner punto y final al día con un golpe demoledor en el camino hacia su venganza, se equivocó de parte a parte. Drew se encargó de que así fuera.

Tan pronto como apagó la lamparilla que había junto a la cama y se acomodó contra la almohada, lo escuchó decir:

—¿Sabías que el grillete está oxidado?

Abrió los ojos y clavó la vista en el techo; por más que no pudiera ver nada en la oscuridad, fue hacia allí donde miró. Había permanecido callado toda la noche y ¿tenía que ponerse a hablar en cuanto apagaba la lámpara?, pensó irritada. Tal vez debería haberle dicho algo antes de acostarse o, al menos, hacerle saber que la idea de que durmiese en el suelo no había sido suya y que le habría proporcionado una hamaca en el caso de que se la hubiera pedido.

Claro que no quería que pensara que era una blandengue, ¿verdad? Días atrás, cuando Drew ocupaba el primer lugar en su lista de candidatos a marido, deseaba que la conociera de verdad y que corrigiera la impresión errónea que se había formado sobre su forma de ser. Pero ya era demasiado tarde para eso. En esos momentos quería justo lo contrario.

—Estás decidida a que el óxido me envenene la sangre, ¿verdad? —preguntó Drew a continuación.

Ella apretó los dientes y sopesó la posibilidad de no hacerle caso. Tal vez así captara la indirecta o creyera que ya se había quedado dormida.

—Ya veo... —continuó—. ¿Planeabas quitarme de en medio y matarme desde el principio?

Gabrielle se sentó en la cama, pero estaba demasiado oscuro para distinguir su figura en el rincón.

—Deberías haberte dejado las botas puestas —señaló con voz razonable.

—¿Crees que eso habría servido de algo? Este grillete está tan oxidado que se habría comido el cuero sin dificultad.

Ella se recostó de nuevo, y se dio dos cabezazos contra la almohada.

—Es una pésima idea —masculló—. Si estuviéramos en aguas más cálidas, no te quepa la menor duda de que estaría durmiendo en cubierta.

Drew no dijo nada. De hecho, guardó silencio durante tanto rato que acabó pensando que por fin podría dormir.

Pero entonces su voz volvió a escucharse en la oscuridad.

—Necesito un orinal, muchacha, ¿o es que querías que hiciera mis necesidades en el suelo?

El comentario la hizo abrir los ojos de par en par al tiempo que el rubor cubría sus mejillas. Saltó de la cama y se apresuró a encender la lámpara que había apagado momentos antes. Drew estaba sentado exactamente en el mismo sitio que ocupaba cuando ella se tumbó en su cama. Saber que ella dormiría en su cama mientras que él tendría que pasar la noche en el suelo con un grillete en el tobillo debía de estar royéndolo por dentro. Buscó el orinal, lo dejó en el suelo y le dio una patada con el pie para enviarlo al otro lado del camarote, donde él estaba. Después se acercó a uno de los baúles de Drew y comenzó a rebuscar en su interior.

—¿Qué estás haciendo?

Ella pasó por alto su tono ofendido. Sin duda le molestaba que estuviera rebuscando en sus baúles.

—Buscando algo que puedas colocar debajo del grillete —contestó de forma impertinente—. Estoy segura de que ninguna de mis prendas serviría a menos que las hiciera jirones, cosa que no estoy dispuesta a hacer.

—Vaya, así que me has escuchado...

—Desde luego.

—¿Debo suponer que no era tu intención envenenarme la sangre?

Ella resopló y le tiró un par de medias que acababa de encontrar.

—Yo que tú las doblaría y me las metería bajo el grillete en vez de ponérmelas. Y ahora, si no te importa, me gustaría tener un poco de silencio para poder dormir.

—Si querías silencio, deberías haberte trasladado a otro camarote.

—Encadenarte en cubierta sigue siendo una opción —le advirtió.

Drew no volvió a rechistar.

27

«Esa maldita mujer podría haberme dado algunas mantas», pensó Drew de mal humor mientras se sentaba en el duro suelo de madera de su camarote. Estaba lloviendo fuera, diluviando en realidad, y una gélida corriente de aire se colaba en la estancia por debajo de la puerta. Por lo general, el sonido de la lluvia le resultaba relajante. Incluso le encantaba manejar el timón en mitad de una tormenta. Había algo primitivo en ellas que estimulaba todos sus sentidos. Pero esa noche no tendría oportunidad de hacerlo.

No podía dormir. Lo había intentado apoyando la cabeza contra la pared. No sería la primera vez que durmiera en un lugar incómodo; ni sentado, a decir verdad. Pero no había manera de que pudiera hacerlo allí; no cuando a un metro escaso de distancia dormía una hermosa mujer en una cama blanda.

En realidad, ésa era sólo una de las razones por las que el sueño lo eludía. Las emociones que le roían las entrañas eran un impedimento aún mayor. No recordaba haberse sentido tan furioso jamás y le estaba costando muchísimo esfuerzo controlarse. Claro que, a decir verdad, tampoco se habían apoderado de su barco con anterioridad.

No podía creer que Gabby estuviera haciendo aquello. ¿Tan enfadada estaba con él que ni siquiera había podido pedirle un pasaje? La ruta planeada hacía escala en sus puertos comerciales de costumbre y se habría dejado convencer sin problemas para llevar consigo a Gabrielle Brooks. Bueno, tal vez hubiera puesto algún que otro impedimento. La muchacha era la culpable de que hubiera decidido adelantar la fecha de su partida. Había querido alejarse de ella tanto como le fuera posible, ya que suponía toda una tentación.

Una tentación que se había hecho más fuerte durante las últimas semanas. Tan pronto como abandonó su actitud desagradable, él comenzó a pensar en lo agradable que sería tenerla en su cama. La cosa había llegado a tal extremo que el deseo lo había hecho tirar la precaución por la borda y había intentado convencerla de que fuera a su habitación. Una estupidez, por supuesto. Lo único que había conseguido era desearla aún más. Y ella no sólo se había negado, sino que además había continuado con su caza de marido. Eso había echado más leña al fuego y, con toda seguridad, había sido la razón por la que se había emborrachado tanto las dos últimas noches en el puerto y por la que había asistido a ese estúpido baile con la intención de sabotear su búsqueda de marido. Al verla con Wilbur aquella noche, el único pretendiente cuyas atenciones parecía considerar... No era de extrañar que la hubiera avergonzado, tal y como afirmaba ella. No recordaba con exactitud lo que había dicho, pero sí recordaba hasta el menor detalle la reprimenda que le había echado su hermana por decirlo.

Suspiró para sus adentros. Al parecer, se había salido con la suya y ella ya le había revelado su verdadera personalidad. La maldita mujer era una auténtica pirata. De tal palo, tal astilla. Aunque, a esas alturas, ya debería haberla sometido. Se sentía atraída hacia él. Lo había notado desde el principio. Al menos podría haberla engatusado a fin de que dispusiera otros arreglos para dormir. Sin embargo, la furia no dejaba de interponerse en su camino. La mera idea de seducirla le resultaba detestable en esos momentos. ¿Porque era ella quien tenía la sartén por el mango? ¿Porque le había robado el barco? ¿Porque le había abierto una brecha en la cabeza con su propia pistola y lo había encadenado al maldito suelo? ¿O porque, a pesar de todo lo anterior, seguía deseándola?

Había vuelto a besarla, ése era el problema. ¿Por qué demonios lo había hecho? Había estado a un paso de recuperar la libertad, a un paso de recuperar su barco y de volver las tornas con esos piratas... Pero no, se había dejado tentar por unos exuberantes labios. La proximidad de esa boca, los movimientos de su trasero al intentar alejarse de él y su embriagador aroma habían hecho que el impulso de besarla fuera imposible de resistir.

Sintió que su miembro volvía a excitarse ante el mero recuerdo de ese beso. Maldita muchacha...

—He abierto un agujero en uno de los camarotes —susurró su primero de a bordo—. Supuse que no le importaría, capitán.

Drew se apartó a toda prisa de la pared. Estaba tan sorprendido que casi se le escapó una carcajada. Había estado tan ensimismado que ni siquiera había escuchado cómo Timothy Sawyer se colaba en el camarote y, al parecer, lo había hecho sin despertar a la encantadora pirata que dormía al otro lado de la estancia. No veía a su primero de a bordo por la sencilla razón de que no entraba luz a través de las ventanas debido al temporal y a que Gabby había apagado la lámpara antes de meterse en su cama, por lo que reinaba la más absoluta oscuridad. Su cama. Maldición, lo sacaba de sus casillas que ella estuviera durmiendo allí... sin él.

—Desde luego que no —dijo, susurrando al igual que lo había hecho Timothy—. ¿Por qué has tardado tanto?

—Tuve que asegurarme de que no había nadie al otro lado que pudiera dar la alarma.

—¿Ya has liberado a la tripulación?

—Supuse que debía soltarlo a usted primero.

—Sabía que podía confiar en ti, Tim.

—Era lo menos que podía hacer, capitán, después de dejar que me vencieran hoy —dijo el hombre con brusquedad.

—Bueno, la verdad es que no creo que a nadie más se le hubiese ocurrido hacer un agujero en la pared —señaló Drew.

Estaba sonriendo, aunque Timothy no lo veía. El hombre llevaba con él varios años y, por lo general, era un tipo callado y amable que jamás causaba problemas. A pesar de su enorme estatura, tenía el carácter más apacible que Drew se hubiera encontrado jamás... hasta que algo lo enojaba. Cuando eso ocurría, se desataba un infierno.

No era algo usual, pero, tal y como le sucedía a él, a Timothy no le gustaba estar encerrado. En una ocasión, armaron tanto alboroto una noche en Bridgeport que acabaron durmiendo la mona entre rejas. En cuanto a Timothy se le pasó la borrachera, comenzó a comportarse como un oso encerrado en una jaula minúscula; en un arrebato de locura, trató de romper los barrotes y, maldita fuera su estampa, consiguió doblarlos un poco. El coste de la reparación de los daños también salió del bolsillo de Drew...

—Vamos a desatar sus cuerdas —dijo Timothy.

—No hay cuerdas. Me deshice de ellas una vez, así que ahora llevo un grillete.

—Vaya, pues eso puede ser un problema. ¿Tiene la dama pirata alguna herramienta para quitarte el perno? ¿O lo han asegurado con un candado?

—No, tiene perno y uno de sus hombres tiene el... —Drew no terminó la frase. Al estar de cara a la puerta, vio el resplandor que se filtraba por debajo.

—¡Cuidado! —musitó—. Creo que vamos a tener compañía.

No tuvo oportunidad de prepararse. La puerta se abrió de golpe en el mismo instante en el que avisaba a Timothy. El más apuesto de los piratas, el mismo al que Gabby había intentado besar esa tarde, estaba en el vano. Por desgracia, no estaba solo. Lo acompañaban el enorme chino a quien Gabby parecía profesar tanto cariño y otros dos hombres. Uno de ellos debía de haber visto lo que estaba ocurriendo, o tal vez hubiera descubierto el agujero de la pared, y había tenido el buen tino de presentarse en el camarote con refuerzos.

Fue un momento de extrema tensión. Los cuatro piratas estaban armados, acababan de cruzar la puerta y apuntaban directamente al pecho de Timothy.

Drew temía que ésa fuera una de las ocasiones en las que su primero de a bordo no se daba por vencido. Notaba su tensión, así como la furia que lo embargaba por no haber logrado su objetivo. Y no sería la primera vez que el gigante salía airoso en desigualdad de condiciones. Era probable que ni siquiera se hubiera fijado en las malditas pistolas y que consiguiera que lo mataran.

De repente, Gabrielle saltó de la cama hecha una furia, tapada con una manta, y se interpuso entre ambos grupos.

—Caballeros, ya he tenido bastantes emociones por hoy —gruñó—. Así que vais a reconsiderar todo este asunto hasta llegar a la conclusión de que dormir es una actividad muchísimo más recomendable en este momento que derramar sangre.

Drew dejó escapar el aire que ni siquiera sabía que estaba conteniendo. Aunque la repentina sensación de agradecimiento por su intervención no le agradó en lo más mínimo. Sin embargo, tenía que concederle mérito a su rapidez de reflejos, ya que se había dado cuenta de que Timothy no le haría daño para llegar a sus hombres. Su primero no tenía el menor inconveniente en romperle la cabeza a media docena de marineros, pero jamás le haría daño a una mujer. Aunque estaba dormida como un tronco, parecía no tener problemas para despertarse totalmente despejada y alerta para tomar decisiones de ese calibre.

—Malditas mujeres piratas... —masculló Timothy con resignación.

Drew supo que el peligro había pasado.

—Empieza usted a cansarme, señor Sawyer —afirmó Gabby—. ¿Tan poco valora su vida que está pidiendo que le disparen?

—¿Era eso lo que estaba haciendo? —preguntó Timothy con expresión desconcertada—. Mis disculpas.

Ella chasqueó la lengua con desagrado, pero desvió la vista hacia sus hombres.

—Llevadlo de vuelta... —comenzó.

—¿Adónde, *chérie*? —la interrumpió Richard—. Hay un agujero junto a la puerta del camarote en el que estaba encerrado.

—¿Ha abierto un agujero en la maldita pared? —preguntó Gabby con incredulidad. Después miró de nuevo a Timothy y soltó un suspiro. Incluso se permitió observarlo con expresión decepcionada—. Es una enorme molestia, señor. ¿Qué voy a hacer con usted?

Drew se quedó estupefacto al ver que Timothy respondía con expresión contrita:

—No causaré más problemas, señorita.

Drew soltó un gemido. ¡Una regañina de labios de una mujer bonita y se convertía en un pasmarote!

Pero Gabby no había terminado.

—Quiero su palabra.

En esa ocasión, Timothy se limitó a mirarla fijamente. Tal vez estuviese considerando si la palabra dada a un pirata era digna de mantenerse.

Sin embargo, ella estaba demasiado enfadada como para concederle mucho tiempo. Su prolongado silencio la instó a señalar:

—Me tomaré eso como una negativa. —Acto seguido, se acercó a la mesa que había junto a la cama para coger su pistola.

Puesto que ya lo había engañado una vez fingiendo no ser la pirata que ya sabía que era, Drew no tenía ni la más remota idea de lo que podía llegar a hacer. Tal vez fuera capaz de dispararle a Timothy para evitar que le causara más «molestias», como había dicho.

—¡Responde, maldita sea! —le susurró a su amigo.

Ella lo oyó, pero no hizo comentario alguno al respecto; tampoco borró la expresión irritada de su rostro.

—No podremos volver a la cama hasta que el asunto quede zanjado —se limitó a añadir—. ¿Me dará al menos su palabra de que no causará más problemas esta noche para que todos podamos dormir un poco?

—Eso sí puedo hacerlo.

Gabrielle lo meditó unos momentos. A decir verdad, parecía demasiado molesta como para aceptar una rebaja considerable de sus peticiones. Y, por más que detestara admitirlo, estaba preciosa allí de pie, cubierta con la manta y con el oscuro cabello revuelto alrededor de los hombros. Pasado un momento, su expresión cambió y asintió con la cabeza. Drew adivinó al instante que acababa de recordar lo que su amigo le había dicho acerca de los dos grilletes de la bodega... Sí él tenía uno, quedaba otro para Timothy.

¡Por todos los diablos! La muchacha no se contentaba con encadenar a un hombre, ¡tenía que encadenar a dos!

28

Timothy Sawyer podría haber regresado a su camarote por sus propios medios, pero Gabrielle no confiaba ni por asomo en que mantuviera su palabra. Un hombre de semejante corpulencia suponía todo un problema; un problema muy peligroso, y no tenía intención de correr ningún riesgo al respecto.

Con la ayuda de Richard y Bixley, lo encadenó al mamparo de su camarote. El hombretón aceptó su destino con sorprendente docilidad, tal vez porque lo distrajo respondiendo todas las preguntas que le hizo acerca de la vida de su padre como pirata para así satisfacer su curiosidad.

Antes de salir del camarote, Gabrielle le dijo:

—Le agradezco que haya cumplido su palabra y no haya causado más problemas.

El hombre guardó silencio y se limitó a encoger sus amplios hombros.

Lo habían conseguido. Y el barco seguía bajo su mando. Aunque había estado muy cerca.

Regresó al camarote del capitán mientras Ohr se encargaba de doblar el número de hombres que realizaba la guardia nocturna. No pensaban correr más riesgos. Les había llevado bastante tiempo volver a encadenar a Timothy Sawyer, de manera que esperaba encontrarse a Drew dormido o, de no ser así, que guardara silencio para que ella pudiera dormirse.

No tuvo suerte.

Drew aguardó hasta que estuvo acurrucada en la cama. Incluso dejó que se pusiera cómoda, que mullera la almohada unas cuantas veces y que estirara la sábana sobre la que dormía. En cuanto la escuchó exhalar un suspiro de puro deleite (la cama era muy cómoda) le dijo:

—Me he estado preguntando cuál será el sabor de tus pechos.

Al principio, creyó haberlo escuchado mal. El tipo no podía dejar caer semejante comentario con tanta despreocupación. Tal vez los amantes hablaran de esas cosas, ¡pero ellos no lo eran!

Pero entonces añadió:

—¿Estarán salados por la brisa marina? ¿Sabrán a pétalos de rosa a causa de tu perfume? Sí, he notado que hueles a rosas. ¿O sabrán a ambrosía?

Con las mejillas arreboladas a causa del azoramiento, Gabrielle farfulló:

—Voy a amordazarte.

—Me gustaría que lo intentaras.

Gabrielle sabía perfectamente cuáles eran las intenciones de Drew. Su objetivo era enfurecerla para que se acercara a él y así pudiera volver a cambiar las tornas. ¡Pues iba listo...!

Se dio la vuelta en la cama y le dio la espalda, aunque en la oscuridad él no pudiera verla. Como cabía la posibilidad de que el silencio le indicara lo que opinaba de la situación, decidió no volver a hablar.

—Volvamos al tema de tus pechos —le sugirió él, arrastrando la voz.

—Ni hablar.

Hasta ahí llegó su determinación. Desesperada, se colocó la almohada sobre la cabeza y se la apretó contra la oreja. Maldita fuera su estampa, pero incluso así seguía escuchándolo...

—Sé que son turgentes, Gabby. Recuerdo a la perfección lo bien que llenaban mi mano. Pero quiero probarlos. Debería haberlo hecho mientras estabas retorciéndote en mi regazo hace un rato. Por cierto, fue muy agradable. Estoy deseando que vuelvas a sentarte encima de mí. Pero, de momento, sigamos con tus pechos. ¿Crees que te gustaría que te los besara?

—Debes de estar recordando los pechos de otra, de una de esas que forman parte de la legión de amantes que tienes repartidas por el mundo. Los míos son insignificantes, casi planos, así que... ¡ya puedes dejar de pensar en ellos!

—Mentirosa. —Se rió entre dientes—. Recuerdo cada detalle de tu persona, Gabby. El roce de tus labios contra los míos, lo apasionada que te mostraste cuando estabas entre mis brazos, lo maravilloso que es abrazarte... Pero hay una pregunta que me ronda la mente, ¿eres siempre tan apasionada o fui yo quien hizo que respondieras de ese modo?

—No te importa lo más mínimo.

—Te aseguro que me importa muchísimo, encanto. Voy a descubrirlo, ¿sabes? Tal vez no sea esta noche ni mañana, pero algún día, cuando vuelva a encontrarte (y ten por seguro que te encontraré), haremos el amor. Te lo prometo. Y entonces conoceré hasta el más mínimo detalle de tus pechos. A decir verdad, conoceré cada detalle de ti. No me cabe la menor duda.

Gabrielle estuvo a punto de decirle que estaba loco, pero una parte de ella, si bien una parte muy pequeña, esperaba que no lo estuviese. Y todo por culpa de eso que había dicho acerca de hacer el amor y por su promesa de que lo harían. ¡Por el amor de Dios! Ese hombre le estaba provocando reacciones sorprendentes. Sentía mariposas en el estómago. Su pulso ya latía con un ritmo errático debido a los comentarios previos. Y sentía un hormigueo en los pechos; se le habían endurecido los pezones como aquella noche que intentó seducirla en el salón de su hermana. El recuerdo de las sensaciones que experimentó entonces le provocó un delicioso escalofrío.

—¿Quieres escuchar lo que voy a hacerte en primer lugar?

—¡No! —exclamó a voz en grito.

Drew rió entre dientes de nuevo. E hizo oídos sordos a su negativa.

—Voy a besarte hasta que pierdas el sentido. Voy a darte unos besos tan sensuales y apasionados que desearás responderme de la misma manera. De hecho, no tardarás en devolverme el beso. No serás capaz de contenerte. Me abrazarás con todas tus fuerzas y te pegarás a mí hasta que sientas la evidencia de mi deseo contra tu cuerpo, mientras nuestras lenguas son las primeras en unirse. Seguiré un plan cuidadosamente trazado. Te volveré loca de deseo antes de quitarte siquiera la ropa. Y, cuando por fin te desnude, lo haré muy despacio. ¿Sabes por qué?

«No le hagas caso. No digas nada.»

¡Señor! La habitación se había convertido en un puñetero infierno. Sentía la ropa pegada al cuerpo y tuvo que luchar contra el impulso de desnudarse.

—Porque voy a disfrutar de cada paso de todo el proceso —continuó con voz mucho más baja y ronca—. Y tú también, porque voy a besarte y a acariciarte por todas partes. No quedará un palmo de tu cuerpo que escape a mi atención. Tu cuello, tus orejas, tus hombros... te recorreré de arriba abajo con los labios. Y te lameré los pechos. Mis manos acariciarán tus pies y tus pantorrillas, haciendo especial hincapié en tus muslos. Y en ese lugar que tienes entre las piernas, que estará húmedo y ávido de deseo por mí, voy a...

—¡Para! ¡Por favor!

—¿Me deseas ya? —le preguntó muy despacio y con voz sensual—. Sabes que sí. Acércate, Gabby. Hagámoslo ahora. No hay necesidad de esperar.

Gabrielle se mordió el labio para evitar responderle. Pero, justo entonces, él dijo algo que le cayó como un jarro de agua fría.

—Te deseo tanto ahora mismo que sería capaz de arrancarme este grillete con las manos.

Nada habría sido más eficaz para sacarla del trance erótico en el que la había sumido que la posibilidad de que él consiguiera liberarse y retomara el control de la situación. Todavía no. Aún no podía devolverle el barco.

Salió disparada de la cama, arrastrando la manta tras ella.

No se molestó en atravesar la habitación de puntillas para que no la escuchara. No iba hacia él.

—¿Adónde vas? —le preguntó Drew con voz imperiosa.

—A por un cubo de agua fría —le contestó con voz desabrida cuando estaba cerca de la puerta.

—Maldita seas, muchacha, ¡vuelve aquí!

No lo hizo. Y aunque él pensara que iba a arrojarle el cubo de agua por la cabeza para vengarse de la frustración sexual que le había ocasionado, no era ésa su intención. El agua era para ella. Se refrescó el rostro y después buscó un rincón en la cubierta que estuviera resguardado del viento. Se acurrucó en el suelo y se arrebujó con la manta para dormir un poco. No era muy cómodo, pero en el camarote del capitán existía otro tipo de incomodidad con la que era incapaz de lidiar y cualquier cosa era preferible a eso.

Ohr le dio una pequeña patada al pie de Gabrielle que sobresalía por debajo de la manta. Ella se despertó de forma gradual y lo descubrió de pie a su lado, con la mano tendida para ayudarla a levantarse. La falta de descanso le impidió despejarse de inmediato.

—¿Una noche difícil? —le preguntó el hombre.

Gabrielle suponía que era una pregunta pertinente, puesto que la había encontrado en cubierta. Pero la palabra «difícil» ni siquiera se acercaba a describir el tormento que le había ocasionado el capitán del barco con su erótica conversación.

Así pues, se limitó a contestar:

—El capitán se puso muy... ¡Por el amor de Dios! Me refería al camarote. El camarote se convirtió en un horno, así que subí aquí en busca de aire fresco. Pero debí de quedarme dormida antes de que me refrescara.

—¿Estás segura de que no quieres que intercambiemos camarotes? —le preguntó.

—¡Me encantaría!

Se sonrojó de inmediato. Lo había dicho demasiado deprisa y, además, estaba la equivocación entre el capitán y el camarote... ¡Qué mortificante!

De todos modos, Ohr no pareció percatarse de la nota desesperada de su voz. Él era así. Aunque hubiera adivinado lo que le sucedía en realidad, no lo habría mencionado y tampoco lo dejaría traslucir en su expresión. Era casi tan bueno como James Malory a la hora de ocultar sus pensamientos.

A Gabrielle le traía todo sin cuidado en esos momentos. Estaba decidida a no pasar de nuevo por una experiencia tan erótica. ¡Por el amor de Dios! Qué necia había sido al pensar que podía dormir en la misma habitación que ese irreverente yanqui. Era demasiado guapo. Aun en la oscuridad, donde no podía verlo, su presencia resultaba pecaminosamente seductora y su voz sensual, toda una provocación. No tenía ni idea de que fuese posible excitarse de ese modo con simples palabras.

No podían seguir así. Tenía que estar al mando de la situación para poner en marcha su venganza. Incluso encadenado, había sido Drew quien se hiciera con el control la noche anterior. Había sido él quien provocara una reacción en ella, quien excitara sus sentidos. ¡Se suponía que debía ser al contrario! Pero ¿cómo iba a hacerlo si ni siquiera podía pensar con claridad por culpa de las sensaciones que él le provocaba?

Y sabía con certeza que era premeditado. Había tratado de seducirla por una razón muy concreta: recuperar su barco.

Desterró el asunto de su mente y le preguntó a Ohr:

—¿Conseguiste dormir un poco después de todo el problema de Sawyer?

—Unas cuantas horas, que es lo único que necesito. Voy a ponerme al timón, ¿o prefieres hacerlo tú?

No le estaba tomando el pelo. Manejar el timón de un barco era una de las cosas que su padre había disfrutado enseñándole cuando navegaba con él. Carecía de la fuerza necesaria en los brazos para hacerlo demasiado tiempo, y mucho menos si el mar estaba picado, pero la mañana era hermosa y despejada, y el viento permanecía en calma, por lo que asintió con la cabeza y lo siguió hasta el alcázar.

Su amigo la dejó allí. Estuvo a punto de decirle que volviera. Si se quedaba sola, sabía que volvería a pensar... en Drew Anderson. Así pues, le alegró ver que Richard se acercaba poco después para hacerle compañía.

—Por regla general, no suelo tener problemas con el celibato —le dijo el hombre.

Estaba sentado en el suelo, apoyado contra el timón y de espaldas a ella. Llevaban un rato hablando de cosas sin importancia. El comentario fue de lo más inesperado y Gabrielle no supo qué responder, ya que no sabía a cuento de qué lo había dicho. Por lo tanto, guardó silencio con la esperanza de haberlo entendido mal. Pero no tuvo suerte.

—Es culpa tuya, ¿sabes? —prosiguió—. Si no hubieras intentado besarme ayer, no habría vuelto a pensar en ella.

¡Por el amor de Dios! ¡Aquello iba de Georgina Malory! Había pensado que el tema estaba muerto y enterrado. Cuando fue a comunicarle lo que James Malory había dicho (la insinuación de que sería hombre muerto si volvía a acercarse a la esposa de algún Malory), Richard le aseguró que no había ninguna mujer en el mundo por la que mereciera la pena morir.

En ese momento se lo recordó.

—Accediste a mantenerte alejado de ella.

—Por aquel entonces sí, pero no dije que fuera para siempre.

Gabrielle puso los ojos en blanco. Él no lo notó, porque seguía de espaldas a ella. Se decantó por un acercamiento más racional.

—No sé si sabes que es una mujer excepcional.

—Lo imaginaba, sí —convino él.

—Excepcional porque ama a su marido. Y hay muchas mujeres que no lo hacen. Muchas se casan por un sinfín de motivos entre los que no se incluye el amor.

—¿Y tú? —le preguntó Richard—. ¿Te casarás sólo por amor?

—Sí.

A esas alturas de la conversación, Richard se había dado la vuelta para sentarse con las piernas cruzadas a un lado del timón, de forma que la miraba de frente.

—El yanqui arruinó tu oportunidad de encontrar el amor verdadero en Londres. Debería bajar y hacerlo picadillo mientras está encadenado. ¡Necesita que alguien le dé un escarmiento por lo que hizo!

—¡No! —se apresuró a negar ella... demasiado rápido—. No le hagas daño...

—¡Vaya, vaya! Así que ésas tenemos... —la interrumpió—. Debería haber comprendido que el beso que me diste ayer fue en beneficio del capitán. Lo entiendo perfectamente, *chérie*.

—¿Qué es lo que entiendes?

En lugar de responder, Richard comenzó a discurrir en voz alta.

—Estoy seguro de que si hubiera conseguido quedarme a solas con lady Malory un ratito no me obsesionaría tanto ahora mismo. Sólo sería un recuerdo agradable. Un revolcón ocasional hace maravillas. Deberías pensártelo.

Gabrielle se quedó boquiabierta por la incredulidad. Sabía exactamente lo que quería decir, pero replicó:

—No sé a qué te refieres.

—Por supuesto que lo sabes, Gabby. Deseas al capitán. La reacción que tuviste aquel primer día en el muelle lo dejó perfectamente claro. Y Ohr me ha dicho que anoche dormiste en cubierta. No fuiste capaz de pegar ojo con él en la misma habitación, ¿verdad? Te aseguro que a mí me habría pasado lo mismo si hubiera tenido tan cerca a la mujer que deseo.

Gabrielle apretó los dientes por la frustración.

—Estás haciendo conjeturas sin pararte a pensar. Tal vez lo encuentre atractivo, como le sucedería a cualquier mujer, pero eso no significa que vaya a hacer algo al respecto. Al contrario que vosotros, los hombres, las mujeres necesitamos tener un anillo en el dedo antes.

Richard arqueó una ceja, posiblemente por el tono remilgado que había utilizado.

—¿En serio? Jamás te habría tomado por una mojigata que...

—¿Para qué diantres volví a Inglaterra si no para buscar un esposo? —lo interrumpió—. De no haber necesitado primero un anillo, a estas alturas ya habría caído en desgracia, por decirlo de alguna manera.

—¿Por qué no lo has hecho?

—Te juro Richard que vas a quedarte sin dientes como sigas hablando de esto. ¡Maldita sea! Sabes muy bien que lo que estás sugiriendo no se hace...

—Se hace todo el tiempo, *chérie* —la interrumpió él en esa ocasión—. Lo que pasa es que llevabas una vida resguardada y los escándalos de la infame ciudad no llegaban a tus oídos. Piénsalo. Ese tipo de escándalo sólo se produce cuando se descubre a la mujer involucrada. No puedes ni imaginarte el número de mujeres que ha caído en desgracia, por utilizar tus propias palabras, sin que nadie se enterase, incluyendo a los hombres con los que acabaron casadas.

—Y tú lo sabes de primera mano, ¿verdad?

El hombre sonrió y arqueó las cejas en un gesto elocuente.

—Por supuesto —respondió al tiempo que se daba la vuelta para contemplar de nuevo el mar.

Sólo estaba bromeando, se dijo Gabrielle. Si lo tomaba en serio, acabaría considerando esa escandalosa sugerencia y no se atrevía a pensar siquiera en lo que le depararían semejantes derroteros.

—Hazme caso, Richard —le dijo con seriedad—. Olvídate de esa dama. Aun cuando no fuera feliz en su matrimonio, tendrías que tener otras cosas en mente... como el número de pedacitos en los que te cortaría su marido. Lord Malory hablaba muy en serio. Es capaz de matarte. Así que hazte un favor y deja de pensar en su esposa.

—Es mucho más fácil decirlo que hacerlo. Aplícate el cuento —creyó escuchar Gabrielle. Acto seguido, Richard añadió con tristeza—: Ya lo verás.

Ya lo veía. Abandonar el camarote la noche anterior no la había ayudado a dejar de pensar en el capitán. Era un milagro que hubiera conseguido pegar ojo. Pero claro, aunque su situación era parecida a la de Richard, había una enorme diferencia: ella deseaba a Drew en la misma medida que Richard deseaba a Georgina Malory, pero en su caso el deseo estaba mezclado con el odio. ¿Cómo podía seguir deseando a un hombre al que odiaba?

—Malditas sean las exigencias del cuerpo que no se atienen a razones —refunfuñó mientras hacía girar el timón con más brusquedad de la necesaria.

29

El nuevo camarote de Gabrielle era mucho más pequeño que el del capitán, aunque era de esperar. Había una
cama de tamaño aceptable, un armario para la ropa, una mesita con dos sillas para cenar e incluso un escritorio. No había un bonito asiento junto a las ventanas como en el de
Drew, pero no tenía pensado pasar mucho tiempo allí dentro, así que carecía de importancia.

Ohr se había encargado de que volvieran a trasladar sus
bolsas de viaje sin necesidad de pedírselo, pero había olvidado a *Miss Carla*; o quizá lo había hecho adrede, porque
detestaba al pájaro. La mayor parte de la tripulación de Nathan sentía lo mismo. Pero no se valdría de la excusa de
recuperar al pájaro para ver de nuevo al capitán.

Asomó la cabeza por el hueco de la puerta y tuvo la suerte de ver pasar a Bixley.

—¿Podrías traerme a *Miss Carla*, por favor? —Cuando
vio la mueca del pirata, añadió—: Venga, hombre, que está
enjaulada. Tus dedos no corren peligro.

—Estaba pensando en mis orejas —replicó el hombre
riéndose entre dientes antes de ir a cumplir el encargo.

Despejó el escritorio para que Bixley dejara allí la jaula
a su regreso. Tardó apenas un instante en descubrir cómo se
había entretenido el capitán durante el día.

A esas alturas tenía la certeza de conocer todo el reper-
torio de *Miss Carla*. Después de tres años, ella misma le
había enseñado unas cuantas frases. Pero tan pronto como

el pájaro estuvo sobre el escritorio, chilló con voz alta y clara:

—¡Cobarde!

Al escuchar la palabra, Bixley miró a Gabrielle con las cejas arqueadas y masculló:

—No debería haberle enseñado esa palabra, señorita Gabby.

Y entonces se ruborizó. Suponía que Drew había elegido esa palabra porque creía que el loro era suyo. Sin duda también la había elegido porque, dada su supuesta condición de pirata y después de haberlo evitado durante todo el día, le molestaría el insulto. Le había arrojado el guante, en otras palabras. Si fuera realmente una pirata, la habría irritado, pero puesto que no lo era, no lo consiguió.

—Ni se me ocurriría —le dijo—. No se la he enseñado yo.

—Vaya —replicó Bixley de camino a la puerta—. En ese caso, el yanqui está de mal humor.

En efecto, y eso era poco decir, como pudo comprobar diez minutos más tarde, cuando *Miss Carla* dijo:

—Ya es hora de desnudarse, muchacha.

¡Por el amor de Dios! ¿Una frase entera como ésa en un solo día? No podía dar crédito, así que prefirió asumir que su padre se la había enseñado al pájaro hacía mucho tiempo, pero que nunca la había escuchado porque jamás se había desnudado delante del animal. Y eso fue precisamente lo que se dispuso a hacer para irse a la cama.

Aun así, las frases que su padre le había enseñado a *Miss Carla* eran en su gran mayoría insultos que demostraban lo mal que le caía su esposa. En particular, la frase que más le gustaba al loro era: «Carla es una bruja.»

Gabrielle se sorprendió al ver llegar a Margery un momento después.

—¿Seguro que te sientes mejor? Puedo apañármelas sola unos cuantos días más si no es así.

—Ya estoy bien —le aseguró su amiga—. Lo que más me fastidia es lo mucho que me cuesta encontrar el equilibrio, como tú lo llamas.

Gabrielle sonrió.

—No todos estamos hechos para ser marineros.

Margery resopló antes de dirigirse hacia las bolsas de Gabrielle.

—Vamos a deshacer tu equipaje. Al menos este camarote tiene un armario donde colgar la ropa. A ver, vas a necesitar esto. Si vas a ponerte a corretear de un lado para otro como siempre y a arrimar el hombro, como también es tu costumbre, tendrás que ponerte esto para que yo me quede tranquila —dijo Margery.

Con «esto» se refería a unas calzas que Gabrielle había conseguido cuando Nathan comenzó a permitirle navegar con él. Eran muy ceñidas y cómodas y solía ponérselas con una camisa de manga larga que le llegaba casi hasta las rodillas para evitar que nadie se fijara en lo mucho que se le ajustaban al trasero.

Gabrielle arqueó una ceja en un gesto interrogante.

—¿Para que te quedes tranquila?

—Y tanto —aseguró Margery de mal humor, si bien enseguida admitió—: Ya he tenido pesadillas en las que te enredas con las faldas y te caes por la borda. Y ni se te ocurra negar que existe esa posibilidad, jovencita. Las dos sabemos que ya ha ocurrido antes.

Gabrielle se echó a reír. Muy propio de su amiga recordar la única vez que el viento le había enredado las faldas alrededor de las piernas hasta el punto de hacerla tropezar; y como estaba muy cerca de la barandilla, acabó cayéndose por la borda. Puesto que estaban en alta mar, la situación había requerido que la sacaran del agua como si fuera un pez, y después se vio obligada a soportar las bromas de la tripulación porque precisamente ése era el aspecto que tenía: el de un pez recién pescado. Richard le había prestado unas calzas ese mismo día y ella mandó hacer más en cuanto regresaron a casa.

—Tienes suerte de que me acordara de meterlas en el equipaje —continuó Margery mientras le ofrecía la prenda.

—¿Por qué lo hiciste? —quiso saber ella—. No iba a navegar con mi padre.

—Lo sé, incluso albergaba la esperanza de que no las necesitaras; pero, para serte sincera, no dejaba de imaginarte diciéndole al capitán del barco que nos llevó a Inglaterra cómo dirigir su propio buque y mostrándole cómo había que hacerlo.

—¡Jamás habría hecho algo así! —exclamó Gabrielle entre carcajadas.

—No, pero podrías haberlo utilizado como excusa, porque te gusta demasiado la vida en el mar. En realidad, me sorprende mucho que lograras contenerte.

—Tenía demasiadas cosas en la cabeza durante ese viaje como para fijarme siquiera en cómo dirigían el barco.

—Vamos, vamos, no te preocupes por lo de conseguir marido —dijo Margery, adivinando con precisión qué tenía entonces en la cabeza—. Retomaremos la búsqueda tan pronto como saquemos a tu padre de esa mazmorra.

Gabrielle suspiró.

—Es una lástima que haya tenido que dejar atrás todos esos preciosos vestidos.

—Guardé unos cuantos —le aseguró Margery antes de coger uno para enseñárselo.

—Pero si no voy a poder ponérmelos en este viaje...

—¿Quién dice que no? El hecho de que tengas que ponerte esas calzas para garantizar tu seguridad en cubierta no significa que no te puedas vestir como es debido para cenar. No hay que olvidar que eres una dama.

Gabrielle sonrió.

—A decir verdad, en este viaje soy una pirata.

—Está bien, una dama pirata, entonces. Y aquí está la camisa que te ponías con las calzas. —Chasqueó la lengua al ver el estado de su cabello, sujeto sólo con una cinta—. Te ayudaré a arreglártelo por la mañana.

—De eso nada. Es una pérdida de tiempo hacerme un peinado elegante mientras esté a bordo. El viento lo destrozaría.

—Porque no hay quien te aleje de la cubierta —replicó Margery, enfadada.

—¡Fregad la cubierta! —gritó de repente *Miss Carla*.

—Calla ya, pajarraco estúpido —dijo Margery mientras

se dirigía a la puerta—. Te veré a primera hora de la mañana, Gabby. Que duermas bien.

Puesto que no quería escuchar más comentarios de *Miss Carla* esa noche, Gabrielle sacó del armario una de las enaguas que Margery acababa de colgar y la usó para tapar la jaula del loro. Daba igual lo que utilizara, por lo general cualquier cosa servía para silenciarla. Ojalá ella pudiera acallar sus pensamientos de una forma tan sencilla y así, tal vez, pudiera dormir un poco.

30

Gabrielle soñó con Drew esa noche, soñó que la besaba. El sueño pareció durar una eternidad y le recordó todas y cada una de las sensaciones que sus besos de verdad le habían provocado. Incluso recordó el sueño, con demasiada claridad, a la mañana siguiente. Le echó la culpa al dichoso beso que habían compartido en su camarote. Tampoco ayudó el hecho de que se despertara tan excitada como lo estuviera por sus intentos de seducción. Bueno, no había sido tan malo. No creía que nada pudiera ser tan malo ni pudiera hacerla arder con tanta facilidad como los besos que Drew le dio aquella noche.

Se reunió con sus «oficiales» para desayunar. Drew parecía algo taciturno después de su deserción. Y también «parecía» ajeno a su presencia mientras miraba al vacío. Sin embargo, había sido incapaz de disimular la sorpresa que le había provocado su aparición. Sin duda había creído que no volvería a verla después del día anterior.

A Drew le sería imposible pasar por alto la camaradería existente entre los tres, al igual que las risas y las bromas de Richard, que en ocasiones eran subidas de tono, como sucedía en ese mismo momento. Bromas inofensivas, por supuesto, pero él lo ignoraba. Era evidente que los hombres no la trataban con el respeto que Drew consideraría debido hacia un capitán, pero había decidido que sería imposible obligarlos a comportarse de esa manera durante todo el viaje sólo para beneficio de Drew; sobre todo cuando las bromas eran habituales entre piratas, y ellos se comportaban tal y como lo hacían con su padre.

Además, se había puesto cómoda al ataviarse con las calzas que Margery había insistido en que se pusiera. Tal vez ésa fuera la causa de la fugaz expresión sorprendida de Drew. Era posible que jamás hubiera visto a una mujer en calzas.

Gabrielle no se marchó del camarote con sus amigos. Continuó sentada a la mesa en la que habían comido. Extendió las piernas y las cruzó por debajo de la mesa. Se arrellanó en la silla e incluso cruzó las manos por detrás de la cabeza. Semejante postura desmentía que se hubiera quedado allí para terminar de comer.

Drew no se molestó en disimular que la observaba. Tan pronto como los demás se marcharon y se quedaron solos en el camarote, sus ojos oscuros se clavaron en ella. Tal vez intentara incomodarla con su mirada, pero ella no lo permitió. La conversación que estaba a punto de comenzar sería únicamente en su propio beneficio. No iba a darle la oportunidad de que retomara su campaña contra ella.

Se estiró un poco más, lo justo para que sus pechos se delinearan contra el grueso algodón de la camisa. Un poquito nada más. No quería que resultara evidente que estaba desplegando sus encantos. De todos modos, el hecho de que no se hubiera vendado los pechos por debajo de la camisa negra no tenía nada que ver con él. No pretendía hacerse pasar por un muchacho, y jamás había intentado ocultar sus senos cuando vestía su atuendo marinero, como le gustaba llamarlo. Las camisas que se ponía eran lo bastante gruesas como para preservar la modestia y además llevaba camisolas debajo.

Lo observó con una mirada curiosa e inocente.

—¿De verdad me crees una cobarde sólo porque decidí no alterar mi costumbre de dormir desnuda y me marché a otro lugar en el que pudiera hacerlo? —le preguntó.

La incredulidad que reflejó el rostro del hombre estuvo a punto de arrancarle una carcajada, pero consiguió mantener la expresión impasible. Era una pregunta de lo más razonable después de lo que él le había enseñado a decir a su loro. Por supuesto, no fue necesario que diera más explicaciones.

—Podrías haber dormido desnuda aquí mismo —replicó él pasados unos instantes.

Ella respondió con un reflexivo asentimiento de cabeza.

—Sí, lo sé. Y no me habría molestado en lo más mínimo hacerlo. Pero temía que a ti sí te incomodara, y no era mi intención privarte del sueño. Estoy segura de que no tendrás problemas a ese respecto con tus nuevos compañeros de camarote.

Drew soltó un resoplido y su rápido cambio de conversación resultó de lo más elocuente.

—¿Quién es esa tal Carla que el loro dice que es una bruja? No será tu nombre real, ¿verdad?

Gabrielle se echó a reír. No pudo evitarlo. Aún intentaba hacerla enfadar con insultos. No le funcionaría en esa ocasión.

—*Miss Carla* es el nombre del loro —respondió con una sonrisa—. Pero para que no creas que le enseñamos a insultarse a sí misma, también te diré que Carla es el nombre de mi madre.

—Ya veo. Encantador... —dijo él con evidente sarcasmo—. Llamas «bruja» a tu madre. No me sorprende en lo más mínimo que una pirata deshonre a sus padres de esa manera.

El comentario la hizo apretar los dientes durante un breve instante. No iba a dejar que la fastidiara. Ni hablar.

—Ésa es una conclusión lógica —concedió—, aunque equivocada. Quería a mi madre. Fue mi padre quien dejó de quererla cuando su matrimonio perdió el encanto. Y el loro era de mi padre mucho antes de que me lo regalara, de manera que *Miss Carla* aprendió casi todo su vocabulario de él, no de mí.

—¿Cómo llegó a celebrarse un matrimonio tan dispar? Un pirata que se casa con una aristócrata inglesa... ¿O no fue más que una mentira que te inventaste para cazar a un noble como marido? ¿Eres legítima o sólo la bastarda de un pirata?

—Me importa un comino que me menosprecies —replicó con frialdad—. Pero no vas a volver a decir nada insultante con respecto a mis padres, maldita sea.

Dado que esa última frase debió de sonar como la amenaza que ella había pretendido, él preguntó:

—O ¿qué?

—Tal vez te convenga recordar que sigue habiendo una plancha con tu nombre escrito en este barco.

Drew rió entre dientes, convencido de que no lo decía en serio a pesar de la aspereza de su voz.

—¿Por qué se casó con ella?

Gabrielle tardó un momento en recobrar la compostura. Maldito fuera ese hombre por haberla enfurecido tanto como para que perdiera el control... de nuevo.

—Iba en busca de un tesoro por aquel entonces. La consideró un atajo para llegar hasta donde quería.

—Debes de estar bromeando.

—No, mi padre se toma la búsqueda de tesoros muy en serio —replicó ella.

—Entonces supongo que habría sido más pertinente preguntar por qué ella se casó con él.

¿De verdad tenía algún interés en su familia o sólo intentaba distraerla? Para recuperar la compostura, tendría que hacérsela perder en parte a él, algo que había conseguido con anterioridad gracias a los pequeños trucos que había visto poner en práctica a otras mujeres, tales como una lenta caída de párpados, una mirada que esperaba fuera sensual, un estiramiento de algunos músculos que ni siquiera estaban agarrotados... aunque eso él no lo sabía.

A la postre, se encogió de hombros.

—Se casó por una de las razones más habituales.

—¿Por amor?

—No, porque quería tener hijos.

—Vaya, esa razón. —Soltó una risa ahogada—. Y ¿con cuántos hermanos acabaste?

—Con ninguno. Tal vez ése fuera uno de los motivos por los que el matrimonio perdió el encanto. Mi madre jamás me lo dijo, pero llegué a la conclusión de que había esperado que mi padre sentara la cabeza y abandonara el mar. No se quejó de su matrimonio hasta que fue evidente que mi padre jamás lo haría. Sé que detestaba que siempre estuviera en el mar y que nunca pudiera contar con él cuando lo necesitaba.

Se debía de estar acercando a la verdad, ya que Drew replicó a la defensiva.

—Viene en el paquete, encanto. No debería haberse casado con un pirata si quería a un marido en su cama todas las noches.

¡Malditos dobles sentidos! Era sorprendente la facilidad con la que dejaba caer esos comentarios provocativos cargados de sensualidad cuando a ella le costaba muchísimo. Le decía cosas que jamás le diría a una dama. Por irónico que pareciera, en los últimos años había escuchado comentarios mucho peores y había llegado a inmunizarse; al menos, había muy pocos que consiguieran ruborizarla... hasta que se topó con Drew Anderson. Ese hombre era capaz de provocarle un sonrojo sin proponérselo siquiera.

Intentó luchar con el rubor mientras respondía con voz neutra:

—Ya veo que partes de una suposición errónea. Mi madre creía que se casaba con el capitán de un mercante. No sabía cuál era su verdadera ocupación. Murió hace unos años sin averiguar la verdad. Ahora te toca a ti. Puesto que ha sido el tema del matrimonio lo que ha despertado tu curiosidad, ¿te importaría decirme por qué te opones tanto a él?

Drew sonrió.

—¿No lo adivinas, encanto? Eres una pirata. Ya sabes lo que es navegar de un puerto a otro. La mayoría de los marineros tiene que acudir al mismo puerto para disfrutar de la dicha conyugal, al puerto en el que instalaron su hogar y donde les espera su mujer. Sin embargo, hay una infinidad de puertos en los que o bien ahogan sus penas en alcohol mientras echan de menos a sus esposas, o bien son infieles y después la culpa los atormenta. Jamás caeré en esa trampa. Adoro el hecho de que, sin importar el puerto en el que atraque, siempre hay una mujer esperándome con los brazos abiertos.

—Comprendo... Creí que tal vez habías amado a alguien y la habías perdido y que por eso aborrecías el matrimonio, pero me olvidé de que eres un crápula de los pies a la cabeza.

—No aborrezco el matrimonio. A algunos hombres les viene a la perfección. Pero yo comprendí hace mucho tiempo que no era para mí. Soy feliz con mi vida. ¿Por qué iba a querer cambiarla?

Ella se encogió de hombros.

—No lo sé, a veces, las cosas suceden sin más —replicó con frialdad.

—Sí, es cierto. Pero fíjate en mi madre. Sabía dónde se metía cuando se casó con mi padre. Sabía que rara vez estaría en casa. Y aunque parecía muy contenta criando a tantos hijos, en ocasiones descubrí que se sentía muy sola, incluso miserable, por la ausencia de mi padre. Yo era bastante joven por aquel entonces y decidí que jamás le haría eso a una mujer.

Le resultó muy triste saber que lo decía en serio. Creía al pie de la letra lo que le había contado. Pero eso no dejaba sitio para el amor. ¿De verdad quería pasar toda la vida sin conocer el verdadero amor?

—Podrías haber cumplido tu promesa de otro modo. Podrías haber renunciado al mar —señaló.

—Estás bromeando, ¿verdad?

Ella apretó los dientes.

—Por supuesto.

—Llevo el mar en la sangre, encanto —puntualizó por si a ella se le había pasado por alto, pero después le lanzó una mirada perspicaz—. Has cambiado de tema demasiado pronto. ¿Lo decías en serio? ¿Tu madre nunca supo que tu padre era un pirata?

—¿Por qué te sorprende tanto? Cuando mi padre nos visitaba, jamás llevaba a su tripulación, lo que podría haberlo delatado. No hay que olvidar que son un grupo pendenciero y alborotador. Además, sus modales eran impecables mientras estaba en Inglaterra.

—¿Y tú? ¿Desde cuándo lo sabes?

—No me enteré hasta que mi madre murió y me marché de casa para ir en su busca —respondió.

—¿Unos cuantos años nada más? ¡Caramba! Qué poco has tardado en adaptarte...

El sarcasmo había regresado a su voz. Gabrielle se dio cuenta demasiado tarde de que había hablado más de lo debido.

—Por suerte, aprendo deprisa —replicó con frialdad, intentando corregir la impresión que le había dado.

Se levantó, se estiró con sensualidad y se acercó a él sin llegar a ponerse a su alcance. Sus largas piernas estaban estiradas y cruzadas a la altura de los tobillos. Tenía los brazos cruzados sobre ese amplio pecho. Al verla detenerse tan cerca, su expresión se tornó algo recelosa, pero no tardó en adquirir un tinte sensual.

—¿Lista para violarme? —le preguntó.

Fue una suerte que su expresión le advirtiera que estaba a punto de decirle algo por el estilo, ya que así pudo responder con calma e incluso con fingido pesar:

—Lo siento, pero no eres mi tipo.

Su carcajada le indicó que no la creía.

—¿Quién es tu tipo entonces? ¿Richard?

Ella consiguió esbozar una sonrisa.

—¡Por el amor de Dios, no! El otro día sólo estaba jugueteando con él y lo pillé por sorpresa. Es un buen amigo. De hecho bromeamos muy a menudo al respecto.

—Entonces... ¿ese inglés paliducho y estirado?

—¿Quién? ¡Ah! Te refieres a Wilbur. No, me parece de lo más aburrido si te soy sincera. Además, aunque seas norteamericano, pareces estar demasiado a gusto en los salones londinenses a mi parecer. Quiero un hombre que salga a cabalgar conmigo por la playa; que se zambulla conmigo en las calas de aguas cristalinas en busca de arrecifes de coral; un hombre a quien le excite tanto como a mí la búsqueda de un tesoro perdido. Quiero un hombre que nade conmigo desnudo a la luz de la luna y me haga el amor en la arena.

Gabrielle se dio cuenta de repente que, en realidad, quería todo eso y que había conseguido dejarlo atónito. Se había quedado prendado de todas y cada una de las palabras de su fantasía romántica.

Al percatarse de que había conseguido volver las tornas, le dijo con brusquedad:

—Bueno, ¿quieres que te traiga algo antes de abandonarte a tu solitario confinamiento?

—No te vayas todavía —se apresuró él a contestar.

—Lo siento, pero me espera un agradable baño caliente.

—Pues, de hecho, yo también me daría uno de ésos.

—Muy bien, haré que te traigan unos cubos de agua. Si te comportas como un prisionero bueno, incluso haré que te permitan usarlos en lugar de que te los tiren por encima.

Tanto su tono de voz como las palabras que eligió dejaban bien claro que lo estaba tratando como a un niño pequeño. Lo hizo con total deliberación y resultó evidente, a juzgar por su expresión crispada, que a Drew no le había hecho gracia alguna.

Gabrielle se marchó, no sin antes meterse las manos en los bolsillos en un fingido gesto fortuito. Sabía a la perfección que así se le levantarían los faldones de la camisa y él podría observar lo mucho que se ceñían las calzas a su trasero. Un gesto inocente, o eso creería él, que la obligó a reprimir una carcajada cuando lo escuchó gemir mientras la observaba salir del camarote.

31

—Si *Miss Carla* vuelve a decirme una sola vez que me desnude, va a descubrir lo frío que está el océano que nos rodea —dijo Margery resoplando de furia mientras entraba en el camarote del capitán para cenar.

Fue la última en llegar. Richard, Ohr y Bixley la miraron de hito en hito. Gabrielle jadeó con tanta fuerza que comenzó a toser. Drew, sentado en el suelo en un rincón de la estancia, apoyó la cabeza contra la pared y cerró los ojos, aunque sus labios se curvaron levemente.

Richard estalló en carcajadas y Bixley dijo con una sonrisa lasciva:

—No es mala idea, muchacha.

Era probable que el irlandés no estuviera bromeando. Margery y él mantenían una estrecha relación que incluía comentarios de índole sexual, un par de copas de vez en cuando y, según sospechaba Gabrielle, mayor intimidad en alguna que otra ocasión.

Sin embargo, Margery no estaba dispuesta a dejarse distraer con burlas subidas de tono.

—¿Dónde ha aprendido eso *Miss Carla*? —exigió saber—. Hoy lo ha dicho una docena de veces mientras yo salía y entraba de la habitación de Gabby.

Miraba a los tres piratas echando chispas por los ojos, ya que sospechaba que el culpable era uno de ellos. Pero Gabrielle no vio razón alguna para proteger al verdadero responsable.

Señaló a Drew y dijo:

—Si miras hacia allí, tendrás al que buscas. Lleva intentando meterme en su cama desde el día en el que me conoció. —Sonrió para hacerles saber que lo encontraba muy divertido y añadió—: Es una lástima que se haya quedado sin cama...

Drew se sonrojó. Cosa que ella encontró muy interesante, aunque tal vez se debiera al hecho de haberse convertido en el centro de atención de los tres hombres, que lo contemplaban sin rastro de humor en sus expresiones. No obstante, era de Margery de quien debía preocuparse, porque se acercó a él y le asestó una patada en el pie que tenía extendido.

—Olvídate de eso, yanqui, si sabes lo que te conviene. Nuestra Gabby no es para un hombre como tú.

Drew dobló la rodilla para frotarse el maltrecho pie.

—Entonces, ¿para quién es? —replicó.

Gabrielle se quedó muy quieta. Estaba a punto de intervenir, pero Margery fue más rápida con su respuesta.

—Para el marido con el que se casará muy pronto, que no vas a ser tú, ¿cierto? —Y con esas palabras, regresó a la mesa.

Drew murmuró algo, pero nadie lo escuchó y, a partir de ese momento, dejaron de prestarle atención.

Bixley comenzó a hablar acerca de los años pasados junto a Nathan.

—Ohr me respaldaba, pero Nathan me trató como a un viejo amigo desde aquel primer encuentro. Él es así. Ve lo bueno que hay en cada persona. Lo quiero como si fuera mi padre.

—Lo único que quieres es dedicarte a la búsqueda de tesoros —se burló Ohr.

—Bueno, eso también. —Bixley sonrió y siguió con el tono jovial—: Decidme que vosotros no. Vamos, a ver si sois capaces...

—A mí me gusta navegar con Nathan —dijo Ohr—. No eres el único que lo quiere como a un padre.

—Tienes razón. Jamás llegaste a encontrar a tu padre,

¿verdad? Cuando en realidad fue eso lo que te trajo a esta parte del mundo.

La mirada de Ohr se clavó en el otro extremo de la habitación. Por un momento, Gabrielle pensó que estaba observando a Drew, pero a sus ojos asomó una expresión distante antes de decir en voz baja:

—Lo encontré. Bueno, en realidad descubrí que estaba muerto.

—¡No, Ohr! —exclamó Gabrielle al tiempo que se levantaba y rodeaba la mesa para abrazarlo—. Lo siento muchísimo.

Él le dio unas palmaditas en la espalda.

—No te preocupes. Ni siquiera llegué a conocerlo. Además, había formado otra familia. Tal vez algún día les informe de mi existencia... o tal vez no. Ahora tengo mi propia familia —concluyó con una sonrisa para Gabrielle, que en ese momento regresaba a su silla.

Se refería a ella y a Nathan. Y a la tripulación de éste. Richard lo confirmó cuando le arrojó una servilleta acompañada de un comentario:

—Yo ya he reclamado esta familia para mí.

Bixley lo tiró de la silla de un empujón antes de replicar:

—Pues qué pena, compañero. Nosotros estábamos con él antes de que tú llegaras.

—Vamos, vamos —intervino Margery—. El corazón de Nathan es lo bastante grande como para haceros un hueco a todos.

Gabrielle sintió que se le llenaban los ojos de lágrimas. Habían pasado muchas noches bromeando de ese modo cuando estaban con Nathan, que siempre estaba presto a unirse a la diversión. Pero en esos momentos no estaba allí, sino en una húmeda y oscura mazmorra...

—No llores, Gabby —dijo Drew de repente—. Tu padre estará de nuevo a tu lado antes de que te des cuenta.

Todos se giraron para mirarlo, sorprendidos por el comentario, que había parecido bastante afectuoso. Él cerró el pico con la misma rapidez con la que lo había abierto, a todas luces molesto consigo mismo por haber hablado. El resto de los presentes secundó sus palabras hasta que consiguieron hacerla reír de nuevo.

Cuando salió del camarote después de cenar, Richard la acompañó hasta la cubierta. Se detuvieron junto a la barandilla. Una luna resplandeciente asomaba tras un ligero banco de nubes, bañando la cubierta con una suave luz y creando maravillosos reflejos en el agua. Siempre le había encantado navegar en noches así, cuando la luna mantenía a raya la oscuridad. Era una imagen muy relajante, pero le costaba apreciarlo con el torbellino que sentía en su interior.

Sin mirar a Richard, decidió abordar parte de ese tumulto de sentimientos. Él era su mejor amigo y ya se había percatado de la atracción que sentía por Drew, así que le reveló un poco más de lo que les diría a los demás.

—En realidad estaba considerando la idea de casarme con él. ¿Te lo puedes creer? Aun sabiendo que era un soltero empedernido... Pero fui lo bastante tonta como para pensar que lograría hacerlo cambiar de opinión y que me propondría matrimonio. Lo único que le interesaba era una breve estancia en mi cama.

—Supongo, por lo que sé de ti, que no llegó muy cerca de tu cama, ¿verdad?

Ella resopló a modo de respuesta antes de decir:

—Ni siquiera creo que lo deseara en realidad.

—Pero ¿crees que por eso quiso arruinar todas las oportunidades de que lograras un matrimonio ventajoso?

—Tratar de encontrar la respuesta a esa pregunta me saca de quicio. No sé por qué lo hizo.

—Algunos hombres son así, *chérie*, sobre todo si interpretan su fracaso a la hora de seducir a una mujer como una afrenta personal. —Richard la observó con detenimiento—. ¿Te gustaría que hubiera sido un poco más persistente? —El sonrojo de Gabrielle no resultó obvio a la luz de la luna, pero el comentario no había sido más que una broma y Richard prosiguió con sus elucubraciones—: Es un tipo apuesto. Tal vez esté acostumbrado a que sus conquistas caigan rendidas a sus pies sin mover un dedo.

—No me cabe la menor duda —convino ella—. Pero eso no justifica ni mucho menos que...

—No, no lo entiendes —la interrumpió—. No hay justificación alguna cuando las emociones toman el control. Tal vez sólo lo motivara el afán de asegurarse de que no fueras de otro cuando él no podía tenerte. Pero yo te conozco, Gabby. Tú no vas a dejar las cosas así sin más, ¿verdad?

—No, créeme. Antes de que la travesía llegue a su fin, se arrepentirá de lo que hizo, te lo prometo. Voy a lograr que me desee hasta tal punto que se le romperá el corazón cuando le diga adiós.

32

A la mañana siguiente, Gabrielle vio la prueba de que Richard se había apiadado de ella tras la charla que habían mantenido acerca de Drew. No le cabía la menor duda de que había sido Richard quien pillara por sorpresa a Drew con un puñetazo en la cara la noche pasada. Aunque apenas si le había quedado marca. Y no le duró más de una semana.

Dicha semana pasó con enervante lentitud. Gabrielle sabía muy bien por qué el tiempo parecía arrastrarse. Sólo por la mañana y después de desayunar con sus amigos se permitía pasar unos instantes a solas con Drew para engatusarlo, tras lo cual pasaba el resto del día ansiando volver a verlo mientras contaba las horas hasta que llegara ese momento. Sin embargo, se obligó a permanecer alejada para no desviarse de su plan.

Por desgracia, no parecía estar funcionando. Si bien a esas alturas sus ojos la miraban con evidente ardor, estaba demasiado preocupado por sus propios planes (que no eran otros que escapar fuera como fuese) para darse cuenta de su sutil seducción. Aún creía que las descripciones sensuales de lo que le gustaría hacerle podrían tentarla para acercarse a él. ¡Estaba haciendo lo mismo que ella! Salvo por la divergencia en sus motivos.

Drew lo intentó con palabras románticas, con palabras crudas y con una mezcla de ambas. Si no las hubiera escuchado antes de una forma u otra de labios de los piratas, jamás habría soportado un asalto tan abiertamente sexual.

Pero lo soportó. Casi siempre... Aunque por lo general terminaba por salir a toda prisa en busca de aire para refrescarse el rostro.

La presencia de otras personas tampoco la ayudaba a mantener los ojos apartados de Drew. Esa mañana en particular, estaba haciendo ejercicios cuando entró en el camarote, flexiones y estiramientos. Además, caminaba la corta distancia que la cadena le permitía. La intensa mirada de esos ojos negros hizo que las mariposas comenzaran a revolotear en su estómago. E incluso después de sentarse y comenzar a hablar con Ohr, sus ojos siguieron desviándose hacia los músculos de esas largas piernas, de esa espalda y de esas nalgas firmes que se delineaban bajo su ropa. Tuvo que hacer un esfuerzo para no mirarlo.

Tal vez debería ser más atrevida. Tal vez tendría que fingir que era ella quien sucumbía. Sin embargo, estaba limitada por la sencilla razón de que no podía tocarlo. No se atrevía a acercarse tanto. Podría haber hecho muchas más cosas para volverlo loco de deseo por ella de haber tenido pleno acceso a su persona.

Fue entonces cuando se le ocurrió que había una manera de sortear esa restricción, al menos temporalmente, y se aferró a esa idea en cuanto se le pasó por la cabeza. Recurrió a Richard en busca de ayuda. Su amigo se echó a reír cuando le contó el plan y, a su vez, recurrió a la ayuda de otros cuatro hombres. Iban a necesitarlos.

Drew se olía que tramaba algo. La bañera había llegado y estaba llena de agua caliente. También había toallas, jabón, cubos de agua para enjuagarse y todo lo necesario para un baño. Además, estaban los hombres, que no dejaban de mirarlo.

Gabrielle entró en el camarote y puso los brazos en jarras.

—Es hora de darse un baño, capitán —dijo.

—Adelante —replicó con una sonrisa maliciosa—. Disfrutaré del espectáculo.

Ella rió entre dientes.

—No es para mí. Es para ti. Apestas.

Él se incorporó de repente.

—Y un cuerno. He usado esos míseros cubos de agua fría que me han traído.

—Evidentemente, no con la suficiente diligencia. Vamos, no puedes negar que te gustaría darte un buen baño caliente.

No lo negó, sino que clavó la mirada en la bañera emplazada al otro lado del camarote.

—La cadena no va a llegar hasta ahí —señaló.

—Tan oxidado como está ese grillete, no nos atrevemos a que se moje.

—¿Vas a quitármelo? —preguntó con interés.

—No eches las campanas al vuelo. Sólo es temporal y sabes muy bien que no se puede confiar en ti cuando estás suelto. Así que estos amigos van a ayudarte. Todo habrá acabado antes de que te des cuenta.

Y con eso salió del camarote. Sabía que le había dado una impresión errónea. Cuando se percatara de que él no podía valerse por sí mismo con las manos atadas a la espalda, llegaría a la conclusión de que sería uno de los hombres quien iba a bañarlo.

No regresó hasta que escuchó sus gritos. Lo habían dejado solo en la bañera, atado de pies y manos. Gabrielle enarcó una ceja al entrar.

—¿Cómo demonios se supone que me voy a lavar de este modo? —exigió saber.

Ella chasqueó la lengua para hacerle saber que ése no era el plan.

—¿Acaso los hombres de la tripulación se han vuelto unos tiquismiquis? ¿No se atrevieron a tocarte de forma íntima para lavarte?

—¿Cómo quieres que lo sepa? —masculló él—. No se lo he preguntado.

Mantuvo los ojos apartados de su pecho desnudo mientras se acercaba a la bañera. El plan fracasaría si se dejaba hechizar por su magnífico cuerpo.

—De acuerdo, esto sólo nos llevará unos instantes, así que nada de desmayos virginales si no te importa.

—¿Vas a lavarme tú? —preguntó con incredulidad.

—No veo a nadie más por aquí —replicó ella al tiempo que se ponía a su espalda. Aunque antes se quitó la camisa para que no se mojara... y se aseguró de que él la viera. Escuchó que él dejaba escapar un sonido ahogado.

—Gabby, no...

—¿Qué? ¿Tú también eres un tiquismiquis?

Estaba disfrutando de lo lindo con la situación. Debería habérsele ocurrido antes. Puesto que podía tocarlo tanto como quisiera con la excusa de estar ayudándolo, iba a volverlo loco de deseo.

Se enjabonó las manos. No quería que ningún trozo de tela se interpusiera entre sus dedos y la piel masculina. Y después, muy despacio, comenzó a frotarle el cuerpo con sensualidad; desde los hombros hasta la espalda pasando por los poderosos músculos de sus brazos, que estaban muy tensos. Puso especial atención a su espalda y deslizó los dedos por debajo de los brazos hasta llegar casi a sus nalgas. Él intentó agarrarla, pero ella tenía la piel resbaladiza y sus esfuerzos sólo consiguieron hacerla sonreír para sus adentros.

Con sumo cuidado, le derramó agua sobre la cabeza y comenzó a enjabonarle el cabello. Drew gimió de placer y ella fue incapaz de reprimir una sonrisa satisfecha mientras le frotaba la cabeza con los dedos, masajeándole el cuero cabelludo y las sienes. No quería parar, pero tenía un límite de tiempo. Le había dicho a Richard que regresara en veinte minutos, ni uno más. Tanto si había terminado de bañar a Drew como si no, en veinte minutos acabaría todo. Y ya había perdido la noción del tiempo, tan absorta como estaba en lo que estaba haciendo.

Le enjuagó el pelo. Acto seguido, antes de echarse atrás, procedió a lavarle el pecho. No rodeó la bañera para hacerlo, no le daría la oportunidad de acusarla más tarde de haberlo seducido plantándose delante de él sin la camisa. Pero tenía que recostarse contra su espalda para alcanzar su pecho. Él gimió al sentir sus senos contra la espalda mientras deslizaba la mano sobre su piel. Giró la cabeza en un intento por alcanzar sus labios. No podía, al menos no sin su ayuda.

—Bésame, Gabby. Sabes que estás deseando hacerlo.

Inspiró hondo. Sí que lo deseaba. ¡Señor, cómo lo deseaba! Bajó la vista hasta sus labios al tiempo que le recorría el musculoso pecho con una mano antes de deslizarla más abajo. Lo escuchó inspirar con fuerza y se estaba inclinando más sobre él cuando escuchó los tres golpes en la puerta que la avisaban de que tenía unos instantes para recuperar la compostura.

Se secó con rapidez, se puso la camisa y salió prácticamente corriendo del camarote. Y ésa sería la última vez que intentara algo tan estúpido. Aunque había conseguido su objetivo, volverlo loco de deseo, era incapaz de acercarse tanto ni de tocarlo de esa manera sin que esa misma locura la consumiera también a ella.

Soñaba con él a menudo, casi todas las noches. No le extrañaba en lo más mínimo, puesto que también ocupaba la mayoría de sus pensamientos durante el día. Sin embargo, ninguno de sus sueños había sido tan excitante como el que estaba teniendo esa noche.

Estaban acostados en su cama, en la estrecha cama de su camarote.

—Hora de desnudarse, muchacha —le escuchó decir y le hizo gracia porque sólo era un sueño y en los sueños podía hacer lo que quisiera.

Aunque era un sueño muy intenso. Drew estaba encima de ella, besándola. Le quitó el camisón. Supuso que él también estaba desnudo porque sentía muchísimo calor, además de unas increíbles y novedosas sensaciones entre las piernas allí donde él estaba apoyado, pero no pensaba abrir los ojos para comprobarlo. Temía despertarse si lo hacía.

No quería despertarse, todavía no. Antes de que lo hiciera, quería averiguar cuanto pudiera acerca de lo que era hacer el amor mientras él se lo iba enseñando; si bien era una tontería, porque no podía soñar con algo que desconocía. De manera que la ternura de esas manos que la acariciaban de arriba abajo debía de ser fruto de su imaginación. Además, conocía a la perfección sus besos. En el sueño era igual que en la realidad: el mismo sabor embriagador y el mismo ardor cuando su lengua se introdujo con descaro en su boca.

Sin duda se había olvidado de algunas de las cosas que él había prometido hacerle, porque había cosas que no recordaba que hubiera mencionado en sus burlas previas. Ya estaba completamente desnuda y no la había desvestido despacio como dijo que haría. Aunque había afirmado que ella le devolvería el beso y así lo estaba haciendo. Había dicho que no podría evitarlo y ni siquiera lo había intentado. Había dicho que lo abrazaría con fuerza, que se aferraría a él tanto como para sentir la evidencia de su deseo contra su cuerpo y, ¡por el amor de Dios!, esa parte sí estaba incluida en su sueño.

Sin embargo, había mucho más aparte de lo que recordaba de sus burlas, porque en su sueño dejaba que la besase y la tocara en todas partes: el cuello, los hombros... los pechos. Esa boca se demoró un buen rato en esa zona tan sensible de su cuerpo, descubriendo todos los secretos que encerraba, tal y como había prometido hacer. Había dicho que la volvería loca de deseo y era posible que lo estuviera logrando. No, se suponía que eso sucedería mientras la desnudaba... ¡Señor! ¿Qué importaba el orden? Estaba disfrutando demasiado como para tomar en cuenta que el sueño no siguiera sus recuerdos al pie de la letra.

Drew le lamió los pezones. Ya había conseguido endurecérselos sólo con sus palabras y en ese momento volvieron a hacerlo. Le lamió el ombligo. Le lamió entre las piernas. ¡Ay, Dios, qué placer...! Iba a volverla loca de deseo de verdad... No, un momento, ¿de dónde demonios había salido eso? Tenía unas nociones bastante amplias acerca de lo que sucedía entre un hombre y una mujer, pero ¡eso no estaba incluido!

Se esforzó por salir del sueño, para despertarse, pero él volvió a besarla en la boca y le hizo olvidar la confusión. Y, entonces, lo recordó: era un sueño, sólo un sueño. Drew estaba encadenado en otro camarote, no podía estar en la cama con ella.

Esa idea desapareció en cuanto llegó el dolor. Al igual que desapareció cualquier similitud con un sueño o la más dulce fantasía. Estaba mirando fijamente el rostro de Drew Anderson a la luz de la lámpara y se daba cuenta de que ese hombre lo había vuelto a hacer.

La había arruinado, y en esa ocasión de forma literal. No tenía la menor idea de cómo había conseguido escaparse, pero era evidente que estaba en su cama, encima de ella, y los dos estaban tan desnudos como el día en que llegaron al mundo. Acababa de robarle la virginidad.

—Dios mío, ¿qué has hecho? —dijo al tiempo que intentaba quitárselo de encima—. ¿Cómo has...?

—Calla, sólo quiero darte placer.

Sus palabras fueron el desencadenante de lo que ocurrió a continuación, puesto que lograron enardecerla a pesar del pánico.

—¡Has ganado! —exclamó—. Lo has conseguido, ya tienes tu barco y me tienes a mí en tu cama.

—No, encanto, te prometo que tú también vas a ganar. ¿Recuerdas cómo me excitaste esta mañana durante el baño? Ahora me toca a mí hacerte lo mismo, pero yo voy a terminar lo que empiece, y te aseguro que te gustará. Deja que te lo demuestre. Déjame amarte.

No había rastro de burla en su rostro, ni de regocijo por la victoria. De hecho, no podía leer su expresión, así que no se dio cuenta de que estaba a punto de besarla de nuevo.

Hasta ese momento la había estado tratando con sumo cuidado, ya que no quería que se despertara demasiado pronto, pero una vez despierta, dio rienda suelta a toda la pasión que había ido acumulando a lo largo de la semana. Y ella que creía que su plan para excitarlo había fallado... Al parecer, había sido todo un éxito.

El beso logró borrar la impresión suscitada por todo aquello que estaba sucediendo y, ayudado por sus palabras, despertó su propia pasión con sorprendente rapidez. Una pasión abrasadora que los consumió mientras devoraba sus labios, le introducía la lengua en la boca y le sujetaba la nuca con una mano, impidiendo de ese modo que se perdiera un solo instante del beso. Y a partir de ese instante ella ya no quiso perderse nada.

Le rodeó el cuello con los brazos. Él había introducido la otra mano entre sus cuerpos para acariciarle un pecho y pellizcarlo. Todavía podía sentirlo más abajo, entre las piernas, llenándola por completo pero sin moverse, a la espera. De todos modos, el simple hecho de saber que estaba allí, de que se sentía tan bien teniéndolo dentro, le provocó una oleada de placer, esa incontrolable sensación que él despertaba en sus entrañas con tanta frecuencia.

Se pegó a él, logrando que la penetrara aún más. Fue una sensación tan exquisita que repitió el movimiento una vez... y otra. ¡Señor! De repente sintió un cúmulo de sensaciones. La explosión de placer sobrepasó los límites de su imaginación y continuó mientras Drew comenzaba a mover las caderas hasta que, por increíble que le pareciera, alcanzó otra vez el punto álgido y estalló de nuevo justo cuando él alcanzaba su propio clímax.

Después de eso, Drew se quedó muy quieto. Ella tampoco se creía capaz de mover un solo dedo. Estaba tan exhausta, tan saciada y tan feliz... Más tarde se preguntaría la razón, pero, de momento, sólo podía dormir.

33

Gabrielle no tenía ni idea del tiempo que Drew la había dejado dormir. A través del único ojo de buey del camarote vio que aún estaba oscuro en el exterior, por lo que no pudo averiguar la hora. En realidad, no la había despertado; o, al menos, eso parecía. Estaba sentado a la mesita en la que podían comer cuatro personas con cierta estrechez, pero que estaba ideada para dos servicios.

La silla en la que se sentaba estaba girada hacia la cama, por lo que supuso que en algún momento había estado observándola. En ese instante estaba contemplando un punto situado cerca de sus propios pies, que estaban estirados y cruzados frente a él. Parecía perdido en sus pensamientos. No se molestaba en ocultar su expresión: tenía el ceño fruncido.

Gabrielle apenas se movió, sólo giró la cabeza lo suficiente para localizarlo en la habitación. Estaba segura de que él ni siquiera se había dado cuenta de que estaba despierta, lo cual le parecía perfecto. Todavía no tenía ni idea de cómo había logrado desembarazarse del grillete. Alguien había tenido que ayudarlo; pero, si todos sus hombres estaban a buen recaudo, ¿quién había sido? Posiblemente uno de los hombres que Ohr había enrolado en Londres. Tal vez uno de ellos conociera a Drew de antemano, o a uno de los miembros de su tripulación, y hubiera aguardado el momento oportuno para ayudarlos a liberarse. Y si él estaba libre, sus hombres también, y eso significaba que Ohr y compañía estaban...

¡Señor! No quería ni imaginarse lo que los yanquis habían llegado a hacer para retomar el control de su barco. A buen seguro que no les habían advertido, como ella hiciera con sus hombres, que nadie debía acabar herido. No tenían motivos para mostrar consideración alguna con unos «piratas». Más bien lo contrario, sobre todo después de haber pasado una semana encerrados. ¿Qué habría sido de Ohr? ¿Y de Richard? ¿Seguirían con vida?

Entonces recordó otra cosa igual de perturbadora, si bien de naturaleza muy distinta: lo que había sucedido en la cama en la que yacía. El aroma de Drew todavía impregnaba las sábanas, rodeándola y recordándole su deshonra. Qué idiota había sido al pensar que era un sueño... Bueno, después de los primeros besos y caricias supo que era muy real, así que no podía aferrarse a esa excusa. Y tampoco había excusa alguna que la absolviera del sencillo hecho de que había deseado que sucediera, y punto.

Desechó esos pensamientos también. Tenía que volver las tornas de la situación para que las cosas se pusieran a su favor. La liberación de su padre, e incluso su vida, dependían de ello; por no mencionar que ella misma acabaría en una mazmorra si Drew se salía con la suya. Y mientras estaba enfrascado en sus propios pensamientos, ella tendría una oportunidad perfecta.

Ni siquiera necesitaba elaborar un plan. Todavía tenía la pistola de Drew escondida en una de sus bolsas de viaje. Le bastaba con cogerla antes de que él pudiera detenerla. Salió de la cama a toda prisa y se acercó a las bolsas. Abrió la primera y se inclinó para rebuscar en su interior. Drew no intentó apartarla del equipaje. Ni siquiera se movió.

—¿Estás buscando esto? —le preguntó.

Gabrielle lo miró por encima del hombro y vio la pistola que sostenía con el cañón hacia el techo. Debía de haber registrado la habitación en su busca mientras ella dormía, o más bien antes de meterse en su cama. Seguro que no habría querido correr riesgos una vez libre.

Se enderezó, molesta a más no poder por el hecho de que se hubiera esfumado la única oportunidad de retomar el control, y se giró despacio para enfrentarlo. Sólo entonces se dio cuenta de que estaba desnuda. La mirada de Drew descendió de inmediato hasta sus pechos y se demoró allí.

Gabrielle no se dejó llevar por el pánico ni se dejó vencer por la vergüenza; ya era demasiado tarde para cualquiera de las dos cosas. Extendió un brazo hacia el armario, cogió una bata y se la puso, negándole de ese modo la visión que tanto parecía gustarle. El hombre suspiró para mostrar su desilusión, pero Gabrielle no se lo tragó. Sonó demasiado exagerado.

Mientras se anudaba el cinturón de la bata, masculló una sola palabra:

—¿Cómo?

No necesitó añadir nada más; él sabía de sobra a lo que se refería. Y tuvo la desfachatez de sonreír. ¡Señor! ¡Ese sinvergüenza estaba encantado consigo mismo! Le entraron ganas de vomitar.

—Magnífica pregunta —replicó—. Yo mismo he intentado responderla, pero no he tenido suerte.

—¿Cómo dices?

—Me disponía a explicártelo —contestó él antes de continuar con los rodeos—. Verás, hay un pequeño detalle que no conoces sobre Timothy, mi primero de a bordo. Tiene un problemilla con los espacios cerrados. En una ocasión, pasamos una noche en la cárcel después de que estuviera a punto de demoler una taberna, y llegó a doblar los barrotes en su intento por salir de allí. Si te digo la verdad, me sorprende que haya aguantado tanto.

—¿Me estás diciendo que consiguió zafarse del grillete que le pusimos en el tobillo?

—No, por lo que sé, todavía lo lleva, pero ya no está unido a nada que restrinja sus movimientos. Esperó a que tu tripulación se relajara con la convicción de que ya no habría más problemas, arrancó la cadena del mamparo y después hizo lo propio con los tablones que ocultaban el agujero por el que escapó la primera vez.

—¿Qué habéis hecho con mi tripulación?

Con la sonrisa aún en los labios, él contestó:

—¿Tú qué crees?

—Si lo supiera, no te lo preguntaría —refunfuñó.

Drew rió entre dientes, inmensamente satisfecho por el cambio en las circunstancias.

—Instalé a tus hombres en el mismo alojamiento donde tuviste a bien acomodar a mi tripulación. Y después vine directo a encargarme de ti.

Y tanto que sí... Ambos guardaron silencio mientras pensaban en lo que había sucedido en el camarote la noche anterior. ¡Menuda idiota había sido al creer en sus melosas y seductoras palabras! No obstante, sentía demasiada curiosidad por saber cómo sería hacer el amor con él.

—Supongo que no estarás en esos días del mes, ¿verdad? —le preguntó él con actitud insegura y ya sin el menor rastro de jovialidad.

Ella lo fulminó con la mirada. Antes de ponerse la bata también se había percatado de la sangre que le manchaba los muslos.

—No, no lo estoy.

—Si hubiera pensado por un solo instante que eras virgen —le dijo con voz muy seria—, jamás habría sucedido lo que sucedió.

Ella no acabó de creerlo, habida cuenta de que era un bribón.

—Y ¿por qué diste por sentado que yo no era virgen? —le preguntó.

—Porque eres una maldita pirata.

Su razonamiento tenía cierta lógica, ya que eso era lo que ella había querido que pensara. No obstante, el tono de Gabrielle siguió siendo bastante desabrido cuando le replicó:

—Una vez arruinada, ¿qué más daba otra deshonra?

Se refería tanto al escándalo en el que la había envuelto en Inglaterra como a lo sucedido la noche anterior entre ellos. Sin embargo, tuvo la impresión de que Drew no captaba el doble significado y seguía con una única cosa en mente cuando le aseguró:

—Te compensaré por ello.

—¿Cómo? No es algo que puedas devolverme así, sin más, bastardo.

—No —convino él—. Pero, para exonerar mis culpas, cuando atraquemos no te enviaré a prisión con el resto de tu tripulación.

¿Sería sincero el deje de culpabilidad que se apreciaba en su voz? De ser así, aún contaba con cierta ventaja sobre él y debía utilizarla.

—Eso no va a servirme de mucho, ya que todavía tengo que rescatar a mi padre.

Él enarcó una ceja.

—¿Preferirías ir a la cárcel también?

—Por supuesto que no, pero no puedo sacar a mi padre yo sola de la mazmorra en la que está encerrado. Necesitaré ayuda.

—Pero entonces, ¿el cuento sobre el cautiverio de tu padre es cierto?

Gabrielle suspiró. ¿Acaso creía que le había mentido como excusa para robar su barco? ¡Menudo zoquete...! Como si los piratas necesitasen excusas...

—Por supuesto que es cierto y, además, lo retienen en una maldita fortaleza. El rescate que Pierre exige es mayor de lo que estoy dispuesta a pagar.

—¿No tienes el dinero? Creía que acababas de tomar posesión de tu herencia.

—Si quisiera dinero, no tendría problemas; pero no es eso lo que busca Pierre. Ha exigido los mapas de mi padre y soy yo la que tiene que entregarlos.

—Así pues, ¿me estás diciendo que eres tan egoísta como para negarte a entregar unos viejos mapas a cambio de la vida de tu padre?

Gabrielle se quedó con la boca abierta. A juzgar por la expresión que apareció en el rostro de Drew, él se arrepintió de sus palabras en cuanto salieron de su boca; si bien eso no cambiaba el hecho de que las había pronunciado y, con ellas, la verdadera opinión que tenía de ella. Pese al odio que sentía por él, le dolió saberlo.

—No he querido decir eso —se corrigió él.

—No, tienes razón. Pierre matará a mi padre, pero no me matará a mí. Así que, en cierto modo, soy egoísta al no darle lo que quiere.

—¿Tienes los mapas?

Gabrielle agitó las manos con impaciencia.

—Los mapas no son importantes, sólo son una excusa. No es la primera vez que intenta ponerme las manos encima.

Drew se enderezó en la silla.

—Espera un momento, ¿me estás diciendo que tú eres el rescate?

—¿Se me había olvidado mencionarlo?

Su reacción al sarcasmo de la pregunta consistió en arrellanarse de nuevo en la silla y cruzar los brazos delante el pecho. Después, se encogió de hombros como si le importara un comino.

—Si no deseas encontrarte en esa posición, supongo que se te ocurrirá algún modo de salir del apuro. Hay que reconocer que los piratas sois imaginativos.

Gabrielle recordó el breve momento de arrepentimiento que Drew había protagonizado poco antes y dijo:

—Podrías ayudarme.

El comentario lo hizo estallar en carcajadas.

—Buen intento, muchacha, pero ni hablar.

—Tu cuñado James lo haría —señaló, ofendida.

—En ese caso, deberías habérselo pedido a él.

Gabrielle apretó los dientes.

—Al menos podrías dejar libre a mi tripulación.

—Olvídalo. Te advertí de lo que sucedería cuando me robaste el barco. Y sólo hay una razón por la que tú no vas a ir a la cárcel con ellos. Intentaré no olvidarla, porque es una decisión que se puede revocar con facilidad. Así que, en tu lugar, dejaría de insistir.

Estaba claro que no iba a ceder ni un ápice y ella no estaba dispuesta a suplicarle, por lo que se acercó a la cama.

—Te agradecería mucho que te marcharas y me dejaras dormir un rato —le dijo con voz gélida.

Drew soltó una nueva carcajada, pero en esa ocasión estaba cargada de satisfacción masculina, cosa que le indicó a Gabrielle que lo que diría a continuación no iba a hacerle ni pizca de gracia. Por una vez, deseó estar equivocada.

—La puerta de este camarote no tiene cerradura, pero te alegrará saber que voy a ofrecerte la misma cortesía de la que tú has hecho gala conmigo, muchacha. ¿Me acompañas?

Se puso en pie e hizo un gesto con la mano en dirección a la puerta. Gabrielle caminó con la espalda rígida, pero se detuvo al percatarse de que sólo llevaba puesta la bata. Aunque a él no le importara, ella prefería acabar la travesía con algo más de ropa encima; y como estaba convencida de que Drew no iba a ofrecerle una muda, caminó hacia el armario y metió unas cuantas prendas en una bolsa de viaje antes de dirigirse a su nueva prisión.

34

Las palabras clave habían sido sin duda «la misma cortesía». Gabrielle había creído que la encerraría con su tripulación, pero eso no era lo que ella había hecho con Drew, y él la estaba tratando exactamente de la misma manera, lo que incluía la misma porción de camarote que él había ocupado... y el grillete.

Se lo puso él mismo y pareció disfrutar inmensamente al hacerlo. A diferencia de la cadena de Timothy, la de Drew estaba sujeta al mamparo. Habían quitado el perno del grillete sin dañarlo y las herramientas que habían utilizado seguían tiradas en el suelo. De manera que aún se podía utilizar, aunque estuviera oxidado.

No obstante, a Drew no le hizo falta el perno. Se sacó del bolsillo un candado que debió de encontrar antes de ir a buscarla, dado que ésas habían sido sus intenciones antes de entrar en el camarote. ¿Había planeado también hacerle el amor o eso, al menos, había sido un arrebato espontáneo? No iba a preguntárselo.

Intentó desentenderse de los dedos que le tocaban la pierna mientras le cerraba el frío metal alrededor del tobillo desnudo, pero al igual que había sucedido a lo largo de toda la noche, no tuvo suerte. Lo observó con una mezcla de furia y congoja. Tenía una opresión en el pecho, si bien desconocía el motivo. Esperaba que se debiera a una indigestión.

Drew levantó la vista para sonreírle cuando hubo acabado. Ella lo fulminó con la mirada y él rió entre dientes antes de acercarse a la cama. Se quitó las botas y la camisa para dormir, estiró los largos brazos y se dejó caer en el suave colchón. Fue todo un milagro que la cama no se rompiera con tanto peso. Drew se puso de espaldas y cruzó los brazos por detrás de la cabeza. Su suspiro de placer resonó por la estancia.

—Maldita sea, mi almohada huele a tu perfume —dijo poco después.

—Pues lávala —masculló Gabrielle.

Él se echó a reír y se giró, dándole la espalda; al rato escuchó unos suaves ronquidos. Se le ocurrió que debería hacer ruido para despertarlo. Él había hecho lo imposible por no dejarla dormir cuando sus posiciones estaban invertidas y le había descrito con pelos y señales todo lo que quería hacerle para proporcionarle placer, para más inri. Tenía que meditar ese punto. ¿Ojo por ojo también en ese aspecto? Después de todo, no tenía que renunciar a sus planes de venganza sólo porque él hubiera recuperado el control del barco. Aunque no tenía la más remota idea de por qué quería engatusar a un bribón... no, a un canalla... no, a un demonio como Drew Anderson. Meneó la cabeza y echó un vistazo a su alrededor.

Había dejado encendida la lámpara que había sobre el escritorio. ¿Para que ella pudiera acomodarse bien? No, probablemente se le había olvidado apagarla o quizá tuviera la costumbre de dormir con una luz encendida. De todos modos, gracias a eso se dio cuenta de que las mantas que le habían proporcionado a Drew seguían allí, así como el orinal, que, gracias a Dios, estaba vacío en ese momento, y el plato en el que él había cenado.

Sus ojos regresaron al orinal y se quedaron clavados en el objeto. Por todos los santos, ¿cómo se las iba a arreglar para hacer aquello? ¿Le permitiría un mínimo de intimidad? En caso contrario, ella se encargaría de que deseara haberlo hecho. Sólo tendría que olvidarse de la «vergüenza» durante un tiempo.

Comenzó a cambiarse de ropa para dormir tapada de

forma decente, pero se detuvo al decidir que prefería la holgada comodidad de la bata. De hecho...

¿Por qué no? Se quitó también la bata. Que se diera un buen festín con la vista cuando se despertara si acaso se dignaba mirarla. Tal vez eso lo volviera loco de deseo antes de que ella le parara los pies, porque ni muerta pensaba dejar que «eso» sucediera de nuevo. Cuanto más la deseara, más cerca estaría su venganza. Pero ¿qué pasaría si ya no la deseaba después de haberla tomado? Maldición, acababa de caer en la cuenta de ese detalle. Bueno, no sabría la respuesta hasta que amaneciera. De momento, tenía que intentar dormir.

Con un suspiro, se recostó y se envolvió en las mantas de Drew... Maldición, su aroma también estaba impregnado en ellas. Iba a tener que exigir mantas limpias. Por la mañana. Dobló las piernas hasta hacerse un ovillo y sintió la frialdad del acero contra el tobillo.

Suspiró de nuevo y se incorporó para examinar el grillete; en concreto, comprobó el daño que le causaría el metal a su piel. El tobillo de Drew había quedado casi en carne viva. Preferiría evitar que le sucediera eso. Claro que a él le había quedado mucho más ajustado, puesto que su fin era el de cerrarse en torno al tobillo de un hombre, no al de una mujer. Movió el grillete para comprobar su holgura y descubrió con perplejidad que podía sacárselo por el pie sin hacerse el menor daño.

Se tuvo que tapar la boca con la mano para reprimir una carcajada. No perdió ni un momento, se apresuró a ponerse la bata y a acercarse de puntillas a la puerta... para descubrir que estaba cerrada con llave.

Masculló entre dientes una retahíla de juramentos mientras regresaba a las mantas. Escuchó musitar a Drew. El hombre la había oído, pero no se había despertado, y ella miró su espalda desnuda echando chispas por los ojos mientras se arrebujaba entre las mantas. Incluso volvió a ponerse el grillete. Ya se presentarían otras oportunidades en las que la puerta no estaría cerrada. Sonrió y esperó con ansia a que llegara el nuevo día.

35

Gabrielle se despertó sola en el camarote del capitán. No entraba mucha luz por las ventanas. Ya era de día, pero le bastó echar un vistazo al exterior para comprobar que el cielo estaba cubierto de nubes oscuras, lo que sugería que habría tormenta a lo largo del día.

Se apresuró a ponerse la ropa que había llevado la noche anterior, el atuendo que utilizaba en el barco. Era la primera vez que tenía la habitación para ella sola, sin que Drew o uno de sus amigos estuviera presente. Aprovechó la oportunidad y corrió hasta el escritorio para registrarlo. Se sintió decepcionada al descubrir que no había nada que pudiera utilizar como arma. Un liguero, a buen seguro un recuerdo de uno de esos amores que tenía en cada puerto. Un retrato en miniatura de Georgina. Un montón de albaranes relacionados con el barco o con los cargamentos que éste transportaba. Nada de armas, ni siquiera un abrecartas.

No obstante, el cuaderno de bitácora estaba encima del escritorio. No había estado allí mientras ella ocupaba el camarote para su uso personal. Le echó un vistazo en esos momentos para ver si lo había puesto al día esa mañana, pero la última entrada tenía la fecha de su partida de Londres. De cualquier forma, no esperaba encontrar nada personal. Esos libros tenían un propósito: eran un registro de los barcos, no de sus capitanes.

Lanzó una rápida mirada a sus baúles, pero puesto que

— 262 —

no tenía ni idea de cuánto tiempo iba a estar sola, se apresuró a comprobar la puerta. Y frunció el ceño al descubrir que seguía cerrada. ¿Por qué? ¿Sabía que el grillete le quedaba grande? ¿Se lo había colocado en un acto simbólico, a modo de venganza por lo que le había hecho ella? Maldito fuera. Estaba claro que no saldría de la habitación por la puerta.

La noche anterior había ideado un plan. Pero dependía por completo del supuesto de no permanecer encerrada en el camarote para siempre. ¿Qué podía hacer? ¿Esperar a que se durmiera y golpearlo en la cabeza para sacarle la llave del bolsillo? ¿La creería incapaz de hacerlo? Le daría un buen golpe en la cabeza, sí señor. El orinal sería perfecto para tal empresa, ya que era el objeto más pesado de toda la estancia, sin contar el farolillo que colgaba de una de las vigas de apoyo. ¿O acaso no sabía que el grillete le quedaba suelto?

Ya no sabía qué pensar, aunque sí tenía claro que no deseaba volver a hacerle daño, de modo que las opciones que le quedaban no le gustaban ni un pelo. El problema era que había depositado ciertas esperanzas en él y sus emociones aún estaban implicadas. De no ser así, no se habría pensado ni un instante lo de arrearle un golpe en la cabeza. Sin embargo, lo había colocado el primero en la lista de hombres con los que le gustaría pasar el resto de su vida y él había desbaratado sus esperanzas cuando la arruinó socialmente, aunque la furia que la invadió sólo fue una forma de ocultar su decepción. Todavía seguía allí, merodeando bajo la amargura de la superficie. No obstante, y pese a sus actos, quería dejarlo con el corazón roto, no herirlo físicamente.

Con un profundo suspiro y puesto que era obvio que no lograría nada en esos momentos, se acercó a las mantas que le habían servido de lecho. En ese instante le llegó el olor de la comida y se percató del plato que habían dejado para ella. Estaba cubierto con una enorme servilleta que tenía casi el mismo color que las mantas, y a buen seguro que ése era el motivo de que no lo hubiera visto hasta entonces. Se dio cuenta de inmediato, antes incluso de saborear el desayuno, de que el cocinero de Drew era mucho mejor que el suyo.

Cuando Drew regresó al camarote varias horas más tarde, ella estaba a punto de morir de aburrimiento. No había llegado a ninguna conclusión, aunque sí había terminado el registro del camarote... y de sus baúles. Algo que al menos había resultado interesante, aunque molesto. Molesto porque en uno de los baúles sólo había cosas femeninas, y al final acabó comprendiendo que la raíz de su malestar eran los típicos celos de toda la vida, un descubrimiento que la dejó la mar de sorprendida.

Y todo parecía nuevo. Una sombrilla, un monedero de seda, un llamativo abanico, un precioso aunque barato medallón con su cadena, y otras baratijas del mismo estilo. También había al menos media docena de pañoletas de encaje, pero todas idénticas, cosa que la ayudó a comprender que aquellos objetos eran sin duda regalos. ¿Para sus amantes? Esa idea hizo que quisiera prenderle fuego al baúl e incluso llegó a desviar la vista hacia el farolillo que colgaba de la viga. Si el humo no hubiera dado la alarma, probablemente lo hubiera hecho.

Cuando Drew apareció finalmente alrededor del mediodía, estaba sentada sobre las mantas y apoyada contra la pared, con los pies plantados en el suelo y las rodillas dobladas por delante. Lo miró de arriba abajo con expresión sensual mientras atravesaba la estancia, pero estaba tan furiosa que sin duda él lo interpretó como una mirada malhumorada.

Era evidente que a ese hombre no le hacía falta practicar las miradas sensuales. La que le lanzó la dejó sin aliento, por lo que tuvo que buscar una distracción antes de que sus intenciones se perdieran entre las mariposas que le revoloteaban en el estómago.

—Estoy aburrida —le soltó sin más.

El comentario hizo que Drew recordara de inmediato la situación inversa y que esbozara una sonrisa afectada.

—Qué lástima —replicó mientras atravesaba la habitación en dirección a la mesa donde había desplegado los mapas.

Examinó el que se encontraba encima durante unos minutos, hizo algunas anotaciones sobre él y, a continuación, se dirigió al escritorio. Se acomodó en la silla con las piernas estiradas por debajo de la mesa y las manos entrelazadas sobre el abdomen. No tenía pensado hacer caso omiso de su presencia. Tan pronto como se hubo puesto cómodo, sus ojos volvieron a clavarse en ella.

Gabrielle desvió la vista antes de que sus miradas se encontraran, pero sintió cómo esos ojos negros se deslizaban a placer por su cuerpo. Mientras no lo mirara a los ojos, no volvería a caer bajo su influjo. O eso esperaba.

Durante su ausencia, había conseguido no pensar en la noche anterior y en el increíble placer que le había proporcionado. Resultaba mucho más difícil cuando estaba presente y enardecía sus sentidos con esa atracción de la que al parecer no podía librarse.

—Bueno, explícame por qué debería esforzarme por entretenerte cuando tú no hiciste nada para aliviar mi aburrimiento cuando me encontraba en el mismo lugar que tú ocupas ahora —le recordó.

—No recuerdo que mencionaras estar aburrido —replicó ella con el ceño fruncido antes de enarcar una ceja—. ¿Seguimos con eso del «ojo por ojo»? Pues, para atenernos a la más estricta verdad, yo no te robé la virginidad, pero está claro que tú has añadido una nueva vuelta de rosca. Me arruinaste socialmente y me arrebataste la virginidad. ¡Ningún hombre me aceptará ahora!

—¡Eres una pirata! —exclamó él al borde de la risa—. Y ningún hombre se habría casado contigo.

Ella respiró hondo.

—¡Pero qué cosas más odiosas dices! ¡Y ni siquiera son verdad! Si un hombre hubiera tenido la oportunidad de enamorarse de mí, habría podido pasar por alto la ocupación de mi padre. Pero ahora es imposible porque me robaste la virginidad.

Drew se atragantó por la risa y se irguió en el asiento con una expresión que ya no parecía relajada. Aun así, tuvo el valor de decir:

—Yo no te robé nada. Tu cooperación fue deliciosamente obvia.

—¡Creí que estaba soñando, malnacido! —gruñó.

—¿De veras? Muchas de las damas que comparten mi cama dicen lo mismo... que soy un sueño hecho realidad.

Parecía muy satisfecho consigo mismo en esos momentos.

—¡No es eso lo que quería decir! —exclamó ella, enfadada—. En realidad creí que estaba soñando.

—¿En serio?

—Sí.

—Por todos los demonios, me encantaría tener sueños así. —Esbozó una sonrisa—. Y ahora que lo mencionas, siempre he creído que hacer el amor es un remedio perfecto para curar el aburrimiento. ¿Quieres pasar la tarde en mi cama?

—¡Eso no volverá a ocurrir!

Él se encogió de hombros.

—Estoy seguro de que lo dices convencida en este momento. Pero ya lo has probado... —dijo antes de esbozar una sonrisa confiada y deslumbrante—. Querrás más.

—Es posible —concedió antes de añadir encogiendo también los hombros—: Pero no contigo.

Los labios de Drew se tensaron lo justo para que ella lo notara. Le encantó saber que por fin había tocado un punto sensible. Y ése era un buen momento para cambiar de tema, antes de que él hiciera lo mismo con ella.

—¿Qué has hecho con Margery? —preguntó.

—Supongo que te refieres a tu criada...

—Mi ama de llaves —lo corrigió ella.

—Lo que sea —dijo con desinterés—. Le he permitido quedarse en el camarote que estaba usando. Está bien. No se despertó con el alboroto.

—¿Podría verla?

—¿Quieres regatear a cambio de favores? —contraatacó él con una sonrisa pícara.

Se le cortó la respiración y, acto seguido, lo miró echando chispas por los ojos.

—Lo que quiero es algo para ocupar mi tiempo. Soy capaz de realizar prácticamente cualquier labor necesaria en un barco.

Él pareció meditarlo durante unos instantes antes de responder:

—Hay que fregar la cubierta.

Gabrielle asintió, creyendo que lo decía en serio.

—No sería la primera vez que lo hago.

—¿Estás de guasa?

—No. —Dejó escapar un suspiro—. Pero tú sí, ¿verdad?

—Por supuesto. No saldrás de este camarote hasta que lleguemos a puerto, encanto. Lo siento, pero sólo confiaré en ti mientras pueda verte.

—Ya no cuento con el respaldo de mi tripulación, así que ¿qué es lo que te preocupa tanto?

—Que trates de conseguir su ayuda. Y este tema está fuera de toda discusión, así que olvídalo.

—Pero...

—¿Quieres que recuerde que estuve amordazado parte del tiempo que me mantuviste cautivo? —la interrumpió de golpe.

Ella captó la indirecta y cerró la boca... por el momento.

36

Drew ordenó que llevaran al alcázar a los tres maleantes con los que había compartido camarote después de que Gabrielle se acobardara y se trasladara a otro. Uno de ellos le había asestado un puñetazo la semana anterior mientras dormía. No había tenido la oportunidad de descubrir quién había sido y tampoco lo había preguntado, ya que su posición en aquel entonces no le permitía resarcirse ni protegerse contra futuros ataques. Sin embargo, las tornas habían cambiado.

Los tres estaban maniatados a la espalda. Los hizo esperar casi una hora antes de reunirse con ellos para obtener respuestas.

Después de haber compartido camarote, los conocía por sus nombres. Bixley parecía recelar de sus motivos para sacarlos de la bodega; pero, claro, era el único de los tres que no tenía razones aparentes para haberlo golpeado.

Richard esbozaba esa sonrisa engreída tan usual en él. El francés (si de verdad era francés, cosa que dudaba mucho) desconocía el significado de la palabra «seriedad». Siempre estaba bromeando sobre cualquier cosa con sus amigos, incluida Gabby. Eso podría llegar a irritarlo un poco. ¡Demonios! ¡Por supuesto que lo irritaba!

Ohr era el enigmático. Parecía estar unido a Gabby, pero no lo demostraba. Se guardaba sus emociones para sí, fueran las que fuesen.

De los dos últimos, sospechaba que Ohr era el culpable

del puñetazo. Richard era demasiado despreocupado. Nada parecía molestarlo; de hecho, le recordaba mucho a sí mismo. En cambio, Ohr era demasiado serio. No había manera de saber qué emociones bullían bajo esa fachada serena. Aunque tenía la intención de descubrirlas.

—¿A qué viene todo esto, capitán? —le preguntó Bixley con manifiesto nerviosismo cuando se colocó frente a ellos.

No contestó de inmediato. El suspense los inquietaría, y él sacaría provecho de esa circunstancia. Además, llevar la voz cantante con esos tres tipos en particular resultaba de lo más satisfactorio, por lo que no tenía deseo alguno de apresurar el interrogatorio.

—Relajaos —dijo a la postre—. Sólo voy a haceros unas cuantas preguntas. Lo único que tengo que averiguar es cuál de los tres tiene las respuestas.

—Parece intrigante —replicó Richard.

—Probablemente sólo necesite arreglar algunas velas —añadió Bixley—. Yo soy su hombre.

—Mis velas están en perfectas condiciones —aclaró Drew.

—No tanto como para aguantar la tormenta que se avecina. La huelo en el aire.

—Tiene ojos, Bix. Es capaz de ver que se aproxima una tormenta.

—Pero todavía no ha arreglado esas velas —insistió el irlandés—. Acabarán hechas jirones si...

—¿Acaso me estáis diciendo cómo debo capitanear mi barco? —los interrumpió un incrédulo Drew.

Su intención había sido la de ponerlos nerviosos con su convocatoria y, en cambio, ¡se limitaban a hablar del barco!

—Somos marineros, capitán, igual que usted —respondió Richard con una sonrisa—. No vamos a mantener la boca cerrada si vemos que algo no está bien en un barco.

—Ya me encargaré de las malditas velas —les aseguró—. Ahora, contestadme, ¿cuál de los tres me plantó el puño en la cara la semana pasada mientras dormía?

Bixley se echó a reír.

—Así que de ahí le vino ese moratón. Me tenía intrigado. Y yo que pensaba que se había tropezado con las mantas en la oscuridad...

Drew no le veía la gracia en absoluto. Se acercó hasta quedar frente a Bixley y le preguntó:

—¿Serás tú el primero, pues, Bixley?

—¿El primero? —El hombre parpadeó y su expresión se tornó suspicaz de nuevo.

—¿Por qué no? —preguntó Drew a su vez—. Se llama «proceso de eliminación». Estoy seguro de que has oído hablar de él.

—Pues ni me suena ni me importa ser el primero en probarlo. Yo no fui quien lo golpeó en la oscuridad.

—¿No? —preguntó Drew con tranquilidad antes de observar a Ohr y a Richard, aunque sus expresiones eran inescrutables en ese momento. Así pues, añadió con un suspiro—: Tal y como pensaba, tendré que descubrirlo por las malas.

El puñetazo arrojó a Bixley al suelo. Éste quedó despatarrado en la cubierta y no hizo ademán alguno de levantarse a por más.

—No es necesario. Si lo que busca es pelea, desáteme —dijo Richard—. Es a mí a quien busca.

Drew asintió con la cabeza y ordenó a los marineros que aguardaban en el alcázar que llevaran a Ohr y Bixley de vuelta a la bodega. Estaba un tanto sorprendido. Tal vez hubiera más de lo que suponía entre Gabby y el supuesto francés.

—La próxima vez habla un poco antes, ¿quieres? —refunfuñó Bixley mientras lo ayudaban a ponerse en pie.

Richard hizo una mueca y musitó:

—Lo siento, Bix.

Drew observó con atención el apuesto rostro del francés mientras se llevaban a los otros dos. La ira se fue adueñando de él a medida que las sospechas se incrementaban. ¿Qué habría ofendido al hombre hasta el punto de despertar en él su instinto de lucha? Antes de zarpar sólo había besado a Gabby en un par de ocasiones. Había deseado mucho más, pero ella no se había mostrado muy dispuesta.

Richard comenzó a inquietarse bajo el intenso escrutinio y acabó preguntando con aspereza:

—¿Qué? No fue más que un maldito puñetazo.

—No me lo habría esperado de ti —confesó, puesto que estaban solos.

El francés sonrió.

—Ni yo tampoco, si le soy sincero. Fue un arrebato, en absoluto premeditado.

—¿Por qué?

El hombre se encogió de hombros.

—Me pareció que se merecía eso y más.

Puesto que Drew no opinaba lo mismo, gruñó:

—¿Querías darme una tunda? Bien, escuchemos las razones.

—¿Está bromeando? ¿Después de lo que hizo?

La réplica lo tomó por sorpresa y su expresión se tornó pensativa.

—Sé lo que he hecho recientemente, pero estamos hablando de la semana pasada, cuando estaba encadenado y era incapaz de hacer otra cosa que hervir de furia.

—Ya se lo he dicho, fue un arrebato.

Drew no se lo tragaba. Lo observó con suspicacia.

—¿Por qué finges ser francés?

El hombre se limitó a ensanchar su sonrisa.

—¿Por qué da por sentado que no lo soy por el simple hecho de que mi acento titubee un poco de vez en cuando? Tal vez sea un francés que creció en Londres.

—Tal vez seas un mentiroso.

Richard se encogió de hombros.

—¿Qué diferencia hay? Todos fingimos ser algo que no somos.

—¿Incluso Gabby?

—Gabby es cualquier cosa que quiera hacerle creer —fue su enigmática respuesta.

Drew resopló.

—¿Qué significa eso?

—Que si quiere averiguar algo sobre Gabby, debería preguntárselo a ella, no a mí.

—En ese caso, volvamos a ti y a los dichosos motivos que tenías para atacarme.

—Lo siento, capitán. No puedo complacerlo. He jurado guardar el secreto. ¿Qué le parece si le ofrezco una disculpa y lo dejamos estar?

—¿Qué te parece si satisfaces mi curiosidad antes de que te muela a golpes?

—Pues que ya puede empezar. Yo no traiciono a mis amigos.

—¿Estás diciendo que no es más que tu amiga?

—¿Acaso usted piensa otra cosa cuando ella lo consideraba como un posible marido?

La palabra «marido» aplicada a él hizo que Drew retrocediera. La simple idea del matrimonio le provocaba escalofríos. Sin embargo, le resultaba difícil creer que Gabby hubiera contemplado esa posibilidad. A decir verdad, Richard podía estar soltándole una sarta de mentiras para despistarlo. De todos modos, la curiosidad era demasiado grande como para dar la cuestión por zanjada.

—¿Eso te ha dicho? —le preguntó.

—Ya he hablado demasiado —respondió Richard—. No pienso decir nada más.

—Entonces, ¿no fueron los celos los que te llevaron a atacarme? —insistió Drew.

El francés resopló.

—Es un poco duro de oído, capitán. Es mi mejor amiga. No me importa lo más mínimo con quién acabe casándose, siempre y cuando no sea con usted.

—En ese caso, ¡estás celoso!

—No, simplemente no me gusta lo que le hizo. Intenté justificar su comportamiento argumentando algunas excusas; aunque lo hice para tranquilizarla, no porque yo lo creyera.

Drew rechinó los dientes. Se sentía tan frustrado que era un milagro que no hubiera tumbado al pirata de un puñetazo a esas alturas. Pero entonces se le ocurrió...

—La emborraché para tratar de seducirla, pero el idiota de mi hermano nos interrumpió, así que no llegué muy lejos. ¿Es eso a lo que te refieres? ¿Es que ella cree que pasó algo más mientras estaba un poco achispada?

Richard se encogió de hombros.

—Nunca lo ha mencionado, así que no tengo ni idea.

—Entonces, ¿qué fue lo que mencionó?

—Buen intento, capitán, pero ese secreto se irá conmigo a la tumba. Así que, empecemos con la paliza o mándeme de vuelta a la bodega, porque, elija lo que elija, esta conversación ya ha llegado a su fin.

Richard estaba dando por sentado que no iba a ponerle una mano encima. Su tono de voz lo dejaba bien claro. Debería haberle llevado la contraria, aunque sólo fuese para descargar la frustración que la futilidad del interrogatorio le había deparado. Sin embargo, lo dejó marchar. Era evidente que tendría que aclarar el asunto con Gabby. Aunque el estado de ánimo de la muchacha tampoco era muy sereno, así que, probablemente, sólo conseguiría empeorar la frustración.

Debería haberla encerrado en la bodega con los demás. Eso era lo que se merecía, ni más ni menos, por haber intentado robarle el barco. Claro que le había reportado más placer del que había esperado cuando la descubrió durmiendo en su camarote aquella noche, algo que no podía quitarse de la cabeza.

¡Señor! Había sido una delicia, a pesar de que hacer el amor con ella también tuvo sus inconvenientes... En concreto, el hecho de que una sola vez debería haber sido suficiente y no lo fue. Con cualquier otra, una vez bastaba. Volvía a visitar a sus amantes por simple conveniencia, no porque estuviera ansioso por volver a verlas. No obstante, con Gabby había deseado más. A pesar de la culpa.

Y aquella era otra cuestión que lo tenía desconcertado. ¿Quién iba a imaginar que una maldita pirata fuera virgen? Aún no acababa de creérselo. Aunque, en cierto modo, también le agradaba saber que había sido su primer amante. Otra experiencia nueva para él, porque la virginidad no era algo que buscara de forma premeditada en sus mujeres. Más bien al contrario. Prefería amantes experimentadas. Éstas conocían el juego y sabían que el matrimonio no formaba parte del premio.

¿Sería cierto que había pensado en él como posible marido? Sonrió al tiempo que meneaba la cabeza. No descansaría hasta descubrirlo.

37

La tormenta que se había estado fraguando durante todo el día se desató con furia por la tarde. Gabrielle había albergado la esperanza de que pasara de largo o de que al menos el *Tritón* pudiera dejarla atrás, pero no ocurrió ninguna de las dos cosas.

La única ocasión en la que no le gustaba estar a bordo de un barco era en medio del violento azote de una tormenta. En realidad, desde que sobreviviera al huracán que asoló las islas, detestaba las tormentas, se encontrara donde se encontrase. Claro que estar en alta mar suponía un peligro añadido: la posibilidad de naufragar.

Al menos, estaban en un buen barco; el *Tritón* era robusto y estaba bien cuidado. La madera apenas crujía. Incluso soportaba bastante bien el violento remontar de las olas y la forma en la que se escoraba, al menos por el momento. Si bien era algo inevitable. Al igual que sus nervios, que se multiplicaban por diez por el hecho de estar encerrada en un camarote. Si el barco se hundía, ni siquiera tendría la oportunidad de alcanzar un bote, un trozo de madera o cualquier otra cosa a la que aferrarse a la espera de que la rescataran. No, se iría directamente al fondo del mar.

Se quedó acurrucada entre las mantas largo rato, observando cómo los escasos objetos que no estaban firmemente sujetos comenzaban a rodar por el suelo y, en un momento dado, incluso por las paredes. Un instante de lo más aterrador ese, cuando el barco se había inclinado hasta quedar en posición casi horizontal al remontar una ola particularmente alta.

Incluso el farolillo salió disparado de su lugar en ese sobrecogedor instante. El cristal se había hecho añicos cuando rodó por el suelo y chocó contra la pared, dejando a su paso un rastro de aceite.

Gabrielle lo contempló con una mezcla de alivio y terror. Sin duda, se habría producido un incendio de haber estado encendido. Aunque ella misma había considerado la idea de prender fuego para procurar su fuga, estaba más que claro que ése no era el momento oportuno, ya que Drew y su tripulación estaban luchando contra los elementos para mantener el barco a flote y no lo notarían hasta que fuera demasiado tarde. Menos mal que había tenido el sentido común de apagar el farolillo cuando empezó la tormenta, dejando encendida sólo la lámpara que estaba sujeta al escritorio de Drew.

Deseó ser capaz de dormir durante la tormenta y despertar cuando ya hubiera pasado. Ésa sería la mejor manera de dejar de preocuparse: despertar cuando todo hubiera terminado. El único problema era que le resultaba imposible intentarlo siquiera allí en el suelo, más que nada porque tenía que agarrarse con fuerza a la cadena para no salir despedida como el resto de los objetos que no estaban sujetos. Sin duda, estaría más cómoda en la cama de Drew; al menos, allí los golpes se verían amortiguados por algo mucho más blando. Aunque ése era el único lugar al que no se acercaría, no cuando su antiguo dueño la había recuperado.

No esperaba verlo hasta que pasara la tormenta. La noche llegó, aunque poco se veía a través de la densa cortina de agua que azotaba las ventanas y los nubarrones negros que oscurecían el cielo. Pasaron unas cuantas horas más, y la tormenta seguía sin dar señales de amainar.

Y entonces una gélida ráfaga de viento y agua anunció la llegada de Drew, que tuvo que emplearse a fondo para cerrar la puerta a su espalda. No se molestó en echar de nuevo la llave. Se dio la vuelta y se apoyó contra la puerta mientras la buscaba con la mirada. No parecía exhausto ni rendido después de pasar horas bajo la intensa lluvia. Al contrario, parecía entusiasmado, rebosante de energía y vigor, como si pudiera encargarse de todo sin despeinarse siquiera.

Se quitó el gabán impermeable que llevaba puesto, aunque la prenda no había evitado que acabara calado hasta los huesos.

—¿Te encuentras bien? —preguntó.

—No —respondió ella con los nervios de punta—. Estoy asustada, tengo frío y hambre, y un montón de moratones en el trasero a causa de tanto bamboleo. Te aseguro que no estoy nada bien.

Esperaba que se echara a reír y la tachara de blandengue. Sin embargo, la sorprendió acercándose a ella para arrodillarse a su lado y estrecharla entre sus brazos. Ni por un momento se le pasó por la cabeza rechazar el consuelo que le ofrecía, a pesar de que la estaba empapando con las ropas mojadas.

Drew se acomodó contra la pared y después la acercó hacia su pecho. Se sacó una servilleta del bolsillo y la desdobló para dejar al descubierto unas salchichas frías ya cortadas en trocitos. Le metió uno en la boca.

—Las sobras del desayuno —dijo—. La cocina está cerrada hasta que amaine, así que seguramente no habrá comida decente hasta mañana. Ya deberías saber cuál es el procedimiento habitual en estos casos.

—Sí, lo sé —replicó ella mientras aceptaba más trocitos de salchicha para matar el hambre.

—¿De verdad estás magullada? —quiso saber él.

La pregunta le recordó la última vez que se interesara por sus moratones, cuando lo acusó de haberle provocado uno durante su primer encuentro en los muelles. El recuerdo hizo que ambos sonrieran.

—No, sólo un poco dolorida —admitió—. Dudo mucho que mañana lo note. Ten cuidado cuando cruces la habitación. Todavía no me he atrevido a recoger los cristales del farolillo roto a causa de las sacudidas del barco.

—Debería haberme acordado de quitarlo cuando comenzó la tormenta.

—No estabas aquí para hacerlo. Yo sí, pero lo único que se me ocurrió fue apagarlo.

Se dio cuenta demasiado tarde de que acababa de admitir que podía moverse con libertad por el camarote, que el grillete no se lo impedía. Sin embargo, él no dio muestras de haberse percatado del desliz y siguió dándole trozos de salchicha antes de comerse unos cuantos.

No debería estar sentada de esa forma con él, prácticamente en su regazo, pero no era capaz de apartarse porque estaba demasiado cómoda. Al principio, su ropa mojada estaba congelada, pero ya se había calentado allí donde sus cuerpos se tocaban. De hecho, debería estar ardiendo por lo mucho que se estaba caldeando el ambiente.

No había forma humana de ignorar el cuerpo contra el que se recostaba, ni de evitar pensar en lo que dicho cuerpo le había hecho la noche anterior. El tipo de placer que le había mostrado había estado más allá de su imaginación hasta entonces, pero en esos momentos... no podía quitárselo de la cabeza. Él mismo había dicho que, después de probarlo, querría más, y que la colgaran si no había estado en lo cierto.

La forma en que la sujetaba en esos instantes hizo que recordara con demasiada claridad el sensual movimiento de esas manos sobre su piel desnuda, y eso casi la dejó sin aliento. Y su boca... Señor, sus besos, su sabor... La había hecho temblar, le había provocado un delicioso hormigueo en la piel y había logrado que arrojara la cautela por la borda y que aceptara todo lo que le ofrecía.

Se estremeció al recordar lo dulce que había sido su rendición. Y él se dio cuenta.

Aunque apenas fue consciente del trueno que acababa de sonar, Drew creyó que había sido la causa de su estremecimiento.

—¿Te dan miedo las tormentas?

—Antes no, pero sufrimos una muy violenta hace unos cuantos años, de esas que llaman huracanes. Murió mucha gente. Edificios enteros se vinieron abajo. Jamás he visto nada parecido y espero no tener que volver a verlo en toda mi vida.

—¿Fue en el Caribe?

—Sí, poco después de irme a vivir con mi padre. Arrasó esas cálidas aguas con furia. Saint Kitts no fue la única isla afectada. Dejó un largo sendero de destrucción a su paso.

Drew la estrechó con más fuerza.

—Creo recordar esa tormenta de la que hablas. Me libré por poco, ya que había regresado a Norteamérica pocos días antes. Pero me enteré de lo sucedido durante mi siguiente viaje y vi los daños de primera mano. Algunas zonas todavía no se han recuperado.

Ella asintió.

—Uno de los pueblos más pequeños de nuestra isla es una de esas zonas. Todas las casas se habían derrumbado, así que los lugareños se limitaron a recoger sus cosas y a mudarse a otro lugar. Pero incluso en la ciudad más grande tardamos meses y meses en deshacernos de los escombros y reconstruirla por completo. Por aquel entonces no sabía lo que era dormir.

Drew bajó la mirada con expresión asombrada.

—¿De verdad echaste una mano?

—Margery y yo —respondió, si bien acto seguido esbozó una sonrisa y trató de restarle importancia para que no pareciera algo tan impropio de una pirata, y añadió—: Era eso o esperar una eternidad a que se reabriera la carnicería.

Drew no se echó a reír. Le acarició la mejilla con el dorso de los dedos, casi como si pretendiera decirle que sabía que no era tan mala como fingía ser. Esa faceta tierna la incomodaba. Era también un recordatorio de que estaba entre los brazos del hombre con el que todavía pretendía saldar cuentas.

—Creo que ya estoy bien —le dijo al tiempo que se incorporaba para alejarse de él—. Además, parece que el viento ha amainado un poco.

—De eso nada. Y puede que sea yo quien no esté bien ahora —replicó él antes de estrecharla con fuerza contra su pecho y sellar su boca con un beso.

Eso bastó para reavivar con asombrosa rapidez la abrasadora pasión que había sentido la noche anterior y su determinación se disolvió. Le echó los brazos al cuello y le devolvió el beso con ímpetu al tiempo que improvisaba sobre la marcha y lo saboreaba con la lengua. ¡Era embriagador! Se giró un poco, lo bastante para presionar los pechos contra su duro torso. El gemido de Drew fue como música para sus oídos.

Se puso en pie al instante con ella en brazos para llevarla hasta la cama. No se detuvo ni una sola vez, como si no recordara el grillete. Habría sido todo un jarro de agua fría que aún lo tuviera colocado alrededor del tobillo y eso los hubiera detenido. Sin ningún impedimento que los demorara, la dejó en la cama y se quitó la ropa mojada a toda prisa. Ella no tenía ninguna intención de detenerlo. Estaba demasiado ocupada mirándolo con ansiosa expectación mientras iba arrojando al suelo una prenda tras otra.

Fue la primera vez que vio su enorme y espléndido cuerpo en toda su gloria. Cuando lo bañó, había intentado no mirarlo para no sucumbir al deseo que le inspiraba, y cuando hicieron el amor la primera vez, él ya estaba encima de ella cuando se dio cuenta de que no era un sueño y de que de verdad estaba desnudo sobre su cuerpo. No obstante, en esos momentos le sorprendió lo mucho que le excitaba verlo de esa forma. Era tan esbelto y musculoso... No había una parte de él en la que los músculos no se notaran con cada movimiento, desde el amplio pecho que se estrechaba hasta llegar a la cintura, pasando por esos fuertes brazos. Y qué extremidades tan largas... Hasta las piernas guardaban la proporción adecuada al resto de su elegante y atlética complexión física. Era tan guapo que la dejaba sin aliento.

Se echó a reír cuando él se tumbó en la cama, ya que el colchón botó unas cuantas veces. Él también prorrumpió en carcajadas. Sin embargo, en un abrir y cerrar de ojos rodó hasta quedar encima de ella y comenzó a quitarle la ropa a toda prisa.

Ella le cubrió una mano con una de las suyas y le recordó con timidez:

—¿No prometiste quitarme la ropa muy despacio?

Él se llevó su mano a la boca y le besó el dorso de los dedos.

—Así es. Lo intentaré, Gabby, pero debo admitir que contigo me siento como un jovencito inexperto, sin ningún control. Ésta no es la primera vez. Nada me gustaría más que saborear cada uno de estos deliciosos momentos contigo, pero por Dios que me vuelves loco de pasión.

Sintió parte de esa pasión cuando la besó de nuevo, una y otra vez. Aunque sí que lo intentó, intentó de veras quitarle la ropa con lentitud. Incluso le fue besando los brazos y las piernas a medida que los desnudaba. Se deshizo de la camisa con bastante rapidez para poder recorrerle los pechos con la boca, algo que la volvió un poco loca a ella también.

—Dios mío, mujer, eres tan hermosa... —jadeó en más de una ocasión, cuando clavó la vista en sus pechos y también cuando le besó la base de la espalda y deslizó las manos muy despacio por la parte posterior de sus muslos.

Ella se estremeció de deleite. La ternura de sus manos contrastaba enormemente con sus abrasadores besos.

—Yo también creo que eres hermoso —dijo ella, arrancándole una risotada.

Lo que estaban compartiendo era incluso más hermoso. Sus maravillosas caricias la embelesaban mientras esas manos le recorrían los brazos, el cuello, las mejillas... ni siquiera los dedos de los pies escaparon a sus atenciones. Pero la pasión estaba allí, justo bajo la superficie, apenas contenida. La sintió cuando por fin la estrechó contra su pecho y la besó con intensidad, y fue como si la pasión restallara y se apoderara de ella antes que de él.

Ocurrió todo tan rápido que no tuvo tiempo de pensar en nada salvo en el placer que sabía que tenía al alcance de la mano. Y entonces lo alcanzó y explotó a su alrededor en el mismo instante en el que la penetró. ¡Señor! Ocurrió tan rápido, de una forma tan sublime y duró tanto, que seguía estremeciéndose en torno a él momentos más tarde, cuando todo su cuerpo se tensó y se hundió hasta el fondo en busca de su propio clímax.

El suspiro de satisfacción de Gabrielle fue casi un ronroneo. No quería moverse, no quería pensar, no quería reflexionar sobre lo que había hecho... de nuevo.

—Duerme aquí, estarás más cómoda —le dijo Drew tras darle un beso en la frente justo antes de abandonar la cama—. Yo me libraré de la tormenta por ti.

Ya medio dormida, escuchó lo que decía y sonrió ante el delicioso comentario. Conque se enfrentaría a la tormenta por ella, ¿no? Qué hombre más tonto y más dulce...

38

Cuando Gabrielle se despertó, la luz del sol se derramaba sobre el suelo.

La tormenta había pasado. Si Drew había vuelto al camarote, no había sido para despertarla. Tenía la estancia para ella sola, de manera que se vistió deprisa y se acercó de inmediato a comprobar la puerta. Seguía cerrada.

Suspiró e hizo ademán de regresar a las mantas, pero cambió de idea y eligió la cama. La hizo primero y después se sentó en mitad del colchón. Era mucho más cómoda, además, ¿qué se lo impedía? Aun cuando en un principio Drew hubiera creído que la retenía el grillete, era evidente a esas alturas que ya sabía que no era así y que no tenía intención de retenerla de otra manera... Bueno, a excepción de esa puñetera puerta cerrada.

Su plan de venganza no estaba funcionando. ¿Cómo diantres iba a volverlo loco de deseo si dejaba que le hiciera el amor cada vez que le venía en gana? Tenía que cambiar de estrategia. Despertar su deseo ya no era suficiente, iba a tener que lograr que se enamorara de ella.

Era una idea desalentadora. Sería un objetivo mucho más difícil de alcanzar. La lujuria había sido fácil. Ya había conseguido esa parte, aunque no con los resultados deseados. ¿Sería posible que un hombre se enamorara sin que se le pasara por la cabeza la idea de casarse? Bueno, sí, con un crápula como Drew no habría problema. Tal vez fuera el único hombre que podía amar a una mujer sin llegar a plantearse la posibilidad de casarse con ella. Y una vez que desapareciera de su vida, él regresaría con sus otras mujeres y no podría evitar pensar en ella cada vez que estuviera con una. ¡Perfecto! ¡Su recuerdo lo obsesionaría toda la vida!

Pero ¿cómo iba a lograr que se enamorara de ella? Eso era lo que había deseado que sucediera en Londres y no lo había conseguido. Claro que entonces no había frecuentado su compañía lo suficiente como para que llegara a conocerla. En el barco, en cambio, encerrada como estaba en su camarote, sería imposible que la evitara. Así que, ¿le permitiría conocer su verdadera personalidad hasta el punto de poner las cartas sobre la mesa, descubrir su farsa y confesar que no era una pirata de verdad?

No, quizá no debiera llegar a tanto. La farsa le permitía ser más atrevida de lo que sería en circunstancias normales. Y no habría mejor venganza que conseguir que se enamorara de ella mientras seguía creyendo que era una pirata.

Aún no había tomado una decisión cuando Drew regresó al camarote esa mañana. Parecía extenuado. Bueno, llevaba despierto más de veinticuatro horas y era muy probable que hubiera pasado todo el tiempo luchando por mantener a flote su barco.

El marinero que solía llevarles la comida entró tras él y dejó una enorme bandeja sobre la mesa. Gabrielle saltó de la cama y se acercó a la bandeja, en la que encontró dos platos a rebosar con el desayuno. Se sentó a la mesa y comenzó a comer de inmediato.

Al levantar la vista, descubrió que Drew la miraba con una sonrisa.

—¿Qué? —le preguntó—. ¿Acaso creías que las salchichas que me diste ayer de comer bastarían para saciar mi apetito?

—Qué bien suena, ¿no te parece?

—¿El qué?

—Que te diera de comer.

Se percató al instante del rumbo sensual que habían tomado sus pensamientos, aunque no supo el motivo. Señaló la bandeja.

—¿No tienes hambre? —le preguntó.

—Estoy famélico —contestó él.

Pero siguió allí de pie, mirándola, y, en esa ocasión, ella se ruborizó. Otra vez con los dobles sentidos. ¿Cómo podría pensar siquiera en hacer el amor con lo cansado y hambriento que debía de estar?

Decidió fingir que no lo había captado y, al mismo tiempo, le dio una vuelta de tuerca.

—Ha sido un placer dormir en tu cama —dijo antes de darle un mordisco a una rebanada de pan recién hecho, untada de dulce mermelada —. Creo que ha sido el sueño más reparador del que he disfrutado en semanas. Desde luego, ha sido el más cómodo. Gracias por ser tan considerado.

Las mejillas de Drew se sonrojaron. Ella, por supuesto, hablaba de la cama, algo que él sabía; aunque, al parecer, eso no impidió que pensara en lo que habían hecho en ella.

Tras unos instantes de conversación insustancial, él confesó:

—Hace mucho que tomé por costumbre celebrar cada una de las ocasiones en las que salgo indemne de una tormenta como ésta, así que voy a tener algunos invitados para cenar esta noche. Dado que compartes mi camarote, supongo que tendrás que unirte al grupo. Ordenaré que te traigan un vestido dentro de un rato, cuando haya dormido un poco.

Gabrielle suspiró. Había tenido que soltar ese «supongo» en mitad de una conversación de lo más normal para recordarle que era una prisionera, no una invitada.

—¿Por qué? —preguntó con voz un tanto brusca—. No tengo que impresionar a nadie.

Él se encogió de hombros.

—A casi todas las mujeres que conozco les gusta arreglarse, sólo supuse que a ti también te gustaría.

No dijo nada más y, después de la horrible noche que había pasado, se tendió en la cama y se quedó dormido casi al instante. Gabrielle pasó casi todo el día paseándose por el camarote mientras trazaba el plan mediante el cual Drew acabaría enamorándose de ella e intentaba pasar por alto su presencia.

A la postre, le dedicó algo de atención cuando se dio cuenta de que se había detenido sin pretenderlo junto a la cama. Seguía dormido y de vez en cuando soltaba un ronquido suave. Estaba exhausto. Podría ponerse a armar un escándalo y ni siquiera la escucharía. Incluso podría tocarlo y no se despertaría... de manera que no se enteraría. Maldita fuera esa confianza que lo llevaba a encerrarse con ella sin atarla.

Podría salir del camarote sin ningún problema. Un golpecito en la cabeza con el orinal y le sacaría la llave del bolsillo en un abrir y cerrar de ojos. Había visto que se la guardaba allí después de que el marinero dejara la bandeja con la comida y él cerrara la puerta.

La mar de sencillo. Aunque a plena luz del día no era el mejor momento para escabullirse hasta la bodega. Además, todos los músculos de su cuerpo se resistían a la idea de golpear a Drew en la cabeza. Era incapaz de hacerlo de nuevo. Cosa que no quería decir que renunciara a escapar. Bien podría estar durmiendo hasta que cayera la noche. Si tuviera esa llave...

Contempló el bolsillo donde descansaba su libertad. Drew estaba tendido de costado, con la pierna de abajo estirada y la otra doblada. La llave estaba en el bolsillo que quedaba arriba. Si no llevara unos pantalones tan ajustados, sólo tendría que introducir un par de dedos para sacarla. Pero los pantalones eran ajustados. Y mucho. La postura hacía que se le ciñeran al trasero y le delinearan las nalgas. Y menudo culo tenía Drew Anderson...

Puso los ojos en blanco ante semejante idea y comenzó a pasearse de nuevo.

39

Eran cuatro los que cenaban esa noche en el camarote del capitán. El primero de a bordo estaba invitado, como era de esperar. También había cenado con ellos la noche anterior. Fue el cuarto invitado que entró con él quien supuso toda una sorpresa para Gabrielle. ¡Richard! Estaba tan contenta de verlo que ni siquiera se paró a pensar en lo que podría parecer cuando le echó los brazos al cuello para abrazarlo con entusiasmo.

Se las arregló para susurrarle un par de preguntas antes de notar que Drew había clavado la vista en ella.

—¿Estáis todos bien? —le preguntó.

—Tanto como cabría esperar en nuestro reducido y hacinado alojamiento —contestó él en un tono ciertamente lacónico—. Pero nuestro anfitrión ha tenido la amabilidad de proporcionarme un atuendo apropiado para la cena —le dijo al tiempo que se pasaba una mano por su camisa blanca recién lavada y sus calzas negras.

—Pero ¿qué diablos estás haciendo aquí?

—Eso mismo me pregunto yo, *chérie* —susurró—. Me dijeron, o más bien me advirtieron, que me limitara a actuar como si no fuera un prisionero.

Gabrielle desvió la vista hacia Drew al escuchar eso, pero él se limitó a esbozar una sonrisa y a sentarse para observar el reencuentro. Richard se inclinó hacia ella.

—Y debo decir que esta noche tienes un aspecto encantador, Gabrielle. —Observó el sencillo vestido de baile rosa con el impresionante escote—. Imagino que tu atuendo también es cortesía del capitán. Quiere divertirse esta noche —concluyó al tiempo que guiñaba el ojo.

Gabrielle se sonrojó, pero no intentó volver a hablar con él en privado. Drew debía tener alguna razón para incluir a Richard en la cena, aparte del hecho de que a ella lo alegrara verlo, y eso la inquietaba.

La comida llegó poco después de la aparición de Richard. Hicieron falta cuatro marineros para llevar todas las bandejas, y un quinto que apareció con un buen número de botellas de vino. Richard, contento por haber salido de la bodega, comenzó a beber más de lo que debía. Ella, en cambio, apenas probó el vino.

Drew había ordenado que el cocinero se luciera y estaba claro que el menú no era lo acostumbrado en alta mar. Rosbif con dos tipos de salsa, cebollas y zanahorias glaseadas, tres tipos de pan para elegir, budín de Yorkshire, patatas asadas e incluso una ensalada aderezada con una cremosa salsa de ajo. Tenía que descubrir cómo se las ingeniaba el cocinero de Drew para mantener fresca la lechuga en alta mar.

El ambiente se tornó bastante festivo ante el despliegue de semejantes manjares. Incluso tomó visos de ser una celebración en toda regla. Richard se relajó y amenizó la velada con sus habituales chanzas. A Gabrielle dejó de preocuparle la posibilidad de que estuviera allí por un propósito oculto. Incluso Drew parecía estar divirtiéndose.

—Por cierto —le dijo Timothy a Drew durante una pausa en la conversación—, el vigía jura que vio a tu hermana y a su esposo de pie en cubierta en uno de los barcos que avistamos justo antes de la tormenta.

Gabrielle se quedó lívida al escucharlo. Drew, por el contrario, estalló en carcajadas y dijo:

—Detesto tener que decirlo, pero te lo ad...

—Sí, estoy segura de que te entristece mucho, así que no lo digas —lo interrumpió con aspereza, muy molesta por sus carcajadas—. De todos modos, es posible que el vigía se haya equivocado.

En ese momento, Richard intervino:

—¡Caramba! ¿Se refiere a lady Malory?

—¡Por el amor de Dios, Richard! —masculló Gabby—. ¡Olvídala!

Su amigo compuso una mueca ofendida, pero se encogió de hombros.

—Lo he intentado, Gabby. En serio. Pero no puedo olvidar a mi único y verdadero amor.

Drew recobró la seriedad de repente.

—¿Está hablando de mi hermana? —quiso saber.

—Sí, claro —contestó Gabrielle con voz melosa, aunque sus ojos echaban chispas—. Se enamoró como un imbécil. Y no atiende a razones, aunque le he advertido que su esposo le romperá todos los huesos del cuerpo si se acerca a ella.

—James tendrá que ponerse a la cola —gruñó Drew al tiempo que se levantaba y se acercaba a Richard.

Esa reacción tomó a Gabrielle por sorpresa, y se arrepintió de inmediato de haberlo provocado. Se interpuso con presteza entre los dos hombres e intentó apaciguar los ánimos que ella misma había inflamado.

—Déjalo ya —le dijo a Drew—. Georgina estuvo a punto de arrancarle la cabeza de un bofetón la última vez que hablaron, así que entre ellos no ha habido nada inapropiado ni lo habrá nunca. Tu hermana es un baluarte inaccesible para cualquier otro hombre que no sea su esposo, por la simple razón de que lo ama. Deberías saberlo.

Fue un momento tenso. No cabía duda de que Drew se tomaba muy en serio la tarea de proteger a su hermana. Todos los músculos de su cuerpo decían a voz en grito que estaba dispuesto a destrozar a Richard con los puños. Sin embargo y gracias a Dios, le estaba prestando atención y el último comentario de Gabrielle acabó con su enojo.

—Podría haber pasado sin ese recordatorio —le dijo mientras regresaba a su silla.

Richard, sin embargo, había bebido demasiado como para mostrarse cauto.

—Deberías haber permitido que el capitán me pegase, Gabby —siguió—. Lleva deseando ponerme las manos encima desde que pensó que tú y yo... —La idea lo hizo reír y no pudo terminar la frase.

—Ésa no es la razón por la que me gustaría arrancarte la cabeza de cuajo —puntualizó Drew con bastante calma, teniendo en cuenta el tema de conversación.

—¡Cierto! Es porque usted no recordaba el motivo por el que Gabby no podía regresar a Inglaterra.

Gabrielle aspiró el aire entre dientes con brusquedad.

—Richard, ya es suficiente.

Sin embargo, Drew ya se había enderezado y apoyado sobre la mesa para preguntar:

—Y ¿por qué no puede regresar?

—¿Con el rumor de que es una pirata circulando por doquier? Vamos, capitán, no es usted tan tonto como para no comprenderlo.

Gabrielle se recostó en la silla y cerró los ojos. Tenía la impresión de que había descubierto los motivos de Drew para invitar a Richard a cenar. Estaba claro que quería recabar información, porque creía que le estaban ocultando algo. En cambio, había logrado sacar a la luz el único tema capaz de conseguir que hirviera de furia de nuevo.

40

Timothy trató de reconducir la conversación hacia temas neutrales, pero sólo participaron Richard y él. Puesto que Drew se limitaba a mirar a Gabrielle y ella a su vez miraba su plato, la tensión del ambiente era tan palpable que se podría haber cortado con un cuchillo.

Los invitados se marcharon poco después, entre las continuas bromas de Richard acerca de su impaciencia por regresar a la bodega, donde el aire no era tan gélido. Había sido la ira de Gabrielle lo que ocasionara ese comentario. Una vez que su escándalo había quedado sobre la mesa, por así decirlo, no había forma de que pudiera ocultarle su ira al causante.

Cuando estuvieron de nuevo a solas, Drew se recostó en la silla con la copa de vino en la mano. Y siguió mirándola sin más. ¿Estaba esperando a que explotara? Un poco más y así habría sido.

Sin embargo, antes de que llegara a ese extremo, Drew arqueó una de sus cejas y dijo con indiferencia:

—Qué raro que no haya sido el único en adivinarlo, ¿no crees?

—¿Adivinarlo?

—O quizá no sea tan raro —continuó con el mismo tono, como si ella no hubiera hecho una pregunta y no lo estuviera fulminando con la mirada—. Vamos, sólo hace falta fijarse en las compañías que frecuentas. Además, ¿cuántas veces visitaste a tus amigos en la parte sórdida de la ciudad?

Gabrielle resopló.

—No sabes dónde se alojaban mis amigos y, además...

—Claro que lo sé —la interrumpió Drew—. Os seguí una tarde. Por la simple razón de que estaba aburrido ese día y... bueno, tal vez porque me picaba un poco la curiosidad. Debo decir que me sorprendió la facilidad con la que tu criada y tú os deshicisteis de los rufianes que os abordaron ese día. Se me pasó por la cabeza la idea de revelar mi presencia, pero no lo hice; supongo que yo también me habría retirado de tener a dos mujeres furiosas golpeándome la cabeza con sus bolsos. No me costó mucho comprender que debíais de estar acostumbradas a ese tipo de atenciones.

Recordaba vagamente el incidente al que se refería y que tuvo lugar el día que fue a los muelles para avisar a Richard de que lord Malory lo mataría si lo veía de nuevo. Estaba muy enfadada con Richard, tanto como para emprenderla contra todo aquel que retrasara el momento de comunicarle lo furiosa que estaba por la peligrosa amenaza que pendía sobre su cabeza en aquellos momentos.

Pero ¿qué diantres tenía que ver todo aquello con el escándalo al que la había arrastrado Drew? ¿Estaba intentando retrasar el momento de discutirlo o esperaba acaso no tener que darle una razón que justificara lo que había hecho? También cabía la posibilidad de que no tuviera razón alguna, que lo hubiese hecho sólo para divertirse.

—¿Sabes, encanto? Si no me hubiera hecho esa idea de ti, nunca te habría besado aquel día en el parque —confesó con la misma indiferencia.

Para Gabrielle, eso tenía tan poco que ver con el tema que estaban tratando que ni alcanzaba a imaginar por qué lo había mencionado. Claro que después se dio cuenta de que el «tema» todavía no había salido a colación, así que él estaba hablando de algo completamente distinto. ¿O no?

—¿Por qué? —preguntó un poco confundida.

—Porque si hubiera creído que eras virgen, habrías estado fuera de mi alcance. Así que me convencí a mí mismo de que no lo eras, por la simple razón de que tenía que besarte. Para serte sincero, me estabas volviendo loco. Quizá puedas comprenderlo ahora que lo has probado. —Cuando ella lo miró con cara de pocos amigos, él respondió encogiéndose de hombros—. ¿No? A lo que iba... En ese momento, quería que tu moral fuera la de una pirata porque sabía que ésa era la única forma de tenerte.

—Y puesto que era lo que querías, tenías todo el derecho a ensuciar mi buen nombre en mi tierra natal, ¿verdad? —preguntó casi a voz en grito.

Drew se incorporó de una forma tan brusca que derramó el vino sobre la mesa.

Ella parodió las palabras que pronunciara aquella noche en el baile.

—«Yo no contaría con ello, milady, a menos que a su padre no le importe que haya piratas en la familia.»

Él se echó a reír.

—Sólo estaba bromeando. Y tú misma dijiste que sólo te avergoncé un poco.

—Por supuesto, pero ninguno de los allí presentes lo tomó por una broma, zoquete. El comentario pasó a ser la comidilla de todos en un suspiro. Ahora todo Londres cree que soy una pirata. ¡Por tu culpa!

—Pero es que eres una pirata...

—¡No, no lo soy!

No había tenido intención de decir eso y echar por tierra la farsa tan pronto. Pero se había dejado llevar por la furia, porque él seguía sin mostrar el menor rastro de arrepentimiento por lo que había hecho.

Sólo se mostraba a la defensiva, como bien demostró su tono al señalar:

—¿Cómo demonios crees que puede llamarse al hecho de robar un barco, si no es piratería?

—¡Justa venganza! —se alteró ella, mientras contestaba—. Te aseguraste de arruinar mis posibilidades de hacer un buen matrimonio en Inglaterra, así que te quité el barco como retribución.

—Así que todo lo que nos contaste, el cuento aquel de que tu padre necesitaba que lo rescataran, ¿era mentira?

—No, estaba matando dos pájaros de un tiro. —Esbozó una sonrisa burlona—. La solución perfecta para ambos dilemas.

—Un solo dilema. Dijiste que preferías las islas. Pues allí es donde deberías haber buscado marido, no en Inglaterra.

Ella se quedó con la boca abierta. ¿De verdad quería librarse de la culpa con semejante excusa?

—Fue deseo de mi padre que encontrara un buen partido en Londres. Serán sus esperanzas, por no mencionar las mías, las que se harán añicos cuando descubra que ya no es posible.

—Apuntaba demasiado alto para un pirata.

Gabrielle lo miró con los ojos desorbitados.

—¿Y crees que eso te disculpa? Olvídate un instante de mi padre y piensa en las demás repercusiones de tu bromita. El buen nombre de mi madre estaba fuera de toda cuestión. Igual que el mío, ya que estamos; jamás se había asociado escándalo alguno con su familia. Sin embargo, al ensuciar mi nombre, también arrastraste el suyo por el fango.

¿Era el arrepentimiento lo que teñía por fin sus mejillas? Evidentemente no, porque lo único que dijo fue:

—Entonces no debería haberse casado con un pirata.

Fue la gota que colmó el vaso. Gabrielle se puso en pie y se inclinó sobre la mesa para gritarle:

—¡Ella no lo sabía, malnacido! Mi padre hizo todo lo que estuvo en su mano para asegurarse de que nunca se enterara. ¡Ya te lo he dicho! Hizo todo lo posible para que nadie se enterara en Inglaterra. Tal vez te preguntes por qué... ¡Pues para que nada manchara su buen nombre! Pero tú, sin pararte siquiera a pensarlo, echaste por tierra todos sus esfuerzos. ¡Con un chiste! No, espera, ¿cómo lo llamaste? ¡Con una broma!

Drew dio un respingo y luego dijo con un suspiro:

—Si te sirve de algo, no era ésa mi intención, así que supongo que te debo una disculpa.

—¿¡Que lo supones!? —bramó ella—. Bueno, pues yo supongo que no te extrañará que no acepte tu disculpa. No puedes hacer nada para paliar tus actos; bueno, a menos que me ayudes a rescatar a mi padre, claro. En ese caso tal vez, aunque lo veo poco probable, podría perdonarte.

—Hecho —dijo él sin vacilar—. Pero nada de probabilidades. Cuando esté libre, quedaremos en paz.

41

Gabrielle se arrebujó esa noche entre las mantas un poco aturdida. No le había dicho nada más a Drew por temor a que cambiara de opinión. Jamás pensó que su amenaza de no perdonarlo a menos que la ayudara a rescatar a su padre fuera a servir de algo. Ni siquiera estaba segura de por qué lo había dicho. Pensaba que sería una pérdida de tiempo mencionárselo, teniendo en cuenta la actitud desdeñosa que había demostrado hasta ese momento. Pero ¡por el amor de Dios, había aceptado!

Una vez que se recuperó de la impresión, comprendió que el sentimiento de culpa de Drew debía de ser mayor de lo que dejaba entrever. O tal vez creyera que el asunto no implicaba riesgo alguno. Debería advertirle que podría poner en peligro tanto su vida como su barco. Pierre era un pirata de los de verdad, no un aficionado como su padre, quien en realidad se dedicaba a la búsqueda de tesoros. Pero si se lo advertía, podía cambiar de opinión...

Aunque tampoco iba a darle muchas vueltas al asunto. Se lo mencionaría, porque, en caso contrario, se estaría comportando de manera deshonrosa, pero antes esperaría a saber qué planes se le ocurrían a él para rescatar a su padre... Por si acaso le entraban ganas de romper el trato después de averiguar exactamente en qué se estaba metiendo.

Sin embargo, su ofrecimiento de ayuda no fue la única sorpresa. A la mañana siguiente, mientras caminaba hacia la puerta, Drew le dijo:

—Tenemos un trato, así que voy a confiar en tu palabra (que digo yo que algo valdrá) y voy a pedirte que no te acerques a la bodega. Tus hombres serán liberados en breve. No hace falta que te preocupes por eso.

Esa parrafada no tuvo sentido alguno para ella hasta que lo vio salir del camarote y... dejar la puerta abierta. ¿Le estaba dando libertad en su barco? ¡Increíble! De todos modos, analizó sus palabras antes de ponerse a dar saltos de alegría. Sus hombres serían liberados, pero ¿con qué fin? ¿Para llevarlos a la prisión más próxima o para que colaboraran en el rescate?

Drew se marchó antes de que pudiera preguntárselo y, en honor a la verdad, prefería disfrutar un poquito más de su triunfo antes de descubrir que todavía le quedaba otro rescate por delante. Aunque en realidad habría sido una estupidez por parte de Drew no utilizar a los hombres que se hallaban encerrados en su bodega cuando ya había decidido ayudarla. A buen seguro que ya había caído en la cuenta.

No se molestó en cambiarse de ropa antes de abandonar su breve confinamiento. Todavía llevaba el vestido que él le prestara para la cena de la noche anterior, ya que se sentía demasiado aturdida al acostarse como para pensar en quitárselo. La tripulación la observó con curiosidad. Al parecer, Drew no les había dicho todavía que algunos de los piratas ya no estaban retenidos bajo llave. No obstante, nadie intentó detenerla; y, cuando estuvo en lugar claramente visible para el capitán, dieron por sentado que había sido él quien la había dejado en libertad.

Aun así, seguía sin tener nada que hacer para matar el tiempo. Se preguntó si a Drew le importaría mucho que comenzara a echar una mano en las tareas rutinarias del barco. Lo intentaría más tarde, porque en ese momento y tras llevar confinada en el camarote varios días, prefería disfrutar del sol y del aire fresco... y también de la vista que tenía del alcázar, donde Drew manejaba el timón. Era tan fuerte... Su extraordinaria altura y su musculosa corpulencia habrían intimidado a más de un hombre, pero no a Gabrielle.

A ella le provocaba una multitud de sensaciones que nada tenían que ver con el miedo.

Era obvio que ese hombre amaba el mar. Estaba rodeado por un halo de felicidad, como si se encontrara en el mejor lugar del mundo. Había visto la misma actitud en su padre en multitud de ocasiones. Pero contemplar esa felicidad en Drew le provocaba cierta tristeza. No era de extrañar que hubiera decidido no casarse nunca. Ninguna mujer podría despertar en él algo parecido a lo que sentía por su barco y por el mar.

Aunque eso había dejado de importarle. ¡Santo cielo, ni hablar! A esas alturas, no se casaría con él ni aunque se lo suplicara de rodillas. Sin embargo, comprendió que gran parte del resentimiento que albergara hacia él había desaparecido. Ya no estaba muy segura de poder llevar a cabo su venganza. Si al final la ayudaba a liberar a su padre, estarían en paz, tal y como él había dicho.

Timothy se acercó a ella para decirle algo y se demoró más de la cuenta. Al parecer, le encantaba hablar, ya fuera de barcos, de su ciudad (Bridgeport, en Connecticut), o de cualquier otra cosa que se le ocurriera. Puesto que no tenía otra cosa que hacer, a Gabrielle no le importó en absoluto prestarle atención.

Cuando la conversación llegó a su fin, el hombre le dijo:

—Me ha sorprendido encontrarla dando un paseo por la cubierta.

—¿Gabby no te ha dicho que anoche hicimos un trato? —preguntó Drew, que se había acercado a ellos del modo más sigiloso—. Se las arregló para utilizar sus poderes de... persuasión para obtener su libertad.

Gabrielle se quedó sin habla. Lo que Drew acababa de decir, o mejor de insinuar, era horrible y sin duda se trataba de un deliberado intento de avergonzarla. De todos modos, dio la sensación de que había abochornado más al primero de a bordo que a ella, ya que Timothy murmuró algo con las mejillas sonrojadas y se apresuró a dejarlos a solas.

—Ha sido una explicación bastante fiel de lo sucedido, ¿no te parece? Y el mejor modo de que Tim cerrara el pico

—dijo Drew, como si le hubiera hecho un favor en lugar de avergonzarla en extremo.

Si en ese momento no hubiera pasado junto a ellos uno de los marineros, las primeras palabras que salieron de los labios de Gabrielle habrían sido bastante estridentes, pero se las arregló para preguntar en voz baja e imperiosa:

—¿Por qué has hecho eso?

—¿Qué he hecho? —preguntó él a su vez con total inocencia mientras se apoyaba contra la borda—. Me pareció que necesitabas que te rescatase. Cuando Tim empieza a cascar de ese modo, le pone a todo el mundo la cabeza como un bombo.

Así pues, ¿iba a fingir que le había hecho un favor? No pensaba dejar que la tomara por tonta. Y tampoco iba a permitir que se escudara en semejante excusa.

—No necesitaba rescate alguno, pero en caso de que hubiera sido así, ¿por qué demonios has dicho eso?

Él se encogió de hombros con indiferencia.

—Fue lo primero que se me ocurrió.

—Mentiroso —masculló—. ¡Lo has hecho adrede para que piense lo peor de mí!

Drew se tensó de forma ostensible ante semejante acusación. La palabra «mentiroso», tal vez pronunciada sin mucha reflexión por su parte, solía ofender a la mayoría de los hombres. Al parecer, él no era muy diferente del resto.

—Parece que te bastas y te sobras tú solita para eso, encanto —replicó él con tono mordaz, dejando muy clara su irritación.

Gabrielle se quedó boquiabierta.

—¿¡Cómo te atreves!?

—Atreviéndome —replicó—. Además, se me podría haber ocurrido un sinfín de comentarios mucho más perjudiciales que una simple insinuación.

—¿Como qué?

—Como la verdad.

—La única verdad es que te metiste en mi cama cuando estaba dormida y que te aprovechaste de que yo creyera que todo era un sueño.

La mención de aquella noche cambió de súbito su actitud y en su rostro apareció una sonrisa seductora.

—Menudo sueñecito, ¿verdad?

Nunca había visto a un hombre que pudiera adoptar una actitud sensual con tanta rapidez, pero Drew lo hacía con una facilidad pasmosa. ¡Pasaba de estar ofendido a mostrarse seductor en un abrir y cerrar de ojos! La estaba observando con los párpados entornados y una mirada ardiente. Su sonrisa le indicó que el tema inicial había quedado zanjado y que estaba dispuesto a lanzarse de lleno a la cuestión que ella había introducido sin querer.

—Preferiría no pensar en eso —le dijo con voz severa, en un desesperado intento por hacer caso omiso de las mariposas que siempre revoloteaban en su estómago cuando él la miraba de ese modo.

Drew rió entre dientes.

—Inténtalo, pero sabes que no lo conseguirás.

—Basta ya —le ordenó.

Si hubiera acabado de sermonearlo, se habría marchado en ese mismo momento. Pero al menos le dio la espalda. Si no lo miraba, tal vez su pulso se tranquilizara y pudiera pensar con claridad para...

Uno de los brazos de Drew le rodeó los hombros, rozándole la nuca, y sus dedos comenzaron a acariciarle suavemente la mejilla. El contacto hizo que se le erizara la piel de todo ese lado del cuerpo.

Cerró los ojos con fuerza y luchó contra las sensaciones que amenazaban con apoderarse de ella. Drew se las había arreglado para que acabara apoyada contra él y había bajado el brazo hasta rodearla por completo a la altura del pecho. Ni siquiera le estaba rozando los pezones, pero éstos se endurecieron de inmediato en cuanto se imaginó que esos dedos los acariciaban.

—Reconócelo, Gabby, lo que compartimos fue maravilloso y creo que merece la pena que lo repitamos... muchas veces.

¡Esa voz tan ronca! Aunque eran sus impactantes palabras las que estaban haciendo añicos su resistencia. Tenía que intentarlo de nuevo antes de sucumbir al deseo que él despertaba con tanta facilidad.

—Querías que Timothy pensara lo peor de mí, ¿por qué?

Él suspiró ante su obstinada insistencia.

—Tu empeño en seguir con el tema me está destrozando —le dijo, si bien su voz no parecía afectada en lo más mínimo—. Sólo estaba tomándote el pelo, ¿sabes? Supuse que no te importaría, ahora que mantenemos una relación más estrecha. Y, además, mi tripulación me conoce muy bien. Ya has pasado varias noches en mi camarote. A estas alturas creen que somos amantes.

«Sólo estaba tomándote el pelo.»

A Gabrielle no le habría importado, si en realidad fueran amantes. Pero no lo eran.

—No somos... —dijo en un intento por recordarle ese detalle. Pero él la hizo girar de repente y desterró todo pensamiento de su cabeza con un beso.

Debería haberlo previsto. Debería haber recuperado la fuerza de voluntad antes de que esos labios la rozaran. Pero ¿qué fuerza de voluntad? Su resistencia se desmoronó de forma inexorable y no tardó en echarle los brazos al cuello. A punto estuvo de ronronear de placer cuando él la estrechó con más fuerza.

Se escuchó una risilla ahogada cuando un marinero pasó junto a ellos. Gabrielle no la escuchó, pero él sí debió de hacerlo, porque le susurró contra los labios:

—Vamos al camarote para continuar esto en privado.

De no haberlo sugerido, podría haberla llevado al camarote y ella no habría sido capaz de murmurar una sola protesta. Sin embargo, esas palabras rompieron el hechizo que había tejido en torno a ella y, gracias a ese momento de lucidez, pudo alejarse de sus brazos y huir de la tentación que él representaba.

42

A Drew le llevó un tiempo recuperar el control de su cuerpo. Se demoró junto a la barandilla donde Gabby lo había dejado. ¡Muchacha obstinada! No iban a estar toda la vida en alta mar. Deberían aprovechar cada momento que estuvieran a solas. ¿Por qué negaba ella lo evidente?

Habían compartido dos de las noches más placenteras de toda su vida, y sabía sin el menor género de dudas que ella sentía lo mismo. El daño ya estaba hecho. Ya no era virgen. No había razón para que se negara semejante placer. Aunque, evidentemente, eso era lo que pensaba hacer. ¿Y sólo porque él había destruido todas sus oportunidades de conseguir un buen partido en Inglaterra?

Maldición, no lo había hecho a propósito. Aquella noche estaba borracho, sí, pero no era excusa. Además, despedirse de Georgina antes de tiempo lo había enojado. Y la culpable de que se hubiera visto obligado a hacerlo era Gabrielle. Porque sintió que debía alejarse de ella antes de sucumbir a la tentación. Porque ella siguió a la caza de un marido, inmune a sus encantos, algo que había comenzado a irritarlo sobremanera.

Su culpabilidad había alcanzado cotas insospechadas al saber lo que sus imprudentes palabras en el baile habían provocado. Quería «venganza», ésa había sido la palabra que utilizara. Recordó hasta qué punto lo había tentado mientras estuvo encadenado y no podía hacer nada al respecto. Con cuánta frecuencia le había mostrado sus curvas en una pose de fingida inocencia al desperezarse. O esas miradas tan peculiares que solía lanzarle y que podría haber tachado de sensuales de no haberla creído inmune a él. La tontuela quería que él la deseara, quería volverlo loco de deseo para vengarse después al negarle sus favores. Y había estado a punto de conseguirlo.

¿Acaso no se había percatado de que ya la deseaba con tanta desesperación que casi no podía pensar en otra cosa? Y eso no había cambiado ni un ápice después de hacerle el amor.

Tenía que alejarse de Gabrielle Brooks lo antes posible. Ese viaje nunca terminaría lo bastante pronto para él. Aunque eso tampoco acabaría con su relación. Le había prometido ayudarla a liberar a su padre. Maldición. Claro que no le había quedado alternativa. Estaba en deuda con ella por haber ensuciado su nombre con un escándalo y por haberle arrebatado la virginidad.

Lo único honorable sería...

Cortó esa idea de raíz. No era la primera vez que le pasaba por la cabeza desde aquella increíble noche en su cama. Después de todo, encontrarse de repente con una virgen exigía ciertas cosas de un hombre; y lo mínimo que podía hacer era proponerle matrimonio para que el interludio se tornara respetable. Además, aunque Gabrielle no le hubiera robado el barco, habría acabado haciendo la misma proposición como tonto que era, ya fuera movido por la culpa o por... la lujuria, o cualquier otra razón que se le ocurriese. Sus remordimientos habrían ganado la partida.

Por supuesto, ella lo habría rechazado. No quería tener nada que ver con él. Así se lo había dicho desde el principio. ¿O no? Según su amigo, había barajado la idea de casarse con él. ¿Había mentido Richard para que dejara de hacer preguntas acerca del puñetazo?

Suspiró y regresó al alcázar. Ninguna mujer lo había perturbado tanto. ¡Y además estaba celoso! ¿De dónde diablos había surgido esa idea? Aunque no tenía sentido negarlo. Primero, ese mequetrefe de Wilbur; después, su amigo Richard, y, por último, su propio amigo, Timothy, de quien sabía a la perfección que no albergaba ningún sentimiento hacia ella. ¿Por qué no dejaba de sentir celos cuando nunca antes los había sufrido? Bien, la única conclusión posible era que todavía no había terminado con ella ni mucho menos.

¡Amantes! No bien Gabrielle entró en el camarote de Drew y clavó la mirada en la cama, la furia que había sentido en cubierta regresó con fuerzas renovadas. ¡Toda la tripulación creía que eran amantes y a él le hacía gracia!

Lástima que no se demorara en volver al camarote esa noche, porque al parecer ella necesitaba más que unas pocas horas para recuperar el control de sus emociones. Sin duda, Drew se dio cuenta cuando comenzó a arrojarle cosas en cuanto entró por la puerta.

Logró esquivar el primer proyectil que le lanzó, pero no tuvo tanta suerte con el segundo, lo que lo obligó a ordenarle:

—¡Suelta eso!

Ella no lo hizo. Siguió detrás del escritorio, con dos cajones abiertos, lo que le proporcionaba un buen número de objetos sueltos que poder tirarle. Lo siguiente fue un tintero. Deseó que lo hubiera embadurnado de la cabeza a los pies, pero estaba bien sellado y ni siquiera se rompió. Después le lanzó un libro de náutica bastante manoseado.

—¡No somos amantes! —masculló durante una breve pausa que hizo a tal efecto—. ¡Jamás vamos a serlo! ¡Y ya puedes decírselo a tu puñetera tripulación!

Drew se estaba acercando a ella, pero se detuvo al escuchar esa orden. El canalla tuvo el valor de sonreír.

—Hemos hecho el amor dos veces. Lo siento, encanto, pero eso nos convierte en amantes.

—¡Y un cuerno! —exclamó con furia antes de lanzarle un puñado de monedas a la cabeza.

Una de ellas lo golpeó en la mejilla y lo instó a moverse de nuevo, y con bastante rapidez. De hecho, había rodeado el escritorio y estaba a su espalda, sacándole la mano del cajón, antes de que sus dedos pudieran cerrarse sobre el siguiente proyectil. Drew no se sintió del todo a salvo hasta que le aferró la otra mano y la inmovilizó sin esfuerzo a su espalda. La postura hizo que sus cuerpos se acercaran mucho, aunque eso no impidió que ella siguiera forcejeando para liberarse. No iba a conseguirlo.

—Creo que me debes una por el rasguño de la mejilla —le dijo él.

Gabrielle no creyó haberle hecho rasguño alguno, pero, de todas maneras, le miró la cara.

—¿Qué rasguño? —preguntó—. No estás sangrando, menuda lástima.

—Pues a mí me da esa sensación.

—Probablemente ni siquiera te salga un moratón, que no era mi objetivo, ¡pero no te creas que he terminado!

Drew chasqueó la lengua. Le costaba tan poco esfuerzo mantenerla en esa posición que su voz sonaba casi tranquila.

—Tu problema es que estás tan frustrada como yo. No te enfadarías tanto por unas cuantas bromas si no fuera así. No tiene nada que ver con mis palabras. Y tiene que ver todo con tu deseo... por mí. Admítelo. Me deseas, Gabby.

—¡No!

—Mentirosa. Da la casualidad de que reconozco los síntomas, dado que también los he padecido. Por el amor de Dios, ¡incluso he sentido hoy celos de Timothy porque llevabas hablando mucho rato con él!

—¿Quién miente ahora? Un hombre con un amor en cada puerto no sabe lo que son los celos —afirmó cuando dejó de retorcerse un instante.

—Habría sido el primero en estar de acuerdo contigo... antes de conocerte —replicó él.

—Timothy es muy dulce, como un adorable osito —dijo para provocarlo.

Drew entrecerró los ojos.

—No vas a ponerme celoso de nuevo, muchacha.

—No era mi intención —porfió antes de añadir con vehemencia—: ¡Suéltame de una vez!

No debería haberle exigido eso, porque la orden hizo

que ambos se dieran cuenta de inmediato de lo cerca que estaban. Sus brazos la rodeaban. Sus torsos ya se tocaban. Drew no tendría que moverse demasiado para unir sus bocas.

Gabrielle vio descender su cabeza e intentó apartarse.

—No...

—¿Que no me pare? —se burló él, terminando la frase.

—No, no...

—¿Que no te bese aquí? —interrumpió de nuevo, rozándole la barbilla con los labios. Después, con la mano en su mejilla, le levantó la cara hacia él—. ¿O aquí? —Y, entonces, sintió la más ligera de las caricias sobre la mejilla—. ¿O prefieres que te bese aquí? —añadió con voz ronca.

Esa boca se apoderó de la suya mientras le deslizaba una mano hasta la nuca para sujetarle la cabeza y la otra hasta el trasero para acercarla aún más a su erección. ¡Menuda resistencia había ofrecido! Y la furia que sentía no evitó que respondiera a sus besos, de eso nada, más bien al contrario. Se aferró a sus hombros y le devolvió el beso con todo el ardor que había ido acumulando durante las pasadas horas, logrando que se desatara entre ellos una pasión indescriptible.

Drew tenía razón. Lo deseaba. Al parecer, demasiado. Incluso lo ayudó a desnudarse. No estaba segura de quién arrastró a quién hacia la cama, pero el caso fue que no la abandonaron durante el resto del día.

Aunque no durmieron. Más tarde, se sentaron en el colchón con las piernas cruzadas y desnudos mientras las manos de Drew le acariciaban una y otra vez la cara interna de los muslos. No pretendía excitarla. Ya habían hecho el amor. Se limitaba a tocarla con infinito cuidado. Cosa que hacía a menudo desde que ella le había dado permiso. A decir verdad, no podía quitarle las manos de encima cuando estaban cerca.

De repente y sin ningún preámbulo, Drew le preguntó:

—¿Te casarás conmigo?

—Sí, me casaré contigo —respondió sin pensar.

Drew no esperaba que accediera con tanta rapidez, porque preguntó:

—¿Por qué?

—Me gusta mucho la vida en el mar. Y, conociéndote, no puedo esperar otra cosa.

—Prueba de nuevo —replicó él, ya que al parecer, no le había satisfecho la pregunta.

—¿No es una razón lo bastante buena?

—Admítelo, lo único que quieres es convertir el resto de mi vida en un inf...

Parecía estar bromeando, pero el comentario tocó un punto sensible.

—Si no lo decías en serio, ¿por qué demonios me lo has pedido? —preguntó con brusquedad.

Sin duda, no debería haberle hecho una pregunta tan comprometida, porque lo único que consiguió fue ponerlo a la defensiva, además de ocasionarle cierta frustración, a juzgar por el modo en que se pasó la mano por el pelo.

—Era lo que dictaba el honor, teniendo en cuenta lo sucedido —contestó.

—Y el hecho de que yo aceptara respondía a la misma razón... teniendo en cuenta lo sucedido. Pero si no lo decías en serio, no acepto tu propuesta.

Eso debería haberlo aliviado. Sin embargo, sólo consiguió frustrarlo todavía más.

—Perfecto —replicó—. Pero luego no digas que no te lo he pedido.

Ella lo miró con incredulidad.

—¿Llamas a eso «pedir»? Yo diría que me estabas rogando que te rechazara.

—No te librarás de esto tan fácilmente. Has aceptado. ¡Y pienso hacer que te avengas a tu palabra!

Drew se recostó y le dio la espalda con el cuerpo en tensión. Ella hizo lo propio. Una hora más tarde, la espalda masculina rozaba la suya. Media hora después, sus piernas estaban entrelazadas. Y apenas pasado un minuto, estaban haciendo el amor otra vez... y la peculiar propuesta de matrimonio no volvió a mencionarse.

Les llevaron la cena, pero se quedó al otro lado de la puerta tras un grito enfurecido de Drew. La oscuridad los rodeó, mitigada apenas por la luz de la luna que se filtraba por las ventanas. El sudor cubrió sus cuerpos y las sábanas se empaparon, pero apenas si se dieron cuenta. Y Gabrielle llegó al clímax una y otra vez, y cada orgasmo fue más poderoso que el anterior.

Fue un día que jamás olvidaría.

43

—Ya lo había notado, por si no lo sabes —dijo Margery con voz taimada. La habían dejado salir de su camarote casi al mismo tiempo que a ella.

—¿Qué has notado? —preguntó Gabrielle.

—Lo feliz que pareces estar de un tiempo a esta parte.

Gabrielle estaba junto a su amiga, cerca de la proa del barco. Ambas observaban la enorme luna llena que ascendía por el horizonte. Su brillante reflejo en el agua era una de las cosas más hermosas que podían contemplarse en el océano durante una noche despejada. Casi hubiera deseado que Drew ocupara el lugar de Margery en esos momentos. Casi...

—¿Feliz? —repitió, frunciendo un poco el ceño—. No seré feliz hasta que mi padre esté libre.

—Sí, por supuesto —convino Margery—. Eso no hace falta decirlo. Pero creo que te gusta el capitán más de lo que dejas entrever, ¿no es cierto?

Gabrielle sonrió a modo de respuesta. A esas alturas, ya no podía negar lo que sentía o al menos no podía negar que le encantaba hacer el amor con él de ese modo tan salvaje y desenfrenado. Drew resultaba devastador para los sentidos de una mujer cuando no estaba enojado y mostraba su lado más encantador. Y ya llevaba un tiempo sin estar enojado... y mostrándose encantador.

—¿Habéis...? —Margery no fue capaz de acabar la pregunta, a pesar de lo franca que solía mostrarse siempre.

Pero Gabrielle lo entendió al instante, ya que el tema jamás dejaba de rondarle la cabeza.

—Sí —respondió sin asomo de rubor.

—Me lo temía —replicó Margery con un suspiro.

Gabrielle captó la nota decepcionada en su voz, pero no se lo tomó a pecho. Era de esperar. Aunque Margery no siguiera al pie de la letra las reglas del decoro y hubiera tenido bastantes amantes a lo largo de los años, se tomaba muy en serio su papel de carabina y sólo quería lo mejor para ella. Sin embargo, la vida tenía sus pequeñas sorpresas y ésa era una de ellas.

—La primera vez creí que se trataba de un sueño —le confesó, y soltó una carcajada al ver que Margery no parecía muy convencida—. De verdad. Además, no puedo negar que fue el sueño más maravilloso que he tenido en la vida.

Su amiga puso los ojos en blanco, pero entonces cayó en la cuenta de otro detalle y le preguntó con expresión ceñuda y recelosa:

—Esto no formará parte de tu venganza, ¿verdad?

—No. Ya he zanjado ese asunto. Drew y yo hemos hablado del tema y ha admitido que no ocasionó el escándalo a propósito. Está intentando enmendar su error ayudando a rescatar a mi padre y no enviándome a prisión por haberle robado el barco. Además, sabes muy bien que en realidad no quería quedarme a vivir en Inglaterra cuando mi hogar está en las islas. Eso fue idea de mi padre, no mía; pero, aun así, no creo que le importe mucho. En realidad lo hizo por mi madre, porque eso era lo que ella habría deseado para mí. Así que podría decirse que Drew me hizo un favor al arruinar mis oportunidades de conseguir un marido.

Margery resopló.

—Sólo tú podrías verlo de ese modo. Pero entonces, ¿por qué te enfadaste tanto en un principio si creías que te había hecho un favor?

—Porque en aquel momento no pensaba así. Creía que había hecho el comentario con la peor intención, lo que lo convertía en un ataque directo hacia mi persona y en un gesto de lo más desagradable. Eso sí se merecía una venganza, sobre todo teniendo en cuenta que zarpaba en breve e iba a dejarme allí, sumida en el escándalo. Pero ni siquiera sabía que su comentario se había convertido en la comidilla de todo Londres.

—Bueno, ya lo he dicho antes y vuelvo a repetirlo: ese enfado no te sentaba nada bien, así que me alegro de que te hayas calmado.

—Y yo —convino Gabrielle. Y era cierto. No estar enfadada con Drew y no pelearse con él tenía unas ventajas maravillosas...

Habían alcanzado una especie de tregua desde el día en que le arrojó casi todo lo que guardaba en su escritorio. No mencionaron los agravios que habían cometido el uno con el otro. Y la tregua había tenido un particular efecto en ella. La embargaba una sensación chispeante que bien podría haber sido felicidad si tuviera una razón para ser feliz. Pero no era el caso. Salvo, bueno...

—Me ha pedido que me case con él.

—Bien, al menos así no tendré que descuartizarlo por haberse aprovechado de ti.

—Creo que rechacé su proposición —se obligó a confesar—. Aunque no estoy muy segura.

Recordaba aquella noche con total claridad. Había pasado una semana desde entonces y fue el mismo día en el que se pelearon por última vez, justo antes de que firmaran la tregua. Había sido una proposición de lo más extraña. Su actitud había pasado de «hacer lo que dictaba el honor» al proponerle matrimonio a enfadarse cuando ella contestó que aceptaba y, después, a enfadarse todavía más cuando cambió de opinión y lo rechazó. Y acabó dejándola con la duda de si en realidad estaban comprometidos o no. Según dijo, la obligaría a avenirse a su palabra. Claro que lo había dicho en un arrebato de furia, así que tal vez no debiera tomarlo en cuenta.

Por desgracia, Margery no iba a dejar el tema después de semejante comentario.

—¿Qué quieres decir con eso de que no estás segura? —quiso saber.

Gabrielle intentó zanjar la cuestión.

—Acepté, pero después cambié de opinión, aunque él dijo que me haría cumplir mi palabra.

—Bien por él, y a ti debería darte vergüenza por haberlo rechazado —replicó, malhumorada, antes de añadir—: Cásate con él para guardar las apariencias al menos. Si luego quieres divorciarte, perfecto, pero asegúrate antes de que no hay ningún bebé de camino.

En ese momento sí que se ruborizó. Ella misma solía ser bastante franca, pero Margery siempre se llevaba la palma en ese sentido.

¿Por qué no había pensado en los bebés como una consecuencia natural de las placenteras actividades que compartía con Drew en la cama? Porque nunca había meditado al respecto y porque, además, si se hubiera parado a hacerlo, sabía de buena tinta que habría dejado de acostarse con él.

Y llevaban durmiendo juntos desde la noche que dio comienzo la tregua. Ella no le había pedido permiso y él no la había invitado. Se había metido en su cama sin pensar, como si ése fuera su lugar. Y habían hecho el amor todas y cada una de las noches. Ésa era la razón de que no quisiera pararse a reflexionar. El viaje acabaría muy pronto, en cuestión de días. Ya estaban entrando en aguas caribeñas. Así que, ¿tan descabellado era que deseara disfrutar un poco más de ese deleite sensual sin que la realidad se inmiscuyera?

Claro que... ¿un bebé? ¡Por el amor de Dios! Debería haber pensado en eso. La idea hizo que se imaginara con un diminuto Drew en los brazos. Sería el niño más hermoso que jamás hubiera nacido, pensó al tiempo que le daba un vuelco el corazón. El bebé no había nacido, probablemente ni siquiera había sido concebido, ¡y ya lo amaba! ¿Qué diantres le pasaba?

—Una luna preciosa, ¿verdad?

Gabrielle dio un respingo, sobresaltada por la inesperada llegada de Drew. Margery musitó algo sobre irse a la cama y los dejó solos. En cuanto su amiga se fue, sintió un brazo masculino alrededor de la cintura y un tirón que la arrastró hacia él.

Era la segunda vez que hacía un «despliegue» afectuoso en público. La otra ocasión tuvo lugar en la cubierta inferior, cuando la besó delante de todo el mundo. Lo cierto era que habían tenido muchísimas oportunidades desde entonces, puesto que pasaba la mayor parte del día con él en el alcázar (e incluso le había dejado que manejara el timón de vez en cuando, después que ella trató de convencerlo de que sabía hacerlo), pero en esos momentos él adoptaba su actitud de capitán serio y no había lugar para distracciones. También era cierto que en una ocasión le dijo que no quería que sus hombres anhelaran arribar a puerto antes de tiempo, ya que cuando comenzaban a pensar en mujeres y a apresurar la llegada a su destino descuidaban sus tareas. Ella lo había entendido.

—Hacía tiempo que no veía una luna tan bonita. En Saint Kitts la luna llena suele ser enorme cuando aparece por el horizonte. Y también tenemos unas puestas de sol maravillosas en nuestra playa.

—¿Vives en la playa?

Ella asintió.

—Mi padre tiene una casita en la costa, no muy lejos de la ciudad.

—Parece demasiado perfecto. Me sorprende que quisieras abandonarlo.

—No quería —dijo, pero no explicó nada más.

Drew debió de percatarse de que no deseaba profundizar sobre el tema, porque lo dejó de lado y dijo a continuación:

—Me encantaría enormemente pasear alguna vez contigo por la playa. Me da igual el lugar, siempre y cuando el clima sea cálido.

¿Estaría recordando la fantasía romántica que ella le había mencionado?

—Los paseos en la playa cuando hace un poco de frío

tampoco son malos —señaló—. Yo lo hacía en Inglaterra, de pequeña.

—Tal vez, pero no me permitirían bañarme desnudo contigo y también dudo mucho que en la costa inglesa pudiéramos encontrar alguna cala con arrecifes de coral para explorar.

¡Lo recordaba! Lo miró con una sonrisa.

—Tienes razón, aunque nunca lo he comprobado. Ni siquiera aprendí a nadar hasta que me trasladé a vivir al Caribe con mi padre. Él me enseñó.

Los dedos de Drew le acariciaron la mejilla con delicadeza.

—Estoy celoso. Es una cosa que me habría encantado enseñarte.

Gabrielle habría soltado una sonora carcajada de no haber advertido el tono ronco de su voz. En cambio, se quedó prácticamente sin aliento y tuvo que controlar el irrefrenable deseo de darse la vuelta y besarlo. Sentía las caricias de sus dedos en el cabello. Había perdido la cinta, de manera que lo llevaba suelto. Drew solía tocarla muy a menudo. La mitad del tiempo lo hacía de modo inconsciente, o eso pensaba ella. Al parecer, no podía quitarle las manos de encima.

—¿Has elaborado el plan que seguiremos una vez que arribemos a puerto? —le preguntó a fin de dejar de pensar en sus caricias.

—Sí, antes de zarpar hacia la fortaleza de Lacross nos detendremos en Anguila para buscar a una mujer que tenga tu mismo color de pelo y, a ser posible, la misma figura, para hacer creer al pirata que estás a bordo de mi barco. Yo mismo llevaré los mapas.

Gabrielle lo miró.

—Espera un momento, ¿estás insinuando que yo no voy a estar presente?

—No estoy insinuando nada, estoy afirmando un hecho —respondió con firmeza—. Después de lo que me has contado sobre ese pirata, no pienso permitir que te acerques a él.

—Pero si ni siquiera quiere los mapas... —le dijo—. Ya te lo he dicho.

—Eso son suposiciones tuyas —le recordó él—. Es lo que ha pedido y su única estipulación es que estés presente cuando se le entreguen. De ahí que tu doble tenga que estar a la vista, pero sin abandonar el barco. Le entregaremos los mapas, tu padre será puesto en libertad y nadie saldrá herido. Asunto resuelto.

Gabrielle puso los ojos en blanco.

—¿Y si no libera a mi padre hasta que me tenga delante suyo?

—No puede echarse atrás por el simple hecho de que sea yo quien le entregue los mapas.

—¡Y un cuerno! No pienses ni por un momento que es un hombre de palabra. Es necesario que yo me encuentre allí por si acaso tu plan fracasa y acaba reteniéndote también como rehén.

—¿Y eso te... inquieta?

Ella parpadeó antes de fruncir el ceño. ¿Estaba buscando algún tipo de declaración? ¿Acaso quería que confesara que le preocupaba su seguridad? ¿Que sentía algo por él? Desechó la idea, ya que no quería pensar en Drew y en Pierre a la vez.

De manera que se las arregló para contestar con cierta ironía:

—Por supuesto que me inquieta. Si te capturan, tendré dos rehenes que rescatar, ¿no te parece?

Él se echó a reír y la acercó más a su cuerpo para frotarle la mejilla con la suya, al tiempo que le susurraba al oído:

—Me parece encantador que quieras rescatarme.

—No me quedará más remedio que hacerlo si quiero dispararte por haber sido tan tonto como para dejarte capturar —replicó con una sonrisa al tiempo que le echaba los brazos al cuello.

Drew estalló en carcajadas.

—Maldición, Gabby, eres única. Nunca me he reído tanto como desde que te conozco.

—Apuesto a que eso se lo dices a todas tus amantes —le dijo con fingida coquetería.

Él esbozó esa sonrisa tan especial que le llenaba el estómago de mariposas.

—No, no creo que se lo haya dicho a ninguna. Sólo a ti.

44

Llegaron mucho antes de lo que Gabrielle había previsto, justo al día siguiente. Atracaron en el puerto de Anguila por la tarde. Conquistada por colonos ingleses procedentes de Saint Kitts en el siglo XVII, la isla no quedaba lejos de su hogar, al que podrían llegar antes de que anocheciera.

Uno de los miembros de la tripulación de Drew le dijo que Anguila era una de sus escalas comerciales, así que supuso que Drew la había elegido porque estaba familiarizado con la zona, mientras que Saint Kitts tal vez no formara parte de su ruta habitual.

No llegó a reunir el coraje suficiente para volver a preguntarle si iba a liberar a sus hombres. Si decía que no, su tregua se acabaría definitivamente. Además, como ya se había comprometido a ayudarla, sería una estupidez por su parte no contar con todos los hombres disponibles, sobre todo con aquellos dispuestos a llegar a cualquier extremo para liberar a Nathan.

Con todo, esperaba junto a la barandilla de cubierta con la respiración contenida a que abrieran la bodega para comprobar si sus amigos iban directos a la mazmorra o quedaban en libertad. Se había obligado a trazar planes alternativos, sólo por si acaso.

Dado que la isla estaba bajo el dominio británico y Drew no tenía una gota de sangre inglesa en las venas, cabía la posibilidad, por nimia que fuera, de que pudiera volver las tornas llegado el caso. Richard podía actuar como un auténtico terrateniente inglés si se veía obligado. Y las autoridades inglesas estarían más dispuestas a creer a un compatriota que a un yanqui. No obstante, rezaba para que la cosa no llegara a ese extremo. Lo último que quería era meter a Drew en la cárcel con la tregua a la que habían llegado aún vigente.

Antes de llegar a ese punto razonaría con él, protestaría, lo sobornaría, lo engatusaría e incluso volvería a arrojarle todo el contenido de su escritorio si era necesario. Sólo le hacía falta un plan alternativo en el caso de que todo lo demás fallara.

—Vaya suerte más perra tengo... ahora va y nos deja libres. Estaba perdiendo con Bixley al *whist*. Necesitaba unas cuantas horas más para recuperarme —dijo Richard mientras se acercaba a ella.

Gabrielle estaba tan feliz de verlo allí sin nadie que lo vigilara que al principio no comprendió lo que le decía. Pero no bien le hubo dado un aliviado abrazo, se dio cuenta de que se estaba quejando de que lo hubieran soltado, y parecía decirlo bastante en serio.

—¿Os dieron una baraja de cartas para matar el tiempo? —le preguntó.

Richard se echó a reír.

—Contábamos con todos los lujos posibles, *chérie*. Cartas, dados, algunas de las mejores comidas que he probado en mi puñetera vida y recién salida de la cocina, además. Nathan tiene que hacerse con el cocinero de Anderson, te lo digo de verdad. También teníamos hamacas y, aunque no te lo creas, pudimos bañarnos.

—¿Cómo os las apañasteis?

—Bueno, allí abajo había una vieja tina. Ohr pidió bastante agua para llenarla. La verdad es que no esperaba que se la llevaran, pero que me aspen si no comenzaron a bajarnos cubos, uno a uno. —Soltó una carcajada al recordarlo—. Echamos los turnos a suertes. No me fue demasiado mal, fui el segundo.

¿Había estado muerta de la preocupación mientras ellos vivían como reyes? ¡Parecían unas vacaciones! Ya podría habérselo dicho ese asqueroso bastardo de Drew. O Richard, ya puestos.

Le dio un manotazo en el hombro.

—¿Por qué no me lo dijiste la noche que te dejaron salir para la cena?

Él se encogió de hombros.

—Creí que lo sabías. Estos yanquis no nos trataban como prisioneros, bueno, salvo por el candado en la puerta que, por cierto, Ohr estaba decidido a forzar hasta que le aseguré que estabas más que conforme con la nueva situación.

Desde luego que ésa era la impresión que había dado durante la cena a la que también había asistido Richard; impresión que ella no se había molestado en corregir aquella misma noche. Pero sus amigos tampoco habían hecho el menor intento de fuga, puesto que parecía que no iban a acabar en una mazmorra después de todo.

—¿Dónde está Ohr?

—Justo aquí —respondió el aludido a su espalda.

Ella se dio la vuelta con un grito alborozado y se arrojó a sus brazos.

—¡Estaba muy preocupada! Y temía preguntar por vosotros. No quería que la atención de Drew recayera sobre vuestras cabezas.

Richard rió entre dientes.

—No creo que nos apartáramos mucho de sus pensamientos, Gabby. Incluso nos sacó a cubierta un día, decidido a averiguar quién lo había golpeado una madrugada.

Se quedó de piedra al escuchar eso.

—¿De verdad? ¿Y qué averiguó?

—Nada —replicó Richard—. Le dije que había jurado guardar el secreto.

—Supongo que no debería sorprenderme que lo hicieras tú —concedió ella, recordando su propia curiosidad—. Yo misma me he preguntado quién le dio el puñetazo en la mejilla.

—¿Te está tratando como es debido? —preguntó Ohr, con una expresión demasiado seria.

Gabrielle no dudaba ni por un instante que si le daba una respuesta equivocada, se lanzaría al cuello de Drew en cuanto lo viera, y quizá ni esperara a tanto.

—Me está tratando muy bien, sobre todo después de admitir que no había sido su intención hacer lo que hizo en Inglaterra. Incluso me ha propuesto matrimonio —dijo.

Debería haberse guardado ese último comentario, porque ambos la miraron sin pestañear, a la espera de que prosiguiera con los detalles y les dijera cuál había sido su respuesta. Y dado que todavía no estaba segura de los resultados de aquella extraña conversación con el capitán, tendría que decirles que había rechazado la proposición. Claro que si Drew le mencionaba a cualquiera de ellos que estaban comprometidos...

Sería mejor decirles la verdad para evitar males mayores posteriormente.

—Lo rechacé —continuó—. No le gustó esa respuesta, así que es probable que nos considere comprometidos. —Se encogió de hombros—. Tal vez reconsidere mi decisión, pero preferiría dejarlo para cuando mi padre esté libre.

—Me alegra saber que aún puedo huir como alma que lleva el diablo.

Gabrielle dio un respingo al escuchar la voz de Drew. ¿Sería posible que la gente dejara de acercarse a hurtadillas a ella?

Daba la sensación de que Drew bromeaba, pero era muy posible que no fuese el caso. Por el motivo que fuera, había hecho una proposición sin estar del todo convencido y sólo se empecinó ante su inesperada negativa.

Se giró y vio que sonreía. Antes de que pudiera replicar, él le rodeó la cintura con un brazo. Era un claro indicio para sus amigos de que entre ellos había mucho más de lo que ella había explicado.

Sin embargo, antes de que pudiera corregir esa impresión, Drew comenzó a hablar.

—¿Os parece que vayamos a la posada para trazar el plan? Ya tengo uno perfecto en mente, pero me gustaría escuchar vuestra opinión al respecto.

Y, sin más, se puso al frente de la operación de rescate con el pleno apoyo de Richard y de Ohr. Más tarde, cuando conocieron los detalles de su plan, ninguno de los dos vio ningún problema en dejarla en el barco, lejos de las garras de Pierre. Algo que sin duda habría sucedido... de no haberse presentado James Malory.

45

—¿Pero esto es de fiar? —preguntó James mientras contemplaba el dibujo que había garabateado Bixley a fin de darles una idea del aspecto de la fortaleza de Pierre.

Nadie le respondió. Su mera presencia los había dejado atónitos a todos y no les había dado explicación alguna todavía. En cuanto Gabrielle se fijó en su aspecto arrebatador y en el aire de pirata que le proporcionaban el pañuelo que llevaba anudado holgadamente al cuello, la camisa de linón de manga larga, las botas altas negras y la falta de chaqueta, recordó la insinuación que habían hecho los hermanos Anderson acerca de que era un ex pirata. Al verlo en esos momentos con el intenso bronceado que había adquirido tras cruzar el océano y con el cabello agitado por el viento, ya no le cupo la menor duda.

A la postre, fue Drew quién exclamó:

—¡¡Qué demonios estás haciendo aquí, James!?

La mirada que su cuñado le lanzó fue bastante intimidatoria. Desde luego consiguió que Richard se encogiera en su silla en un intento por pasar desapercibido a sus ojos. Ella misma dio un respingo.

—Estoy aquí a petición de tu hermana —respondió con calma—. Se preocupa por ti. Que me cuelguen si sé por qué, pero así es. —Y acto seguido dio unos golpecitos al dibujo de la mesa y repitió la pregunta—. ¿Es de fiar? —Y todos supusieron, o al menos así lo hizo Gabrielle, que les había oído discutir el plan antes de unirse a ellos.

Bixley vaciló un poco antes de responder la pregunta, pero después asintió.

—La fortaleza fue reconstruida hace poco.

Se formularon bastantes preguntas más. Que fuera James Malory quien las hacía llevó a Bixley a meditar las respuestas palabra por palabra. James Malory parecía tener ese efecto sobre la gente... y ella no era una excepción. Ése era el hombre que había conocido aquel primer día, el que tanto la había atemorizado, muy diferente de aquel a quien había acabado cogiendo cariño durante los últimos días de su estancia en Londres.

Se habría mordido las uñas de no estar poniendo tanto empeño en no parecer culpable. Temía el momento en el que sus preguntas se dirigieran a ella, y lo harían. Estaba segura de ello.

Sin embargo, aún no le había preguntado nada. Se había limitado a lanzarle una mirada penetrante antes de observar con la misma intensidad a Drew, sentado junto a ella en el sofá de la sala común de la posada, y era evidente que había sacado sus propias conclusiones respecto a la razón por la que estaban juntos.

Por desgracia, James no había ido solo. Georgina apareció unos minutos después. No llevaba sombrero y el cabello castaño le caía en una trenza a la espalda. Vestía una falda y una cómoda camisa holgada que sujetaba con un cinturón y que le quedaba tan grande que bien podría haber sido de su marido. Tenía un aspecto maravilloso, como si hubiera disfrutado enormemente de la travesía.

Echó un vistazo a la pareja del sofá y dijo:

—Bueno, menudo alivio. Aquí están los dos. Así que después de todo no había piratas implicados, ¿verdad?

Richard, el muy sinvergüenza, sonrió y alzó la mano para llamar la atención de Georgina antes de señalar:

—Yo no diría eso.

—¿Él cuenta? —le preguntó Georgina a su esposo.

—Desde luego que sí —replicó James para añadir acto seguido—: Aunque deseará no haberlo hecho.

Richard no volvió a abrir la boca después de aquello; había comprendido que James Malory ya no hablaba sobre piratas, sino del interés que mostraba en su esposa. Georgina también se dio cuenta, pero se limitó a chasquear la lengua mientras se acercaba a su hermano para abrazarlo.

A Drew le llevó un poco de tiempo sobreponerse a la sorpresa, pero, en cuanto lo hizo, inquirió:

—¿Qué demonios haces tú aquí, Georgie?

—¿Hay necesidad de preguntarlo después de que uno de tus marineros nos viniera con el cuento de que un grupo de piratas se había hecho con el *Tritón*? ¿O acaso no es cierto?

—Lo es, pero ¿no creías que fuera capaz de manejar la situación yo solito?

Georgina se ruborizó un poco.

—Sí, claro, pero ésa no era mi única preocupación. Gabby desapareció sin más explicación que una nota en la que decía que su padre estaba en apuros. Imaginamos que debía de estar contigo, pero, puesto que está bajo nuestra responsabilidad, no podíamos quedarnos con la duda, teníamos que asegurarnos.

Y entonces le llegó el turno a Gabrielle de ruborizarse. Como no había previsto volver a encontrarse con los Malory, tampoco había previsto tener que lidiar con el remordimiento de haberse escabullido de semejante manera.

—Estaba desesperada —trató de explicar—. Acababa de enterarme de que mi padre llevaba casi un mes en una mazmorra y de que era posible que tardáramos otro tanto en sacarlo de allí.

—Lo entendemos, Gabby —le aseguró Georgina.

Podría haber dicho más, pero James, tras estudiar el dibujo una vez más, le preguntó a Bixley:

—¿Murallas altas y una sola puerta?

Bixley asintió de nuevo.

—Pierre la mantiene cerrada y bajo constante vigilancia.

—¡Por todos los demonios! —masculló James, pero enseguida adoptó un tono resignado—. Muy bien, hace mucho que no escalo murallas, pero supongo que tendré que hacerlo.

—No tienes por qué hacer tal cosa —replicó Georgina al tiempo que se acercaba a su marido. Después sugirió—: ¿Por qué no volamos esa puerta sin más? Nuestros barcos pueden acercarse lo bastante, ¿no es así?

Daba la impresión de que James Malory estuviera tomando el mando de la operación de rescate. Algo en absoluto sorprendente para Gabrielle. Era un hombre que no se conformaría con participar; tomaría las riendas, lo organizaría todo, daría las órdenes y aniquilaría cualquier objeción. Además, no perdería el tiempo preguntando si necesitaban su ayuda.

James dio unos golpecitos sobre el dibujo y le preguntó con sequedad a su esposa:

—¿Acaso no te has fijado en estos cañones de las murallas, querida?

Ella bajó la vista hacia el bosquejo y dijo con la misma sequedad:

—Es una fortaleza antigua. Es muy probable que los cañones también sean viejos y que estén inservibles, ¿no crees?

—No, señora —intervino Bixley antes de que James pudiera dar su opinión—. Pierre ha reconstruido el lugar. Está como nuevo; bueno, al menos todo lo que abarca la vista. No se molestó en reparar la vieja mazmorra salvo para asegurarse de que las puertas cerraran bien.

—¡Por todos los demonios! —exclamó Georgina, imitando la expresión de su marido, antes de acercarse a los sofás y sentarse al lado de Gabrielle.

Gabrielle sintió la necesidad de explicar lo que había dicho Bixley, así que le dijo a James:

—Según Ohr, Pierre se ganó unos cuantos enemigos más cuando renegó de la confederación, lo que obligó al resto de capitanes a cambiar de base. Cosa que no les hizo ninguna gracia. Habían construido un rincón muy acogedor a lo largo de los años, un rincón que nadie conocía. Casi todos habían llegado a considerarlo su hogar. Pero no confiaban en que Pierre mantuviera su localización en secreto, así que se trasladaron.

—¿Crees que alguno de esos capitanes nos ayudaría en esto? —preguntó James.

—Puede ser. Pero se tardaría bastante en localizarlos y...

—Y el tiempo es oro —la interrumpió James con amabilidad—. Entiendo tu preocupación por Nathan, ya que no sabes en qué condiciones se encuentra ni cómo lo están tratando. Pero contamos con dos barcos para realizar esta hazaña. Así que deja de preocuparte.

—No para de decir eso —le susurró Georgina—. Cualquiera diría que, a estas alturas, ya debería saber que no sirve de nada, sobre todo porque ésa es la razón de que yo esté aquí. Una mujer no deja de preocuparse hasta que ya no queda nada por lo que hacerlo. Bueno, al menos eso es lo que me pasa a mí.

—Y a mí —admitió Gabrielle.

46

Se trazaron dos planes, y ninguno de ellos incluía pagar a una mujer para que se hiciera pasar por Gabrielle. Drew estaba enfadado. Le gustaba esa idea porque así ella se mantenía lejos del peligro. Pero cuando insistió en ese punto, James señaló que si algo salía mal y era necesario enfrentarse a Pierre cara a cara, Gabrielle sería el cebo perfecto para sacar al pirata de su escondrijo.

Georgina no tuvo tanta suerte. Se había salido con la suya a la hora de acompañar a su marido en el viaje, porque la travesía no implicaba riesgo alguno. Habían eludido la terrible tormenta, de hecho, ni siquiera habían pasado cerca. Y James había disfrutado de su compañía durante el viaje, tal y como había previsto, razón por la que permitió que lo acompañara. Sin embargo, el resto del viaje conllevaba peligro y no pensaba arriesgar su seguridad. Se quedaría en la posada de Anguila... donde Drew creía que Gabrielle debería estar.

De cualquier forma, no tardarían más de un día, tal vez incluso menos, por lo que su hermana no tendría que preocuparse demasiado por ellos. Según Bixley, la fortaleza de Pierre estaba a unas pocas horas de distancia.

Los dos planes eran casi idénticos salvo por el momento de su ejecución. Podían intentar sacar a Nathan en mitad de la noche, aprovechando que casi todos los ocupantes de la fortaleza estarían durmiendo, o podían utilizar el barco de Drew, con Gabrielle a bordo, para distraer al francés mientras unos cuantos escalaban los muros posteriores y entraban a hurtadillas en la mazmorra.

—No es sólo mi padre quien necesita que lo rescaten —les recordó Gabrielle—. Su tripulación está con él y no se marchará sin ella.

Dado que era imposible que Pierre y sus centinelas pasaran por alto a un grupo tan numeroso, mientras trataban de escalar los muros en pleno día, sólo les quedó la opción de intentar el rescate de noche. Irían al muelle después de haber disfrutado de una copiosa cena y un breve y merecido descanso.

Drew había albergado la esperanza de pasar ese tiempo con Gabrielle, pero su hermana le tenía reservados otros planes. Con una expresión que presagiaba tormenta, Georgina lo arrastró al exterior a fin de que nadie los molestara.

—Tengo que discutir un asuntillo contigo —le dijo.

—Ya me lo imaginaba.

—¿Qué diantres crees que estás haciendo? ¿Sabes siquiera el escándalo que ha ocasionado tu imprudente referencia a los piratas durante el último baile al que asististe en Londres?

—No lo hice con esa intención, Georgie. Pero sí, Gabrielle me ha informado de ese hecho.

Su hermana parpadeó.

—Entonces, ¿lo sabía cuando se fue?

—Sin duda. Según su versión, fue uno de los incentivos para apoderarse de mi barco... Así mataba dos pájaros de un tiro, según dijo.

—¿Venganza? —sugirió ella—. Vaya, vaya, no me sorprende lo más mínimo. Seguramente yo habría hecho lo mismo de encontrarme en su situación.

Eso le arrancó una sonrisa.

—No, no lo habrías hecho. Gabrielle sabe perfectamente cómo manejar un barco, algo que tú no sabes, así que jamás se te habría ocurrido...

—Para ya —lo interrumpió—. No vas a desviarme del principal problema.

—No hay problema alguno.

—Y un cuerno —lo contravino su hermana—. Es joven e inocente...

—Ya no tan inocente.

—Comprendo —dijo con un suspiro, pero se corrigió de inmediato—. No, no lo comprendo, y esto es justamente lo que me temía. Sabías que estaba fuera de tu alcance. Esa muchacha estaba a nuestro cuidado. Por el amor de Dios, Drew, ¿en qué estabas pensando?

—Renunció a tu cuidado.

—Y fue a caer al tuyo, de manera que seguía bajo la protección de nuestra familia, que viene a ser lo mismo. Pues ya sabes que tendrás que casarte con ella. Cuando James se entere, insistirá.

—Pues tendrá que insistirle a ella, porque ya se lo he pedido.

El comentario se ganó una mirada ceñuda de su hermana, por haberse guardado la noticia hasta entonces.

—¿Por qué no me lo habías dicho?

—Porque me rechazó.

La respuesta fue una enorme desilusión para ella.

—¿De verdad? Me resulta del todo increíble.

Lo mismo que a él, si bien le ofreció una explicación.

—Cree que soy un crápula, un sinvergüenza y que me dedico a seducir a las mujeres.

—Pero es que te dedicas a seducir a las mujeres, Drew.

Sonrió a su hermana.

—Eso cambiaría si me casara, ¿no te parece? ¿O acaso no crees que el matrimonio ejercería un poderoso efecto en mí?

—Lo que yo crea o deje de creer no importa —replicó ella, pero, después, le preguntó sin rodeos—: ¿La amas?

—Por supuesto que no —se apresuró a responder, si bien tuvo que admitir—: Aunque jamás he deseado tanto a una mujer. Pero estoy seguro de que se me pasará en cuanto pase a la siguiente.

Georgina resopló y le clavó un dedo en el pecho.

—Te sugiero que lo medites un poco más, hermanito. Sería mucho mejor que comenzaras el matrimonio con el pleno convencimiento de que no es sólo lo más honorable, sino también lo que deseas hacer.

Su hermana comenzó a alejarse.

—¡Ya te he dicho que me rechazó! —le gritó a su espalda.

—Eso dejará de ser un problema cuando James se entere. Puedes estar seguro.

47

Gabrielle consiguió eludir todas las preguntas de tipo personal esa noche con el pretexto de un ligero dolor de cabeza. Tras afirmar que estaba convencida de que el breve descanso que todos se tomarían la aliviaría, subió a su habitación.

Descansó, o eso intentó, pero seguía temblando de miedo, de pánico, y por más que se esforzaba en ser optimista, le resultaba imposible dejar de temblar. Sólo podía pensar en que estaba a un paso de conseguir la liberación de su padre y en que se encontraría a un tiro de piedra, por así decirlo, de Pierre Lacross.

No había hecho partícipes de sus miedos a los demás, pero ¿qué ocurriría si su padre y su tripulación no se hallaban en condiciones de escapar? Tras casi dos meses de encierro, cabía esperar cualquier cosa. ¡Y Pierre era un hombre perverso! ¿Los había alimentado como era debido o se había limitado a darles unas pocas sobras, lo justo para que no murieran? ¿Habría buscado otros métodos de maltrato para divertirse? ¿Habría mantenido con vida a la tripulación de Nathan aunque esos hombres no tuvieran valor alguno para él y no formaran parte del trato?

Consiguió controlar los temblores antes de reunirse con los demás en la planta baja. No tuvo oportunidad de hablar a solas con Drew durante el corto trayecto. Se había hecho cargo del timón y acabó pasando la mayor parte del tiempo discutiendo con Ohr. Se tomó la decisión de que Ohr desembarcaría en la orilla con James. Richard no formaba parte del grupo de rescate, no porque no pudiera ser de utilidad, sino porque James había declarado sin ambages que Richard se quedaría en la mazmorra de salirse él con la suya. Fue una broma. Casi seguro. Aunque Richard prefirió no comprobarlo.

Fondearon los barcos en una pequeña cala situada en la parte oriental de la isla, que tampoco era demasiado grande. Bixley había dicho que les esperaba un paseo de unos quince minutos hasta la fortaleza, en su mayor parte a lo largo de la playa. Y contaban además con unas cinco horas de oscuridad para entrar y salir de la mazmorra, tiempo más que suficiente si no se topaban con problemas.

Gabrielle observó cómo arriaban el bote al agua. La escasa luz de la luna que se filtraba a través de las nubes era suficiente para ver cómo James remaba hacia la orilla desde su barco. Se sentía más tranquila en esos momentos, ya que había conseguido refrenar sus miedos, pero los seguía teniendo muy presentes. El más mínimo contratiempo haría que empezara a temblar de nuevo.

Debería haber insistido en ir con ellos. Sin embargo, durante sus escasos momentos de cordura, había llegado a admitir que sólo sería un estorbo. Si tenían que abrirse camino por la fuerza para entrar, no podría poner su granito de arena. A pesar de eso, la espera iba a ser una tortura.

Ohr la abrazó un instante antes de desaparecer por la borda.

—No te preocupes —le dijo—. Te reunirás con Nathan antes de que la noche llegue a su fin.

—Lo sé. Pero ten mucho cuidado.

Apenas le dio tiempo a decir eso antes de que Drew la estrechara entre sus brazos. Delante de toda su tripulación, le dio un beso increíblemente tierno y conmovedor, algo que sin duda hizo añicos el frágil control que ejercía sobre sus miedos. Mientras le devolvía el beso, disfrutando de la proximidad y de las deliciosas sensaciones que recorrían su cuerpo de arriba abajo, el nerviosismo comenzó a apoderarse de ella. Los temblores regresaron, pero él la soltó antes de notarlo; y, además, lo habría atribuido a su apasionada respuesta. Se llevó los dedos a los labios y observó cómo desaparecía también por la borda.

—No entiendo por qué lo amas —comentó Richard, que estaba a su lado.

—¿Bromeas? Es...

Gabrielle se detuvo al darse cuenta de lo que acababa de admitir. ¡Santo Dios! ¿Por eso se preocupaba más de la cuenta? ¿Porque Drew se encaminaba hacia el peligro? Lo amaba. Menuda estúpida.

Richard le rodeó los hombros con un brazo.

—Todo saldrá bien, *chérie*. Él te adora.

—Adora a todas las mujeres.

El pirata rió por lo bajo.

—También yo, pero renunciaría a todas por...

—¡Calla! —le ordenó con vehemencia—. Richard, por favor, deja de suspirar por la mujer de otro hombre. Lord Malory no tolerará más ofensas. Este empeño tuyo en no ser razonable al respecto me hace temer por tu vida.

—¿Quién ha dicho que el amor atiende a razones?

¡Por todos los demonios! Richard tenía razón. El amor no se atenía a razón alguna.

Suspiró y le dio las buenas noches. Deseaba ser capaz de dormir durante la tensa espera que le aguardaba hasta que regresaran los hombres, pero no había forma de calmar sus destrozados nervios. No supo durante cuánto tiempo estuvo tumbada en la cómoda cama de Drew, pero, a la postre, se dio por vencida y regresó a la cubierta... justo a tiempo para ver cómo regresaban los dos botes, llenos a rebosar de hombres.

¡Lo habían logrado! Sintió un alivio tan inmenso que a punto estuvo de perder el sentido. Se acercó trastabillando a la barandilla, pero la luna se había ocultado y sólo pudo reconocer a Ohr. Lo había visto a duras penas, y sólo porque se encontraba de pie en la proa del bote que se acercaba al... ¿barco de James Malory? ¿Por qué no regresaba al *Tritón*? ¿Y por qué demonios estaba de pie? Sabía que no era seguro.

Notó que la tensión se apoderaba de su cuerpo. Algo iba mal, pero que muy mal...

Acababa de llegar a esa conclusión cuando escuchó el grito de Ohr.

—¡Es una trampa! —exclamó su amigo justo antes de zambullirse en el agua.

De inmediato, le dispararon varias veces, ya que al parecer las armas habían estado apuntándolo en todo momento. Ohr no volvió a la superficie.

Gabrielle se aferró a la barandilla, casi paralizada por el repentino dolor que la embargaba. Ohr no podía estar muerto. Su querido amigo no. Además, la advertencia había llegado demasiado tarde. ¡Había muerto para nada! Otros hombres se habían tirado al agua en avanzadilla y ya estaban abordando ambos barcos; no, no eran más que los que se unían a la refriega, porque ya había muchos a bordo.

El ruido de la lucha y los disparos resonaba por todas partes. Se dio la vuelta y vio a un hombre inclinado sobre un cuerpo inmóvil. El tipo levantó la vista para mirarla y sonrió. Gabrielle no lo reconoció, ni tampoco al hombre que lo apartó para lanzarle una daga a uno de los tripulantes de Drew que estaba tratando de escapar por la borda. El hombre consiguió saltar. La daga cayó con él, clavada en su espalda.

Fue entonces cuando se dio cuenta de que no tenía arma alguna. Tampoco creía que Drew hubiera dejado ninguna en su camarote, ya que estaba armado hasta los dientes cuando se marchó. De todas maneras, el camarote estaba demasiado lejos y la barandilla se encontraba justo a su lado. Su única oportunidad era lanzarse al agua.

No lo pensó dos veces antes de hacerlo, pero se dio de bruces contra un pecho empapado y un fuerte brazo le apretó el cuello. Se quedó sin respiración y, mientras agitaba frenéticamente brazos y piernas, el pánico comenzó a adueñarse de ella.

Entonces escuchó una voz vagamente familiar.

—¿Adónde creías que ibas, querida Gabby?

—¿Avery? ¿Avery Dobs? —preguntó casi sin resuello—. ¿Qué está haciendo aquí? Suélteme. Tenemos que...

—Irás directamente a los acogedores brazos de Pierre —la interrumpió. Aflojó el apretón lo justo para que se diera la vuelta y lo mirara de frente.

Las ropas empapadas, la sonrisa burlona... De repente, todo encajó.

—Dios mío, ¿qué ha hecho? —dijo, horrorizada.

—Mi trabajo.

—No comprend... Es imposible que trabaje para Pierre...

—¿Por qué te sorprende tanto? —le preguntó—. ¿Has olvidado que estaba en la isla pirata contigo y vi lo mismo que tú?

—¿De qué está hablando? ¡Éramos prisioneros! —exclamó.

—Sí, pero había barrotes en las cabañas en las que encerraron a los hombres, y yo no tenía nada mejor que hacer que contemplar lo que ocurría fuera. Me sumí en la melancolía.

—Era un rehén. Es normal que se sintiera...

—No, no tenía nada que ver con eso. ¿Sabes que vi cómo llevaban un cofre hasta el edificio principal mientras estaba allí? Pesaba tanto que lo dejaron caer y se rompió, desperdigando las monedas de oro que contenía por el suelo. Se echaron a reír. Las riquezas se guardaban en la cabaña que estaba al lado de la nuestra; baúles llenos de las mejores sedas y lanas, cajas de tabaco y ron... Todo robado y almacenado hasta su venta.

—¡Eran piratas! A eso se dedicaban.

—Exacto —dijo él—. Aunque no se trataba sólo de las riquezas que atesoraban. Me llevó varios meses descubrirlo. Era también por la jovialidad que presencié en esa isla, las bromas, los vínculos de amistad. Esos hombres disfrutaban con lo que hacían. Así que cuando me imaginé regresando a mi antiguo puesto, rodeado por la seriedad de un navío inglés donde el más mínimo error puede acarrearte una tanda de latigazos, fue superior a mis fuerzas.

—Lo que ocurre es que navegó bajo el mando de malos capitanes. No es así en todos...

—¿Y cómo diantres lo sabes, Gabby? Da igual. Hice mi elección poco después de que me liberaran, antes de llegar siquiera a Inglaterra, y puse rumbo al Caribe de nuevo. Me llevó un mes encontrar a uno de los capitanes piratas. El primero no quería aceptarme, pero al ver mi determinación, accedió a llevarme de vuelta a esa isla. Pierre se encontraba allí y andaba corto de hombres, ya que había ganado a duras penas su última escaramuza. Estaba dispuesto a darme una oportunidad, y aún no lo he decepcionado.

—Entonces ¿qué hacía en Inglaterra?

—¿No lo adivinas? Me enviaron para asegurarme de que tu amigo Bixley no tardaba mucho en encontrarte. Ahora tengo mi propio barco. ¡Me lo pasé en grande, Gabby! Fui yo quien lo llevó a Inglaterra. No me conocía de nada. No tenía ni idea de que navegaba en uno de los barcos de Pierre. Cuando atracamos fue un juego de niños seguirlo directamente a casa de sus amigos y enterarme de lo que les contó acerca de los apuros de tu padre. Me enteré por ellos de dónde te alojabas. No tenía pensado delatar mi presencia, pero entonces escuché los rumores que circulaban sobre ti.

—Y no resistió la tentación de restregármelo por la cara, ¿no?

—Desde luego que no. Me imaginé que te daría más motivos para regresar, en caso de que no hubiera llegado todavía a tus oídos. Y así fue. Después te seguí de vuelta hasta aquí. Te perdí en la tormenta, pero tenía el presentimiento de que Anderson atracaría en Anguila antes de emprender el rescate de tu padre, ya que está muy cerca de aquí, y no me decepcionó. Incluso me las apañé para enterarme de los planes que hicisteis en la posada. Y mientras vosotros perdíais el tiempo descansando, me fui derecho a avisar a Pierre y así ganarme el sueldo.

—Creí que era un buen hombre. Me alegré tanto cuando apareció en casa de los Malory... Pero no es más que un hipócrita malnacido, Avery —dijo con todo el desprecio del que fue capaz.

Por desgracia, el insulto no hizo mella en él. Al contrario, se echó a reír, aunque sólo durante un momento. Después, se puso rígido. Aunque cuando habló, no se dirigió a ella.

—Deja la pistola en el suelo.

Ella intentó girar la cabeza para averiguar a quién se dirigía, pero no fue necesario. Avery la hizo girarse para utilizarla como escudo ante Richard, que lo apuntaba con una pistola a la cabeza.

Era el momento perfecto para quitarse de en medio. Así que se preparó para soportar el dolor que estaba por llegar y después dejó que se le doblaran las piernas para desplomarse sobre la cubierta. Dolió, sí, pero no sirvió de nada. Avery debía de haber estado esperando un ardid semejante, porque el brazo que le rodeaba el cuello tiró de ella hacia arriba hasta que volvió a cubrirle el pecho, con la diferencia de que, en ese momento, tenía la punta de una daga contra la mejilla.

—Buen intento, Gabby —le dijo con desprecio—. Pero no vuelvas a hacerlo.

—No la matarás —dijo Richard.

—No, pero me da exactamente igual hacerle unos cuantos cortecitos. Y es la última vez que te lo digo. ¡Deja la pistola en el suelo!

Sin embargo, antes de que Richard se decidiera a hacerlo, alguien lo golpeó por la espalda y se desplomó sobre la cubierta. Y Pierre Lacross pasó a ocupar su lugar.

48

Los tres años transcurridos desde la última vez que se vieron no habían tratado bien a Pierre. Su barba negra seguía igual de desgreñada y aún llevaba el pelo hasta los hombros, pero estaba veteado de gris. No obstante, lo que más lo envejecía eran las profundas arrugas del rostro.

La vida que había llevado y las cosas que había hecho estaban dejando mella en su apariencia. De hecho, estaba extremadamente delgado, casi demacrado. Eso le hizo pensar que tal vez no estuviera tan indefensa a su merced. Podría luchar contra él. E incluso ganarle. Sin embargo, durante el trayecto hasta la fortaleza no era el momento indicado, ya que estaban rodeados por todos sus hombres.

No le dijo otra cosa salvo un aterrador comentario al oído:

—Tengo unos planes maravillosos para ti, *chérie*.

No podía pensar en ello. Si lo hacía, acabaría tan abrumada por el miedo que lo mismo daría que se dejara morir sin más. En cambio, optó por empaparse de todo lo que sucedía a su alrededor; como, por ejemplo, el hecho de que estaban arrojando a la bodega a todos los hombres que seguían con vida para ocuparse de ellos después, incluyendo a Richard y a Timothy; o la espesa vegetación que se alzaba en el centro de la isla y que la hacía prácticamente intransitable; o la puerta oculta en el muro posterior de la fortaleza que nadie se molestó en atrancar.

Estaban demasiado eufóricos por la victoria como para

tomar ese tipo de precauciones. Gabrielle contó el número de velas que alumbraban el corto pasillo que conducía al salón. La puerta de acceso también estaba situada tras una vitrina muy fácil de mover que, una vez colocada en su sitio, ocultaba a la perfección el pasadizo secreto que se abría tras ella.

Era una señal de lo más reveladora que no se preocuparan de lo que estaba viendo. Ni Pierre ni sus hombres esperaban que consiguiera salir de la isla jamás.

Mientras observaba el enorme salón, típico de cualquier acuartelamiento, se percató de la existencia de dos vías de escape. Una consistía en una puerta enorme que en esos momentos estaba abierta y que conducía directamente a un amplio patio amurallado. El plano de Bixley había reflejado con bastante exactitud ese aspecto. Una lástima que no hubiera estado al corriente de la puerta oculta en el muro posterior.

La otra vía de escape era una escalera estrecha que subía a la segunda planta, donde a buen seguro estarían las habitaciones de los oficiales que en otro tiempo residieron en la fortaleza. Puesto que se trataba de una construcción antigua que no había sufrido más cambio que unos cuantos arreglos y no una reconstrucción completa, Gabrielle supuso que las cocinas estarían en el patio, aisladas del edificio principal, al igual que la entrada hacia las mazmorras.

Captó todos esos detalles de un solo vistazo, mientras Pierre la guiaba, o más bien la arrastraba, por el salón y las escaleras. Estaba claro que la habitación en la que entraron era la suya; un lugar asqueroso y atestado de muebles discordantes, con la cama sin hacer y una mesita llena de platos sucios. El hecho de que no cerrara la puerta tras de sí después de empujarla hacia el interior fue lo único que le dio esperanzas hasta ese momento. Indicaba que no iba a quedarse mucho tiempo con ella.

Se zafó de su mano con facilidad. Ni siquiera había intentado hacerlo hasta entonces. Tal vez su estado fuera tan débil como indicaba su aspecto. A decir verdad, no era un hombre muy alto. Había olvidado ese detalle; tal vez nunca lo había notado, porque jamás había conocido a un hombre tan alto como...

No podía pensar en Drew todavía; no se atrevía a preguntar lo que habían hecho con él. Temía que el valor la abandonara y dejara de importarle lo que pudiese sucederle si descubría que estaba muerto. Perdería la capacidad de concentrarse y razonar, y en esos momentos necesitaba de todo su ingenio para sobrevivir.

Se alejó de Pierre. Aunque no le sirvió de mucho, porque la siguió para tenerla a su alcance.

—Supongo que no quieres los mapas, ¿verdad? —le preguntó al tiempo que se giraba para enfrentarlo.

—¿Los mapas? —Soltó una risilla ahogada—. Sabía que serías de lo más graciosa. No, sabes muy bien por qué estás aquí.

Sí, lo sabía. Pero habría sido estupendo equivocarse...

—¿Vas a dejar que mi padre y los demás se marchen?

—¿Cuando tú has intentando engañarme? —le preguntó, tras lo cual chasqueó la lengua—. Debería matarlos a todos.

La sangre abandonó el rostro de Gabrielle, que estuvo a punto de perder el equilibrio a causa de la debilidad que se apoderó de sus piernas. Pierre se limitó a soltar una carcajada.

—Por supuesto que los liberaré. ¿Acaso crees que voy a malgastar comida con ellos cuando no tengo necesidad de hacerlo?

—Estás mintiendo.

—Me ofendes, Gabrielle. ¿Por qué piensas eso?

Su sonrisa traicionaba sus palabras.

—Sabes que intentarán rescatarme. No te arriesgarás a que...

—¿A qué? —la interrumpió—. Tú seguirás con vida siempre y cuando ellos se mantengan lejos, eso es lo que les diré. ¿Crees que se arriesgarían a que te mate? Además, le dejaré bien claro a tu padre que te soltaré en cuanto me canse de ti. —Volvió a reírse de nuevo—. Red tolerará tu presencia un par de días a lo sumo. Es muy celosa.

A Gabrielle le sorprendió que admitiera eso, aunque siempre cabía la posibilidad de que estuviera mintiendo. Lo miró con expresión escéptica.

—En ese caso, ¿por qué te has tomado tantas molestias para traerme hasta aquí?

El hombre se encogió de hombros.

—Porque tal vez un par de días me basten. O tal vez decida librarme de Red y quedarme contigo. Todavía no lo he decidido. ¿Te gustaría que me quedara contigo?

—Me gustaría que te fueras al infierno.

Sus palabras le arrancaron una nueva risotada. No cabía duda de que la encontraba graciosa, cosa que no la favorecía en absoluto. Necesitaba que aborreciera su compañía, no darle razones para mantenerla a su lado.

Alzó una mano para tocarla, pero ella se la apartó de un manotazo. No obstante, Pierre fue lo bastante rápido como para sujetarle la muñeca. Y, en esa ocasión, demostró que tenía más fuerza de la que aparentaba, porque cuando tironeó para zafarse, no lo logró.

—No confundas tu posición —le dijo con frialdad—. Tu padre aún sigue aquí.

—¿Puedo verlo?

—No.

—¿Cómo sé que sigue vivo?

El pirata se encogió de hombros y la soltó.

—No lo sabes. De todos modos, puesto que no me ha dado motivo alguno para matarlo, puedes suponer que lo está. Pero vamos a hacer una prueba para saber hasta qué punto deseas que quede libre... de una pieza. Quítate la ropa. No hace frío en la habitación, así que no la necesitas.

Gabrielle se quedó petrificada durante un instante. Sólo llevaba una de sus faldas ligeras, apropiada para el clima caribeño, y una fina blusa. Un conjunto que parecía un vestido, pero que iba acompañado por una simple camisola y un par de pololos como ropa interior, por lo que no tardaría mucho en desvestirse. El hecho de que hubiera dejado la puerta abierta le había hecho albergar la vana esperanza de que no la tocaría todavía y de que tal vez aún tuviera oportunidad de escapar. Miró en esa dirección. Él también. Y volvió a reírse.

—No, no, no —le dijo—. Perseguir jovencitas es algo que me niego a hacer. Si corres, ordenaré que maten a todos los hombres que tengo en la mazmorra.

La tensión se apoderó de ella. Lo había dicho con una sonrisa letal en los labios, como si estuviera saboreando la idea.

—Volveré en breve —le gruñó mientras caminaba hacia la puerta—. Espérame metida en esa cama o haré que traigan a tu padre y lo azotaré delante de ti.

49

—¿Te han atado muy fuerte? —le preguntó Drew a su cuñado, que estaba sentado a su lado y atado al mismo árbol.

—Me han atado con nudos mejores que éstos —le respondió James.

—¿Podrías deshacerlos?

—Sí —respondió Malory, avivando las esperanzas de Drew sólo para hacerlas añicos cuando añadió—: Con el tiempo.

—¡No tenemos toda la noche! Ya has oído a ese malnacido. Volverán enseguida. Dios, mataré a Lacross aunque sea lo último que haga —dijo Drew mientras se debatía contra las cuerdas que le rodeaban las muñecas.

—Tendrás que ponerte a la cola —replicó James.

Drew soltó un gruñido.

—Por una vez, Malory, serás tú quien tenga que ponerse a la cola.

Habían salido de los barcos armados hasta los dientes, aunque no les sirvió de nada una vez que cayeron en la emboscada. Había veinte pistolas apuntándolos cuando los rodearon en la playa, a medio camino de la fortaleza. Alguien debía de haber avisado de su llegada a los piratas. Los canallas incluso se jactaron de ello.

Los habían maniatado y dejado en la playa hasta que apareció Pierre Lacross. Bixley conocía a algunos hombres de Pierre y se dedicó a soltarles un torrente de insultos hasta que molestó a uno de ellos y todos acabaron amordazados.

—Así que éstos son los hombres que han intentado arrebatarme mi botín... —dijo Lacross cuando llegó acompañado de otro numeroso grupo de hombres.

—¿Quieres que los matemos? —le preguntó uno de ellos.

—Eso es muy aburrido —replicó Pierre con tono jocoso antes de señalar a Ohr—. Que ése venga con nosotros. Tenemos que capturar dos barcos y necesitaremos a todos los hombres. Esos tres no irán a ninguna parte. Venid a buscarlos cuando hayamos acabado.

Se llevaron a Ohr con ellos para engañar a sus tripulaciones y así abordar los barcos sin muchos problemas. Incluso se sentaron a esperar durante casi una hora a fin de que los tripulantes creyeran que había pasado el tiempo suficiente para que el rescate se hubiera llevado a cabo con éxito. La presencia de Ohr reforzaría dicha impresión.

No habían dejado ni un solo hombre para vigilarlos. No hacía falta nadie, ya que los piratas habían matado el tiempo asegurándose de que sus prisioneros estaban bien atados. Incluso habían llevado más cuerdas. De hecho, acabaron atados al tronco de una palmera. No cabía duda de que seguirían allí cuando alguien fuera a buscarlos.

Había sido muy sencillo deshacerse de la mordaza, pero las cuerdas eran otro cantar. Las que ataban las muñecas de Drew ya no le hacían daño: estaban tan apretadas que había acabado por perder la sensibilidad en los dedos. Y ya había pasado un buen rato, el suficiente para que la trampa de Pierre hubiera dado sus frutos. ¿Habrían capturado a Gabrielle a esas alturas? Pensar en lo que podría estar sucediéndole en esos precisos instantes lo estaba matando.

—Esta noche estarán de celebración —afirmó Bixley cuando por fin consiguió librarse de la mordaza—. Es lo que hicieron después de capturar a Nathan. Aprovechan la menor excusa para abrir otro barril; y ya habéis oído cómo alardeaban de lo fácil que ha sido derrotarnos. Si la otra trampa también da resultado, tendrán mucho más de lo que alardear. Dos buenos navíos que vender o utilizar y la más hermosa de las mujeres...

—Puede que eso nos dé un poco más de tiempo —dijo James.

—¿Tiempo para qué? —gruñó Drew.

—Para volver las tornas, por supuesto. No creerás que voy a dejar que George comience a preocuparse cuando vea que no volvemos al amanecer, ¿verdad?

—Me gustaría saber cómo demonios piensas...

—Silencio, alguien se acerca —murmuró Bixley.

Drew nunca se había sentido tan frustrado. Si no se libraba pronto de las ataduras... No tenía la menor idea de si estaba haciendo progresos, pero seguía debatiéndose con todas sus fuerzas.

Alcanzó a distinguir a seis hombres que se acercaban por la playa entre carcajadas, como si tuvieran todo el tiempo del mundo. ¿Significaba eso que la trampa les había salido bien?

—Te dije que todavía estarían aquí, que no importaba lo grandes que fueran —le dijo uno de los piratas a su compañero al tiempo que se agachaba para cortar la cuerda que los ataba al árbol—. Nadie hace los nudos mejor que yo.

—Vamos, socios —dijo otro antes de darle unos golpes a Drew con el pie—. Tenemos una bonita mazmorra con vuestro nombre.

James se había puesto en pie en cuanto la cuerda se apartó de su pecho. Drew se deslizó tronco arriba para hacer lo mismo. Puesto que sus piernas eran más largas y se le habían quedado dormidas, el proceso llevó algo más de tiempo. Dio unas cuantas patadas al suelo para recuperar un poco de sensibilidad. Bixley se puso de rodillas y no hizo ademán de moverse de esa posición, de modo que alguien lo puso de pie de un tirón.

James echó la cabeza hacia atrás para apartarse el pelo de la cara. Fue entonces cuando lo reconocieron.

—¿No te conozco de algo? —le preguntó uno de los piratas. El tipo era mayor que los otros.

—Es altamente improbable —replicó James, que le dio la espalda, desentendiéndose así de su presencia.

El hombre insistió y lo rodeó para quedar frente a su rostro antes de decir.

—¡Demonios! Me resultas familiar. Y soy bastante bueno con las caras. Jamás olvido...

—La senilidad cambia esas cosas —lo interrumpió James con sequedad—. Así que deja que lo exprese en términos que hasta un niño comprendería: no me conoces, jamás me has conocido y, lo más importante de todo, no quieres conocerme.

Eso arrancó algunas carcajadas a los camaradas del pirata y un insulto a uno de ellos.

—Se cree demasiado bueno para los tipos como tú, Mort.

Enojado, Mort se acercó más para observar con detenimiento a James, y su expresión malhumorada se tornó en una de sorpresa.

—Que me cuelguen... Os dije que nunca olvido una cara. ¡Eres el capitán Hawke! ¡Lo sabía! Serví en tu barco un par de meses, pero eras demasiado salvaje y peli... gro... —La palabra quedó en suspenso al tiempo que Mort trataba de retroceder, pero no fue lo bastante rápido.

—También deberías haberte acordado de eso, viejo —dijo James mientras le asestaba un puñetazo en la cara.

Drew se quedó tan sorprendido como los piratas al ver que su cuñado se había zafado de las ataduras. Otro de los piratas cayó al suelo al recibir un derechazo increíblemente rápido en la mejilla, antes de que ninguno de sus compinches tuviera oportunidad de moverse siquiera. Los cuatro que todavía seguían en pie trataron entonces de abalanzarse sobre James. Drew consiguió ponerle la zancadilla a dos de ellos con una de sus largas piernas. Bixley se echó encima de uno de los dos caídos para evitar que se levantara mientras Drew dejaba sin sentido al otro de una patada en la cara. James ya se había encargado de un tercero; de hecho, lo había lanzado por los aires a bastante distancia. Al último hombre que quedaba en pie le entró el pánico y trató de salir corriendo. Drew cargó contra él, pero al tener las manos atadas a la espalda, le costó lo suyo mantenerlo en el suelo.

Además, James no podía acudir a echarle una mano de inmediato, ya que tenía que despachar al pirata al que Bixley tenía sujeto con las piernas. Sin embargo, estaba lo bastante enfadado como para darle un cabezazo al tipo. No era uno de sus métodos favoritos, pero sí efectivo.

Cuando se puso de espaldas en el suelo, vio que ninguno de los seis piratas se movía. La pelea había durado menos de un minuto, aunque James siempre había sido rápido con los puños, y también letal.

Tras ponerse en pie, le dijo a su cuñado:

—Buen trabajo, pero podrías haberme hecho algún tipo de señal.

—¿No lo hice? —replicó él—. Creí que romperle la mandíbula a Mort te daría una ligera pista.

—¿Me quitas las cuerdas? —dijo Drew con impaciencia. Puesto que, en cierta forma, las tornas se habían vuelto, quería ir en busca de Gabrielle sin pérdida de tiempo.

James le quitó una daga a uno de los piratas y se acercó a él para cortar las ataduras. Y, en un arrebato compasivo que rara vez revelaba a nadie más que a su esposa, dijo:

—Seguro que está bien, Drew.

—Lo sé. Tiene que estarlo. Pero preferiría comprobarlo en persona cuanto antes. —No añadió «antes de que le haga daño», pero lo tenía en mente y el temor le dio alas para llegar a la fortaleza.

50

—Si te toca, voy a tener que matarte.

No fue el comentario lo único que le indicó que tenía compañía además de la de Pierre; la hoja que tenía pegada a la garganta fue otra pista. ¿Otra vez? ¿Acaso todas las amistades de Pierre estaban obsesionadas con rebanar pescuezos?

Gabrielle se había echado en la cama donde Pierre le había dicho que le esperase, pero no había sido capaz de desvestirse. Abrió los ojos y se encontró con una mujer arrodillada en el colchón e inclinada sobre ella. El lustroso cabello rojizo no dejaba duda alguna sobre su identidad.

Jamás había conocido a Red, ni siquiera la había visto de lejos, y le sorprendió descubrir que se trataba de una mujer atractiva, demasiado guapa para alguien como Pierre. Tenía unas cuantas cicatrices en la mejilla izquierda, pero eran muy pequeñas y apenas se apreciaban. La mujer tenía unos treinta y cinco años y vestía ropas masculinas, que se le ceñían al cuerpo como una segunda piel. Llevaba desabrochados demasiados botones de la camisa, detalle que dejaba casi al descubierto sus voluptuosos pechos. Un pequeño pañuelo negro le cubría la cabeza para apartarle el cabello del rostro, de manera que los aretes de oro que colgaban de sus orejas se movían con total libertad.

Gabrielle encontró la mar de extraño el comentario. La mujer debía de conocer los planes de Pierre.

—¿Por qué no lo matas a él? —le preguntó con curiosidad.

—¿Matarlo? Amo a ese malnacido —respondió.

—Pues ayúdanos a escapar.

Gabrielle abrigó ciertas esperanzas cuando Red pareció meditar la idea, pero después negó con la cabeza.

—Ésa no es una de mis opciones, que, por cierto, son muy sencillas: o te mato o te hago menos atractiva. ¿Quieres elegir?

Puesto que parecía una baladronada fruto de la ira, hizo caso omiso de la amenaza.

—¿Cómo conseguiste entrar sin que Pierre te viera? —le preguntó.

—No vigilaba mi puerta. Esperé a que saliera a hacer sus necesidades.

—Si no vas a ayudarme, ya puedes matarme. ¡Ni siquiera sé si el hombre al que amo sigue con vida, por el amor de Dios! —exclamó Gabrielle.

Red se incorporó con un resoplido.

—¡Qué melodramática! Como si fuera a tragarme ese cuento... Pero no tienes que preocuparte por tu padre. Me cae bien ese viejo buitre. Me aseguraré de que quede libre.

¿Una muestra de compasión antes de cometer un asesinato? Tenía la sensación de que Red no era tan sanguinaria como quería aparentar, impresión que le hizo albergar muchas más esperanzas.

—Gracias —le dijo—. Pero no me refería a él.

—Entonces, ¿a quién...?

Ambas escucharon los pasos que se acercaban a la puerta. A Red le entró el pánico y saltó por encima de la cama para esconderse al otro lado. Lo que Gabrielle sintió superó con creces el pánico. Se le había acabado el tiempo, y con él, su breve respiro.

La puerta se abrió. Pierre se tambaleó en el vano antes de recuperar el equilibrio. Tenía los ojos vidriosos. Estaba borracho. Aunque no lo parecía cuando habló.

—No te gusta obedecer las órdenes, *chérie*, pero aprenderás a hacerlo. Siento haberte hecho esperar, pero no pude resistir la tentación de saborear el triunfo un poquito más. Te he deseado durante demasiado tiempo. Y durante demasiado tiempo te he creído fuera de mi alcance. Pero ya no lo estás, ¿verdad?

Escuchó un jadeo cuando el francés dijo que la deseaba. Pero no era suyo. No quería ni imaginar lo que había sentido Red al escuchar eso, sobre todo si estaba enamorada de él. Aunque, ¿qué había esperado que sucediera? ¿De verdad había hecho la vista gorda con el objetivo del plan de su amante, esperando que no llegara a culminarse? ¿O estaba tan indefensa ante sus tejemanejes como ella misma?

Gabrielle no dijo nada, era incapaz de pronunciar palabra con el nudo que el miedo y la repulsión de verlo acercarse a la cama le produjeron en la garganta. El sonido de un disparo en el patio hizo que el pirata se detuviera.

—¿Qué hacen esos idiotas? —gruñó, y añadió unas cuantas maldiciones en francés mientras salía para averiguarlo.

Gabrielle se dio cuenta de que esa distracción tal vez fuera su única oportunidad para escapar. Saltó de la cama y estaba a medio camino de la puerta antes de recordar que Red podría detenerla. Miró hacia atrás. La otra mujer se encontraba de pie al lado de la cama. Parecía furiosa, pero no por su intento de fuga.

—¡Vamos, vete! —bramó—. Sal de aquí ahora que todavía puedes.

Gabrielle titubeó.

—¿Qué le dirás?

—¿Decirle? Después de lo que él te ha dicho a ti, tendrá suerte si no lo mato. ¡Hemos terminado!

No perdió ni un instante más. El pasillo estaba desierto. Fuera lo que fuese lo que estaba sucediendo en el patio, había atraído la atención de los piratas. Escuchó más disparos antes de alcanzar la puerta que daba al exterior, y una vez allí fue testigo del caos más absoluto.

¡Las tripulaciones de los barcos de Drew y James! Estaban por todas partes, peleando con cualquier arma que cayera en sus manos, y algunos de ellos incluso con sus propios puños. Vio a Ohr, ¡gracias a Dios que estaba vivo! Supo entonces que su amigo había sido el artífice de la liberación. Aunque ella buscaba con impaciencia a un hombre en particular. El más alto de todos... Lo habría localizado de inmediato a la luz del día, pero, a la luz de la luna, tardó unos instantes en encontrarlo; en cuanto lo hizo, se le aflojaron las rodillas por el alivio. Drew estaba allí, estampándole un puñetazo en la cara a un pirata al que sujetaba por la pechera de la camisa. ¡Estaba sano y salvo!

Estuvo a punto de echar a correr hacia él, pero reprimió el impulso. Estaba espléndido lanzando puñetazos a diestro y siniestro de un pirata a otro. De la misma manera que sabía que no era un buen momento para interrumpirlo, supo que era la oportunidad perfecta para ir en busca de su padre, ya que el patio estaba sumido en un caos tan enorme que nadie se percataría de su presencia.

Se abrió camino con mucho cuidado, rodeando la refriega, y sólo tuvo que detenerse una vez cuando un par de hombres cayeron a sus pies y comenzaron a luchar en el suelo. La primera puerta a la que llegó y que tenía todo el aspecto de conducir a una mazmorra sólo daba a una bodega. La segunda puerta fue la buena. Las estrechas escaleras estaban iluminadas por una antorcha. Casi se había consumido, pero encontró más teas en un cesto situado junto a la puerta. Encendió otra antorcha. El resplandor iluminó un aro de metal, con una solitaria llave, que colgaba de un gancho en la pared. Lo cogió y comenzó a descender las escaleras.

El hecho de que sólo hubiera una llave la preocupaba, pero supo a qué se debía en cuanto llegó al final de las escaleras. Sólo había dos puertas en el largo pasillo, una a cada lado. Eran celdas militares diseñadas para retener a muchos prisioneros juntos. Una de las puertas estaba abierta y daba a una celda desocupada. La otra estaba cerrada. Desde el otro lado le llegó el rumor de voces que discutían acerca de la conmoción que tenía lugar en el patio.

—¿Papá?

—¿Gabby? —escuchó desde lo más profundo de la celda, pero la voz sonó más fuerte a medida que Nathan se acercaba a la puerta—. ¡Dios mío! ¿Qué estás haciendo aquí?

Dejó caer la antorcha mientras luchaba con la cerradura, ya que sus manos fueron víctimas de un repentino temblor.

—Yo... supuse que me tocaba a mí rescatarte.

No pudo evitar echarse a llorar por mucho que le pesara. Había estado muy preocupada durante todas esas semanas, temiendo que Pierre, con su naturaleza cruel, no mantuviera con vida a su padre y a su tripulación.

—¿Estás bien?

—Estamos bien. Nos han dado de comer y también nos han dejado salir una vez a la semana, aunque nos habría encantado un cambio de aires.

Consiguió abrir la puerta y así comprobarlo con sus propios ojos. Su padre estaba allí, sonriéndole, con el pelo largo y la barba crecida. Gabrielle se echó a reír mientras lo abrazaba.

—Mírate, estás todo desgreñado.

—Te juro que pedí un barbero, pero creyeron que era una broma —replicó él—. Pero ¿cómo has conseguido llegar hasta aquí y qué está pasando ahí arriba?

—He traído ayuda. James Malory está aquí con uno de sus cuñados norteamericanos y las tripulaciones de ambos.

—¿Y Pierre?

—No sé dónde está —admitió—. Siguen luchando.

Su padre la cogió de la mano.

—Salgamos de aquí. Maldición, espero que Pierre siga vivo. Quiero un cachito de su pellejo.

51

Drew jamás se había sentido tan frenético como en esos momentos. Se había abierto camino a puñetazos hasta el edificio principal, pero una vez que estuvo dentro y recorrió todas las habitaciones de la planta alta donde creía que podría encontrar a Gabrielle sólo halló a una pelirroja que recogía sus pertenencias con evidente furia.

—¿Dónde se ha llevado Lacross a la mujer? —le preguntó Drew con voz imperiosa.

La mujer le lanzó una breve mirada.

—La liberé cuando comenzaron los disparos. Si es lista, estará escondida —contestó.

Drew corrió escaleras abajo y salió al exterior. Vio de inmediato que habían acudido más hombres para intentar ayudar a reducir a los pocos piratas que seguían luchando. A juzgar por su aspecto, supuso que eran los prisioneros liberados de las mazmorras y no tuvo que pensar mucho para saber quién los había dejado en libertad. La vio de pie, apartada de la refriega para no estorbar, y echó a correr hacia ella.

Gabrielle lo vio atravesar el patio a la carrera. Lo ayudó a reducir la distancia y le arrojó los brazos al cuello en cuanto estuvieron lo bastante cerca. Sus pies abandonaron el suelo cuando él la abrazó con todas sus fuerzas y después llegó el beso, un beso que parecía no tener fin.

—Dios mío, cada vez que me lo imaginaba poniéndote las manos encima... —comenzó Drew.

—¡Me asusté tanto cuando creí que te habían captura-do...! —exclamó ella al unísono.

—Y lo hicieron, pero se volvieron las tornas cuando James consiguió liberarse.

—¡Dios mío, Drew, unos minutos más y...!

—¿Te ha tocado?

—No, me dejó sola cuando empezaron los disparos. Y como no había nadie en el vestíbulo para detenerme, busqué la entrada de la mazmorra y liberé a mi padre.

Después de explicárselo, comenzó a temblar como respuesta a la tensión. Al sentir sus estremecimientos, Drew intentó tranquilizarla. Sus propios temores se habían esfumado al tenerla de nuevo entre los brazos. La estrechó con más fuerza y la besó con ternura al tiempo que le acariciaba el pelo.

—Puedes agradecerle a Ohr que llegáramos a tiempo —le explicó con voz reconfortante—. Bixley nos indicó a James y a mí una entrada secreta, pero como sólo éramos tres teníamos que ser mucho más cautos... Bueno, en realidad James tuvo que refrenarme. En aquel momento estaba tan preocupado por ti que no pensaba precisamente con claridad. Pero entonces llegó Ohr a la entrada principal con todos nuestros hombres y conseguimos abrir las puertas antes de que los piratas salieran al patio. ¿Dónde está tu padre? ¿Se encuentra bien?

Gabrielle echó un vistazo al patio y localizó a su padre, que le estaba rompiendo un tablón en la espalda a... ¿ése era Pierre? Sí, y, al parecer, Nathan tenía la situación bajo control. Estaba acompañado por la mayoría de sus hombres. Algunos estaban maniatando a los piratas que por fin se habían rendido y otros aportaban su granito de arena en la paliza que estaba recibiendo Pierre, quien iba pasando de uno a otro. Avery también había sido capturado y se encontraba entre el cada vez más numeroso grupo de piratas reducidos.

Devolvió la vista hacia el rostro de Drew con una sonrisa en los labios.

—Sí, los trataron bastante bien, aunque no gracias a Pierre. Los miembros de ambas tripulaciones solían ser amigos;

bueno, no exactamente amigos, pero sí algo más que simples conocidos, ya que convivieron durante largas temporadas en la misma base.

—Iba a pedirle permiso a tu padre para casarme contigo —le dijo Drew con voz insegura.

Gabrielle pareció aturdida y se echó hacia atrás para mirarlo a los ojos. Había algo en su mirada. ¿Alegría? ¿Ternura? Maldición, no era capaz de interpretarlo y de repente se sentía como pez fuera del agua. Jamás se había sentido inseguro con una mujer, pero claro, ninguna mujer le había inspirado jamás los sentimientos que le inspiraba Gabby.

—Drew, ¿me amas?

—¡Por el amor de Dios! ¿Te hace falta preguntarlo?

—Es que tu hermana estaba convencida de que jamás desearías casarte.

—Mi hermana no tiene ni idea del infierno que me has hecho pasar hasta que he comprendido lo que me pasaba.

—¿¡Infierno!? —exclamó, indignada, al tiempo que intentaba zafarse de sus brazos.

Drew se lo impidió y le colocó la mano en la mejilla con ternura.

—Sé que lo más importante en mi vida ahora mismo es no perderte. Sé que estás en mis pensamientos noche y día. Sé que perdí la razón cuando pensé que Pierre podía hacerte daño. Sé que me vuelves loco de deseo. Sé que quiero protegerte, mimarte... Y sé muy bien lo que todo eso significa, Gabby. Te amo tanto que me resulta doloroso.

Los labios de Gabrielle se curvaron lentamente hasta esbozar una sonrisa radiante.

—Vamos en busca de mi padre para que puedas enumerarle cada una de las razones por las que quieres casarte conmigo.

—Esto... sólo voy a darle una razón, si no te importa. Los padres tienen tendencia a ofenderse cuando se menciona la palabra «deseo» en relación con sus hijas.

—No menciones esa parte.

—Pensándolo bien, los padres también tienen el poder de negarse. ¿Vas a obligarme a hacer esto?

—¿Quién, yo? Has sido tú el que has dicho que vas a pedirle permiso a mi padre —le recordó.

—Sólo fue una idea. No creo que lo dijera en serio. Sólo te estaba haciendo partícipe de mis pensamientos. Tu consentimiento es lo único que me importa.

—Deja de preocuparte. No se enfadará demasiado cuando se entere del escándalo de Londres.

Drew soltó un gemido. Pero se percató de la sonrisa de Gabrielle un instante antes de que le arrojara los brazos al cuello y tirara de él para apoderarse de sus labios.

—Te merecías esa bromita por hacerme esperar tanto para oír tu declaración —le dijo, sin apartarse del todo de su boca.

—Entonces, ¿te casarás conmigo?

—¡Ya estaba dispuesta a hacerlo cuando estábamos en Londres!

Y cuando la besó, desapareció todo lo que los rodeaba, incluidos los vítores de sus amigos, que estaban observando la escena.

James encontró a Nathan cerca de los barracones, inmovilizando a Pierre con una cuerda. El pirata estaba casi inconsciente a causa de la paliza que le habían propinado. La tripulación de Nathan al completo había participado en ella. Cada uno de los hombres le había dado un puñetazo o una patada como pago por su hospitalidad.

—Yo me habría limitado a romperle el cuello —señaló James.

—¡James Malory! —exclamó Nathan cuando alzó la vista—. Gabby dijo que habías intervenido en el rescate. De haber sabido que ibas a venir, no me habría pasado todas esas semanas preocupado.

—Espero que esa cuerda signifique que vas a ahorcar a Lacross...

Nathan le echó un breve vistazo a Pierre mientras negaba con la cabeza.

—No, se merece un destino peor. Voy a entregarlo a las autoridades inglesas de Anguila, donde pasará el resto de sus días en prisión.

—En ese caso, si no te importa... —dijo James antes de inclinarse y alzarle la cabeza al pirata lo justo para partirle la cara de un puñetazo. Eso sí que lo dejó inconsciente.

Nathan soltó una risilla ahogada.

—Sigues siendo el mismo, ¿verdad, Malory? Maldita sea, es estupendo verte de nuevo. No sólo nos has salvado a mis hombres y a mí, también has salvado a Gabby.

—¡Creo que ese mérito es mío! —lo corrigió Drew, que acababa de acercarse a ellos acompañado de Gabrielle.

James enarcó una de sus cejas doradas, pero replicó con tono magnánimo:

—Debo admitir que mi cuñado ha aplastado unas cuantas cabezas hoy. Nathan, te presento a uno de los hermanos de mi esposa, Drew Anderson.

—Es un placer conocerlo, señor —dijo Drew mientras le estrechaba afectuosamente la mano.

—No, el placer es todo mío —replicó Nathan—. Pero, ¡James! Has saldado tu deuda con creces. Sólo te pedí que ayudaras a Gabby a encontrar un...

James lo interrumpió con un gesto de la cabeza en dirección a Drew, que estaba besando otra vez a Gabrielle.

—Creo que podemos afirmar, sin el menor género de dudas, que he satisfecho todos tus requerimientos.

52

Gabrielle se casó con Drew Anderson en una pequeña capilla cercana a su hogar en Saint Kitts al día siguiente. Habría estado dispuesta a esperar en el caso de que él hubiera querido localizar a sus hermanos para que asistieran al feliz enlace, pero Drew no quiso ni oír hablar del tema. En cuanto obtuvo el permiso de su padre, una experiencia bastante traumática para él, preguntó dónde podía encontrar al sacerdote más cercano. Y, además, su hermana y su cuñado estaban allí como representantes de la familia.

A Gabrielle le había hecho mucha gracia ver lo difícil que le había resultado hablar con su padre. Había estado ansioso por hacerlo; pero cuando llegó el momento de plantear la cuestión, se puso a tartamudear. Y ella sabía muy bien por qué. Era la palabra «matrimonio». Siempre había creído que se pasaría la vida alejado de ese compromiso. De manera que tenía ciertos problemas para aceptar el hecho de que quería casarse. Aunque Gabrielle no albergaba la menor duda de que lo deseaba. El caso era que él prefería verlo como una forma de tenerla para siempre a su lado, en lugar de entenderlo como su inclusión en las filas de los casados.

Se había puesto el vestido de novia de su madre para la ceremonia. Una capa de encaje rosa pálido cubría el satén azul claro, lo que le confería un tono lavanda al encantador vestido y, para acentuar esa impresión, el diáfano velo que se extendía a su espalda era de ese color, de modo que el negro azabache de su cabello resaltaba a las mil maravillas. El vestido era una de las pocas pertenencias de su madre que había llevado consigo cuando se mudó al Caribe. No lo llevó de vuelta a Inglaterra por la sencilla razón de que, en el fondo, había esperado no encontrar marido. Era asombroso lo rápido que el amor le había hecho cambiar de idea.

Su padre reconoció la prenda, aunque ella no lo había esperado.

—Tu madre estaba preciosa con ese vestido, pero tú, querida mía, estás sencillamente espectacular —le dijo cuando se acercó para acompañarla al altar—. ¿Estás segura de que quieres a ese hombre? No se ha apartado de tu lado el tiempo suficiente para que te pregunte lo que sientes.

Ella rió entre dientes.

—Sí, estoy segurísima. No sabía que se pudiera ser tan feliz, papá. Y soy yo la que no he dejado que se aleje de mi vista. Los hombres tienden a echarse atrás por las razones más tontas en lo que al matrimonio se refiere.

Su padre esbozó una sonrisa.

—Y también las mujeres, pero no creo que tengas nada de lo que preocuparte. Por su modo de mirarte, es evidente que te ama muchísimo. Ahora, empecemos con la boda. Deja que te ponga bien el velo. ¿Qué es eso que llevas al cuello y que te esfuerzas tanto por ocultar?

—No, no lo estoy ocultando, lo que pasa es que olvidé colocármelo bien después de ponerme el vestido —dijo al tiempo que colocaba el medallón en el centro del escote cuadrado del corpiño de encaje—. Me lo regaló mamá hace mucho tiempo.

—Que me cuelguen —dijo Nathan sin apartar la mirada del retrato en miniatura—. De modo que así lo ocultaron, convirtiéndolo en una joya.

—¿Qué? —preguntó Gabrielle, que se quedó con la boca abierta al comprenderlo—. ¿El trozo de mapa que te faltaba?

Su padre se echó a reír.

—Exacto.

—Pero ¿en qué puede ayudar una pintura de un pueblo? He visto el resto del mapa y no tiene más marcas que la «X» que señala el lugar donde está escondido el tesoro. Incluso la forma de la isla resulta ambigua.

—Sí, pero eso era precisamente lo que faltaba. El trozo que muestra un emplazamiento exacto. Sólo tengo que encontrar una isla con un pueblo pesquero como ése en la costa sur y sin más edificaciones, a no ser que sean de reciente construcción... —Se detuvo para darse una palmada en la frente—. ¡Y sé exactamente dónde está! He estado allí. Ni siquiera tiene nombre todavía, pero nos detuvimos allí en busca de provisiones hace unos años. Los lugareños se jactaban de que la isla era suya, de que nadie más quería colonizarla.

Ella le sonrió.

—Esa búsqueda del tesoro no pienso perdérmela por nada del mundo. Ni siquiera habría nacido si no hubieras tenido en tu poder las restantes partes del mapa y no hubieras ido a Inglaterra en busca de la que te faltaba.

Su padre tenía ese brillo en los ojos que siempre aparecía cuando andaba tras la estela de un tesoro. El brillo del entusiasmo mezclado con impaciencia y con alegría. Nathan Brooks nunca era tan feliz como cuando descifraba uno de sus mapas.

—Muy cierto —convino él—. No tenía ninguna otra razón para volver a mi patria. Pero tu futuro marido no me parece un cazador de tesoros, y estoy seguro de que está deseando pasar un tiempo a solas contigo para celebrar el comienzo de vuestra nueva vida en común... a menos que le diga que te entregaré este tesoro como regalo de bodas. ¿Crees que eso lo animaría a venir?

Gabrielle se echó a reír.

—Seguramente no. Aunque tal vez acceda cuando vea lo mucho que yo deseo hacerlo. Le encanta complacerme. Pero ¿estás seguro de que quieres renunciar a este tesoro? Llevas buscándolo tanto tiempo...

—Sí, pero fue uno de tus antepasados quien lo enterró y llegó a tales extremos para esconderlo que ni siquiera compartió la información con su propia familia. Tu madre jamás supo de su existencia, y era la última de su linaje. Es justo que sea para ti.

Explicado de esa manera, Drew accedió a acompañar a su suegro, y no necesitó que lo persuadieran. Sólo insistió en que navegaran en el *Tritón* y no en *La joya quebradiza*. Por irónico que pareciera, *La joya*, por la que Latice había traicionado a su capitán y a sus compañeros y que después le había sido negada, no había llegado a utilizarse. Había estado anclada en la bahía situada frente a la fortaleza de Pierre, junto con otros tres barcos que Nathan reclamó en compensación por su cautiverio.

De todas maneras, Drew mencionó que no se sentiría cómodo haciéndole el amor a su esposa con su padre en el camarote de al lado. Gabrielle se limitó a esbozar una sonrisa perspicaz. La renuencia de los capitanes a navegar en otros barcos parecía ser algo generalizado, y a ella no le cabía la menor duda de que su marido no era una excepción.

A Gabrielle no le importó perderse los festejos que se llevaban a cabo en *La joya quebradiza* mientras seguían su estela. Ya consideraba el *Tritón* como su hogar. Además, habían pasado su noche de bodas a bordo, y lo único que hizo Drew fue soltar las amarras a la mañana siguiente antes de regresar al camarote para mantenerla agradablemente ocupada.

El trayecto fue muy corto. Apenas pasaba de media mañana cuando echaron anclas en la pequeña isla. A continuación, llegó la delicada parte de contar pasos y de asegurarse de que estaban en el lugar indicado para comenzar a cavar. Doscientos cincuenta y ocho pasos al norte de la calavera sonriente, rezaba la leyenda que había en la parte inferior del mapa, pero primero tenían que encontrar una calavera cerca de la X. Al final, encontraron la calavera pirata grabada en una piedra plana de un saliente rocoso. ¡Y les había llevado hasta el mediodía encontrarla! Sin embargo, el retraso mantuvo las cotas de entusiasmo. Aquél iba a ser el tesoro más fabuloso de todos, el más difícil de encontrar. Y si bien ya se les había concedido a los recién casados, todos los hombres ansiaban ser testigos del descubrimiento.

La mayoría apostaba por doblones españoles. También había quienes creían que consistiría en antigüedades del viejo mundo. Después de todo, el mapa tenía varios siglos de antigüedad y se había trazado durante el apogeo de la piratería en alta mar. Por más que el dueño de ese tesoro en concreto no hubiera sido un pirata, sí se había tratado de un lord inglés con la misión de erradicarlos de los mares. Así que siempre se había dado por sentado que el tesoro que había enterrado consistía en el botín de un barco pirata capturado.

Drew estaba detrás de Gabrielle, rodeándole la cintura con los brazos. Ella se apoyó contra su pecho mientras observaban cavar a los hombres.

—No te llevarás una desilusión si no encuentran nada, ¿verdad? —le preguntó.

—Por supuesto que sí —contestó con tono despreocupado—. Pero éste no va a ser uno de esos cofres vacíos. Puesto que la última pieza del mapa ha pasado de generación en generación en mi familia sin que ninguno llegara a sospechar de qué se trataba, el tesoro tiene que estar intacto.

Drew le dio un beso en el cuello.

—Espero que tengas razón, encanto, por tu propio bien.

Gabrielle captó el deje incierto de su voz, pero lo pasó por alto. Bullía de expectación y no iba a perder el tiempo con pensamientos negativos.

Fue entonces cuando uno de los tripulantes de su padre levantó el cofre con un grito de alegría. Era pequeño y carecía de cerradura que reventar. El hombre se apresuró a ofrecérselo a Nathan, que lo abrió sin pérdida de tiempo.

Dado que la tripulación al completo se había reunido alrededor de su capitán conteniendo el aliento por la expectación, sus suspiros decepcionados se alzaron a la vez. Los hombros de Gabrielle se hundieron ligeramente. Había estado convencida de que ese cofre en concreto no estaría vacío.

Y no lo estaba. Drew se acercó a Nathan, quien ofreció a su hija una sonrisa avergonzada.

—Parece que te he regalado un puñado de recuerdos por tu boda —le dijo al tiempo que le ofrecía el cofre.

Gabrielle bajó la mirada y vio un montón de viejas cartas, una rosa conservada entre las páginas de un libro, un lazo de terciopelo, un mechón de cabello y otras cosas por el estilo. ¡Había incluso un diminuto patuco! Aquellos objetos no tenían valor para nadie salvo para el hombre que había enterrado el cofre. Para él, aquellas cosas tenían un valor incalculable...

—Creo que uno de esos barcos con los que acabo de hacerme sería un regalo más apropiado —prosiguió Nathan—. Elige el que más te guste, muchacho, y añádelo a la flota de la Skylark.

Drew asintió.

—Será un placer, muchas gracias. Pero yo ya he encontrado mi tesoro.

Gabrielle se dio la vuelta muy despacio. Al ver el brillo en los oscuros ojos de Drew, no le cupo la menor duda de lo que quería decir con sus palabras y sus ojos se anegaron de lágrimas de felicidad.

—Lo has dicho en serio, ¿verdad? —le preguntó con suavidad.

—De todo corazón, encanto... esposa...

Gabrielle le rodeó el cuello con los brazos y lo besó. Un instante después, estaba tan absorta en el beso que olvidó que tenían espectadores.

Su padre carraspeó.

—Olvidé mencionar —los interrumpió— el título de propiedad que había en el fondo del cofre. No se me da muy bien el inglés antiguo, pero parece que eres la dueña de la isla.

Gabrielle abrió los ojos de par en par; acto seguido, soltó un grito de alegría y estrechó a Drew con fuerza, presa del entusiasmo. Su marido estalló en carcajadas al ver lo rápido que la había distraído un verdadero tesoro.

—¡Me encanta! —exclamó cuando por fin se serenó—. Mira a tu alrededor, es un lugar muy hermoso. ¿Has visto la pequeña cascada que hay de camino hacia aquí?

—No puedo decir que sí, porque no he apartado los ojos de ti.

Ella sonrió y se acurrucó bajo su brazo.

—Podríamos construir una casa aquí, un lugar al que regresar entre travesías.

Drew bajó la vista para mirarla a los ojos.

—¿Entre travesías? ¿Hablas en serio?

—¿Creíste que bromeaba cuando te dije que me encanta la vida en el mar?

—Se me había pasado por la cabeza, sí.

La sonrisa de Gabrielle se ensanchó.

—Alguien tendría que haberte advertido de que no deberías casarte con una mujer que ama el mar... y que ama todavía más a un capitán que lo surca.